알파타르트 장편소설

하렘의 남자들

4

해피북스
투유

차
례

16

첫
사
랑
이
란
걸

들
키
면
안
돼

겁이 많은 건 정말인지, 진범은 오래가지 않아 속마음을 라틸에 게 다 드러내고 말았다. 그러면서도 입으로는 계속 거짓을 뱉어서 라틸은 자기도 모르게 감탄했다.

'겁은 많은데 입은 무겁다니, 이건 또 신기한 조합이네.'

하지만 이 신기한 진범이 감추려 한 진실은 유쾌한 구석이라곤 조금도 없었다. 진범의 속마음을 읽으니, 공작은 애초에 클라인을 죽일 마음은 없었다. 그는 일차적으로는 클라인을 떠보려 했고, 그 게 안 될 경우 클라인이 대리공사를 죽였단 누명을 씌우려 했다.

진범은 다가 공작이 클라인을 떠본 이유는 몰랐지만, 클라인에 게 누명을 씌워서 뭘 하려는지는 알고 있었다. 다가 공작은 클라인 이 대리공사를 죽인 건 하이신스의 밀명이었다고 몰아가려 했다.

'한 방에 황제를 무너뜨리기 힘드니 하이신스가 제멋대로 귀족들을 죽여대는 폭군인 것처럼 몰아가려 했나? 아니면 다른 이유가 있나?'

라틸은 손수건을 꺼내 손에 묻은 피를 닦으면서 고개를 갸우뚱했다.

'어쨌든 하이신스한테 알려줘야겠네.'

여우 가면은 틀라가 왜 자신의 방에 있는지 따지지 않았다. 그저 웃으면서 "여기 계셨군요." 하고 말할 뿐이었다. 틀라는 뛰지도 않는 심장이 두근거리는 듯한 감각을 애써 감추었다.

"널 찾으려고."

일부러 목소리도 높였다.

"어디에 갔던 거지? 한참 찾았는데."

"파티가 있어서요."

여우 가면은 아무렇지 않게 대답했다.

"파티?"

틀라는 되물었지만 여우 가면의 대답엔 관심이 없었다. 여우 가면은 농담을 좋아해서 원래 헛소리를 잘했다. 전에는 어마어마한 몬스터가 나타났다고 호들갑을 떨어서 조금 긴장했었는데, 알고 보니 그냥 벌레였던 적도 있을 정도였다. 그렇다고 벌레가 여우 가면의 약점이냐 하면 그것도 아닌데도.

"로드께선 무슨 일로 절 찾으셨는지?"

애초에 대답에 관심도 없었지만, 여우 가면이 이 질문을 던지자 틀라는 더욱더 그 파티란 것에 관심이 사라졌다. 틀라는 고민에 잠겼다. 지금 이런 상황에서 '나한테 숨기는 정보가 있냐'고 물어도 될까? 로드가 부하에게 할법한 질문이 아니란 건 알지만 자꾸 묻고 싶었다. 하지만 결국 틀라는 찝찝한 질문은 나중으로 미루기로 했다. 자존심을 위해 오기를 부리다가 나중에 후회하는 것보단 나을 것이다.

"찾으러 다니는 새에 까먹었다."

"이런. 나중에 생각나면 다시 오시지요."

틀라는 고개를 끄덕이고서 여우 가면의 방을 빠져나왔다. 뒤통수에서 여우 가면의 시선이 느껴졌으나 모른 척 꿋꿋하게 걸어갔다. 자신의 왕좌로 돌아온 틀라는 옥좌 위에 앉아 초조하게 양손을 쥐었다.

'여우 가면은 왜 라나문의 초상화를 가지고 있었을까.'

'내가 로드가 아니면 어쩌지?' 하는 질문과 얽히면서 여우 가면에 대한 의구심은 한층 불안한 형태를 띠었다. 틀라는 손을 무릎 위에 얹고서 구부정한 허리를 폈다.

'혹시 여우 가면은 라나문이 로드일 수도 있다고 생각하나? 내가 로드가 아닌 것 같아서 다른 로드를 찾아보려고?'

무릎 위에서 손가락이 계속해서 튀어댔다. 이윽고 그의 눈은 굶은 짐승처럼 변했다.

'그렇게는 둘 수 없다.'

로드는 분명 나다. 확실히. 하지만 만에 하나 모르니까……

'좀비를 보내자. 아니, 좀비는 안 돼. 좀비는 이성이 없잖아. 거긴 내가 지배할 곳이다. 최대한 보존해야 해.'

게다가 대신관이 하렘에 있으니 좀비는 효율적이지 못했다. 식시귀도 마찬가지였다. 식시귀는 건물이나 사람들을 무차별적으로 망가뜨리진 않겠지만 대신관 때문에 비효율적이긴 마찬가지였다. 틀라는 한참을 생각해 보다가 옥좌 한쪽에 놓인 종을 흔들었다.

땡그랑 소리가 나자 얼마 뒤. 아치문 너머 복도에 물에 흠뻑 젖어 축축하고 묵직한 무언가가 '지익 지이익' 소리를 내며 아주 느리게 다가왔다. 그것이 바로 앞으로 다가오자 틀라는 일말의 동정심도 없이 지시했다.

"라나문 아트락시를 죽여라."

하이신스에게 이번 사건을 알리는 서신을 적어 보낸 라틸은 며칠간 플로라에 있는 별궁에서 쉬고 오기로 했다. 마음을 푹 놓고 다녀오진 못하겠지만 그래도 휴식이 꼭 필요했다. 일이 너무 연달아 터지는 바람에 지쳐서 머리가 굴러가지 않았다. 일정을 들은 시종장은 기대를 품고서 물었다.

"누구를 데려가실 겁니까?"

"클라인은 이번에 마음고생이 심했을 테니 꼭 데려갈 거고……."

"라나문 님도 데려가시지요."

"라나문이랑 게스타는 안 데려갈 겁니다, 사블레 후작. 아트락시 공작이랑 로드 재상한테 과하게 싸워대면 둘 다 손해 본단 걸 알려줘야죠."

"그러면 타시르 님을 데려가시겠습니까? 연회 때 진범도 잡았으니까요."

라틸은 여러 가지로 고민한 끝에 클라인과 대신관, 타시르를 데려가기로 했다.

사실 여기에 칼라인도 넣고 싶었지만, 라나문과 게스타만 고립시키면 이번에는 거꾸로 아트락시 공작과 로드 재상이 손을 잡을지도 몰랐다. 라틸은 두 거물 귀족이 과도하게 싸워대는 것도 싫지만, 그들이 힘을 합치는 것도 바라지 않았다.

플로라는 수도에서 마차로 이틀 정도 걸리는 거리에 있는 영지로, 그곳에 있는 별궁은 정원이 유달리 아름답기로 유명했다. 그래서 황족들은 긴 휴가를 떠날 수 없을 때 가끔 그곳으로 가 쉬다 오곤 했다. 라틸이 짧은 휴가를 위해 플로라의 별궁을 선택한 것도, 많이 멀지 않으면서 풍경이 아름답기 때문이었다.

다섯 대의 마차가 줄지어 이동하는 동안, 라틸은 마차 안에서 최대한 머리를 비우려 노력했다. 타시르는 아버지가 보내준 현재 시세 관련 보고서를 읽었다. 대신관은 속세의 사람들이 자기들끼리 치고받는 세태에 대해 신에게 기도를 올렸으며, 클라인은 자신의 측근들과 다른 후궁들을 내리누를 방법을 의논했다. 그러기를 세 시간 정도. 카리셴에서 있었던 하렘 암투에 대해 알려주던 바닐이 갑자기 한숨을 내쉬면서 중얼거렸다.

"사실 황자님, 솔직히 전 가짜 폐하 사건 이후에 이제 황자님은 총애를 얻긴 다 글렀다고 생각했어요."

"뭐야?"

클라인이 도끼눈을 뜨고 쳐다보자, 바닐은 기가 죽어서 웅얼거렸다.

"그럴 수밖에 없었어요. 그때 황자님만 진실을 모르셨잖아요."

맞는 말이긴 했기에 클라인은 불만스러운 얼굴로 입을 다물었다. 사실 클라인 본인 역시 그때는 심장이 철렁했다. 이후 라틸이 한동안 그를 찾아오지 않기에 화가 난 게 분명하다고 확신하기까지 했다. 물론 지금은 아니란 걸 안다. 라틸은 다시 그를 찾기 시작했고, 지나간 생일까지 챙겨주었으며, 대리공사를 죽였단 오해를 살 뻔했을 때도 두말없이 믿어주지 않았던가. 그 생각을 하자 클라인은 갑자기 너그러워져서 거만하게 턱을 들어 올렸다.

"그럴 수도 있지."

"네. 물론 강대국 황자님이니 예의는 차려주겠지만, 진심으로 마음을 얻긴 힘들지 않을까……. 뭐 이렇게 체념했어요."

"그런 내색 없더니."

"당연하죠. 그걸 어떻게 내색해요?"

바닐이 당시 일은 생각만 해도 무섭다는 듯 치를 떨자, 바닐의 옆자리에 앉아 미동도 하지 않던 악시안이 동의하듯 고개를 끄덕이며 말을 이었다.

"그런데 이렇게 폐하께서 클라인 님을 아끼시니 이제 한숨 놓았습니다."

"맞아요, 황자님. 이젠 다른 귀족들도 다 황자님 얘기밖에 안 해요."

두 사람이 번갈아서 자신을 추켜세워 주자 클라인은 입꼬리를 흐뭇하게 올렸다. 그는 겸손한 척해야겠단 생각은 아예 하지 않기에 대놓고 턱을 들어 올리고 뿌듯하게 웃었다.

"하지만 조심하는 게 좋겠습니다, 황자님. 적들은 많은데 황자님은 여기에 세력이라고 할만한 이들이 없으니까요."

악시안이 충고했으나 클라인은 '그쯤은 나도 생각하고 있다'는 투로 흘려들었다. 악시안은 더 잔소리하고 싶었으나 한발 앞서 클라인이 바닐에게 물었다.

"그보다 바닐. 넌 그날 정말로 혼자 미끄러진 게냐? 네가 그렇게 조심성 없다곤 생각되지 않는데."

그 이야기가 나오자 바닐은 아까보다 좀 더 화난 얼굴로 바로 대답했다.

"당연히 혼자 미끄러지지 않았어요. 누군가 절 잡아당겼어요."

"민 게 아니라? 보통은 밀잖아?"

"그러니까요! 민 게 아니라 '잡아당겼'어요. ……그래서 아무도 제 말을 안 믿어요, 황자님. 계단에서는 보통 밀어 떨어뜨리니까요. 하지만 절 공격한 사람은 분명 밑에서 잡아당겼어요. 그건 헷갈리고 뭐고 할 일도 아니잖아요."

바닐이 하소연하자 악시안이 안타깝다는 듯 중얼거렸다.

"목격자만 없었어도 사람들이 신중히 이야기를 들어줬을 텐데. 안타깝게 됐군요."

"그러니까요!"

바닐은 생각만으로도 억울해서 눈가가 불그스름하게 변했다. 클라인은 눈살을 찌푸리더니, 반쯤 열려있던 창문을 꽉 닫고 또 물었다.

"범인은? 못 봤어? 짐작 가는 사람은 없고?"

"없어요, 황자님."

"잘 생각해 봐. 게스타네 '나무'가 보였을지도 몰라."

"아니요. 못 봤어요. 보고 말고 할 것도 없는 게, 그럴 틈도 없이 떨어졌는걸요."

바닐의 단호한 대답에 클라인은 쳇, 혀를 차면서 등받이에 몸을 기댔다. 그때 바닐이 갑자기 "아!" 하고 외쳤다.

"역시 트리지?"

이참에 꼬투리를 잡고 싶었던 클라인은 얼른 몸을 다시 세웠다. 하지만 바닐의 입에서 나온 이야기는 클라인의 예상과는 조금 달랐다.

"아뇨, 트리는 아닌데요. 절 처음 발견한 게 로르드 재상이었어요. 게스타 아버지요, 황자님. 사실 그때 반쯤 정신이 나가서 좀 가물가물하긴 하지만 사람들도 다 그렇게 말했고. 맞는 거 같아요."

"로르드 재상이 널 잡아당겼다고?"

"그건 아닐 거예요. 제가 떨어진 걸 보자마자 놀라서 사람들을 다 불러 모아 준 것도 그분이거든요."

클라인은 범인이 트리나 게스타가 아니라면 재미가 없는지 다시 벽에 등을 기대면서 흥미 없다는 듯 손을 휘저었다. 하지만 흥미가 없는 것과 별개로, 그는 자신의 시종을 건드린 사람이 누구든 그냥 넘어갈 마음은 없었다.

"악시안. 본궁에 돌아가면 그 목격자란 놈을 잡아 와. 거짓말을 한 건 아닌지 확인해 봐야겠다."

악시안은 카리센에서 바닐과 가까운 사이는 아니었다. 하지만 그 역시 다른 나라 사람이 바닐을 괴롭히는 건 참을 마음이 없었다. 그는 클라인을 말리는 대신 차갑게 대답했다.

"예."

그 시각. 황제가 후궁 세 명을 데리고 처음으로 플로라의 별궁을 방문한단 소식에, 그곳의 모든 일꾼은 눈코 뜰 새 없이 바쁘게 돌아다니며 건물 전체를 쓸고 닦고 광을 냈다. 사용하지 않아 온기가 사라진 방은 미리 돌아다니며 먼지를 털고 침구류는 햇볕에 말려 보송하게 만들었다. 주방 역시 오래간만에 분주해져서, 주방장은 쉬지 않고 목청을 높여 보조들에게 고함을 질렀다.

"아니, 그건 찬장 안에 두지 마! 이봐, 그거 버리는 거 아니야! 아니, 뭘 또 버렸다 꺼내는 거야? 버렸으면 그냥 둬! 쓰레기를 폐하께 드릴 셈이야?"

그렇게 온종일 분주히 움직인 넉에 저녁 무렵이 되었을 때는 드디어 잠깐이나마 쉴 수 있게 되었다. 하지만 쉰다고 해도 아까보다 덜 움직일 뿐, 여전히 해야 할 일이 한가득이었기에 주방장은 쉬지 않고 커다란 냄비를 국자로 저으며 뿌옇게 떠오르는 거품을 거두어냈다. 그래도 대화 정도는 나눌 틈이 생기자 주방보조가 주방장에게 말을 걸었다.

"존 씨는 카리센 요리를 잘하시죠?"

심심하긴 마찬가지였기에 주방장은 엄격하게 '조용히!'라고 외치는 대신 순순히 대답해 주었다.

"그래."

"존 씨는 전엔 본궁에 계셨잖아요. 그때 하이신스 황제가 유학 와 있었고요. 하이신스 황제가 존 씨 요리를 좋아했다고 들었어요."

주방장은 이번에도 고개를 끄덕이면서 괜히 뻐기는 소리를 냈다.

"좋아하다 뿐이야. 하이신스 폐하께선 연인에게 음식을 해주고 싶다면서 나한테 요리를 가르쳐 달란 부탁까지 하셨는걸!"

처음 듣는 이야기에 주방보조가 눈을 휘둥그렇게 떴다.

"진짜예요? 그럼 존 씨는 폐하를 가까이서 뵈었겠네요?"

"당연하지."

주방보조는 연신 감탄을 터트렸다. 궁전에서 일하는 사람들도, 사실 대부분은 동선이 겹치지 않기에 황족들의 얼굴을 보기조차 어려웠다. 그런데 황제, 그것도 옆 나라 황제에게 요리까지 가르쳐 주었다니. 주방보조는 주방장이 구국 영웅이라도 되는 것처럼 존경스러운 눈빛으로 쳐다보았다. 그 눈길을 받은 주방장은 더욱 으쓱해져서 자랑했다.

"이번에 오는 후궁 중에 하이신스 폐하의 동생도 있다지? 그분은 이복형과 얼마나 많이 닮았나 궁금하군. 입맛이 비슷하다면 그분도 내가 한 음식을 좋아하시겠지."

마차에서 내리자 연한 녹색과 금색이 조화롭게 어우러진 커다란 건물이 나타났다. 건물의 선이 부드럽고 매끄러운 이 별궁은 라틸이 어린 시절 가장 좋아했던 건물이기도 했다. 레안은 여기에 와서도 늘 공부를 했고, 라틸은 자신의 몸만 한 책을 안고서 그 뒤를 쫓아다녔다. 그 모습을 본 귀족들은……

'오빠가 내 추억을 다 망쳤어.'

몽실몽실하던 추억 속에서 오빠의 잘난 얼굴이 떠오르자 바로 기분이 구겨졌다. 라틸은 과거를 추억하길 멈추고서 정문을 향해 걸어갔다. 그래도 식사 시간이 되자 기분이 다시 나아졌다. 황제 즉위 후 처음으로 이곳에 방문했기 때문인지, 하인들이 나르는 음식마다 전부 힘이 들어가 있었다.

바삭하게 튀긴 과자와 작은 접시에 덜어낸 다섯 종류의 과일잼, 사과 타르트와 닭고기로 만든 스튜, 당장에라도 녹아버릴 것처럼 보드라워 보이는 흰 빵과 위에 크림을 얹은 이름 모를 음료수 등등. 하나같이 침이 넘어갈 정도로 강렬하고 달콤한 향을 풍겼다.

게다가 라틸의 양옆에 앉은 이들은 하나같이 손꼽히게 아름다운 후궁들이어서, 테이블 위를 볼 때도 후궁들을 볼 때도 기분이 좋아질 수밖에 없었다.

'갑자기 좀비니 흑마법사니 이런 것들만 안 나타났어도 얼른 황위 안정시키고서 이런 편안한 일생을 보낼 수 있었는데.'

음료수를 먹다가 입술 부근에 크림이 묻자 타시르가 약간 혀를 내밀어서 그 주위를 핥았다. 그걸 본 라틸은 심장이 울려서 더욱 틀라와 레안을 원망했다.

"타시르 그자는 겉으로 보기엔 폐하께 별 관심이 없어 보이는데. 속으론 아닌가 봐."

식사를 마친 클라인이 방 안에 들어오자마자 뱉은 소리에, 바닐이 하인들에게 짐을 이리 옮겨라 저리 옮겨라 지시하다 말고서 "예?" 하고 되물었다. 악시안은 눈치 빠르게 하인들을 다 내보냈다. 바닐은 하인들이 나가자 짐을 자신이 다 옮기게 되어서 인상을 찌푸렸으나, 클라인은 좀 더 편하게 타시르에 관해 이야기할 수 있었다.

"다 같이 식사를 하는데, 타시르 그자가 입에 크림이 묻은 척 혀로 입술을 핥지 뭐냐. 여우 같기는."

클라인의 말에 바닐이 여행용 가방을 옷장으로 끌고 가면서 혀를 찼다.

"그자는 딱 보기에도 여우 같잖습니까, 황자님. 얼굴을 보면 종족이 수상할 정도인데요."

"그렇긴 하지."

늘 웃고 다니는 타시르의 가느다란 눈매를 떠올린 클라인이 수긍하자, 악시안이 여행 가방 두 개를 동시에 들고 옮기면서 조금 타시르를 편들었다.

"그래도 가까이 지낼만한 자입니다. 전에 폐하와 황자님 사이에 오해가 생겼을 때도 중간에서 황자님을 편들어 폐하의 오해를 풀어주었고, 무엇보다 그자의 상단이 카리센과도 교역을 하지 않습니까. 이해관계가 얽혀있으니 황자님에게 잘할 겁니다."

인상을 찌푸리긴 했으나 클라인은 마지못해 고개를 끄덕였다. 말은 이렇게 했지만, 그 역시 후궁들 중에선 그나마 대신관과 타시르 이 둘이 가장 낫다고 생각했다.

"빨리 짐이나 정리해. 그리고 바닐, 노출 많고 화려한 옷으로 골라줘. 대신관은 헐벗고 다니고 타시르는 화려하게 치장하고 다니니 난 두 개 다 해야겠다."

그 두 개를 조합하신다고요? 바닐은 여행용 가방을 열다가 당황해서 클라인을 쳐다보았으나, 클라인은 이미 윗옷 단추를 풀고 있었다.

클라인은 라틸이 여독을 풀자마자 자신을 부를 거라 확신했지만, 저녁 시간이 되도록 라틸에게서는 아무 연락이 없었다. 별궁에

왔으니 이젠 예전의 그 바다 맛 키스 이상으로 진도가 나갈 거라고 예상했던 클라인은 눈에 띄게 실망했다.

"오늘은 피곤해서 그냥 푹 쉬시려나 봐요."

바닐은 그런 클라인에게 애써 긍정적인 말을 해주었지만, 아무리 좋은 말을 해도 클라인이 회복되지 않자 맛있는 음식이라도 가져다주기 위해 부엌으로 갔다.

"클라인 님이 기운이 없으시니, 좀 단 간식을 가져다드리고 싶은데."

다행히 이곳의 주방장이 카리셴 요리가 특기라고 나서더니, 정말로 카리셴 궁정 파티에 내보내도 손색이 없을법한 음식을 만들어냈다. 바닐은 얼른 그 음식을 웨건에 담고 접시를 커다란 은색 뚜껑으로 덮은 뒤 다시 클라인의 방으로 돌아갔다.

"황자님, 이거 좀 드셔보세요."

거울 앞을 떠나지 못하는 클라인에게 음식을 내밀자, 클라인은 마지못해 고개를 돌렸다가 놀라 감탄했다.

"이거 눈사과잖아? 이게 왜 여기 있어?"

"여기 주방장이 카리셴 요리가 특기래요."

눈사과는 카리셴 궁정에서 최근에 가장 유행하는 간식으로, 사과 위에 하얀 눈을 얹은 것처럼 생겨서 모양이 예쁜 데다 그 하얀 부분에서 단맛이 나기 때문에 우울할 때 간식으로 먹기 딱 좋았다. 클라인은 신이 나서 눈사과를 받아 들고 조금씩 베어 먹다가, 문득 좋은 생각이 떠올라 눈사과를 도로 접시에 내려놓았다.

"어? 맛이 별로인가요?"

"아니. 내가 이걸 폐하께 만들어 드리면 어떨까 싶어서."

"폐하께요? 황자님이 직접요?"

바닐은 당황해서 동그란 사과 모양 간식과 클라인을 번갈아 살펴보았다. 눈사과는 보기엔 예뻤으나 만드는 난이도가 꽤 높아 보였다. 한데 황자님이 요리를…… 잘하나? 잘하는지 못하는지 모르겠다. 바닐은 클라인이 요리를 한단 이야기를 들은 적이 아예 없었다.

"요리는 할 줄 아세요?"

결국 바닐이 솔직하게 묻자, 클라인은 뭐 어렵냐는 듯 거만하게 턱을 들고서 손가락으로 문을 가리켰다.

"그냥 하면 되는 거지. 이거 만든 주방장을 데려와 봐."

얼마 지나지 않아 바닐은 긴장한 주방장을 데리고 나타났다. 클라인은 소파에 다리를 꼬고 앉아 대외 이미지 구축용 책을 읽다가, 주방장이 들어오자 얼른 책을 덮어 옆에 내려놓고서 명령했다.

"내가 폐하께 직접 카리센 음식을 만들어주고 싶다. 아까 내 시종이 네게서 받아 온 그 눈사과 같은 거. 만드는 방법을 내게 가르쳐다오."

그런데 뜻밖에도 주방장은 클라인의 명령을 듣자 가볍게 웃음을 터트렸다. 조금 전까지만 해도 잔뜩 긴장해 있었으면서. 그 반응에 클라인이 눈살을 찌푸리자, 주방장은 황급히 사과하며 설명했다.

"죄송합니다, 황자님. 예전에 하이신스 폐하께서도 같은 부탁을 하셨던 게 떠올라서요."

클라인은 주방장이 자기 말을 무시하나 싶어 눈살을 찌푸리고 있다가, 뜬금없이 여기서 자신의 형 이야기가 나오자 의아해 물었다.

"내 형님이? 같은 부탁이라니? 눈사과?"

클라인은 악시안을 보며 물었다.

"형님이 여기 온 적이 있던가?"

"제가 알기론 없습니다."

악시안이 부인하자 주방장은 얼른 말을 정정했다.

"제가 몇 년 전까지는 본궁에서 요리를 했습니다, 황자님. 하이신스 폐하께서는 당시에 유학을 와 계셨지요."

"아아. 그때."

"눈사과를 만들겠다 하신 건 아니지만, 어떤 영애에게 요리를 해 주려 하셨습니다."

"영애?"

클라인은 주방장의 이야기를 귀 기울여 듣다가 처음 듣는 이야기가 나오자 눈살을 찌푸렸다. 형님이 외국 영애를 위해 요리를 배운 적이 있다고?

'그런 이야기는 들은 적이 없는데.'

클라인은 고개를 기웃했으나, 곰곰이 생각해 보다가 주방장의 말이 사실일지도 모른단 판단을 내렸다. 하이신스는 첫사랑이나 옛 연인이 있단 내색은 하지 않았으나, 아이니 황후에게 마음 한 조각 주지 않은 건 물론 여러 정치적 이해관계로 받아들인 후궁들과도 합방을 하지 않고 지냈다. 당시 클라인은 나라가 불안정하니 하이신스가 몸을 사리는 거라 생각했다. 하지만 만약 저 주방장의 말처럼 하이신스에게 진짜 사랑하는 사람이 있다면…….

'그 여자 때문에 끝끝내 아이니 황후를 못 받아들였나 보네.'

아니, 그런 상대가 있다면 미리 좀 말을 하지. 클라인은 속으로 형이 참 융통성이 없다고 생각했다. 물론 하이신스가 아이니 황후와 결혼을 할 당시엔, 아이니 외엔 다른 선택지가 없었지만 말이다.

시간이 늦었으니 요리는 내일 배우기로 한 클라인은, 그날 밤 책상 앞에 앉아 하이신스에게 보낼 편지를 적었다. 한동안 방 안에는 클라인이 종이에 힘주어 글씨 쓰는 소리만 사각사각 울렸다. 그런데 글씨 쓰는 소리는 한 시간이 다 되어 가도록 멈추지 않았다. 바닐은 근처에서 목각 인형을 깎다 말고서 클라인에게 물었다.

"폐하께 첫사랑이 누구인지 물어보시는 건가요?"

주방장이 돌아가자마자 클라인은 자신이 하이신스의 첫사랑 영애를 찾아볼 거라고 했다. 악시안이 "영애가 아니라 부인일 수도 있습니다, 황자님." 하고 초 치는 말을 하긴 했으나, 클라인은 그래도 찾아볼 거라 말하더니 씻자마자 저렇게 책상 앞에 앉아 펜을 들었다. 바닐이 이런 질문을 던질 만도 했다.

"아니."

그러나 클라인은 대번에 바닐의 말을 부정했다.

"어? 아니십니까?"

바닐이 조각칼을 내려놓으며 묻자, 클라인은 당연하지 않냐는 듯 눈살을 찌푸렸다.

"우리는 형님 첫사랑이 누구인지 전혀 모르는데 형님에게 그런 이야기를 어떻게 해? 악시안 말처럼 이미 결혼한 사람이면 어쩌려고. 일단 찾은 다음에 얘길 해야지."

"아, 그렇군요. 그러면 무슨 편지를 쓰시는 건지……."

"이제 여기에도 많이 적응했으니 임시 후궁은 그만두고 정식 후궁으로 들어와 있을 거란 편지."

바닐은 멍하니 고개를 끄덕거리다가 한발 늦게 외쳤다.

"예? 진심이세요?"

클라인이 '안 될 게 뭐가 있냐'는 시선으로 쳐다보자, 바닐은 당황해서 괜히 악시안 쪽을 쳐다보며 허둥거렸다.

"그러다가 폐하가 다른 사람을 국서로 정하면 황자님은 평생 그 밑에서 후궁으로 지내야 하는 건데, 그걸 견딜 수 있으시겠어요? 물론 후궁도 황족이지만 그래도 황자님 같은 분이……."

바닐은 악시안이 자신을 돕길 바라며 본 것이지만, 악시안은 '뭐 어때'라는 표정으로 도와주지 않았다. 클라인은 당당하게 턱을 치켜올리면서 웃었다.

"폐하는 날 사랑하시지. 그런데도 날 국서로 올리지 못하고 있는 건 내가 임시 후궁이라, 언제든 돌아갈 수도 있다 여겨서 그런 거다."

"그게…… 그럴까요?"

"그래. 그러니 나도 폐하께 내 결단을 보여드려야지. 그래야 마음 놓고 날 국서로 올리실 거 아니냐."

"그게…… 진짜 그럴까요?"

바닐이 재차 불안해서 묻자, 클라인의 눈꼬리가 위로 서서히 올라갔다. 바닐은 얼른 입을 다물었다. 그러나 불안한 마음은 가시지 않았다. 물론 바닐이 보기에도 지금 황제는 클라인을 가장 잘 챙겨주었다. 대리공사가 죽었을 때도 두말없이 클라인을 믿어주었고, 클라인이 엮여있다는 것을 알면서도 잘 숨겨주었다.

지나간 생일도 챙겨주고, 사람들 앞에서 클라인을 향한 총애를 감추지 않고 드러냈다. 하지만 그것만으로 황제가 클라인을 국서로 올리려 한다고 확신할 수 있을까?

라틸이 밖으로 나가자 서넛이 자연스럽게 뒤로 따라붙었다. 라틸이 모른 척 걸어가는데도 그는 개의치 않고 계속해서 라틸을 따라왔다. 그러다 라틸이 온실 앞에 도착해 문을 밀려 하자, 그제야 먼저 손을 뻗어 문을 열어주는 것으로 자신의 존재감을 알렸다.

"여전히 이 온실을 좋아하시는군요."

라틸은 흥, 코웃음을 치고서 온실 안으로 들어가 주위를 두리번거렸다. 한여름의 온실은 사실 따뜻하다 못해 후덥지근한 데다 공기마저 무겁게 느껴질 정도여서 산책하기에 좋은 공간은 아니었다.

그런데도 라틸이 이 안에 들어온 건 어릴 때 이 별궁에 오면 늘 온실을 찾았기 때문이었다. 라틸은 연한 주홍색 돌길을 쭉 따라 걷다가, 꽃나무 여기저기에서 서넛의 흔적을 떠올리고는 결국 그의 말에 대답해 주었다.

"서넛 경도 자주 같이 왔죠."

"계속 무시하시기에 제가 너무 아름다워 꽃과 구별을 못 하시는 줄 알았습니다."

라틸이 황당해서 쳐다보자 서넛은 빙그레 웃더니 꽃나무 옆에 슬쩍 무릎을 굽혀 앉아 자신과 꽃이 나란히 붙게 만들었다.

"구분 안 가지 않습니까?"

"아뇨. 다 됩니다."

"폐하는 여전히 안목이 없으십니다."

능구렁이처럼 상대가 경계선을 슬며시 넘어오자, 라틸은 괜히 열이 받아서 서넛의 발등을 한 번 꽉 밟고 싶어졌다. 하지만 라틸은 자신이 한 번 뻥 걷어찼을 뿐인데 공처럼 날아갔던 주정뱅이를 기억하고 있었다.

그 이후로 다른 사람을 차본 적은 없지만, 장난삼아 서넛의 발등을 밟았다가 근위기사단장의 발등이 부러지는 꼴은 보고 싶지 않았다. 라틸은 발등을 밟는 대신 서넛을 반쯤 진심으로 비꼬았다.

"난 안목이 없어도 대신관한테 치료받으면 낫습니다. 누구랑 달리 대신관을 꺼리지 않거든요."

서넛이 대신관의 치료를 거부하는 수상쩍은 행동을 했다는 걸 돌려서 표현한 거였다. 장난스레 말하긴 했으나, 그 안에는 라틸의 의심이 남아있었다.

그러나 눈치가 빨라 다 알아들었을 텐데도 서넛은 모른 척 화제를 돌려버렸다.

"폐하. 얼굴에 뭐가 묻었습니다."

"그러면 내가 넘어갈 거 같습니까? 핑계도 성의 없게 대기는."

라틸이 그 능구렁이 같은 태도를 비난했지만, 서넛은 정말이라면서 라틸의 이마 언저리를 쳐다보았다.

"꽃가루가 묻었습니다."

"꽃가루가 왜 나한테 묻습니까? 꽃에 얼굴 비비적거린 건 서넛 경인데."

"그러니까요."

'진짜 묻어서 묻었다고 하는 거야 아니면 또 장난하는 거야?'

라틸은 서넛의 말이 진짜인지 아닌지조차 헷갈려서 괜히 이마 부근을 자기 손으로 쓱쓱 문질러보았다.

"아무것도 없잖아."

하지만 꽃가루는커녕 먼지 한 톨 묻어 나오지 않았다. 이에 라틸이 눈살을 구기며 항의하자, 서넛이 한 걸음 더 가까이 다가오더니 라틸의 이마를 바라보며 중얼거렸다.

"그쪽 아닙니다."

그럼 어디냐고 물으려는데 서넛의 숨결이 머리 위쪽에서 느껴져 라틸은 반사적으로 몸을 움찔했다. 하지만 숨결이 문제가 아니었다. 서넛이 바로 앞까지 다가온 터라 코앞에 그의 넓은 가슴이 펼쳐져서 시선을 둘 곳이 없었다. 라틸은 시선을 얼른 아래로 내렸다. 그러나 이렇게 가까이 붙어 섰을 때는 시선을 아래로 내리까는 것도 그리 좋은 선택은 아니었다. 라틸은 놀라서 고개를 도로 위로 올렸다가 서넛과 눈이 마주치자 얼굴에 열이 올라 괜히 큰소리를 쳤다.

"거울!"

그 모습이 우스웠는지 서넛이 입술을 씹으면서 입꼬리만 올리는 바람에, 라틸은 민망해져서 결국 그의 정강이를 툭 가볍게 치고 말았다.

"윽!"

"서넛 경!"

서넛이 비명을 지르며 휘청거린 통에 놀랐지만, 장난친 거였던지 그는 바로 멀쩡해져서는 참지 못하고 크게 웃어댔다.

"아 진짜!"

화가 난 라틸이 씩씩거려도 그는 쉬이 웃음을 거두지 못하다가, 라틸이 부글부글 끓는 표정으로 쳐다보자 애써 숨을 고르며 손을 조심스레 뻗었다.

"가루만 털어드리겠습니다."

그의 손이 이마에 닿았고, 라틸은 이번에는 확실히 위쪽을 쳐다보았다. 목젖이 튀어나온 그의 목을. 그러나 서넛의 손이 라틸에게 완전히 닿기 전, 문 열리는 소리가 나더니 클라인이 나타났다.

웃는 얼굴로 나타난 클라인은 서넛을 보자 잠시 표정이 굳었는데, 그것도 잠시였다. 그는 곧 의기양양한 미소를 지으면서 라틸과 서넛 곁으로 다가오더니, 친절한 목소리로 서넛에게 말을 걸었다.

"뭐 하는 거지, 서넛 경?"

"폐하께 꽃가루가 묻어 털어드리려 했습니다."

서넛이 태연히 대답하자, 클라인은 '아 그래?' 하는 얼굴로 고개를 끄덕였다. 꽤 도량이 넓어 보이는 표정이었다. 하지만 그건 표정일 뿐. 클라인이 대꾸한 말에는 뾰족한 가시가 가득했다.

"그런 건 폐하의 연인인 내가 할 일이다. 근위기사단장인 자네가 할 일은 폐하에게 뭐가 묻었나 살피는 게 아니라 잘 호위하는 거고. 그러니 가서 호위나 계속하지?"

클라인이 손가락으로 온실 입구를 가리키자, 서넛은 순순히 알겠다 말하고서 물러났다. 하지만 이런 상황에 기분 나쁘지 않은 사람이 있을 리가 없는지라, 라틸은 저도 모르게 서넛 쪽을 계속 쳐다보고 말았다.

"폐하."

클라인이 라틸을 부르고서야 라틸은 자신이 지금 서넛이 괜찮나 살필 때가 아니란 걸 알아차렸다. 라틸은 클라인을 아트락시 공작과 로르드 재상에게 대항할 만큼 키워줘야 했다. 최소한 두 가문 사이에서 난처해하는 중립 귀족들이 클라인 쪽에 힘을 보탤 정도로는 말이다. 그러려면 클라인 스스로도 라틸에게 총애받고 있단 생각을 하게 만들어야 했다.

빠르게 판단을 마친 라틸은 클라인에게 말을 좀 부드럽게 하라고 지적하는 대신, 웃으면서 반쯤 눈을 감았다. 그러고 있으니 클라인이 조심스럽게 이마를 손으로 쓰는 게 느껴졌다. 피부를 뜨겁게 감쌌다 떨어지는 손길에 라틸은 저도 모르게 작게 탄식하며 눈을 떴다.

"너는 손이 따뜻해서 좋다."

그러고서 눈을 뜨자 뿌듯하게 웃고 있는 클라인의 찬란한 얼굴이 보였다. 자기 나라에서 얼굴로 유명한 이유가 이해 갈 정도로 눈부신 미소였다. 그 미소를 본 라틸이 잠시 넋을 놓고 감탄하는 사이, 클라인은 자연스럽게 라틸을 팔로 감싸 자신의 품으로 넣었다.

얼굴에 바로 닿는 단단한 근육의 느낌에 라틸은 저도 모르게 손을 조금 들어서 클라인의 배와 가슴 사이에 손을 올렸다. 오늘따라 클라인이 상의를 제대로 여미지 않은 터라, 손바닥 위로 곧장 탄력 있으면서 부드러운 살의 감촉이 느껴졌다. 반면 손가락 끄트머리에서는 그가 건 목걸이 탓에 차갑고 딱딱한 금속이 느껴졌다. 라틸은 당황해서 클라인을 올려다보았다. 그러나 라틸이 오늘 이 이상 진도를 나갈 마음은 없다고 말하기도 전. 클라인이 내내 한 손에 있던 무언가를 들어 올리며 속삭였다.

"이게 무엇인지 아십니까, 폐하?"

이미 보았지만 그리 신경 쓰지 않던 납작한 상자였다. 라틸은 분위기에 취해 말없이 고개를 저었다. 하지만 이런 분위기에서 주려는 것이니 아마 로맨틱한 선물이겠지. 꽃일까? 라틸은 꽃 외엔 로맨틱한 선물이 떠오르지 않았다.

"나한테 주는 거냐."

라틸의 질문에 클라인은 당연하단 듯이 웃고는 마저 속삭였다.

"네. 눈사과입니다."

라틸은 희미한 한숨을 내쉬면서 그쪽으로 손을 뻗다가 눈살을 찌푸리고 휙 도로 고개를 들었다.

"뭔 사과?"

"어떠십니까?"

여름의 온실은 후덥지근해서 아무리 경치가 좋아도 안에서 뭘 먹을 환경이 아니었다. 이 때문에 두 사람은 테라스로 자리를 옮겨서, 거기에 작은 테이블을 펼친 다음 클라인이 만들었던 그 눈사과를 꺼내 먹었다. 클라인은 라틸이 입가에 하얀 가루를 묻히고 입을 오물대는 걸 보자 괜히 뿌듯해져서 물었다.

"맛있습니까?"

"어."

라틸은 순순히 수긍했다. 납작한 상자에서 웬 얼린 사과 같은 게 나왔을 땐 당황했지만 정말로 맛있었다.

"네가 만든 거 맞아?"

의심스러울 정도로. 하지만 진짜 자기가 만든 게 맞는지, 클라인은 라틸이 의심스러워하는데도 기분 나빠하지 않고 웃기만 했다. 그 맑은 미소를 본 라틸은 괜히 목구멍 한쪽이 꽉 막혀와서 입 우물거리는 속도를 늦추었다.

'요리 만들어서 주는 게 카리센 황족들 사이에서 내려오는 유혹 방법인가.'

하이신스도 이랬다. 유학 와있던 시절, 카리센 요리라면서 뭔가를 만들어서 가져다주고는 라틸이 먹는 모습을 재밌다는 것처럼 구경하곤 했다.

'쓸데없이 이런 점만 비슷하네.'

얼굴도 성격도 전혀 다르면서 왜 예상하지 못한 순간 하이신스와 비슷한 점을 보이는 걸까. 입맛이 사라져서 라틸은 냅킨으로 입가를 닦았다.

하이신스 때문에 클라인을 데려온 건 맞지만, 라틸은 이제 예전만큼 클라인과 하이신스를 한 세트처럼 여기진 않았다. 요즘은 클라인은 클라인이고 하이신스는 하이신스로 보였다. 카리센의 황자라는 걸 제외하면 아마 공통점이 거의 없기 때문일 것이다. 어쩌면 클라인이 유달리 해맑은 성정을 가지고 있어서 그럴 수도 있고.

"여기."

클라인이 손을 뻗어서 라틸의 입가에 묻은 하얀 가루를 털어주자, 입술 언저리에 뜨끈한 체온이 남아 라틸은 괜히 사과를 뒤적거렸다. 설탕이 묻은 건 입술인데 단맛은 이상하게도 좀 더 마음 안쪽에서부터 느껴졌다.

"그런데 폐하. 제가 뭐 하나 물어도 될까요?"

라틸은 그의 손이 닿았던 입가를 괜히 자신의 손으로 따라 눌러 보다가, 이게 뭔 짓이냔 생각에 얼른 손을 내리며 대답했다.

"어, 그래. 몇 개든 물어봐라."

"제 형님이 여기에 유학차 와있었지 않습니까."

하나만 물어보라고 할걸. 아니, 아무 질문도 하지 말라고 할걸.

클라인이 하이신스에 대한 이야기를 꺼내자 라틸은 급격히 후회되어서 포크를 내려놓았다. 심장에 툭툭 설탕을 뿌린 듯하던 달달한 기분 역시 사라졌다. 뿌려진 건 설탕이 아니라 소금이었다.

'클라인은 왜 하필 지금 하이신스 얘기를 꺼내는 거지?'

물론 모르니까 꺼낸 거지만. 라틸은 애써 평소 같은 표정을 만들어내며 계속 말해보라고 손을 저었다. 어쨌든 지금 와서 갑자기 '하지 마!'라고 하는 게 더 이상할 테니까.

"폐하, 혹시 우리 형님이 여기에서 지내던 동안에 누구와 사귀었는지 아십니까?"

하지만 클라인의 말을 듣자마자 라틸은 바로 후회했다. 아무것도 묻지 말라고 할걸. 라틸은 표정을 감추기 위해 일부러 손수건을 꺼내서 입가를 마구 문질렀다. 뒤에서 상황을 살피던 서넷도 미묘하게 표정을 일그러뜨렸다.

"몰랐는데 형님이 유학 와있던 시절에 만나던 여자가 있나 보더라고요. 폐하께선 그 영애가 누구인지 혹시 아실까요?"

라틸은 바로 대답하지 못하고서 손바닥 안에서 괜히 손수건만 굴렸다. 이걸 어쩐다.

한때 연인이었던 이의 동생이자 지금은 자신의 연인이 된 사람에게, '네 형과 사귀던 여자는 나야'라고 말하는 건 쉬운 일이 아니었다. 이유는 복합적이었다. 하이신스는 동생에게 과거에 대해 알려주지 않았다. 즉, 하이신스 역시 두 사람 사이를 클라인에게 알릴 마음이 없었다. 그런데 여기서 라틸이 진실을 말해버리면 자신과 하이신스는 그렇다 쳐도, 하이신스와 클라인의 사이까지 덩달아 나빠지게 된다.

또 다른 이유는 클라인이 라틸의 예상보다 진지하게 자신을 대해주기 때문이었다. 차라리 클라인이 하이신스에게서 밀정 노릇을 지시받고 여기에 온 거라면, 라틸은 그에게 진실을 말하는 데 거리낌이 없었을 것이다. 하지만 예상과 달리 클라인은 라틸이 보기에 하렘의 남자들 중에서도 제일 맑았다. 착한 성격은 아니었으나 제일 맑은 성격은 확실했다. 그리고 그 맑은 마음으로 그는 라틸이 자신을 좋아한다고 단단히 오해하고 있었다. 이런 클라인에게 진실을 알려준다면 그는 어떻게 반응할까?

"폐하? 왜 말씀이 없으십니까?"

클라인이 재차 질문을 하면서 고개를 기울였다. 라틸은 침을 꿀꺽 삼키고서 손수건으로 또 입가를 문질렀다. 이걸 정말 어쩐다……. 그러고 있자니, 클라인이 알겠다는 듯 크게 웃음을 터트렸다.

"폐하도 모르시는군요?"

라틸은 손수건을 입에서 떼고서 괜히 각도를 맞추어 접으며 중얼거렸다.

"내가 황제지만 모든 걸 다 알진 못하지……."

"게다가 당시엔 황태녀도 아니라 그냥 황녀였으니까요."

"그럼……."

"근데 왜 계속 말끝을 그리 아련하게 늘이십니까?"

라틸은 큼큼 괜히 헛기침하고서 다 접은 손수건을 클라인에게 건네고 일어섰다.

"어? 어디 가십니까?"

"생각해 보니 바쁜 일이 있다."

"생각해 봐서 바쁜 일이면 덜 바쁜 일 아닌가요?"

라틸은 대답 대신 서둘러 그 자리를 빠져나왔다. 걸음걸음마다 심장이 콩콩 뛰어서 무슨 생각을 할 겨를도 없었다. 클라인에게서 멀찍이 떨어진 곳에 와서야 라틸은 벽에 기대어 긴 한숨을 내쉬었다. 아니, 쟤는 갑자기 모르던 걸 어디서 알게 된 거야?

"괜찮으십니까?"

라틸이 빠른 걸음으로 복도를 걸어가자 서넛이 곁에서 물었다.

"안 괜찮습니다."

라틸은 이번에는 솔직하게 대답했다. 정말로 안 괜찮았다. 클라인이 진실을 안 후 상처받을 것도 걱정되었고 이후 하이신스와 클라인의 사이가 어떻게 틀어질지도 걱정되었고, 하이신스가 자신을 원망할지 모른단 것도 걱정되었다. 심지어 이 걱정에 하이신스의 걱정이 포함된 것까지 걱정되었다.

"아."

그러다 라틸은 온실에 있을 때 클라인이 서넛을 민망하게 만들었던 걸 기억해 내고서 그의 눈치를 살폈다. 서넛은 대번에 그 기색을 눈치채고서 물었다.

"왜 그러십니까?"

"서넛 경은 괜찮습니까?"

"저는 클라인 님이 상처받든 말든 관심 없습니다."

"엄청 솔직하네. 근데 그거 물어본 거 아닙니다."

"그럼요?"

"서넛 경이 괜찮냐고요. 아까 온실에서……."

라틸이 말끝을 흐렸으나 서넛은 라틸이 말하는 때가 언제인지를 눈치채고 흐릿하게 웃었다. 아직 대답을 듣진 않았지만, 라틸은 서넛의 표정을 보자마자 그때 그가 자존심이 많이 상했으리란 걸 짐작할 수 있었다. 사실 그 상황에서는 누구라도 감정이 상했겠지만.

"솔직히 기분이 좋진 않았습니다. 저는 어릴 때부터 폐하와 자주 어울렸으니까요. 어릴 땐 제가 코도 풀어드렸……."

그런 얘기까진 안 해도 되거든? 라틸이 손으로 입을 막아버리자 서넛의 눈꼬리가 길게 휘어졌다.

"그런데 이마에 묻은 꽃가루조차 털지 말라 하니 좀 머쓱했습니다. 하지만 틀린 말은 아니니까요."

"서넛 경."

"이제 폐하는 다 큰 성인이시고, 저는 폐하의 호위이지. 폐하의…… 아니니까요."

서넛의 목소리에는 어딘가 아쉬워하는 기색이 있어서, 라틸은 저도 모르게 멈추어 서서 그를 돌아보았다. 눈이 마주치자 서넛은 태연하게 웃었다. 착각이었나? 순간 떠오른 생각이 민망할 정도로 말끔한 미소여서, 라틸은 저도 모르게 고개를 기웃했다. 그때였다.

"저, 서넛 경."

어느새 두 사람은 라틸의 방 앞까지 도착해 있었는데, 그 옆방에서 시녀인 애런델이 나오다가 둘을 발견하더니 조심스럽게 가까이 다가와 말을 걸었다. 서넛이 돌아보자 애런델은 주저하다가 라틸의 눈치를 살폈다. 라틸이 '난 신경 쓰지 말고 말해'라는 제스처를 취하자, 애런델은 그제야 안심하고서 서넛을 향해 말을 이었다.

"서넛 경의 사촌 동생인 엘리자벳 양과 제 오빠 사이에 혼담이 오가는 걸 아시나요?"

"부끄럽지만 집안일에 신경을 쓰지 못하고 있어 모르겠습니다."

서넛이 덤덤하게 대답하자, 애런델은 쑥스럽다는 듯 웃으며 물었다.

"그렇군요. 확정된 건 아니지만 말이 오가고 있어요. 저기, 그 일 때문에 물어볼 게 몇 가지 있는데 시간을 좀 내어주실 수 있을까요?"

"저는 아는 게 없어 도움이 안 될 겁니다."

서넛이 고저 없는 목소리로 대답하자, 애런델이 민망한지 머쓱하게 웃었다. 그러다가 라틸을 향해 도움을 구하는 눈빛을 보냈다. 하지만 라틸은 애런델의 눈빛을 바로 해석하지 못했다.

'뭘 도와달라고 저렇게 쳐다보는 거지? 서넛에게 시간을 주란 건가?'

"가문 일이라는데 둘이 차라도 한잔 마시고 와. 어차피 나는 계속 방에 있을 거니까."

대충 그런 뉘앙스인 듯해 라틸이 중재하자, 서넛은 그제야 알겠다고 중얼거렸다. 허락이 떨어지자 애런델은 행복하게 웃으면서 앞서 걸어갔다. 서넛이 그 뒤를 따라가는 걸 가만히 보다가, 라틸은 고개를 기웃했다.

'근데 애런델은 자기 결혼도 아닌데 왜 저렇게까지 기뻐하지? 서넛 경 사촌이 인기가 좋은가? 아니면…… 애런델이 서넛을 좋아하나?'

방으로 돌아온 라틸이 얇은 겉옷을 벗어 의자에 내려놓자, 하녀가 얼른 다가와 옷을 들고 나갔다. 라틸은 1인용 안락의자에 편안히 다리를 꼬고 앉아있다가, 결국 호기심을 참지 못하고 종을 들었다. 다른 시녀를 불러다가 애런델이 혹시 서넛을 좋아하냐고 물어볼 생각이었다. 하지만 라틸은 종을 흔들기 직전 마음을 바꾸어 종을 내려놓았다.

'물어봐서 뭐 어쩔 건데.'

애런델이 서넛을 좋아하는 게 아니라면 이런 질문을 한 것부터가 민망한 일일 테고, 서넛을 좋아한다 해도 라틸이 어떻게 해줄 수 있는 건 없었다. 아니, 사실 친한 시녀의 결혼이라면 도움을 줄 수도 있긴 하다. 그러나 라틸은 가짜 황제 사건 이후 몇몇 궁정인들과 조금 불편해진 상태였고, 거기에는 시녀들도 포함되어 있었다. 다른 시녀를 구한다고 해도 별 차이가 없을 거란 생각에 그냥 익숙한 시녀들을 곁에 두고 있었으나, 이전처럼 그들에게 가까운 마음은 들지 않았다. 그러니 서넛도 애런델이 좋다면 어쩔 수 없겠지만, 굳이 자신이 나서서 두 사람을 이어주는 일까진 해주고 싶지 않았다.

'알아서 잘하겠지.'

라틸은 그렇게 정리를 끝내고서 이른 시간이지만 이불 안으로 파고들었다. 길게 궁전을 비울 수는 없어서 별궁에서 머무르는 기간은 고작 사흘뿐이었다. 오고 가는 기간까지 더하면 딱 일주일짜리 휴가. 이곳에 있는 사흘 동안엔 조금도 머리를 굴리지 않고 그저 편하게 늘어져 있고만 싶었다.

'미치겠네. 편하게 쉬고 싶다니까!'

라틸은 속으로 욕을 뱉었다. 일부러 남 눈치를 보느라 속으로 욕한 건 아니었다. 입 밖으로 말을 꺼내도 말이 나가지 않는 것이었다. 또다시 그 도미스란 여자의 기억 속이었다. 그 사이에 시간이 얼마나 지났는지는 모르겠으나, 어쨌든 도미스는 더 이상 그 오두막집에서 울고 있지 않았다. 이미 쫓겨난 듯 그녀는 울면서 숲으로 걸어가고 있었다. 사방은 깜깜한 밤이었고, 불빛이라고는 나뭇잎 사이사이로 잠시 드러났다가 사라지길 반복하는 달빛뿐이었다.

'뺨 쪽이 아파. 시간이 오래 흐르진 않은 건가. 어쩌면 아직 몇 시간 안 지난 건지도⋯⋯.'

덩달아 숨이 가빠져서 라틸은 속으로 욕을 뱉었다. 이 도미스란 여자가 칼라인의 연인이 되는 건 알지만, 이후 어떤 최후를 맞이하는지 알아서인가. 제발 이 여자의 기억은 그만 보고 싶었다.

'나중에 죽는 장면까지 보는 건 아니겠지.'

아니, 그런데 무슨 오해가 있는지 몰라도 이 한밤중에 애를 내쫓다니 너무한 거 아니야? 라틸은 도미스란 여자가 가엾게 여겨졌다. 자신도 친오빠에게 '뱀파이어 로드일지도 모른다'면서 몰려 고생한 적이 있기에, 가족들에게 버림받는 게 얼마나 마음 아픈 일인지 알고 있었다.

그래도 당시 라틸의 곁에는 모든 걸 알면서도 그녀를 믿어주는 칼라인이 있었다. 다 알면서 믿어준 건 아니지만, 어쨌든 라틸의 편인 이들도 몇 명 있었다. 하이신스, 서넛, 타시르, 클라인, 게스타, 소스란⋯⋯.

'아. 게스타는 아닌가? 가짜가 가짜란 건 알았지만 가짜와 사이가 좋았다잖아.'

하지만 이 도미스란 여자에겐 자신을 믿어줄 사람이 아무도 없었다. 게다가 돌아갈 곳도 없고. 지금 상황을 봐서는 갈 곳도 없어 보인다. 나중에 칼라인을 만나 잘되리란 걸 알지만, 그조차도 끝이⋯⋯. 그 순간.

"으!"

도미스가 짧게 비명을 지르며 멈칫하더니 아래를 내려다보았다.

라틸 역시 덩달아 아래를 보게 되었고, 속으로 같이 비명을 질렀다.

'제기랄!'

뒤덮인 나뭇잎 사이로 웬 앙상한 손이 나와있었던 것이다. 손만 있다면 그나마 낫다. 멀지 않은 곳에 머리까지 있었다. 그 머리에 달린 눈은 흉흉하게 이쪽을 쳐다보고 있었는데, 얼굴 옆쪽이 썩어 들어가고 있었다.

'좀비?'

라틸이 눈치챈 것과 엇비슷하게 도미스도 "좀비……!" 하고 숨 죽인 채 중얼거렸다. 이윽고 그녀는 공포에 질린 듯 돌아서서 다시 미친 듯이 뛰기 시작했다. 하지만 불빛이 거의 없는 어두운 밤의 숲길에서 정신없이 뛰는 건 도끼로 제 발을 찍는 격이었다. 안 그래도 더듬거리면서 가까스로 나아가던 도미스는 얼마 가지 않아 바닥에 픽 엎어졌다. 얼마나 세게 턱을 찧었던지, 라틸도 덩달아 눈가에 눈물이 핑 고였다.

'아 씨. 엄청 아파.'

하지만 라틸은 빠르게 깨달았다. 지금 턱이 문제가 아니란 걸. 차갑고 축축한 무언가가 발목을 붙잡더니, 그대로 주욱 끌어당긴 것이다.

"아아!"

도미스도 놀라 양손으로 땅을 짚었지만 전혀 소용이 없었다. 오히려 손가락만 아팠다. 그러다 무언가 날카로운 게 발목을 꽉 깨물기까지 하자, 도미스는 다른 다리로 자신을 끌어당긴 무언가를 마구 걸어찼다.

그러면서 몸을 뒤틀다 보니, 아까의 그 좀비가 도미스의 발을 노리고 있었다. 썩은 부분이 거의 없던 그 귀족 영애 좀비와 달리, 이쪽 좀비는 이미 얼굴의 반이 썩어서인가. 그 모습이 더욱 흉악하고 끔찍하게 여겨져서 라틸은 속으로 욕을 빠르게 뱉어냈다.

'걷어차 도미스! 머리통을 차버리라고!'

하지만 칼라인의 기억 속에서 상당히 강한 것 같던 도미스는 지금은 그리 강하지 않은 듯 무력하게 헛발질만 할 뿐이었다. 그때, 눈앞에 갑자기 하얀 코트가 나타나는가 싶더니 코트 자락이 펄럭이며 앞을 잠시 가려주었다. 그리고 코트 자락에 시야가 가려진 그 잠깐의 순간에 무언가 걷어차이는 소리가 들려오면서, 도미스의 발목에 붙어있던 그 날카로운 느낌이 쑥 사라졌다. 하얀 코트를 입은 사람이 좀비를 걷어찬 것 같았다.

도미스는 숨을 몰아쉬면서 황급히 몸을 일으키려 버둥거렸다. 마침 구름에 가려졌던 달이 드러나면서, 하얀 코트를 입은 남자가 등에 메고 있던 창을 휘두르는 모습이 환상처럼 드러났다. 좀비를 순식간에 제압한 하얀 코트를 멍하니 보고 있자니, 저벅저벅 소리를 내며 다가온 누군가가 도미스를 일으켜 세워주었다.

'칼라인!'

일으켜 세워준 사람은 과거의 칼라인이었다. 하지만 아직은 연인 사이가 아니라서인지, 도미스는 칼라인에게서 떨어져 근처의 커다란 나무에 기대어 섰다. 칼라인은 도미스에게 괜찮냐고 묻는 대신 하얀 코트 쪽을 향해 말했다.

"좀비는 나뭇잎으로 덮어둬, 기르골. 이 아가씨가 보고 기겁하겠다."

그 소리를 듣자, 창을 휘둘러 도미스를 구해준 사람이 창을 어딘가에서 뽑아 도로 등에 메면서 고개를 돌렸다. 하얀 코트만큼이나 새하얀 머리카락이 달빛 아래에서 유난히 신비하게 반짝이는 남자였다.

라틸은 눈을 깜빡였다. 창문 커튼 틈으로 들어온 햇빛이 창틀 아래로 그림자를 만들었다. 연한 녹색 이불보는 햇빛을 받아 유난히 포근해 보였다. 몸을 감싼 이불은 가볍고 부드러웠고 공기는 더웠다. 뺨에선 아무 느낌도 없었다. 라틸은 황급히 상체를 일으키고서 흘러내리는 머리카락을 쓸어 올렸다.

어느새 깬 건지 다시 자신의 방이었다. 아까 숲에서 맡은 그 밤공기와 숲의 냄새가 코끝에 선했다. 하지만 손을 더듬어 뺨을 만져보아도 아무 흉터도 없었다. 발목 역시 좀비에게 물린 자국 따위없었고, 앞으로 넘어지면서 바닥에 찧은 턱에서도 통증은 없었다. 라틸은 눈가를 더듬었다. 손가락에 눈물이 묻어 나왔다. 아픈 곳은 없었지만, 바닥에 턱을 찧으면서 찔끔 나온 눈물은 그대로였다.

'젠장. 그 꿈은 이제 안 꿨으면 좋겠어.'

라틸은 그 무력한 감정을 떠올리면서 치를 떨었다. 동시에 두려워졌다. 그토록 약했던 사람이 칼라인의 기억 속만큼 강해졌을 때는 얼마나 많은 일이 있던 걸까. 그게 다 꿈으로 나오는 건가?

'그 하얀 머리 남자는 뭐였지? 기르골? 이상한 이름이던데.'

라틸은 눈가를 비비면서 마른 세수를 하다가 다시 침대에 누웠다.

"……."

하지만 아까 꾼 아슬아슬하고 아픈 꿈 때문인지 쉬이 잠이 오지 않았다. 몸은 잠을 자라고 비명을 질러댔고 실제로도 피곤했으나, 눈을 감을 때마다 그 숲이 떠올라 제대로 휴식할 수 없었다. 게다가 꿈을 꿀 당시엔 너무 상황이 급해서 미처 생각하지 못했는데. 꿈속 시기 역시 좀 이상했다.

'도미스의 기억에 좀비가 나왔다는 건, 좀비가 최근 들어 나타나기 시작한 게 아니란 건가? 이미 그 전부터 나오고 있었나?'

게다가 평범한 사람처럼 보였던 도미스는 좀비를 보자마자 바로 정체를 알아차렸다. 생각해 보니 도미스와 칼라인이 처음 만났을 때도 그랬다. 도미스는 허공을 달리던 그 흑색 마차를 보았을 때도 잠깐 놀랐을 뿐, 거기에 대해서 큰 의구심을 가지지 않았다. 라틸은 결국 도로 몸을 일으켜 앉고서 한참을 멍하게 있다가, 시계를 확인하고서 탁상에 놓인 종을 흔들었다.

"부르셨습니까, 폐하."

서넛과는 대화를 다 나눈 건지, 종을 흔들자 애런델이 들어왔다.

"물을 가져다드릴까요?"

"아니. 물은 됐고…… 대신관을 데려와라."

"예."

애런델이 밖으로 나가자 라틸은 이불을 주섬주섬 끌어다가 꼭 끌어안았다. 이대로 잠들면 또 그 꿈을 꿀지 모르지만 그 이상은 꾸고 싶지 않았다. 대신관이 악몽에도 효과가 있을지는 모르겠지만, 어쨌든 시도해서 나쁠 건 없었다.

따뜻한 차를 가져다 달라고 해서 마시고 있자니, 잠시 뒤 대신관이 들어왔다. 라틸은 이불 사이에 들어가 차를 홀짝이다가, 대신관이 오는 걸 보고서 찻잔을 내려놓았다.

"부르셨다고 들었습니다."

평소처럼 헐벗고 들어온 대신관은 라틸이 내려놓으려던 찻잔을 대신 받아 탁상에 내려놓고서 침대에 걸터앉으며 물었다.

"괜찮으십니까?"

"악몽을 꿔서."

라틸은 이불 사이에서 나와 무릎걸음으로 대신관의 옆으로 다가가, 그의 커다란 몸에 기대어 앉았다.

"그댄 대신관이잖아. 그대가 옆에 있으면 마음이 편해질 것 같아 불렀다."

대신관은 한쪽 팔을 조심스레 뻗더니 라틸의 몸을 감싸 자신에게로 끌어당겼다. 대신관의 몸 안에 완전히 파묻힌 라틸은 그의 가슴에 머리를 기대고서 눈을 반쯤 감았다.

"혹시 자고 있었는데 내가 깨웠느냐?"

"아닙니다. 마침 잠이 오지 않아 팔굽혀펴기를 하려던 참이었습니다.”

“……팔굽혀펴기를 하고 나면 잠이 더 안 오지 않을까?”

덩달아 잠이 싹 달아난 라틸이 고개를 들자, 대신관이 라틸의 머리에 자신의 뺨을 기대면서 씩씩하게 대답했다.

“전 아닙니다.”

“넌 진짜로 운동을 좋아하는구나.”

라틸이 황당하기도 하고 귀엽기도 해서 웃음을 터트리자, 대신관은 “그런가요?” 하고 중얼거리더니 라틸이 기대지 않은 쪽 팔을 내밀었다. 과하지 않으면서도 단단한 돌처럼 솟은 그의 팔근육은 감탄이 나올 정도로 멋지긴 해서, 라틸은 저도 모르게 손을 뻗어 그의 팔을 눌러보았다.

“신기하네.”

라틸이 계속해서 근육을 꾹꾹 눌러대자, 대신관은 흐뭇하게 웃으면서 이 팔을 만들기 위해 자신이 어떤 루틴으로 운동을 하는지 설명하다가 갑자기 입을 다물었다. 왜 조용해졌나 해서 라틸이 쳐다보자, 그가 붉어진 얼굴로 눈을 내리깔고 있었다.

“왜 그래?”

의아해서 묻자 대신관이 주저하며 대답했다.

“폐하의 머리카락이 제 목덜미에 닿아서 조금 흥분됩니다.”

주저하는 것치고는 상당히 솔직한 대답이 나왔다. 라틸은 얼결에 대신관의 목덜미를 보았다. 계속 기대고 있던 터라, 정말 머리카락 일부가 대신관의 목덜미를 미역처럼 감싸고 있었다.

라틸이 킥킥대며 머리카락을 돌돌 말아서 자신의 한쪽 어깨에 늘어뜨리자, 대신관은 아쉬운 듯 라틸을 더욱 꽉 잡아 자신의 몸에 붙였다. 라틸은 그 촉감이 좋아서 대신관에게 더욱 몸을 편안히 기대면서 눈을 감고 웃었다.

"넌 부드러운 돌의자 같아서 좋다, 자이신."

하루 종일 운동을 해대서인가. 비유가 아니라 문자 그대로, 대신관에게서는 아무리 힘을 주어 기대도 넘어지지 않고 받쳐줄 것 같은 든든함이 있었다.

"폐하는 좋은 향이 나는 말랑한 대형 개구리 같습니다."

"그러냐."

"예."

"입은 다물고 있어라."

라틸이 손을 뻗어 자이신의 입술을 두 손으로 집어버리자, 자이신은 시키는 대로 입을 다물었다. 라틸은 말랑말랑한 그의 입술을 슬쩍 당겨 보다가 손을 놓고서 눈을 떴다. 고개를 들어 보니, 대신관은 뭐가 그리 좋은지 헤실헤실 웃고 있었다.

"뭐가 그리 좋아?"

그게 이해가 가지 않아 묻자 자이신은 조금도 주저하지 않고 대답했다.

"폐하와 이러고 있는 게 좋습니다."

"!"

꾸밈없는 대답이어서 그런가. 라틸 역시 덩달아 입꼬리가 비실비실 올라갔다. 라틸은 괜히 그의 팔뚝을 툭툭 손가락으로 건드리다가 몸을 일으키고서 지시했다.

"내 옆에서 자거라."

대신관이 어색하게 침대 위에 드러눕자, 라틸은 다시 명령했다.

"한 팔 뻗고 한 팔 들어봐."

대신관이 시키는 대로 하자 라틸은 얼른 그 사이에 들어가 대신관의 팔을 베고 누웠다. 그러고서 한쪽 팔을 그의 허리에 두르고 눈을 감자 대신관이 엉거주춤 허공에 들었던 한쪽 팔을 내려 라틸을 감쌌다.

완전히 그의 품 안에 안기자 악몽이 근처에도 오지 않을 거란 확신이 왔다. 게다가 그에게서는 사람을 편안하게 만들어주는 좋은 향이 나서, 옆에 두고 있기 더욱 좋았다. 라틸은 이 상태가 딱 좋다 싶어서 그대로 눈을 감았다.

다음 날 아침, 라틸은 커다랗고 단단한 몸뚱이를 꼭 끌어안고 머리를 비비적거리다가 뒤늦게 이게 누구인지 깨닫고서 고개를 들었다. 대신관이 어젯밤 자세 그대로 라틸을 품에 안은 채 누워있었다. 차이가 있다면 눈 밑이 퀭하단 거겠지만.

"못 잤느냐?"

그걸 본 라틸은 '좋은 아침.' 하고 인사하려다가 당황해 물었다. 혹시 머리가 무거워서 팔이 저렸나? 클라인이 어깨 좀 베고 잤다고 팔에 쥐가 난 게 떠올라 조심히 묻자, 대신관은 아니라고 웅얼거리며 말했다.

"아닙니다. 잘 잤습니다. 폐하께서도 잘 주무신 것 같네요."

"네가 옆에 있으니 악몽을 안 꿨어. 넌 악몽을 쫓는 역할도 하나 보다, 자이신. ……너는 전혀 못 잔 거 같은데."

자이신은 아니라고 거듭 말했지만 누가 봐도 못 잔 얼굴이라, 라틸은 그와 아침을 먹으려던 계획을 취소하고 얼른 방으로 돌려보냈다. 여기서 자라 할까, 싶기도 했지만 그것보다는 방으로 돌려보내는 게 더 편하게 잘 것 같아서 내린 결정이었다.

'너무 베개로만 썼나.'

라틸은 괜히 미안해져서 볼을 긁적이다가 '오늘 밤에도 부르면 되겠네!'라고 잠시 생각했던 마음을 고이 접어 옆으로 치웠다.

'버텨보다가 안 되면 불러야겠어.'

자이신은 그의 팔을 베고서 색색 잘도 자던 황제를 떠올리자 저도 모르게 입꼬리가 계속 올라갔다. 누군가 온전히 그에게 기대 자는 건 묘하게 뿌듯한 기분이었다. 사람은 잠이 들 때 가장 방어력이 약해진다. 그 상태로 황제가 그를 곁에 두었다는 건 그만큼 그를 믿기 때문이 아닐까? 하지만 그런 자이신을 지켜보는 수행사제 구벨은, 자이신의 입꼬리가 올라갈 때마다 반대로 입꼬리가 내려갔다.

"기분이 좋으신가 봐요, 대신관님."

"암! 좋지! 나쁠 리가."

구벨은 대신관의 퀭한 눈을 쳐다보면서 한숨을 푹 내쉬었다. 방 안에서 대신관이 라틸의 베개 노릇을 했단 걸 모르는 그는, 대신관이 정말 황제의 후궁이 된 것처럼 여겨져 기분이 싱숭생숭했던 것이다.

"너무 대놓고 좋아하시니 제가 참, 뭐라 말씀드리기도 어렵네요."

"구벨, 그거 아느냐."

"뭘요."

"폐하는 내 품에 쏙 들어오신다."

"그런 거 안 궁금해요. 알려주지 마세요. 과한 정보입니다."

"폐하가 나는 돌처럼 단단하다고 하시더라."

"아, 그런 거 안 궁금하다고요!"

구벨이 얼굴이 벌게져서 귀를 막자, 대신관은 어리둥절해서 수행 사제를 쳐다보았다. 운동을 열심히 해서 근육이 돌처럼 단단하다는 게 뭐가 어떻다고 저러는지 이해가 가지 않았다. 하지만 구벨이 그와 황제 사이의 좋은 분위기를 알고 싶어 하지 않는 눈치였으므로, 대신관은 싫다는 이야기를 더 들려주는 대신 호탕하게 외쳤다.

"이렇게 기쁜 날에는 달리기를 해야지. 구벨, 별궁을 백 바퀴 뛰고 오자!"

"일단 좀 주무세요!"

대신관이 잠을 자기는커녕 별궁을 백 바퀴 뛰면서 기쁜 마음을

운동으로 승화하는 그 시각. 라틸은 오믈렛과 샐러드만으로 간단한 아침 식사를 끝내고 별궁의 관리인을 찾아가 어려운 일은 없는지 물어보았다. 관리인은 워낙 조용하고 아름다운 곳이라 지내기도 관리하기도 편하다고 대답했고, 라틸은 안심해서 고개를 끄덕였다.

"그래. 고생이 많다."

"이런 곳을 관리할 수 있어서 영광입니다, 폐하."

그런데 라틸이 짧은 대화를 끝내고 서재로 가보려 할 때였다.

"아. 폐하."

관리인이 갑자기 무언가 떠오른 게 있는지 라틸을 불렀다.

"왜? 무슨 일이 있었나?"

의아해서 쳐다보자, 관리인이 큰일은 아니라면서 덧붙이면서 보고했다.

"그리 중요한 일은 아닐 수도 있지만……. 저, 게스타 님 앞으로 편지가 온 적이 있습니다."

"게스타? 그게 왜?"

"폐하께서 가짜 폐하 사건으로 궁전을 떠나계셨을 때 온 편지입니다. 게다가 게스타 님 쪽으로 전달하지 않아도 되고, 여기서 맡아두다가 게스타 님이 오면 그때 전해주면 된다고 겉봉에 쓰여있었지요. 그래서 따로 전하진 않았습니다만, 혹시 싶어서요."

라틸은 고개를 기웃했다. 관리인의 말처럼 별거 아닌 거 같은데 이상하긴 했다. 게스타에게 보내는 편지라면 궁전으로 바로 보내도 될 텐데 군이 여기로? 게다가 전해줄 필요도 없다고?

"내게 가져와라."

라틸이 지시하자 관리인이 얼른 보관소에서 뜯지 않은 편지를 하나 가져와 내밀었다. 라틸은 서재로 가서 편지 봉투를 뚫어져라 쳐다보았다. 보내는 사람 이름이 쓰여있지 않은 편지였다.

'열어봐도 되나?'

남의 편지를 허락 없이 열자니 조금 찝찝하긴 했으나, 라틸은 고민하다가 결국 편지 봉투를 뜯었다. 이상한 점이 있는 데다 편지가 온 기간도 수상쩍으니 확인하는 거였다. 그러나 약간 의혹을 품고서 편지 내용을 확인한 라틸의 표정이 빠르게 굳었다.

편지는 게스타가 자기 자신에게 쓴 편지였다.

아트락시 공작님은 내가 가짜 폐하 곁에 머물러야, 가짜가 자신의 정체가 탄로 났단 걸 모를 거라고 하신다. 그러고는 내게 가짜 폐하 곁을 떠나지 말라고 당부하시는데……. 사실 잘 모르겠다. 그런 거라면 라나문이 해도 될 텐데, 왜 군이 내게 시키시는 건지. 하지만 이런 이야기를 했다가 괜히 아버지와 공작님 사이가 더 틀어질까 봐 무서우니 시키는 대로 할 수밖에 없다. 답답하고 불안한데 이런 속내를 털어놓을 곳이 없으니 그저 나한테 편지나 쓰는 수밖에. 폐하께서 괜한 오해를 하시면 안 될 텐데…….

라틸은 게스타의 편지를 뚫어져라 내려다보다가 기가 막혀서 헛웃음을 터트렸다.

"와. 아트락시 공작……?"

아직도 그가 자신을 찾아와서 '게스타가 가짜 황제를 잘 따른다'고 고자질했던 게 눈에 선한데. 자기가 게스타에게 직접 그러라 지시한 거였다고?

'그래서 아트락시 공작과 로르드 재상이 갑자기 사이가 나빠졌나.'

라틸은 편지를 도로 접은 다음 봉투 안에 집어넣고 눈을 감았다. 로르드 재상을 탓할 일이 아니었다. 자신 역시 그의 입장이었더라면 아트락시 공작과 크게 싸웠을 테니.

'욕심 많은 사람인 줄은 알고 있었지만, 뒤통수도 잘 치는 사람이었네.'

라틸은 혀를 찼다.

'이걸 어쩐다.'

아트락시 공작이 자신에게 해를 끼친 건 분명 아니었다. 하지만 그냥 넘어가 주기에는 너무 얄미웠다. 게다가 라틸 역시 이 일로 게스타에게 실망해서 한동안 멀리하지 않았던가. 미안해서라도 모른 척 넘어갈 수 없었다.

'바보 같긴. 왜 내게 말하지 않은 거야?'

게스타도 그렇다. 아니면 아니라고 말하면 되지, 그걸 또 미련하게 당하고만 있어.

'진짜 순둥이는 순둥이네.'

"너희는 게스타에 대해 어떻게 생각해?"

휴가 마지막 날, 다 함께 모여서 식사를 하고 있을 때였다. 라틸이 평온한 어조로 툭 던진 말에, 자기들끼리 잘 얘기하던 후궁들이 순식간에 조용해졌다. 클라인은 계란을 떼어 먹다가 눈썹을 치켜올렸고, 타시르는 대신관에게 자기 상단에서도 신전 물품을 취급한다고 홍보하던 걸 멈추고서 고개를 기울였다. 대신관도 어리둥절해서 라틸을 쳐다보았다.

"솔직히."

라틸이 거듭 권하자 대신관은 의아해하면서도 솔직하게 털어놓았다.

"근질이 아주 좋아 보입니다. 골격도 굉장히 바르고요. 제대로 운동을 시작하면 금세 큰 성과를 보실 듯한데……. 몇 번이나 함께 운동하자 권유해 보았지만, 몸이 약하다며 거절하시더군요."

근질은 언제 본 거야? 그게 눈에 보여? 라틸은 전혀 생각해 보지 못한 방향에서 나온 평가에 잠시 얼떨떨하게 고개를 끄덕였다.

"그렇구나. 골격이 좋구나."

"네."

"타시르랑 클라인은?"

클라인은 턱을 거만하게 들면서 짧고 강렬하게 평가했다.

"구렁이같이 비루먹은 무말랭이 강아지라고 생각합니다."

"싫단 거지?"

"네. 특히 그 밑에 있는 시종은 볼 때마다 제 인내심을 자극하고 있어요."

"타시르는?"

라틸이 질문을 건네자 타시르는 미묘한 미소를 지으면서 턱을 쓰다듬었다. 그러면서 의미심장하게 라틸을 보는데, 다른 사람들과 달리 그는 질문에 대한 답이 아니라 질문을 한 의도를 살피는 눈치였다.

"재밌고 귀여운 분이죠."

'셋 다 말이 다르네.'

라틸은 눈살을 찌푸리고 고개를 갸웃하다가 이번에는 좀 더 직접적으로 물어보았다.

"가짜가 내 자리를 차지하고 있을 때, 왜 사람들이 막 수군댔잖아. 게스타가 가짜 옆에 붙어 다니고 그랬다고."

타시르가 고개를 끄덕였다.

"그런 소문이 돌긴 했죠."

라틸은 '바로 그거야!' 하는 신호로 손짓하고서 다시 물었다.

"너희는 이 소문에 대해서 어떻게 생각해?"

클라인은 자기 혼자 가짜가 가짜란 걸 몰랐기 때문인지 아무 말 없이 식사에 열중했고, 대신관은 사람들이 남을 쉽게 의심한다며 걱정했다. 반면 타시르는 이번에도 라틸을 의미심장하게 바라보더니 빙그레 웃으면서 물었다.

"그러는 우리 폐하야말로 왜 갑자기 게스타 님 이야기를 계속하는 걸까요?"

숨길 일도 아니었기에 라틸은 솔직하게 알려주었다.

"게스타가 자기한테 써둔 편지를 봐서."

"편지요?"

"아트락시 공작이 게스타한테 시켰나 봐. 가짜 옆에 붙어 다니라고. 게스타가 그걸로 마음고생을 좀 많이 한 거 같더라."

대신관은 바로 슬픈 표정을 지었고, 클라인은 아끼는 게스타가 싫다더니 이번에는 라나문이 조금 더 싫어진 듯 슬쩍 말을 바꿨다.

"라나문이 누구 닮아서 그런가 했더니 자기 아버지 닮아서 그런 거였네요."

욕 한마디 섞지 않고 욕 같은 뉘앙스를 풍기는 클라인의 말에 대신관이 뜨악한 표정으로 옆을 보았으나, 클라인은 눈 하나 깜짝하지 않았다. 타시르는 어쩐지 재밌어하는 얼굴이었으나 별다른 말을 하진 않았다. 라틸은 세 사람을 번갈아 보다가 신신당부했다.

"혹시 누가 게스타를 그 일로 괴롭히면, 너희가 중간에서 좀 말려줘. 그거 때문에 말해준 거니까."

'아트락시 공작을 어떻게 할지는 나중에 생각하고. 게스타에겐 휴가에서 돌아가자마자 잘 대해줘야겠네.'

원래 라틸은 클라인의 세력이 커질 동안은 라나문이나 게스타나 둘 다 조금 멀리하려 했다. 하지만 아트락시 공작 때문에 이런저런 소문에 휩쓸린 데다 황제의 의심마저 받았으니 게스타는 이미 상처를 잔뜩 받았을 터였다. 그런 게스타를 여기서 더 밀어냈다가는 안 그래도 심약한 그가 얼마나 아파할지 라틸은 짐작하기도 어려웠다.

어쨌든 이 일을 알게 된 건 문제가 해결된 게 아니라 문제가 하나 더 생긴 거나 다름없어서, 라틸은 무거운 한숨을 내쉬고서 테라스 난간에 기대어 돌아다니는 사람들을 구경했다. 서넛은 그런 라틸의 축 처진 어깨를 걱정스럽게 바라보다가 물었다.

"좀 더 쉬시는 게 낫지 않을까요?"

"괜찮습니다, 서넛 경. 사흘째 쉬고 있습니다."

"제대로 못 쉬는 것 같으니 드리는 말씀입니다."

"몇 개 좀 골치 아픈 일들……. 아, 서넛 경."

'골치 아픈 일'이라고 하자 게스타 일 때문에 잠시 잊었던 클라인 건이 떠올랐다. 라틸이 부르자 한 걸음 뒤에 그림자처럼 서있던 서넛이 얼른 옆으로 다가왔다.

"네."

그러나 막상 불러 놓고서, 라틸은 입을 열었다가 도로 다물었다. 원래 라틸은 '클라인은 하이신스에게 연인이 있었단 이야기를 별궁에 와서 들은 것 같다. 나와 사귀었단 건 아직 모르는 눈치이니 다행이지만, 앞으로 사람들 입단속을 잘 시켜라.' 하고 말하려 했다.

그런데 생각해 보니, 라틸이 하이신스와 사귀었단 걸 아는 이는 극소수였다. 자주 붙어 다니긴 했지만 또래인 데다 신분이 비슷했기에 같이 있는 것만으로도 의심받을 입장은 아닌 덕이었다. 그러니 클라인에게 하이신스 이야기를 해준 사람도 라틸 이야기는 하지 않았을 터. 이 와중에 라틸이 사람들을 입단속 시키면, 오히려 '내가 하이신스 옛 연인이다!'라고 알려주는 꼴밖에 되지 않을 것 같았다.

"폐하?"

"아닙니다."

라틸은 마음을 바꾸어서 고개를 저었다.

"그냥 옆에 있으라고 부른 겁니다."

"……."

그 시각. 클라인은 자신에게 하이신스에 관해 이야기해 준 주방 장 존을 찾아가서 그 영애가 누구인지 더 캐내려 애쓰고 있었다.

"형님이 어떤 영애에게 요리를 해주려 했다고 그랬지?"

"예, 황자님."

"누구에게 해줬는지는 몰라?"

"거기까지는 저도 모르겠습니다. 저는 그저 만드는 걸 도와드렸을 뿐이니까요."

"잘 생각해 봐."

"잘 생각해도 정말 만드는 것까지만 도와드렸습니다, 황자님."

클라인이 팔짱을 끼고서 빤히 쳐다보자, 존은 거품기를 그릇에 빠르게 돌리며 식은땀을 뻘뻘 흘렸다. 그저 호의로 하이신스에 대한 이야기를 해주었을 뿐인데, 클라인이 이 정도까지 호기심을 품고 달려들자 좀 부담스럽기도 했다. 결국 존은 그릇에 하얀 거품이 생기기 시작하자 거품기를 옆에 내려놓고 그 위에 설탕을 부으면서 책임을 황제에게로 돌렸다.

"폐하께 여쭈어보면 되지 않을까요?"

"폐하는 또 왜?"

"유학하실 적에 두 분이 제일 친하셨거든요. 하이신스 폐하가 라트라실 폐하께 이와 관련한 상담을 했을지도 모릅니다."

"그런 얘긴 없으시던데."

"남의 연애 상담 내용을 함부로 이야기하긴 어려우니까요."

존이 필사적으로 이유를 만들어내자 클라인은 그것도 그럴듯하다 생각하고서 주방 밖으로 나갔다. 황자가 나가며 번쩍거리는 옷자락이 사라지자, 주방장은 안심해서 삐걱거리는 휴대용 의자를 끌어다가 그 위에 털썩 주저앉았다. 주방보조가 얼른 존에게 부채질을 해주었다.

"클라인 황자님은 호기심이 강한 분이네요. 이럴 줄 알았다면 괜히 알려드렸어요."

"그러게 말이다."

"그 영애라는 사람이 진짜 존재하긴 하는 거야?"

주방을 나온 후로도 한참을 돌아다닌 클라인은, 아무리 묻고 다녀도 하이신스의 첫사랑을 찾을 수 없자 호숫가 바위에 털썩 주저

앉아 빠르게 손부채질을 했다.

"짝사랑하시던 게 아닐까요?"

옆에서 함께 돌아다닌 시종 바닐이 얼른 챙겨온 부채를 꺼내며 물었다. 바닐이 빠르게 클라인의 얼굴에 부채질을 해주는 동안 호위인 악시안은 내내 제기하던 그 주장을 또 꺼내 들었다.

"이미 결혼한 사람일지도 모릅니다, 전하."

"우리 형님을 뭐로 보는 거야?"

클라인이 발끈해서 묻자 악시안이 태연스레 대답했다.

"제게는 주군이시지요."

"말은 잘하지."

클라인은 툴툴거리면서 발치의 돌을 주워 호숫가에 하나씩 퐁당 퐁당 던지다가, 한숨을 내쉬고서 다시 일어섰다.

"역시 안 되겠네. 한 번 더 폐하한테 가서 물어봐야겠다."

"폐하는 모른다고 하셨잖아요."

"모른다고 하셨지. 하지만 거짓말일 수도 있잖아."

"그럴 수도 있지요. 하지만 거짓말을 할 정도면 알려줄 마음이 없으시단 게 아닐까요?"

"그래도 이리저리 잘 캐보면 형님이 흔적을 흘려두었을지도 몰라."

바닐은 부채를 접어 도로 챙기면서 걱정스럽게 중얼거렸다.

"그 첫사랑 영애를 찾아도 문제 아닐까요? 다가 공작이 아이니 황후와 하이신스 폐하가 이혼하게 둘 리도 없잖아요. 이런 와중에 찾아봐야……."

"나도 그렇게 생각했는데 다가 공작이 사람을 보내 날 습격하고, 바로 대리공사를 보내서 자결시키는 걸 보고 마음을 바꿨어."

"어떻게요?"

"형수님은 좋은 분이지만 다가 공작은 해로운 사람이야. 하지만 형수님이 다가 공작과 연을 끊진 않을 거잖아?"

악시안은 미간을 찌푸리면서도 고개를 끄덕여 수긍했다. 한숨을 내쉰 클라인은 다시 몸을 일으켰다.

"가자."

그런데 클라인이 두 부하를 데리고 동서쪽에 난 산책로를 따라 걸어가려 하는데, 뒤쪽에서 "잠시." 하고 부르는 목소리가 들려왔다. 클라인이 멈춰 서서 고개를 돌리자 그곳에는 근위기사단장인 서넛이 서있었다. 클라인은 서넛을 그리 좋아하지 않기에 대번에 인상을 썼다.

"무슨 일이지?"

서넛은 대답 대신 역으로 되물어 왔다.

"아직도 하이신스 폐하의 첫사랑이 누구인지 찾고 계십니까?"

"그런데."

클라인이 불쾌하다는 듯 대답했으나 서넛은 덤덤하게 말을 이었다.

"그만 찾으십시오."

그 말에 클라인은 더더욱 기분이 상해서 완전히 몸을 돌리고서 서넛 쪽을 쳐다보았다.

"네가 뭔데 내게 이래라저래라 하는 거지?"

"황자님의 형님께서 굳이 그 이야기를 황자님께 하지 않은 건, 할 수 없었기 때문이 아닐까요?"

"무슨 소리야?"

"그 첫사랑의 끝이 아름답지 않았을 수도 있었을 거란 말입니다."

무슨 헛소리냐고 한 소리 하려던 클라인은 잠시 생각해 보더니 미심쩍어하며 물었다.

"너…… 우리 형님이 누구랑 사귀었는지 알아?"

라틸이 짧은 휴가를 마치고 돌아왔을 땐 마침 하이신스가 보낸 급보도 도착해 있었다.

"딱 잘 맞춰 오셨습니다, 폐하."

라틸은 방에 들를 틈도 없이 바로 집무실로 걸어가며 시종장이 건넨 서신을 받아 펼쳤다.

"……."

라틸이 무표정으로 서신을 내려다보자 시종장이 걱정스럽게 물었다.

"무슨 내용입니까?"

"대답이요."

"?"

"마음에 드는 대답."

하이신스는 라틸과 말을 맞추어주겠으니, 라틸이 잡은 습격자는 자신에게로 보내 달라고 써두었다. 그러면 자기는 그 습격자를 다가 공작을 역습하는 데 사용하겠다고. 이 정도면 만족할 만한 대답이었다. 집무실에 도착한 라틸은 서신을 서랍 안에 넣으면서 시종장에게 지시했다.

"어쨌든 범인은 카리센에 보내야 하니까 범인을 인도할 사절단을 꾸려야겠습니다. 적당한 사람을······."

잘 얘기하던 라틸이 갑자기 말을 멈추고 미간을 구기자, 시종장이 의아해서 "폐하?" 하고 다시 불렀다. 라틸은 잠시 팔짱을 끼고서 곰곰이 생각하다가 말을 조금 바꾸었다.

"적당한 사람을 준비해 주고, 타시르도 불러와 줘요."

집무실에서 몇 가지 급한 안건을 확인하고 라틸은 바로 하렘에 있는 게스타의 방까지 직접 찾아갔다. 라틸이 찾아갔을 때, 게스타는 그의 처소에 딸린 화단에 물을 주고 있었다. 연한 보라색 꽃과 하얀색 꽃들이 어우러져 피어있는 사이로 물뿌리개를 든 그의 모습은 그림처럼 포근했다. 라틸은 그 모습을 보자 자신이 게스타를 의심한 일이 더욱 후회되었다. 라틸은 게스타가 물을 뿌리다 말고서 허리를 숙여 꽃향기를 맡고는 햇살처럼 웃는 걸 바라보다가, 천천히 그쪽으로 다가가며 그를 불렀다.

"게스타."

자신을 부르는 목소리에, 게스타는 화단 가꾸던 걸 멈추고서 고개를 돌렸다. 라틸을 본 그는 곧 귀까지 빨갛게 변하더니 허둥지둥 물뿌리개를 뒤로 감추었다.

"폐하."

라틸이 가까이 다가가자, 그는 화단을 가꾸는 게 무슨 몹쓸 짓이라도 되는 것처럼 쩔쩔매면서 중얼거렸다.

"그냥 날씨도 좋고…… 할 일도 없고…… 며칠 비도 안 왔고……."

"변명할 일이 아닌데 뭘 그렇게 쩔쩔매."

라틸이 그 모습을 보고 웃자 게스타는 '그런가?' 싶은지 고개를 기웃했다. 그러고는 어색하게 라틸을 따라 웃다가 또 허둥거렸다.

"돌아오셨단 말씀을 들었지만 바로 집무실에 가셨다고 하셔서……. 죄송합니다. 설마 바로 여기로 오실 줄은 몰랐어요."

그 허우적대는 모습을 보자 라틸은 가슴이 찡해졌다. 세상에. 내가 이런 애를 의심하고 있었다니. 라틸은 손을 뻗어 그를 끌어안았다.

"흙이 묻었는데……."

품 안에서 제대로 움직이지도 못하고 심장만 콩콩 크게 뛰는 작은 동물. 새끼 토끼나 고양이, 강아지 같은 그런 작고 연약한 것들. 라틸은 게스타에게서 그런 느낌을 받았다. 순하다 못해 억울해도 제대로 하소연조차 못 하고 꾹 참고만 있는 미련한 남자. 라틸이 변명이라도 들어보고자 찾아갔을 때, 게스타가 아트락시 공작에 관해 말했더라면…….

'하긴, 그때는 그 말을 들어봤자 변명이라고 생각했을지도 모르지.'

"폐, 폐하?"

라틸이 계속 품 안에 그를 두고만 있자 게스타가 더듬거리며 라틸을 불렀다. 게스타의 시종인 트리는 새로 심을 모종을 들고 모퉁이를 돌아 오다가, 그 모습을 발견하고는 황급히 몸을 숨겼다. 하지만 이미 트리를 본 후인지라, 라틸은 게스타를 놓아주고서 헝클어진 그의 머리카락을 잘 정리해 주었다.

"갑자기 이러시면……."

게스타가 녹아내리는 솜사탕처럼 기어들어 가는 목소리를 냈다. 라틸은 그의 손을 잡고서 방 안으로 데려간 다음, 소파에 나란히 앉아 손을 꼭 쥐고서 사과했다.

"일단 사과할 게 있어."

"사과요?"

"네 편지를 봤어."

"편, 편지라면……."

"네가 네 자신에게 보낸 편지."

라틸의 말이 끝나자마자 가까스로 진정하는가 싶던 게스타는 또 얼굴이 새빨갛게 달아올랐다.

"그걸 폐하가 어떻게……."

너무 익어서 툭 치면 흐느적 뭉개져 버릴 것 같았다.

"너한테 온 편지인데, 너한테 전달할 필요는 없다 쓰여있기에 이상해서."

게스타가 얼굴조차 제대로 들지 못하자, 라틸은 그의 손을 더욱 힘주어 잡았다. 게스타는 한동안 그 상태로 숨만 희미하게 쉬다가 나중에야 천천히 고개를 들었다. 눈이 마주치자 그의 얼굴이 행복으로 하얗게 물들었다.

평소보다 좀 더 활짝 웃은 게스타가 "폐하." 하고 중얼거리며 라틸의 옆으로 가까이 달라붙자, 라틸은 얼른 그를 향해 팔을 벌렸다. 그 말간 표정을 보며 라틸은 결심했다. 이젠 누가 뭐라고 해도 게스타를 바로 의심하진 말아야지.

라틸이 게스타를 찾아가 시간을 보냈지만, 클라인은 평소와 달리 여기에 열 받아 씩씩거리진 않았다. 클라인이 갑자기 마음이 넓어져서 이러는 건 아니었다. 게스타가 오해를 사서 수군거림을 들었던 게 가엾어서 봐주는 것도 아니었다.

바닐이 계단 아래로 떨어졌을 때, 혼자 넘어져서 떨어진 거라 증언했던 목격자를 찾기 위해서였다.

그 목격자란 자는 감히 자신의 시종을, 미끄럽지도 않은 바닥에서 혼자 떨어져 놓고서는 남 탓을 하는 이상한 사람으로 몰아갔다. 목격자가 바닐을 밀친 사람이 아니더라도 찾아서 혼쭐을 내주어야 했다. 물론 바닐을 밀친 사람은 더더욱 가만 안 둘 거지만. 그렇게 얼마나 시간을 보냈을까. 문밖에서 쾅쾅거리는 소리가 나는가 싶더니, 곧 악시안이 안으로 들어와 알렸다.

"황자님. 목격자를 잡아 왔습니다."

클라인이 고개를 끄덕이자, 악시안은 복도와 침실 사이의 중간 방에 데려다 두었던 목격자를 질질 끌고 들어와 바닥에 패대기쳤다. 목격자가 바닥에 엎어지듯 무릎을 꿇자, 클라인은 그 앞으로 천천히 걸어가 그자를 내려다보았다.

"네가 우리 바닐을 멍청이로 만든 자냐?"

목격자는 영문을 모르겠단 얼굴로 덜덜 떨다가 "네?" 하고 물으며 고개를 들었다. 일하던 와중에 갑자기 끌려와 이러고 있으니, 그로서는 의아할 수밖에 없었다.

"네가 내 시종이 혼자 자빠져 놓고서 남 탓하는 놈이라 몰아간 새끼냐고."

그러다 클라인이 험악한 단어를 써가면서 이를 드러내자, 목격자는 상황을 파악하고서 황급히 변명했다.

"아, 아닙니다. 아닙니다, 황자님. 저는 그저 보고 들은 대로 폐하께 말씀드렸을 뿐입니다!"

"내 시종을 멍청한 거짓말쟁이로 몰아가 놓고서, 보고 들은 대로 말한 거라고?"

클라인이 험악하게 웃으면서 한 손으로 목격자의 귀를 잡아당기자, 목격자는 놀라서 반쯤 몸을 일으켰다가 도로 앉았다.

"네 눈에는 내 시종이 거짓말쟁이 멍청이로 보였다, 이건가?"

"그게 아니라……."

"똑바로 말해. 아니면 이 쓸모없는 귀 한쪽을 그대로 뜯어버릴 테니."

클라인이 섬뜩하게 웃자 목격자는 등골이 오싹해졌다. 경국지색이라 불리는 외모와 고귀한 신분, 막대한 재산까지 갖춘 클라인이 자국에서 인기가 없는 것에는 다 그만한 이유가 있었다.

타리움에 온 후로 라틸에게 잘 보이기 위해 성격을 조금 누르긴 했지만, 그는 원래 자비로운 성격이 아니었다. 귀가 뜯어질지 모른단 공포에 질린 목격자는 기억 속에서 자신이 보았던 광경을 샅샅이 더듬으며 빠르게 말했다.

"좀 이상해 보이긴 했습니다. 넘어지는 거야 혼자 넘어질 수도 있는데, 그러고 나서 난간까지 너무 길게 미끄러졌거든요. 바닥이 미끄럽지도 않았는데요."

"이 새끼가, 역시 거짓말한 거 맞잖아!"

사실대로 이야기했는데도 클라인이 더 날뛰자, 이번에는 악시안이 나서서 클라인을 말렸다.

"전하, 전하. 고정하세요."

"이 자식이 우리 바닐을!"

"전하. 우선 뒷말을 들어봐야 합니다. 죽이면 말을 못 합니다."

클라인이 씩씩거리면서도 경고조로 손가락을 내밀자, 목격자는 더욱 두려워 덜덜 떨었다.

"사실대로 말해라. 그편이 멀쩡하게 살아 나가기 쉬우니."

악시안이 혀를 차면서 말을 보태자, 목격자는 울 것 같은 얼굴로 재빨리 자신이 보고 들은 걸 모조리 털어놓았다.

"혼자 넘어진 것도 맞고 주변에 사람이 없던 것도 맞습니다. 넘어지고서 난간까지 미끄러진 거리가 많이 길긴 했지만 주위에 아무도 없으니 저는 그냥 심하게 넘어져서 길게 미끄러졌다고 생각할 수밖에 없었습니다, 황자님!"

"그걸 말이라고!"

"정말입니다. 게다가 그 밑에도 아무도 없어서……."

"로르드 재상이 있었다던데?"

"있었지요. 하지만 재상님은 거리가 좀 있는 곳에 있었습니다."

클라인이 목격자에게 거짓말을 한 만큼 맞으라며 달려드는 걸 악시안은 가까스로 막아냈다. 그 사이 바닐은 목격자를 뒤에서 잡고 밖으로 끌어내듯 탈출시켰다.

"꺼져!"

하지만 바닐 역시 목격자 때문에 자신이 오해를 산지라 목소리가 곱게 나가진 않았다. 목격자가 두려워하며 다른 곳으로 가버리자, 클라인은 눈을 매섭게 뜨고서 "로르드……." 하고 말했다. 그러나 클라인이 말을 다 마치기도 전에 악시안이 딱 잘라서 반대했다.

"안 됩니다."

클라인은 자신을 반쯤 부둥켜안다시피 한 악시안을 툭툭 쳐 떼어내면서 날카롭게 화를 냈다.

"사각지대란 게 있지. 저놈이 진범을 못 봤다면 로르드 재상은 봤을 거 아냐. 진범을 못 봤어도 실마리가 될 건 봤겠지!"

하지만 클라인이 무어라고 말해도 악시안은 다시 반대했다.

"그래도 안 됩니다. 로르드 재상을 억지로 데려와 추궁했다간, 두 나라 간에 사이가 나빠질 겁니다."

바닐도 문을 닫고 들어오며 악시안의 말에 동의했다.

"맞아요, 황자님. 재상에겐 기회를 보다가 물어볼 수밖에 없어요."

호위와 시종 둘이서 말리자, 클라인은 이를 갈면서도 더 고집을 부리는 대신 안락의자로 가 털썩 주저앉으며 사납게 중얼거렸다.

"진범이 어떤 놈이든…… 확실한 건 로르드 재상이 지키고 싶어 하는 놈이란 거지."

클라인의 머릿속에 털 깎은 양처럼 늘 바들바들 떨고 있는 게스타가 떠올랐다. 이어서 그 얼굴 위로 커다란 엑스자 모양이 생겨났고, 그 자리를 게스타의 시종 트리가 차지했다.

"역시 트리 그놈 같은데."

"폐하, 클라인 황자님께서 본궁에서 일하는 하인 하나를 데려가 호되게 혼내셨다 합니다."

게스타를 위로한 라틸이 덩달아 몽실몽실해진 마음으로 돌아와 보니, 시종장이 이런 보고를 올렸다. 라틸은 '게스타는 참 포근해'라고 생각하면서 책상 앞으로 가 앉다가 눈살을 찌푸렸다.

"하인? 왜? 본궁 하인은 거기 갈 일이 없잖아?"

"클라인 황자님이 자국에서 데려온 시종이요. 연회 때 그 시종이 혼자 미끄러져 놓고서 누가 잡아당겼다고 거짓말을 했는데, 목격자가 나서서 혼자 미끄러졌다고 증언하는 바람에 거짓말이 걸렸지 않습니까."

"아아. 그 일."

"그 목격자를 데려다가 호되게 혼을 냈다 합니다."

"클라인도 나름대로 조사해 보고 싶은가 보죠."

"그래도 그렇지 어디 외국인이……."

"외국인이지만 내 후궁입니다, 시종장."

라틸의 말에 시종장은 마지못해 입을 다물었으나, 클라인이 하인을 불러 혼을 낸 일이 여전히 못마땅한 눈치였다.

"데려다가 때렸습니까? 팔다리 부러뜨리면서 고문하고?"

"그건 아닙니다. 무섭게 굴긴 했다지만요."

"그럼 넘어가요."

그래도 시종장은 영 불만스러워하는 내색이었다. 그런 시종장의 표정은, 클라인이 보낸 심부름꾼이 찾아와 황자의 말을 전하자 더욱 부루퉁하게 변했다.

"폐하, 클라인 황자님께서 카리센에서 결혼 오실 때 들고 온 명주가 있으니 밤에 함께 마시고 싶다 하십니다."

"설마 그 명주가 아이니 황후 친구는 아니겠지."

"예?"

"아니, 아니다. 들고서 한…… 7시쯤? 내 방으로 오라 해."

"예, 폐하."

라틸이 흔쾌히 승낙하고서 올라온 보고서를 읽기 위해 잉크병 뚜껑을 열자, 시종장은 아트락시 공작을 한 번 찾아가 봐야겠다고 생각했다.

라틸은 아이니 황후와 처음 만난 날, 그녀가 자신의 단골 친구라 면서 주고 간 술을 떠올렸다.

'그날 술에 취해서 클라인을 만났지.'

카리센 명주라는 게 설마 그 술일까? 라틸은 클라인이 그 독한 술을 명주랍시고 가져오면 어쩌나, 괜히 걱정이 되었다. 역시나 딱 예상대로였다. 따뜻한 물에 느긋하게 머리를 감은 다음 틀어 올리 고서 나가보니, 클라인이 테이블 위에 그 술병을 내려놓고 있었다.

"너희 나라는 왜 이렇게 술을 독하게 마셔?"

그걸 본 라틸이 툴툴거리자, 클라인은 아무렇지 않은 척 자신만 만하게 굴었다.

"이 정도 가지고 독하다고 할 수 있나요."

참으로 의기양양하고 호기로운 태도였으나 라틸에게는 통하지 않았다.

"술 마시고 뻗어서 잘 자던 사람이 갑자기 왜 주당이 됐대?"

"역시 다 기억하고 있었군요."

라틸이 '아차' 싶어서 눈을 질끈 감았다가 뜨자, 클라인은 맑은 웃음을 터트렸다.

"뭘 그리 부끄러워하십니까."

뭘 부끄러워하냐고?

"사절단 대표로 가서 술 마시고 뻗었던 일이 자랑은 아니지."

황녀가 아니라 일반 귀족이었더라도 부끄러웠을 일이었다. 그래놓고서 당당한 사람도 어딘가엔 있겠지만.

"함께 뻗었던 황자가 폐하의 남자가 되지 않았습니까."

예를 들어 이 앞에 있는 클라인 같은 사람. 낯부끄러운 추억을 좋게 해석하는 그의 말에 라틸은 코웃음을 쳤다.

"그 당시엔 내 남자가 아니었잖아."

"그때가 이젠 우리 둘만의 추억이 되었군요."

라틸이 코웃음을 치고서 코르크 따개로 마개를 따자, 클라인은 자연스럽게 잔을 내밀면서 또 놀려댔다.

"처음 뵈었을 땐 정말 술주정뱅이 같으셨는데."

"누가 누구더러 술주정뱅이란 거야. 이 술주정뱅이가!"

"먼저 취한 건 폐하시잖아요."

"먼저 깬 것도 나거든요?"

라틸이 술잔이 넘치도록 술을 따라주자 클라인은 라틸의 손에서 술병을 부드럽게 빼내 가져가더니, 테이블에 놓인 빈 잔에 술을 따랐다. 라틸과 달리 한 방울도 흘리지 않고 깔끔하게. 라틸은 자연스럽게 클라인이 따른 술을 가져가기 위해 손을 뻗었다. 하지만 라틸의 손이 닿기 전, 클라인은 자기가 따른 술을 자기가 가져가 버렸다.

'얘 좀 봐라?'

라틸이 황당해서 쳐다보자, 클라인은 방긋 웃더니 너무 많이 따라서 조금씩 술이 흘러넘치는 잔을 라틸의 앞에 두며 말했다.

"폐하 건 이거."

그러고는 예쁘게 따른 잔을 자기 앞에 두며 또 말했다.

"제 건 이거."

"이게 지금 뭐 하는 짓이지?"

황당해서 라틸이 묻자, 클라인이 태연스레 물었다.

"넘치게 마시고 싶어서 넘치게 따르신 거 아닙니까? 저는 요 정도가 딱 맞습니다."

클라인이 날름 반 정도 따른 술잔을 가져가 먼저 마셔버리자, 라틸은 더욱 황당해졌다.

"서로한테 따라주는 거 아니었나?"

"오늘은 예외로 하고 싶으신 거 아니었는지요."

라틸이 황당해서 다시 헛웃음을 터트리자 클라인은 몹시 걱정스러워하는 표정을 꾸며내며 충고했다.

"너무 많이 취하진 마십시오, 폐하. 체면과 간에 좋지 않습니다."

"내가 하고 싶은 말이다. 나보다 술도 약하면서."

"전 술 취한다고 해도 주정은 안 부리잖습니까."

"나도 안 부리거든?"

"폐하는 많이 부립니다."

"안 부려."

"그럴 리가요. 아직도 기억에 선한걸요. 폐하께서 술 마시고서 제게 매달리던 모습이요."

"누가 매달렸다고?"

라틸이 발끈해서 묻자, 클라인은 술을 다시 한 모금 홀짝 마시더니 연회장에서 춤을 추는 것처럼 가벼운 몸놀림으로 라틸 옆으로 다가와 허리를 조금 숙여 귀에 속삭였다.

"폐하께서요. 울면서 어쩌나 절 붙잡으시던지."

"기억에 없는데."

"대체 언제부터 절 그리 좋아하신 겁니까?"

"누가 누굴 좋아했단 거야!"

"저를 손에 넣고도 모른 척하시다니. 자존심이 강하시군요, 폐하는."

클라인이 한숨까지 폭 내쉬자 라틸은 더욱 기가 막혀왔다. 술 두 모금에 쟤가 완전히 취했나?

"누가 보면 신랑한테 차인 사람이라 생각했을 겁니다."

하지만 클라인이 장난스럽게 이 말을 하고서 다시 술을 마시는 순간.

라틸은 자신도 얼른 손을 뻗어서 내내 안 마시려 버텼던 넘치는 술잔을 잡아 한 번에 꿀꺽꿀꺽 식도 안으로 털어 넣었다.

라틸이 너무 급히 마셔대자, 클라인이 황급히 잔을 붙잡았다.

"너무 급하게 마시면 빨리 취합니다, 폐하."

"어, 아. 좀 취기가 오르네."

사실 너무 놀라서 전혀 술기운이 오르지 않았지만, 라틸은 일부러 그렇게 중얼거리면서 클라인의 눈치를 살폈다. 클라인은 고개를 기웃하고 있었는데, 저게 무슨 의미의 기우뚱인지 알 수 없어서 라틸은 괜히 불안해졌다.

'신랑한테 차인 사람'이란 말을 되짚어 생각하나? 아니면 갑자기 술을 마셔대니 이상하다고 생각하나? 제발 후자이길 바란다. 라틸은 얼른 침대로 가서 앉아 베개에 몸을 옆으로 기댔다.

"아, 취해."

클라인은 영 미심쩍어하는 얼굴이었으나, 일단 자신도 잔을 내려놓고서 라틸 가까이 와서 옆에 놓인 이불 끝을 잡아다 배에 덮어주었다.

"거봐요. 폐하가 술에 더 약하시다니까."

아니라고 발끈하고 싶은 마음도 있었으나, 그보다는 이 상황을 넘기고 싶은 마음이 더 컸다.

"그러게. 좀 덥다. 창문 좀 열어줄래?"

라틸이 부탁하자 클라인은 바로 창문을 열러 갔고, 그 틈에 라틸은 잠든 척 눈을 감아버렸다. 창문을 닫고 돌아선 클라인이 "안 주무시는 거 같은데요"라고 웃어댔지만, 라틸은 단단히 눈을 감고서 절대로 뜨지 않았다.

'미치겠네. 클라인이 3분의 1 정도 진실을 알고 나니까 더 신경 쓰여. 하이신스한테 편지로 이 얘기를 좀 해봐야겠다. 이걸 어떻게 할지.'

일주일 동안 떠나있었더니 이 새로운 집이 어쩐지 친근하게 느껴져서, 대신관은 바로 잠드는 대신 수행사제 구벨을 데리고서 천천히 밤 산책을 시작했다. 구벨은 연신 하품을 하면서도 대신관을 따라 멍하게 걸어 다녔다. 그러기를 15분가량.

"응?"

대신관이 멈추어 서더니 어느 방향을 보며 호탕하게 외쳤다.

"아니, 이게 누구야? 라나문 님!"

라나문을 부르며 대신관이 그 방향으로 바로 달려갔으므로, 구벨은 마지못해 그 뒤를 따라 뛰어갔다. 대신관이 간 곳은 정원 동쪽 구역에 있는 호수의 정자였다. 라나문이 정자 가장자리에 서서 호수를 바라보고 있던 것이다. 주위가 소란스러워지자, 라나문은 미간을 찌푸리고서 대신관 쪽으로 고개를 돌렸다.

"아니, 이 늦은 밤에 여기 무슨 일이십니까?"

누가 봐도 환영하는 내색이 아니었으나, 대신관은 얼른 곁으로 가 서더니 까맣게 보이는 호수를 보며 물었다.

"수영하시려고요?"

"야밤에 호수에서 수영하는 취미는 없는데."

"하하, 사람이 어떻게 하던 것만 하고 사나요. 새로운 시도도 해 봐야 새 취미도 생기는 거지요."

"커다란 수영장을 두고 굳이 호수에서 수영하는 취미를 가지고 싶진 않군."

라나문은 계속 쌀쌀맞은 목소리였으나 대신관은 전혀 개의치 않고 할 말만 했다.

"라나문 님도 근질이 좋으니, 잘 훈련하면 좀 더 벌크업이 가능할 텐데요."

구벨은 대신관이 너무 오지랖 넓게 굴자 속으로 한숨을 내쉬면서, 대신관도 라나문처럼 좀 의젓한 분위기를 냈으면 좋겠다고 생각했다.

"나는 이미 이 몸 자체로 완벽하다."

하지만 라나문의 당당한 답변을 듣자, 구벨은 그 생각을 얼른 취소했다.

세상에. 스스로 완벽하대. 구벨은 괜스레 자기가 민망해져서 라나문을 힐긋거렸다. 원래 귀족들은 저런 말을 저렇게 태연하게 하나? 맞는 말 같긴 한데. 그래도 자기 입으로 저런 말을 하면 부끄럽지 않을까?

"하하, 완벽하시긴요. 팔이랑 가슴이랑 다리 쪽으로 근육을 더 찌워야 완벽한 거지요. 지금은 좀 가느다랗습니다."

이 와중에 그의 대신관은 악의도 없고 눈치도 없었다.

"내 팔다리가…… 가느다래?"

자신이 완벽하다는 게 진심이었던지 라나문의 표정이 서늘해지자, 구벨은 결국 두 사람의 대화에 끼어들고 말았다.

"그럴 리가요 라나문 님. 대신관님은 다른 사람들보다 조금 더 근육의 기준이 두껍습니다. 라나문 님은 완벽하세요."

그냥 하는 말이 아니라, 실제로 라나문은 어깨도 넓고 자세도 바랐으며, 화가들이 가장 선호할 만한 적당한 근육을 가지고 있었다.

"내 기준이 정확한 거다, 구벨."

하지만 거기에 대고 대신관이 또 눈치 없이 호탕하게 웃자, 구벨은 '우리 대신관님은 눈치가 근육이 되셨나 보다'라고 한탄하며 괜히 라나문을 곁눈질했다. 다행히 라나문은 더 이상 대신관을 신경쓰고 싶지 않은 듯 다시 호수를 쳐다보고 있었다.

구벨은 순간 그 모습이 너무 아름다워서 무섭다고 생각했다. 저절로 감탄이 나오는 외모가 바로 이렇지 않을까. 외모도 외모지만 그 분위기가 참으로 서늘하고 맑아서, 호숫가에 선 라나문은 호수의 정령처럼 보였다.

'언젠가 황제가 라나문에게 빠질지 말지 내기를 하자'고 누군가 제안한다면, 바로 '빠진다' 쪽에 웃돈까지 얹어 걸 정도였다. 반면 대신관님은⋯⋯.

"아! 달빛이여! 신이 만들어낸 이 완벽한 세상!"

얼굴로 치면 빠지지 않는데, 분위기가 어째 저렇게 다를까. 대신관이 두 팔을 벌려 달을 향해 외치자, 구벨은 너무 부끄러워서 손으로 제 얼굴을 가렸다. 대신관이 신의 취향에는 확실히 맞는데, 황제의 취향에도 맞을까? 지금은 신선해서 곁에 두고 총애하지만, 나중에는 부끄럽다고 멀리하진 않을까? 구벨은 그게 걱정이었다. 생각하자니 머리가 아파져서 구벨은 푹 한숨을 내쉬었다.

"역시 후궁은 힘드네요."

황제가 대신관을 총애하면 총애하는 대로, 총애하지 않으면 않는 대로 걱정이 되다니. 하지만 지금 구벨이 신경 써야 할 건 라나문의 옆모습이나 달빛에 취한 대신관이 아니었다. 호수 저 아래쪽, 호수 바닥에 고정된 정자 다리로 스멀스멀 기어가는 무언가였다.

그것은 까만 밤의 호수 아래에서, 커다란 비단구렁이가 수영하는 것처럼 물살을 흔들었다. 하지만 정자 위에 선 세 사람은 위치상 그것을 볼 수가 없었고, 그것은 어둠을 틈타 수월하게 정자 다리까지 도착했다. 그 무언가는 정자 다리를 타고 올라가며 서서히 모습을 드러냈는데, 그 모습은 무척이나 기괴했다. 얼핏 보아서는 아주 거대한 구렁이 같았으나, 그 몸통에서 사람의 손자국 같은 것들이 나타났다가 사라지길 반복하고 있었다.

게다가 보통의 구렁이들과 달리 어디가 머리이고 어디가 꼬리인지도 구분이 가지 않았으며, 한 번씩 몸통 밖으로 나온 손이 사방을 가늠하듯 허공을 더듬거리기까지 했다. 그렇게 느릿한 속도로 정자를 타고 올라온 괴물은 정자 위로 슬그머니 몸통 끄트머리만 올려 상황을 살폈다. 다행히 아무도 정자 아래쪽으로는 시선을 주지 않았다.

괴물은 바로 모습을 드러내는 대신 찬찬히 세 사람 중 누가 자신의 공격 대상인지를 확인했다. 셋 다 비슷한 구석이 전혀 없었기에, 괴물은 틀라가 정해준 목표물을 대번에 구분해 냈다. 그 순간. 대신관이 불쾌한 기운을 느끼고서 고개를 내렸고, 정확하게 괴물을 발견했다. 상대가 자신을 보았단 판단이 들자마자, 괴물은 지체 없이 감춰두었던 두 다리를 꺼내 펄쩍 라나문을 향해 달려들었다.

17

제 형님의

첫사랑이

폐하십니까?

라나문은 시선을 호수에 고정하고 있었으나, 사실 머릿속으로는 열심히 계산 중이었다. 자존심을 굽히고 라틸을 계속 찾아가서 총애를 받는 것과 자존심을 지키고 라틸에게 총애를 받지 못해 국서가 못 되는 것. 두 가지 중 어떤 게 더 나을까.

표정이 고요하다고 해서 라나문이 평소 아무 생각을 하지 않는 건 아니었다. 그의 머리는 나름대로 바빴다. 대신관이 찾아와서 떠드는 것도 귀찮아 죽겠는데, 갑자기 웬 괴물까지 나타나자 그는 더욱 귀찮고 피로해졌다. 좀 놀라긴 했지만 귀찮은 마음이 더 크다 보니 눈도 깜짝하기 싫었다. 그저 이걸 대신관에게 처리하게 해야 하나 내가 처리해야 하나, 어느 게 덜 귀찮을까만 고민될 뿐.

그 사이 괴물은 어느새 라나문의 코앞까지 다가와 흉악한 이빨을 쩍 들이밀었다. 그러나 위태로워 보이는 그 순간. 라나문의 눈앞에 다가온 괴물의 얼굴에 없던 눈이 생겨나더니, 괴물이 갑자기 고라니가 오중창을 하는 듯한 비명을 토해내기 시작했다. 이윽고 그 괴물은 검은 연기로 변해 허공으로 사라졌다.

"……."

그래도 여전히 라나문은 눈 하나 깜짝하지 않고 서있기만 했다.

"라나문 님은 참 대범하시군요!"

이를 지켜보던 대신관이 옆에서 감탄하자, 그제야 라나문은 피곤하다는 듯 눈가를 엄지와 검지로 누르며 턱으로 아까 괴물이 사라진 자리를 가리켰다.

"자네가 했나?"

"글쎄요."

"자네가 했겠지. 잘했다."

중얼거린 라나문이 대신관의 어깨를 툭 치고서 정자 밖으로 나가 사라지자, 입을 쩍 벌린 채 굳어있던 구벨이 가까스로 목소리를 쥐어짜 감탄했다.

"굉장하네요, 저 사람. 진짜…… 와. 괴물이랑 키스하기 직전이었는데도 눈 하나 깜짝 안 하네요."

"대신관이 생각보다 강한 것 같더군."

방 안에 들어선 서넛은 문을 닫기도 전에 들려온 목소리에 고개를 돌렸다. 칼라인이 창틀에 한 발만 걸치고 앉아 와인 잔을 손에 들고 있었다. 서넛은 그 잔 안에 담긴 붉은 액체를 바라보며 문을 닫았다.

"대신관이라니요?"

"다크리처가 라나문을 공격하는데, 대신관이 손도 대지 않고 없 앴다."

"대신관의 힘이란 게 그런 식으로도 공격이 가능한 거였습니까?"

"모든 대신관이 가능한진 모르겠지만, 그자는 딱 보기에도 가능 해 보이잖아."

아. 서넛은 대신관의 위협적인 팔 굵기를 떠올리고서 고개를 끄 덕였다.

"그렇군요."

"지금은 로드가 아직 각성하지 않았으니, 대신관이 방패막이도 되고 유용해 괜찮지만……. 혹시라도 각성하게 되면 바로 죽이는 게 낫겠다. 그 정도로 위험하다면."

말을 마친 칼라인은 붉은 액체를 한 모금 더 마시다가 대답이 들 려오지 않자 서넛 쪽으로 처음으로 고개를 돌렸다. 서넛은 가까이 에 있는 의자에 단정한 자세로 앉아있었다.

"대신관이 대적자일 확률은 없습니까?"

"지금까지는 한 번도 없었다."

"그럼 가능하긴 한 겁니까?"

"글쎄. 대신관은 대적자였던 적도 없었고, 전투에 본격적으로 개 입한 적도 없었다."

칼라인이 손 안에서 잔을 굴리자, 잔이 기울어질 때마다 붉은 액체도 모양을 바꾸면서 유리 안에서 계속 움직였다. 칼라인은 한동안 그 자세로 생각을 하다가 대답했다.

"아니, 다른 대신관은 이렇게 공개적으로 나서지도 않지."

"그러면 꼭 죽일 필요는 없지 않을까요?"

칼라인은 잔 굴리던 걸 아예 멈추고 서넛을 쳐다보았다. 서넛은 이젠 완전히 의자에 편안하게 앉아, 두 팔을 자기 무릎에 괴고 있었다. 시선이 마주치자 칼라인은 조용히 웃으면서 물었다.

"그자가 마음에 드나 봐?"

서넛은 부정하지 않았다.

"싫진 않습니다."

칼라인도 그 대답에 픽 웃었다. 그러나 짧은 미소는 바로 사라졌다.

"싫어하도록 해봐라."

뒤이어 나온 무정한 대답에 서넛은 흠칫했다. 칼라인은 창밖으로 다시 고개를 돌리며 중얼거렸다.

"작은 정에 휩쓸려 계속 봐주다간, 큰 정을 잃고 후회하게 될 테니."

냉정한 말 같았으나 그의 눈은 어딘가 슬퍼 보였다. 서넛은 누구보다 강인해 보이는 칼라인의 옆모습을 가만히 지켜보다가 조심스레 물었다.

"로드의 전생 얘기입니까."

칼라인은 옛날이야기를 잘 하려 들지 않았다. 그의 말에 따르면 쓸모없기 때문에. 그래서 슬쩍 흘러나온 옛날이야기의 끄트머리를 잡고 물어본 것이지만, 칼라인은 넘어가지 않았다. 그는 대답 대신 다시 손에 든 붉은 액체만 마시기 시작했다.

'또 시작됐다······. 또 도미스의 기억이야.'

라틸은 속으로 한숨을 내쉬었다. 숲의 공기. 욱신거리는 뺨과 눈물이 찔끔 나올 것처럼 아픈 턱, 못이 파고드는 것처럼 고통스러운 발목. 이젠 이게 누구의 기억인지 바로 알 수 있었다.

'그래도 몇 번 들어왔다고 좀 익숙하긴 하네.'

통증이 이리 생생한 걸 보니, 아무래도 칼라인과 하얀 머리가 도미스를 구해준 직후 상황 같았다.

"고맙습니다."

역시나. 도미스가 작게 중얼거리고 있었다. 흙바닥만 보이나 했더니, 허리를 숙여 인사하고 있던 모양이었다. 그뿐만이 아니라, 그녀는 인사를 하면서 주춤주춤 뒤로 물러나고 있었다.

"이대로 도망가면 또 좀비한테 걸릴 텐데."

하지만 하얀 머리가 놀려대자, 도미스는 고개를 번쩍 들고서 다시 반보 앞으로 돌아왔다. 하얀 머리는 발로 툭툭 쳐서 좀비 위를 나뭇잎으로 건성으로 덮다가, 그런 도미스를 보더니 친절한 척 웃으면서 다가와 제안했다.

"마을까지 데려다줄게."

그 말에 도미스는 쩔쩔매면서 손을 휘저었다.

"괜, 괜찮은데요."

양부모에게 버려진 직후라서일까? 그녀는 조금 전 하얀 머리에게 도움을 받았지만, 여전히 그와 칼라인을 경계하고 있었다. 하지만 하얀 머리가 갑자기 도미스의 코앞에 얼굴을 들이밀자, 도미스는 놀라서 펄쩍 뛰어올랐다. 하얀 머리가 방긋 웃기까지 하자 도미스는 순간 얼어서 입을 벌렸다. 하얀 머리는 도미스의 그런 반응이 재밌다는 듯 웃더니, 슬픈 척 말했다.

"우리가 안 괜찮아서 그래."

"네……? 혹시 걱, 걱정되어서 그러시면 저는 진짜 괜찮……."

"너 좀비한테 물렸잖아."

"!"

"얼마 못 가 좀비가 될 텐데. 우리가 뒤처리까지 깔끔하게 해줘야지."

하얀 머리가 한쪽 눈을 찡긋하자, 도미스는 기겁해서 칼라인 쪽으로 고개를 돌렸다. 칼라인을 신뢰해서 그런다기보다는 그냥 당황해서 아무나 근처에 있는 사람을 본 것 같았다. 어쨌든 효과는 있었다.

"그만 놀려."

칼라인이 한심하다는 듯 말하더니, 자기 코트를 벗어서 도미스에게 걸쳐주었다. 하지만 도미스는 아직도 놀라서 심장이 쿵쿵 뛰고 있었고, 그 고동은 라틸 역시 생생하게 느꼈다.

"아까는 질문하는데 왜 도망갔지?"

그러다 칼라인이 질문을 던지자, 도미스는 대답하는 대신 자기 발목을 곁눈질했다. 발목의 상처는 어두워서 제대로 보이지 않았으나, 그 통증만큼은 무시할 수 없을 정도로 뚜렷했다. 아무리 둔한 사람이어도 자신이 좀비에게 물렸단 걸 알 수 있을 정도였다.

'도미스도 좀비에게 물리면 좀비가 된단 걸 알고 있구나. 그러면 저 하얀 머리 말이 농담으로 들리지 않겠지. ……무서워하고 있네.'

도미스의 손이 달달 떨리자 라틸은 자신이 다 안타까워졌다. 그녀의 손을 잡아주고 싶을 만큼. 그때, 놀랍게도 아주 희미하게 도미스의 속마음이 들려왔다.

흑마법사를 찾는 걸 보면 이 사람들은 분명 '사냥꾼'이야.

'이젠 기억에 이어서 속마음까지 들리냐…….'

기가 찼지만, 어차피 기억을 꿈으로 꾸나 속마음으로 들으나 별 차이는 없기에 라틸은 능력이 확장된 데 집중하는 대신 도미스가 말한 '사냥꾼'의 뜻을 생각해 보았다.

'일반적인 사냥꾼을 말하는 뉘앙스는 아닌데.'

그 사이에도 도미스는 계속해서 혼자 생각하고 있었다.

사람들은 엄마를 흑마법사로 오해하고 있잖아. 그럼 저 사람도 엄마를 잡으러 온 건가? 아버지는 내가 저주받은 존재라고 욕했지만……. 그건 아닐 거야. 당연히 엄마도 흑마법사가 아니고.

'젠장. 발목 아파.'

하지만 이 사람들은 그런 걸 모르니 분명 엄마를 사냥하려 할 거야. 어쩌지?

발목이 엄청나게 아픈데도 도미스는 다른 데 정신이 팔려서인지, 생각하기에 바빴다. 그러더니 천천히 시선을 들어 칼라인을 똑바로 바라보며 거짓말을 했다.

"내, 내가 흑마법사라서요. 그래서 도망갔어요. 무서워서."

그녀는 더듬거리면서도 최대한 흑마법사처럼 보이기 위해 어깨를 쭉 폈지만, 하얀 머리가 바로 푸하하 웃음을 터트리자 어깨가 도로 오그라들었다.

"요즘 흑마법사는 좀비 하나 처리 못 하는 거야?"

하얀 머리가 놀려대자, 도미스의 얼굴이 빨개진 게 분명했다. 라틸은 얼굴에 화끈거리는 열기를 느낄 수 있었다.

'저 하얀 머리. 엄청 짓궂잖아? 애 좀 그만 놀려대지. 구해줘 놓고선 아주 장난감처럼 대하네.'

다행히 이 꼴을 보던 칼라인은 나서서 하얀 머리에게 당부했다.

"그만 놀려."

"하지만 이 자칭 흑마법사 아가씨가……."

"기르골, 그만 놀려."

거듭 말한 칼라인은 이윽고 도미스 쪽을 보더니 돌아서며 말했다.

"업혀."

라틸은 칼라인과 도미스가 사랑하는 사이가 된단 걸 알기에 그 제안에 크게 놀라지 않았으나, 도미스는 무척 놀랐는지 비틀비틀 뒤로 물러났다. 그러나 부상이 큰 건지, 그녀는 그 몇 걸음조차 발목이 아파 제대로 가지 못하고 휘청였다. 바닥에 쓰러질 뻔한 그녀를 칼라인은 획 잡아 일으키고서는 한숨을 섞어 말했다.

"이 상태로는 속도가 안 나서 그렇다. 내가 답답해서 업고 가려는 거니 부담스러워할 필요 없다."

그래도 도미스가 주저하자, 칼라인은 좀 답답하다는 듯 눈살을 구겼다. 어쨌든 이때까지만 해도 칼라인이 도미스를 연애 대상으로 보지 않은 건 분명해 보였다. 도미스도 같은 느낌을 받았는지, 기가 죽어서 웅얼거렸다.

"죄송해요. 나는 그냥 걱정이 되어서……."

"기르골이 한 말 때문에 그래? 좀비가 되면 죽일 거라 해서? 걱정 마. 좀비가 되었을 땐 우리를 뜯어먹겠단 생각 외엔 두려움도 없어질 테니."

"아니, 그게 아니라……."

"?"

"내가 좀비가 되어서 그쪽을 깨물면……."

그 소리에 칼라인은 황당하다는 듯 눈썹을 치켜올리더니, 답답해하는 표정이 사라지고 처음으로 웃음을 터트렸다. 하지만 그 웃음은 마치 아주 재미있는 농담을 들은 태도여서, 도미스는 다시 얼굴에 열이 올라 속으로 항의했다.

못 할 말을 한 게 아닌데. 왜 저렇게 웃어?

라틸이 눈을 번쩍 뜨고 확 상체를 일으키자, 시종장이 근처에 있는 책상에서 서류를 정리하다 말고서 놀라 물었다.

"폐하?"

라틸은 당혹스러워서 얼굴을 쓸었다. 잠시 졸았다. 침대에서 잔 게 아니라 책상에 엎드려서 불편하게 잤다. 그런데 그사이에 또 도미스의 꿈을 꾼 것이다. 점점 빈도가 잦아지는 것 같았다.

"괜찮으십니까?"

라틸이 대답이 없자 시종장은 걱정이 되는지 다가오며 물었다.

"네. 괜찮습니다."

라틸이 어색하게 웃으면서 계속 일하라 손짓하자, 시종장은 고개를 기울이면서도 다시 자신의 책상으로 가 앉았다. 라틸은 작게 한숨을 내쉬고서 두 손으로 얼굴을 다시 비볐다. 그래도 오늘은 이전에 꾼 도미스의 기억들보다는 그나마 나았다. 최소한 쫓기고 맞고 무서워하는 일은 없었으니까.

'아. 도미스는 무서워하긴 했구나.'

하지만 그것보다 라틸의 마음을 사로잡은 건, 깨어나기 전에 칼라인이 자신을 향해 지어준 그 웃음이었다. 라틸은 괜히 자기 목덜미를 쓸었다.

'칼라인 뭐야. 도미스 기억 속에서 되게 멋지게 남아있잖아.'

그 미소라니. 그런 미소는 라틸의 앞에서는 한 번도 보여준 적이 없는 미소였다. 마치…… 전혀 예상치 못한 상대에게 호감을 느낄 때나 나타날 법한 미소. 누군가를 새롭게 볼 때 터져 나오는 그런 미소. 그걸 떠올리는데 순간 라틸은 심장이 욱신거려 왔다.

'아니구나. 나한테 지어준 미소가 아니지. 도미스한테 지은 미소였어. 착각했네.'

한숨을 내쉰 라틸은 괜히 성질이 나서 만년필을 들어 빈 종이를 꺼내서 칼라인의 이름을 힘주어 퍽퍽 적었다. 펜촉이 뚝 부러지자 놀라서 손을 뗐지만, 이미 박살 난 펜촉 사이로 잉크가 새어 나오고 있었다. 라틸은 펜을 옆에 내려놓고서 짜증이 나 책상에 머리를 묻었다. 사실 생각하면 짜증 날 게 아닌데, 그냥 기분이 좋지 않았다. 칼라인의 미소라면, 그냥 찾아가서 "웃어봐." 하고 말하는 것만으로도 볼 수 있는 건데도.

'어?'

그러다가 라틸은 이상한 점을 떠올렸다.

'근데 도미스는 분명 좀비에 물렸는데 왜 죽을 때까지 사람의 모습이었지? 그 기르골이란 사람도 도미스가 좀비가 될 거라고 했잖아?'

의아해하며 고개를 든 라틸은 이번에는 무언가 평소와 다른 허전함을 느꼈다.

"서넛 경은요?"

평소라면 눈에 보이는 곳에 있을 서넛이 보이지 않았다.

"칼라인 님과 커피를 마시러 갔습니다."

시종장이 바로 대답해 주었으나 라틸은 더 황당해서 되물었다.

"예? 그 둘이 친해요?"

용병왕과 근위기사단장이 잠시 짬을 내어 둘이서 커피를 마시다니. 어떻게 이렇게 전혀 안 어울리는 조합이 있을까.

"그런 눈치였습니다."

"둘 다 세서 그런가?"

"그럴지도요."

그럴 수도 있지. 라틸은 고개를 끄덕이고서 새 만년필을 꺼냈다. 그렇게 얼마나 일에 몰두하고 있었을까. 문을 노크하는 소리가 났다. 들어오란 신호로 종을 흔들자, 비서가 들어와 인사를 올리고서 말했다.

"라나문 님의 시종이 폐하께 급히 전할 말이 있다고 합니다."

"라나문의 시종이?"

'무슨 일이지?'

"들어오라 해."

의아했지만 라틸은 바로 허락했다. 라나문이 먼저 라틸에게 연락을 하는 경우가 거의 없으니, 한낮에 사람을 보낼 정도면 급한 일일 게 분명했기 때문이다.

"네."

비서가 나가자 바로 라나문의 시종인 카르둔이 들어와 인사했다. 역시나 표정이 굳어있는 게 예상대로 심각한 일이 분명했다. 라틸이 말해보라 눈짓하자 카르둔은 천천히 입을 열었다.

"폐하. 호수에서⋯⋯."

라나문의 시종이 해준 이야기는 라틸의 예상보다 훨씬 놀라웠다. 어젯밤, 라나문이 잠이 오지 않아 산책을 하다가 호숫가에 있는 정자에 갔는데, 거기서 괴물이 튀어나와 라나문을 공격했다는 것이다. 마침 대신관이 옆에 있다가 괴물을 해치워 주어서 다행이지, 아니라면 정말 큰일이 날뻔했다며 카르둔은 목소리를 덜덜 떨었다.

"라나문은? 괜찮으냐?"

"네. 좀 놀라긴 하셨지만 괜찮으십니다."

"아니, 어젯밤 일어난 일을 왜 지금 알려?"

"자칫 사람들에게 큰 혼란을 줄 수 있으시다고, 폐하께만 조용히 알리라고 하셔서요."

그 인간은 자기가 위험한 상황에서도 진짜……. 라틸은 혀를 찼다. 클라인이라면 온갖 방정을 다 떨면서 하렘부터 1차로 뒤집고, 이곳에 와서 2차로 뒤집었을 텐데. 괴물의 습격을 받고서도 어떻게 이렇게 침착할까.

'하지만 이런 점이 사람들에게 도움이 되긴 할지도 몰라. 지나치게 방심해도 문제지만, 지나치게 두려워해도 통제가 잘 안될 테니까. 객관적으로 보면 라나문 쪽이 국서에 맞을 것도 같고…….'

"사블레 후작."

"네, 폐하."

"백화를 불러다 이 일을 말하고 성기사들한테 호수 근처, 아니 하렘 전체를 샅샅이 조사해 달라 전달해 줘요."

"네, 폐하."

"또……. 아, 5경비단 단장을 불러서 이 일을 얘기하고 호수 주위로 사람들이 못 오게 막으라 해요. 혹시 모르니까."

"네, 폐하."

지시를 끝낸 라틸이 다시 카르둔에게 "라나문은?" 하고 묻자, 카르둔은 입을 벌리고 우두커니 서있다가 당황해서 대답했다.

"아, 도련님은 지금……. 도련님 방에 계십니다."

"가지."

라틸이 휙 밖으로 나가자, 카르둔은 얼떨떨해서 시종장을 바라보았다. 설마 황제가 바로 라나문을 보러 가겠다고 할 줄은 예상하지 못해서. 눈이 마주치자 시종장이 카르둔에게 잘하라는 눈짓을 보냈다. 뭘 어떻게 잘하란 건진 모르겠지만 카르둔은 알겠다고 고개를 빠르게 끄덕이고서 황급히 황제를 뒤따랐다.

"라나문이 많이 놀랐어?"

하지만 알겠다고 한 게 민망할 정도로, 카르둔은 몇 걸음 가지도 않아 바로 위기에 봉착했다. 황제는 라나문이 많이 놀랐을까 봐 찾아가는 모양인데. 사실 라나문은 하나도 놀라지 않았던 것이다.

오히려 이 일을 들은 자신이 놀라 기절할 뻔했고, 라나문은 이야기를 해주면서도 거울만 보고 있었다. 라나문이 아주 놀랐다는 건 카르둔이 말을 전하면서 섞은 과장이었다. 대답을 하지 않자 황제가 걸어가다 말고서 힐긋 돌아보았다. 카르둔은 두 손을 포개고서 황급히 주절거렸다.

"네, 많이 놀라셨습니다. 그게, 그, 너무 놀라서 표정이 얼어붙으셨어요. 겉으로 보기엔 그래서 오히려 무표정한……."

"항상 그러잖아?"

"물론 항상 그러시지만, 평소보다 조금 더……."

저게 무슨 소리야? 라틸이 이상해 쳐다보자, 카르둔은 더욱 횡설수설했다. 라틸은 이상하게 생각했지만 '괴물이 나타나서 그런가 보다'라고 생각하고서, 라나문의 방문 앞에 도착해 문을 두드리고서 열었다. 중간 방을 지나 방 안쪽으로 들어가자, 라나문이 무표정하게 체스를 두는 게 보였다. 아주 멀쩡한 모습으로.

'괜찮아 보이는데?'

그걸 본 라틸은 더욱 의아해졌지만, 라나문이 놀랐어도 겉으로 내색하지 않을 수도 있기에 다가가며 걱정스레 물었다.

"라나문. 괜찮으냐?"

그리고 라틸이 라나문에게 다가가 얼굴을 살피는 사이, 카르둔은 두 손을 모으고서 간절히 기도했다.

'제발 도련님, 제발 눈치껏!'

대신관이 근처에 있다 보니 기도 효과가 잘 나타났다. 정말로 라나문이 대답하기 전 카르둔 쪽을 힐긋 보았다. 카르둔은 온몸을 다 이용해서 '아픈 척, 놀란 척' 하란 신호를 보냈다.

그 사이, 라틸은 이리 보고 저리 봐도 라나문의 낯빛이 너무나 멀쩡하고 안색도 좋아 보여 슬슬 카르둔의 말을 의심하기 시작했다. 그때, 라나문이 라틸의 손을 가져가더니 자신의 이마에 올려두었다. 열이 안 나는데도. 손은 왜? 라틸이 의아해서 바라보자, 라나문이 그 상태로 우두커니 있다가 미간을 약간 찡그리며 말했다.

"아야."

라틸은 얼결에 손을 도로 회수했다가 놀라 물었다.

"거기 다쳤어? 이마?"

반듯하니 주름 하나 없는 그 이마? 떨떠름하지만 아프다니 라틸은 라나문의 손을 치우고서 이마를 자세히 살폈다. 하지만 보면 볼수록 이마는 더 멀쩡해 보였다.

그렇다고 괴물의 습격을 받을 뻔한 라나문에게 '너 멀쩡해 보여'라고 말하기도 곤란해서, 라틸은 멀쩡한 이마를 붙잡고 라나문을 내려다보았다. 눈이 마주치자 라나문이 두 손을 뻗어 라틸을 어색하게 안으며 중얼거렸다.

"폐하께서 잠시 같이 있어 주신다면 머리가 덜 아플 것 같습니다."

"머리가 아프면 대신관을 부르는 게……."

"겉의 상처가 아닙니다."

"그래. 겉엔 상처가 없어 보인다."

그러면 놀라서 머리가 아프단 걸까? 그런가 보다. 그래, 상처가 없어도 두통은 있을 수 있으니까. 라틸은 납득하고서 라나문의 이마를 손으로 가만히 쓸면서 물었다.

"그럼 내가 뭘 해줄까?"

카르둔은 그 모습을 먼발치서 바라보며 안도했다. 다행이야. 정말 다행이야. 공작님이 밤일이고 뭐고 낮일부터 잘하라며 가져다준 《연애의 시작》이란 서책을 요 며칠 내내 끼고 사시더니 그게 도움이 되었던 게 분명했다.

카르둔은 자신도 자리를 비켜드리는 게 좋을지, 아니면 심부름 시킬 때까지 여기 있어야 할지 고민하다가 일단 조심스레 뒤로 물러났다. 그 사이 라틸은 라나문의 지나칠 정도로 매혹적인 얼굴

탓에 눈을 천장에 두다 라나문과 맞추다 바닥을 보길 반복하고 있었다.

클라인도 이 정도로 아름답긴 하지만 워낙 온갖 말을 다 해대니까, 마주하고 있으면 시각보다 청각이 더 자극받는다. 반면 라나문은 아무 소리도 하지 않고, 혼란스러운 얼굴로 물끄러미 라틸을 보기만 해서 괜히 쑥스러웠다. 라틸은 어색하게 창문을 쳐다보다가 라나문의 어깨를 보다가 이번에는 라나문의 결 좋은 머리카락을 보았다.

'애는 어떻게 머리카락까지 부드러워 보여? 아니, 머리카락 구경할 때가 아니지.'

"라나문. 말해봐. 내가 뭘 어떻게 해줬으면 좋겠어?"

"머리가 아프니 좀 누워야겠습니다."

"아, 그래. 그럼……."

라틸이 라나문을 침대에 옮겨주려고 번쩍 들어 올리려 하자, 라나문은 제 발로 일어나더니 대신 라틸의 손에 자신의 손을 올렸다. 얼결에 라나문과 두 손을 맞잡게 되자, 그는 그대로 라틸을 침대로 데려가더니 이불을 걷으면서 라틸의 손을 놓아주었다. 그러고는 침대 안쪽에 누우면서 라틸을 물끄러미 바라보며 권했다.

"옆에 누우시겠습니까?"

그게 머리 아픈 거랑 무슨 상관인데? 라틸은 순간 생각했으나, 침대에 누운 라나문은 의자에 앉은 라나문보다 2.5배 정도 더 사람을 홀리게 했다. 옆으로 돌아누운 터라 그의 머리카락이 침대에 흐트러져 있어서 더욱 그런지도 몰랐다. 아니면 한 손으로 윗옷 단추를 푸는 행동 때문에 그런지도. 라틸은 괜히 시계를 쳐다보며 중얼 거렸다.

"그렇게 오래는 못 있는데."

"제가 잠들 때까지만 옆에 있어 주시면 됩니다."

라틸의 오른쪽 뇌가 '누워! 누워! 누워!' 하고 외쳤고, 왼쪽 뇌는 '눕지 마! 눕지 마! 눕지 마!' 하고 외쳐댔다. 라틸은 고민하다가 눕는 대신 침대에 깊게 걸터앉았다.

"제 옆에 눕기 싫으십니까?"

"그럴 리가."

"그러신 것 같은데요."

"네 옆에 누우면 잠들까 봐 그래. 일하다가 온 거라 그렇게는 시간을 낼 수 없어서."

라틸이 중얼거리자 라나문은 "그렇군요." 하고 수긍하더니, 깊숙이 누웠던 몸을 조금 빼내 라틸 가까이로 다가왔다. 라틸은 앉아있는데 라나문이 누운 채로 다가오자 순식간에 라틸의 허벅지와 라나문의 얼굴이 가까워졌다.

게다가 그가 아까 윗옷 단추를 푸는 바람에, 하얀 셔츠 사이로 그의 가슴이 보였다. 라틸은 시선을 피하고자 어정쩡하게 사방을 살피다가, 라나문이 좀 더 가까이 오자 숨을 들이쉬고서 그를 내려 다보았다. 어느새 라나문이 라틸의 다리에 자신의 머리를 올리고 있었다. 그의 머리카락이 라틸의 바짓단 아래로 드러난 발목에 닿자 깃털로 간지럽히는 듯한 느낌이 들어 척추가 찌릿해졌다.

그가 라틸을 똑바로 바라보고 있었다. 오만하고 그 누구의 밑으로도 들어가려 하지 않는 냉정한 눈동자로. 그 표정과 분위기, 행동에서 오는 괴리감 탓일까? 누구에게도 손길을 허락하지 않는 거만한 눈표범이 딱 한 번 머리를 쓰다듬게 해주는 것 같다. 라틸은 천천히 손을 올려 그의 머리를 쓸었다.

"아파?"

그가 아프지 않은 걸 이미 알지만, 그건 이미 중요하지 않은 문제였다. 라틸을 뚫어져라 올려다보던 라나문이 그 손길에 맞추어 천천히 눈을 감았다. 라틸은 자신에게서 침 넘기는 소리가 날까 봐 걱정이 되었다. 여기서 침을 삼키면 내가 너무 이상한 사람 같지 않을까?

하지만 침을 삼키지 않는 것도 이상했다. 라틸은 주저하다가 라나문의 눈가에 손을 대고서, 그가 눈을 감은 틈에 침을 소리 나지 않게 삼켰다. 일단 노력은 했다. 하지만 착각인 건지 진짜인 건지, 침 넘어가는 소리가 너무 크게 났다. 라틸은 힐긋 라나문을 보았다. 다행히 라나문은 소리를 듣지 못한 건지 아무 반응이 없었다.

'다행이야, 소리가 들렸다면 민망했을 거야.'

라틸은 안심해서 라나문의 눈가 가까이 가져갔던 손을 도로 치웠다. 그 순간, 라나문의 입꼬리 끝이 희미하게 올라갔다.

"!"

들었구나! 라틸은 황급히 그의 눈가를 다시 가렸다. 하지만 라나문의 입술 끝은 더욱 올라갈 뿐이었다. 라틸은 그 상태로 이러지도 저러지도 못하고 쩔쩔맸다. 뭐 사람이 침 좀 삼킬 수도 있지, 라고 이성이 단호히 항의했지만 사람 마음이 늘 생각하는 대로 따라가진 않지 않던가.

"큼. 흠."

라틸이 헛기침을 하고 있자니, 라나문이 손을 올려 라틸의 손 위에 자신의 손을 포갰다. 그의 손이 라틸의 손을 잡고 슬그머니 아래로 내리자, 라나문의 회색 눈동자가 드러났다. 그는 여전히 차가운 표정이었으나 그 눈동자에는 노골적으로 재밌어하는 기색이 보여서, 라틸은 다시 그의 눈을 가렸다. 라나문은 이번에는 라틸의 손을 내리지 않았다.

"이런 걸 좋아하십니까."

라틸에게 눈이 가려진 채 느긋하게 중얼거린 라나문은 마치 라틸을 상대의 눈을 가려놓고 희롱하길 좋아하는 사람으로 여기는 투였다. 라틸은 다시 손을 스륵 내렸다. 라틸이 손을 내리자 라나문은 천천히 제 손을 들더니, 라틸의 목 앞부분을 부드럽게 쓸었다. 그의 손이 라틸의 목을 가볍게 스치고 내려가자 몸의 솜털이 오소소 일어났다.

라틸이 저도 모르게 눈을 감고 목을 뒤로 넘기자, 목덜미를 쓰는 라나문의 손길이 좀 더 노골적으로 변했다. 라틸은 천장을 보며 숨을 한 번 깊게 들이쉬었다가 천천히 내뱉었다. 하지만 목을 타고 내려온 라나문의 손이 촘촘하게 채워진 라틸의 단추를 건드리자, 라틸은 그의 손 위에 자신의 손을 겹치고서 고개를 저었다.

"좋은 시도였어, 라나문."

"우리 클라인 님은 황자님이신 데다 폐하께서 총애도 하시니, 국서 자리에 현재 가장 가깝겠군요?"

타시르의 입바른 소리에 클라인은 거만하게 웃음을 터트렸다.

"넌 말을 참 잘하는군."

"제가 황자님과 친해서 다행입니다. 그렇죠?"

"네가 나랑 친하다고?"

"절친한 친우 아니었습니까?"

타시르가 넉살 좋게 팔짱까지 끼자, 클라인은 잠시 생각해 보다 고개를 끄덕여 주었다.

"좋다. 내가 손해지만."

타시르의 말마따나 요즘 들어 라틸의 총애가 한껏 그에게 몰린 상황이었기에, 마음이 퍽 넓어진 덕이었다. 게다가 타시르는 총애를 받기 전부터 그에게 잘 대했으니, 하렘 내에서라면 가장 친하다고 표현해 줄 수도 있었다. 하지만 이건 어디까지나 클라인의 입장이었고, '내가 손해'라는 말은 듣는 사람으로서는 충분히 기분이 나쁠 말이었다. 그래도 타시르가 전혀 기분 나쁜 내색 없이 웃자, 클라인의 시종인 바닐은 '저 상인이 우리 황자님 노선을 타려나 보다'라고 생각하면서 자신도 타시르의 시종에게 호의적으로 미소를 지어주었다.

미소를 주고받는 분위기가 되자 히얼란도 얼른 눈치 빠르게 같이 웃었다. 하지만 히얼란은 타시르가 절대로 클라인 노선을 타려는 게 아니라고 확신했다. 그가 아는 타시르는 반드시 국서 자리를 노릴 사람은 아니었다. 국서 자리보다 후궁 자리가 이득이라 판단이 되면, 꼭두각시 국서를 세워도 상관없다고 여길 사람이지.

그리고 지금 하렘 안에서 국서 자리에 가장 가까운 사람은 아무도 없었다. 클라인이 치고 올라오고 있긴 하지만, 외국인인 데다 타리움 내 세력이 약하다는 큰 제약이 있었다. 그러니 누가 국서가 될지 불확실한 이 상황에서, 타시르가 한 사람과 유달리 친하게 지내면서 다른 후궁들을 적으로 만들 리 없었다.

"우리 클라인 님은……"

그런데 클라인에게 온갖 좋은 소리를 하던 타시르가 돌연 어딘가를 보더니 "응?" 하고 눈썹을 치켜세웠다. 클라인은 타시르의 아부에 한껏 기분이 좋아져서 그의 시선을 따라 고개를 돌렸다가, 서넛이 칼라인의 방에서 나오는 걸 보고서 눈살을 구겼다.

클라인은 원래도 서넛을 좋아하지 않는데, 최근에 서넛이 감히 카리셴 황실 일에 훈수까지 두자 더 짜증이 나있었다. 멀리서 보기만 해도 싫을 만큼. 이 때문에 그는 타시르가 "이상하네요"라고 중얼거리는 소리를 들었지만, 그냥 확 돌아서 버렸다.

"저자는 항상 이상하지. 더 이상해진다 한들 무슨 상관이야. 다른 데로 가자. 보기도 싫다."

그래도 타시르는 꿋꿋이 말을 이었다.

"서넛 경은 남 일에 전혀 신경 쓰지 않는 사람이지요."

"그게 뭐."

"그런데 칼라인 님과 친하게 지내니 신기하지 않습니까? 둘이 접점도 없어 보이는데. 신분도 다르고…….."

"오다가다 어디서 눈 맞았겠지."

"부럽네요. 저도 서닛 경과 친해지고 싶은데."

여전히 별생각 없이 짜증을 내던 클라인은, 타시르가 눈이 가늘 어지도록 웃으면서 하는 말에 더욱 불쾌해져서 경고했다.

"내 친구로 있으려면 서닛 저놈과는 절대 어울리지 마라."

"이리 독점욕이 강하셔서야…….."

"뭐야?"

독점욕? 클라인이 도끼눈을 뜨자, 타시르는 그의 팔짱을 끼더니 서닛이 있는 쪽과 반대 방향으로 황자를 슬쩍 당기며 눈치 빠르게 행동했다.

"우리는 저쪽으로 가지요. 그러면 될까요?"

클라인은 흥 싸늘하게 코웃음을 치면서 타시르가 이끄는 방향으 로 걸어갔지만, 걷는 내내 잔소리를 계속했다.

"그냥 하는 말이 아니다. 내 친구로 있으려면 내가 싫어하는 사 람들과는 친하게 지내지 마라. 알았어?"

그러다가 돌연 이번에는 클라인이 눈살을 찌푸리면서 멈추어 섰다.

"왜 그러십니까?"

이번에는 당겨도 클라인이 끌려오지 않자, 타시르가 팔을 놓으 면서 물었다. 클라인은 대답 대신 뒤를 돌아서서 아까 서닛이 걸어간 방향을 처다보았다.

"황자님?"

"……서넛은 남 일에 안 나선다 했지."

"그렇지요."

"그런 자가 남 일에 나서면 그게 뭘까?"

"남 일이 아니겠지요."

역시 이상하게 여겨져서 클라인은 미간 사이를 더욱 좁혔다. 하이신스에 관한 일은 서넛에겐 완전히 남 일. 남 일이 아닐 수가 없다. 그런데 왜 갑자기 그자가 형님의 일에 나선 건지, 생각해 보니 이상했던 것이다.

"남 일이…… 아니다?"

그런 클라인의 모습을 의아하게 바라보다가, 타시르는 무언가를 알아챈 듯 갑자기 눈웃음을 지었다.

"서넛 경 관련해서 뭐 신경 쓰이는 게 있으신 모양입니다?"

"신경 쓰이긴. 무슨."

클라인은 계속 찝찝한 기분이 들긴 했으나 그게 무엇인지 잘 감이 오지 않았다. 그래서 애써 넘어가기 위해 몸을 돌려 가던 길이나 마저 가려 했다. 타시르는 그런 클라인 곁으로 오더니 나란히 걸으며 귀에 대고 속삭였다.

"상담해 드릴까요?"

클라인이 옆을 보자, 타시르가 더욱 짙게 웃었다.

"제가 머리를 잘 굴리는 편입니다, 친구님."

서늘한 지하 성안. 틀라는 라나문에게 보낸 괴물이 제 임무를 수행했는지 알 길이 없어 초조하게 손을 쥐었다 펴길 반복하고 있었다. 그러다가 여우 가면이 계속 정신 사납게 곁에서 콧노래를 부르며 뭔가를 정리하고 있자 애써 태연하게 물었다.

"뭘 보는 거지?"

여우 가면은 손길을 멈추고서 고개를 돌렸다. 순간, 틀라는 표정을 알 수 없는 저 가면이 너무 무섭게 여겨졌다. 이전에는 생각해 보지 못했는데, 저 가면 안에서 그가 자신을 어떻게 보고 있을지 그게 갑자기 궁금해졌다.

"악보입니다."

가면 아래로 드러난 입술이 미소를 짓자, 틀라는 그제야 조금 안심해서 물었다.

"악보?"

"로드께서 좋아하는 노래가 실린 악보지요."

"……내가?"

"역대 로드께선 모두 이 노래를 좋아하셨습니다."

자신이 로드인지 아닌지 불안해하는 틀라에게 여우 가면의 말은 마치 시험처럼 들렸다.

"그럼 나도 좋아하겠군."

틀라가 마른침을 삼키며 마지못해 대답하자 여우 가면은 더욱 짙게 웃더니 일어서면서 물었다.

"연주해 드릴까요?"

듣고 싶은 마음이 없었지만 틀라가 마지못해 고개를 끄덕이자, 여우 가면은 악보를 들고서 한편에 놓인 피아노로 다가가 의자에 앉았다. 그가 소맷자락을 위로 올리자 상처 하나 없는 매끈한 손이 드러났다. 틀라는 그 모습을 무겁게 바라보았고, 여우 가면은 그 마음보다 더욱 무겁게 건반 여러 개를 동시에 쿵 눌렀다.

틀라는 그 낮은음을 들으며 자기도 모르게 눈을 질끈 감았다가 떴다. 고작 부하의 눈치를 보는 자신이 한심하게 여겨졌다. 휩쓸리지 말잔 생각을 하고는 있는데, 이상하게도 한 번 눈치를 보기 시작하니 자꾸 휩쓸리게 되었다.

'나는 로드이니, 날 위해 마련된 부하 따위에게 흔들리면 안 되는데.'

"그만."

결국 홀로 불쾌해진 틀라가 명령을 내리자, 여우 가면이 의아해 고개를 기웃했다.

"아직 시작도 안 했는데요?"

"난 조용한 게 좋다."

그래도 틀라가 단호하게 명령하자, 여우 가면은 잠시 생각하는 듯하더니 고개를 끄덕이고서 건반에서 손을 뗐다.

"그렇군요. 로드께서 싫은 걸 할 수는 없지요."

그 순순한 태도에, 틀라는 안심해서 생각했다. 그래, 계속 이렇게 하면 돼. 저자는 내가 로드다운 모습을 보일수록 날 더 따를 테니.

"라나문에게 보내신 128호는 죽었더군요."

하지만 그가 안심하자마자 여우 가면의 태연한 목소리가 바로 칼처럼 들이밀어져 그를 휘저었다. 틀라는 눈을 커다랗게 떴다. 여우 가면은 피아노 뚜껑을 덮으면서, 반쯤 몸을 돌리며 웃었다.

"안 그래도 흑마법사 숫자가 부족해 다크리처들이 얼마 없는데. 함부로 사용하고 그러시면 안 됩니다."

옆에서 본 미소는 어쩐지 비웃음 같아서 틀라는 화가 났다. 여우 가면이 말하는 방식이 부하 같지 않아서 더욱 그랬다. 틀라가 눈을 부릅뜨고 쳐다보자, 여우 가면이 피아노 의자에서 일어나 악보를 챙기다가 심상치 않은 분위기를 느꼈는지 얼른 사과했다.

"무례했다면 죄송합니다. 하지만 로드께선 인간으로 지낸 기억이 더 많으시니까요."

그러나 그 사과조차도 조롱처럼 여겨져서, 틀라는 눈길을 피하며 중얼거렸다.

"……괜찮다. 그럴 수도 있지."

"그럴까요?"

틀라는 자존심이 상해서 주먹을 쥐었다. 여우 가면이 저렇게 나오는 걸 보니, 분명 자신을 잘못 데려왔다고 생각하고 있을 것 같았다. 여우 가면이 다시 돌아서서 악보를 챙기는 사이, 틀라는 그 뒷모습을 죽일 듯이 노려보았다. 갑자기 분노가 치솟았다. 라나문 그놈이 진짜 로드이건 어쨌건, 그놈도 각성을 안 한 건 매한가지였다. 여우 가면 저놈도 라나문을 당장 데려와서 시험해 볼 수 없으니, 그냥 놔두고 있는 게 아닌가?

'그래. 내가 설령 가짜 로드라고 해도 저놈 눈치를 볼 일이 아

니다.'

그렇게 확신한 틀라는 분노를 더 참지 못하고, 옥좌에서 일어나 여우 가면 쪽으로 다가갔다. 어떻게든 빼앗긴 기세를 잡아 다시 가져와야 했다. 저 여우 가면을 곤란하게 만들어서라도. 마침 악보를 다 챙긴 여우 가면도 의아해서 몸을 돌렸다.

"항상 궁금했는데."

"말씀하시지요."

"왜 얼굴을 가리고 있지?"

"말씀드리지 않았던가요? 이게 규칙입니다."

"그래. 너희 뱀파이어들은 오래 살다 보면 이름과 얼굴이 바뀌는 경우가 있어서, 상층부는 동물 이름과 가면을 사용해 서로를 부른다고 했지. 아니면 구별이 안 된다고."

"잘 기억하시는군요."

미소를 짓는 여우 가면에게 틀라가 명령을 내렸다.

"벗어봐라. 그 가면."

틀라의 명령에 여우 가면은 미동도 하지 않고 틀라를 빤히 보았다. 처음에는 같이 눈을 맞추던 틀라는 여우 가면의 그 태도에 괜히 긴장했다. 하지만 '이게 놈의 약점이다'라는 생각에 명령을 거두지 않고 있었다. 대치가 계속되자 마침내 여우 가면이 천천히 가면에 손을 대었다.

틀라는 그 모습을 뚫어져라 쳐다보았다. 사실 명령을 내릴 때, 저 가면 뒤에서 깜짝 놀랄 의외의 정체가 나올 거라 기대한 건 아니었다. 자신은 얼굴을 드러내고 있는데 부하란 작자가 얼굴을 숨기고 있으니 그게 싫었을 뿐. 하지만 상대가 바로 벗지 않자 괜히 초조한 마음이 들었다.

"벗는 건 문제가 없습니다만."

"?"

"얼굴을 보이고 나면 로드께서 죽을지도 모릅니다."

그러나 가면에 손을 올린 여우 가면이 던진 말에, 틀라는 곧 불안한 마음이 사라지며 눈이 커다래졌다. 그는 주먹을 꽉 쥐었다.

"협박하는 거냐."

"진실을 알려드리는 거지요. 각성하지 않은 로드는 아직 약하셔서."

중얼거리는 여우 가면의 입꼬리가 점점 더 위로 올라갔고 그만큼 틀라의 분노도 커져갔다.

"죽인다는 거냐, 죽는다는 거냐. 똑바로 해라."

"죽일 거란 뜻입니다."

분노와 모멸감에 틀라는 얼굴을 구겼다.

"어쩌시겠습니까. 벗을까요?"

분노로 숨조차 쉬기 어려웠다. 상대의 말에 휩쓸리면 안 된단 건 알지만, 너무 화가 나서 견딜 수가 없었다. 그러나 저 말은 진실이었다. 지금의 그는 분명 여우 가면보다 약했다. 죽기 전보다 훨씬 강해졌지만, 여우 가면은 그 이상으로 강했다. 여우 가면의 말처럼 각성하지 않은 자신은 저자를 상대할 수 없었다. 문제는······.

'내가 로드가 아니라면 각성할 일도 없다. 그럼 나는 평생 저 꼴을 보아야 하나.'

평소에도 여우 가면은 선을 넘을락 말락 건방진 모습을 능청스레 보였지만, 자신이 로드라고 굳건히 믿을 때의 틀라는 그 모습조차 웃으면서 넘길 여유가 있었다. 이젠 그 여유가 사라졌다. 그런데다 여우 가면이 오늘만큼 협박조로 나온 건 처음이다 보니, 대체 이걸 어떻게 해야 할지도 알 수 없었다. 그 순간 여우 가면이 갑자기 활짝 웃었다.

"농담입니다. 뭘 그리 겁먹으십니까."

"뭐?"

갑작스럽게 밝아진 목소리에 틀라가 아직 적응하지 못한 사이, 여우 가면은 시간을 끈 것과 달리 손쉽게 가면을 벗어버렸다. 틀라는 여우 가면의 태도 변화에 정신을 못 차리고 있다가, 갑자기 눈앞에 나타난 지나치게 아름다운 얼굴을 보고서 순간 넋을 놓았다. 여우 가면이 상상 이상으로 아름다웠던 탓이다.

반면 여우 가면은 그런 반응이 익숙하다는 것처럼 태연히 가면을 다시 착용하더니, 악보를 마저 챙겨서 나가버렸다. 틀라는 돌풍처럼 휩쓸고 지나간 상황에 멍하니 있다가, 여우 가면이 나가며 문소리를 내자 그제야 주먹을 쥐고서 피아노 건반을 꽝 내리쳤다. 쾅 소리가 지하 알현실을 울리자, 복도를 걸어가는 여우 가면의 입에서 잔잔한 휘파람이 흘러나왔다.

"카리센에선 아직 답서가 안 왔습니까?"

"예. 소식이 없습니다."

"그래요."

질문을 던진 라틸은 다시 업무에 몰두할 것처럼 펜을 쥐었으나, 시계를 보고 바로 펜에 뚜껑을 끼우고서 몸을 일으켰다.

"어디 가십니까?"

평소라면 여전히 업무를 볼 시간이라 서넛이 묻자, 라틸은 자기 머리를 한 번 쿡 찌르며 대답했다.

"라나문한테 갑니다. 머리 괜찮나 살피러."

"머리요?"

"꾀병 같긴 한데. 혹시 몰라서요."

라틸은 따라오려는 서넛에게 괜찮으니 쉬라 말하고서 하렘으로 걸어갔다.

"내가 왔다고 알려라."

그런데 막상 하렘에 도착해 보니 라나문이 없었다.

"죄송합니다, 폐하. 라나문 님께서는 매일 이 시간마다 산책하러 가십니다."

호위가 쩔쩔매며 하는 말에 라틸은 "그러냐?" 하고 중얼거리고서 몸을 돌렸다.

"저, 폐하. 라나문 님은 매일 비슷한 시간에 산책을 하셔서 비슷한 시간에 돌아오십니다. 돌아오실 시간이 거의 다 되긴 했습니다.”

하지만 호위가 다시 급하게 말을 잇자, 라틸은 회중시계를 꺼내 시간을 확인했다. 아직 여유 시간이 좀 있긴 했다. 라틸은 돌아갔다가 다시 여기까지 오는 것과, 이 자리에서 라나문을 조금 기다리는 것. 둘 중 뭐가 더 귀찮을지 비교해 보다가 다시 몸을 돌려 방문을 잡았다.

“그럼 들어가서 기다리지.”

호위는 금세 얼굴이 밝아져서 “예.” 하고 말했고, 라틸은 방문 두 개를 지나 라나문의 침실 안으로 들어갔다. 그런데 하품을 하면서 소파에 가 앉으려고 보니 책상 위에 놓인 책 한 권이 눈에 딱 들어왔다. 평범한 책이면 그냥 책이구나, 하고 고개를 돌렸을 텐데. 표지가 아주 화사하고 예쁜 연한 분홍색인 데다 그 위에 새빨간 하트 그림이 그려져있어서 눈길이 갔다.

“표지 귀엽네.”

라틸은 웃으면서 다가가서 책을 내려다보았다. 무슨 책이기에 이렇게 표지가 사랑스러울까.

“응?”

그런데 막상 앞에 가서 보니 표지보다 제목이 더 눈길을 사로잡았다.

“연애의 시작?”

로맨스 소설인가? 기다리면서 읽을까 싶어서 라틸은 책을 들고 소파로 가 편하게 다리를 꼬고 앉았다. 그런데 책을 펼치려다 보니, 책의 3분의 1 정도에 인덱스가 다닥다닥 붙어있었다.

'보통 소설을 이렇게까지 표시하면서 읽나?'

"열심히 읽네."

라틸은 라나문의 철저한 면에 감탄하면서 책을 펼쳤다. 그러나 책을 반 정도 펼쳤을 때 달칵 문 열리는 소리가 났다. 곧 올 거라더니, 라나문이 정말로 바로 온 것이다. 라틸이 돌아보자 라나문 역시 호위에게 황제가 와있다는 이야기를 들었는지 평온하게 들어오며 말했다.

"미리 말씀해 주셨다면 나가지 않고 기다렸을 텐데요."

"아니, 괜찮아. 나도 방금 왔다."

"뭐라도 드시겠습니까?"

늘 데리고 다니는 시종 카르둔은 중간 방에 있는지 보이지 않았다. 라나문은 평소처럼 태연히 걸어왔다.

"그러면……."

라틸은 커피 한 잔이나 달라고 하려 했다. 그러나 말을 다 마치기도 전. 우아하게 걸어오던 라나문이 라틸의 손에 든 책을 힐긋 보더니, 갑자기 우뚝 멈추어 섰다. 왜 저러지? 의아해서 쳐다보는 사이. 라나문이 눈 깜짝할 사이 코앞으로 다가와 확 책을 낚아채 등 뒤로 숨겼다.

"어?"

방금 뭐가 지나갔어? 라틸은 당황해서 빈 무릎을 내려다보다가 감탄해서 엄지를 치켜세웠다.

"와. 라나문. 너 빠르구나?"

춤도 못 추고 검술 배웠단 얘기도 없어서 약한 줄 알았다. 하지만 칭찬을 하면서 보니, 라나문은 목덜미까지 피부가 붉어져 있었다. 표정은 여전히 정색한 채였다. 칭찬 때문에 빨개진 건 아니었다. 라틸이 무어라 말할 때부터 이미 저랬으니.

'숨이 차나?'

"아니, 그거 뛰었다고 얼굴이 빨개졌느냐?"

라틸이 혀를 찼다. 라나문은 입을 벌렸으나 아무 말도 못 하고 다시 다물었다.

의아해하던 라틸은 곧 라나문이 숨이 차서 저러는 게 아니라, 부끄러워서 저런단 걸 눈치채고서 웃음을 터트렸다.

"괜찮아, 로맨스 소설 보는 게 뭐 어때서 그래."

이상한 일은 아니었다. 차가운 이미지인 사람들은 이상하게도 자기가 로맨스 소설 보는 걸 감추려는 경우가 많았다. 라틸은 라나문도 그렇겠거니, 하고 생각했다. 라나문은 몇 번 더 입술을 달싹였으나 곧 순순히 "예." 하고 대답하더니, 얼른 책을 책장 안에 집어넣었다.

"머리는 좀 어때? 아직 아파?"

"괜찮습니다. 이젠 안 아픕니다."

"그래?"

라틸은 라나문이 오늘도 야하게 꾀병을 부리진 않을까, 조금 기대를 했던 터라 그 냉담한 태도에 살짝 아쉬워졌다.

"그렇구나. 안 아프다니 다행이다."

게다가 라틸이 뭐라 더 말을 이으려 해도 라나문은 무표정하게 바닥만 볼 뿐, 영 고개조차 들려 하지 않았다. 그렇다고 뭐라고 하기에는 목덜미가 여전히 붉은 채라, 라틸은 머쓱해져서 자리에서 일어섰다.

'내가 온 걸 별로 안 반가워하나 보네. 그렇게 민망한가.'

"그래. 그럼 나는……. 어, 갈게."

"살펴 가십시오."

"으응."

라틸이 문을 열고 나가자, 중간 방문 앞에 있는 넓은 소파에서 카르둔이 벌떡 일어나 아쉬운 목소리를 냈다.

"벌써 가십니까?"

"그래. 라나문이 피곤한가 보다."

라틸이 '라나문 때문에 가는 거다'라는 걸 확신하게 하고서 나갔다. 카르둔은 허리를 깊숙이 숙여 배웅한 후, 문 닫히는 소리가 나자마자 얼른 방으로 뛰어 들어갔다. 라나문에게 황제를 왜 벌써 보내냐고 잔소리를 할 생각이었다. 그러나 예상외로 책장 앞에 서있는 라나문은 이미 얼굴이 빨갰다. 뭐야, 할 거 다 하셨잖아. 얼굴이 빨간 걸 보니 키스하신 게 아닐까? 그걸 본 카르둔은 흐뭇해져서 아까와 달리 입가에 미소를 띠었다.

"폐하와 좋은 추억을 만드셨나 봅니다. 그래도 조금 더 붙잡고 계시지요."

그러고서 아쉬워하면서 다가가는데, 웬걸. 자세히 보니 라나문은 쑥스러워하는 표정이 아니었다. 늘 차가운 표정의 라나문도 약간씩 표정에 희미한 변화가 있긴 한데, 지금은 분명 당혹스러워하는 기색이었다.

"도련님?"

그게 이상해서 불러보자, 라나문이 책장에서 《연애의 시작》 책을 꺼내면서 중얼거렸다.

"보신 거 같다."

"예? 무엇을……? 책을요?"

카르둔은 덩달아 눈이 커다래져서 되묻자, 라나문은 고개를 끄덕이면서 초조하게 창문을 쳐다보았다. 카르둔은 허둥지둥하면서 제자리 뛰기를 몇 번 하다가 덜덜 떨면서 말했다.

"아, 아니. 별로 그런 내색은 아니었습니다. 폐하는 아무것도 못 본 눈치셨어요."

"내 눈에도 그랬다."

"예? 보신 건 확실한 겁니까?"

"모르지. 그보다 카르둔."

"예."

"당장 밖으로 나가서 수도 안에 있는 이 책을 다 산 다음 전부 저택에 가져다 두고 와라."

"예? 그렇게까지 많이 사실 필요가 있나요?"

"폐하께서 궁금해서 찾아보실지도 모르지 않나."

"아!"

"빨리. 서둘러라."

"예, 예!"

카르둔이 허둥지둥하며 나가자, 라나문은 초조하게 책을 펼쳤다. 저절로 가장 마지막에 인덱스 표시를 해둔 부분이 펼쳐졌다.

아얏 아팡. 늘 강한 모습을 보여온 그대, 가끔은 약한 모습도 괜찮아요.

소제목을 본 라나문은 책을 도로 덮으며 입술을 꽉 깨물었다. 이걸 라틸이 봤을지도 모른단 생각만으로도 얼굴에 열이 올라와 견딜 수가 없었다.

라틸이 고개를 기웃거리면서 집무실에 들어서자, 집무실 앞에서 서성거리던 서넛이 자연스럽게 따라 들어왔다.

"쉬라니까요."

라틸이 그 모습에 혀를 차자 서넛은 얼른 말을 돌렸다.

"쉬려 했습니다. 빨리 오셨네요."

"아, 그게……."

그 질문에 라틸은 이곳에 오는 내내 의아했던 질문을 서넛에게 했다.

"서넛 경. 혹시 로맨스 소설 보다가 나한테 들키면 부끄럽습니까?"

대외적으로 차가운 성격이라 알려진 이들이 허세를 많이 부리긴 했으나, 그래도 그냥 소설 좀 읽었단 이유로 라나문이 목덜미까지 빨개질 정도로 부끄러워하는 게 영 이해가 가지 않아서였다.

"전 자주 봅니다. 추천 원하시면 목록 작성 가능합니다."

"아."

"추천해 드릴까요?"

"아니, 그게 아니라."

라틸은 라나문에 대해 이야기하려다가 입을 다물었다. 여전히 그 정도로 부끄러워하는 게 이해는 되지 않지만, 어쨌든 본인이 그 정도로 민망해하는데 굳이 이야기할 필요는 없겠지 싶어서였다. 대신 라틸은 라나문이 보던 책 제목을 떠올리고서 물었다.

"그《연애의 시작》이란 책이 요즘 유행입니까?"

"요즘 유행하는 책은《아름다운 순정, 바지를 벗어봐》입니다."

"아."

그건 제목이 좀……. 라틸은 당황해서 입을 뻐끔거리다가 물었다.

"읽었습니까?"

"읽었습니다."

서넛이 당당하게 "빌려드릴까요?" 하고 묻자, 라틸은 황급히 고개를 저었다.

"아니, 괜찮습니다. 그, 뭐야.《연애의 시작》이란 책은……."

"읽어본 적 없습니다."

"한 권 구해다 주겠습니까?"

"네."

서넛은 오늘은 당직이 아니기에 라틸의 일과가 끝나자 바로 궁에서 나왔다. 라틸이 구해 달라고 한 책도 있으니, 그 책을 찾아서 서점을 다 돌아볼 생각이었다. 그런데 서점 두 군데에서 실패한 다음 세 번째 서점 안에 들어가는데, 어디서 본 적이 있던 사내가 굳이 옆을 비집고 안으로 같이 들어왔다.

궁전에서 본 적이 있는 사람 같은데? 서넛은 잠시 의아해서 스쳐 지나가는 사람 쪽을 보았으나, 나쁜 느낌은 없었던지라 그냥 오다가다 봤겠거니 싶어서 카운터에 있는 주인을 찾아가 물었다.

"《연애의 시작》이란 책을 구하려 하는데. 있소?"

그 순간. 주인이 대답하기도 전에, 평이하게 지나가던 그 '어디서 본 듯한 사내'가 갑자기 뛰기 시작했다. 뭐지? 의아해서 쳐다보자, 주인이 화를 내며 외쳤다.

"거기! 뛰지 말아요!"

하지만 주인은 곧 근위기사단 복장을 한 서넛이 앞에 있자, 애써 화를 가라앉히며 사과했다.

"죄송합니다. 다른 사람이 저러다가 책꽂이를 쳐서 우르르 무너진 적이 있어서요. 이쪽으로 오세요."

서넛은 주인을 뒤따라가면서도 아까 본 그자에 대해 떠올렸다. 어디서 봤는데. 대체 어디서 봤더라…….

"이쪽 서가에서 찾아보면 될 겁니다."

그 사이 주인은 그 책이 꽂혀있는 책꽂이를 가리키고서 물러났다. 생각보다 꽤 커다란 책꽂이였다.

"고맙소."

서넛은 한숨을 내쉬고서 책꽂이 가장 가까운 곳부터 살피기 시작했다. 어쨌든 여기서부터는 하나하나 다 찾아야 할 것 같았다. 그런데 웬걸. 옆에서 누가 자꾸 부산스럽게 움직여서 쳐다보니, 아까 문가에서 스쳐 지나간 그 남자가 이쪽 서가에서 엄청난 속도로 책을 확인하고 있지 않은가.

정말 이상한 사람이로군. 서닛은 그렇게 생각하면서 눈썹을 찌푸렸지만 상대가 조금 거슬릴 뿐, 사고를 친 건 아니었기에 다시 자신의 볼일을 보기 시작했다. 다행히 오래 지나지 않아 서닛은 조금 깊숙이 꽂혀있는 《연애의 시작》 책을 발견하고서 얼른 그걸 빼냈다. 그런데 그 순간.

"아!"

그 남자가 이쪽으로 달려오더니 탄식하는 게 아닌가. 서닛이 쳐다보자, 남자는 당황한 얼굴로 서닛과 책을 번갈아 쳐다보다가 조심스럽게 물었다.

"저…… 괜찮으시다면 제게 그걸 양보해 주시면 안 될까요?"

말도 안 되는 부탁에 서닛은 무뚝뚝한 표정으로 대답도 하지 않았으나, 남자는 그래도 끈질기게 부탁했다.

"꼭 찾던 책이어서요. 급하게……."

"나도 급하게 찾던 책인데."

"아, 물론 그러시겠지만……. 그……."

서닛은 남자를 상대하길 그만두고 돌아섰다. 얼른 이걸 라틸에게 전해주고 웃는 모습을 보고 싶었다. 하지만 뜻밖에도 남자는 서닛의 앞길을 막아섰다. 이 사람 좀 보게? 근위기사단 복장을 보고서도 상대가 저렇게 나오자, 서닛은 황당해서 눈썹을 치켜뜨고 그자를 내려다보았다.

"죄송합니다. 저…… 진짜로 필요한 책이어서요."

"폐하께서 읽고 싶어 하는 책이니 양보할 수 없다. 기다리면 다시 들어오겠지."

서넛은 이번에도 남자를 그냥 지나가려 했으나, 남자는 황제 이야기가 나오자 낯빛이 창백해져서 "제발요!" 하고 간절하게 서넛의 앞을 다시 막았다. 서넛은 남자를 손으로 밀어내려다가, 책꽂이가 우르르 무너진 적이 있다는 책방 주인의 말을 떠올리고서 손을 내렸다. 그러고서 상대를 보니 얼굴빛이 해쓱하니 아주 좋지 않아 보였다.

"이 책을 당장 구해가지 못하면…… 죽을지도 모르는 사람이 있습니다."

그 와중에 상대가 죽으니 어쩌니 하는 말까지 꺼내자, 서넛은 아까보다는 마음이 좀 흔들려서 가만히 생각에 잠겼다. 남자, 라나문의 시종 카르둔은 그런 서넛을 간절히 바라보았다. 그는 거짓말을 한 게 아니었다. 이 책을 서넛이 가져가면 라나문은 분명 부끄러워 죽을지도 몰랐다.

서넛은 망설이다가 결국 카르둔에게 책을 내밀었다. 다른 서점을 찾아다니면 되겠지, 생각하면서. 라틸이 최대한 빨리 구해와야 한다 했다면 양보하지 않았겠지만, 그런 건 아니었으니 그가 아는 라틸은 이 정도는 이해해 줄 거란 판단에서였다.

"감사합니다. 감사합니다!"

카르둔은 꾸벅꾸벅 인사하고서 얼른 뒤돌아 카운터로 달려갔다. 서넛은 그 황당한 남자의 뒷모습을 보다가, 그제야 저 자가 누구인지 깨달았다. 라나문 뒤를 늘 쫓아다니는 그 시종이었다.

이후 서넛은 다른 서점도 다 돌아다녔지만, 수도에 있는 모든 서점을 다 돌아다녀도 그 책은 없었다. 카르둔이 앞서 다른 서점을 다 휩쓸었기 때문이지만, 이를 모르는 서넛은 들어본 적도 없는 책이 죄다 팔려나갔다고 하자 의아해졌다. 정말로 인기가 많은 책인가?

'하긴. 폐하께서 이름을 듣고 구해오라 하신 책이니 알음알음 입소문을 탄 책일지도.'

아쉽긴 하지만 그런 책이라면 다음에 또 들어와 있겠지 싶어서, 서넛은 우선은 서점 순례를 마치고 숙소로 돌아갔다.

"그래. 서넛 경이 그 책을 구하러 나왔다고."

"폐하께서 읽고 싶어 하는 책이라 했습니다."

"용케도 양보하지 않았구나."

"강압적이진 않았거든요. 폐하께서 읽고 싶다곤 했지만 무슨 수를 써서든 구해오라던가, 그런 명은 없는 눈치였습니다."

"잘했다."

카르둔의 어깨를 두드린 라나문은 소파에서 일어나 그대로 창가로 걸어가 밖의 화사한 경치를 바라보았다. 왜 갑자기 창가로 가진 모르겠지만, 카르둔은 라나문의 구겨진 자존심을 펴주기 위해 열심히 아부했다.

"도련님은 역시 영리하십니다. 폐하께서 그 책을 구하려 하실 거란 걸 바로 짐작하셨잖아요."

"2주 정도는 계속 서점들을 다 돌아봐라."

"2주나요?"

"한 번에 포기하지 않으실 수도 있으니까."

"예."

카르둔이 나가자, 라나문은 책꽂이 앞으로 다가가 《연애의 시작》을 뽑아 책상 앞에 앉아 펼쳤다. 단시간 내에 이 내용들을 죄다 머릿속에 집어넣은 다음 이 책까지 없애버릴 예정이었다. 절대로 라틸에게 자신이 이런 공부를 하고 있단 걸 들키지 않을 거니까.

다음 날, 책을 구하러 나간 카르둔은 돌아와서 이젠 그 책이 없다고 보고했다. 라나문은 그래도 2주 정도는 계속 확인하라 지시했고, 그다음 날에도 카르둔은 돌아와서 '이젠 그 책이 없다'고 똑같이 보고했다. 그가 이틀 전에 그 책을 다 사 간 이후 더 이상 들어오고 있지 않았다.

이렇게 되자, 라나문 역시 더 이상 서점들이 그 책을 가져다 두진 않을 거라고 안심했다. 그래도 혹시나 싶어 카르둔은 계속 보낼 거지만, 잘 생각해 보니 유명한 책도 아닌데 서점들이 계속 그 책을 가져다 둘 것 같진 않았다. 어쨌든 일이 잘 해결된 것 같자, 라나문은 경치 좋은 곳에서 간만에 여유롭게 커피를 마시고 싶어져서 카르둔이 외출한 사이 다른 하인을 데리고 정원에 있는 휴식 공간을 찾아갔다.

그런데 도착해 보니 이미 선객들이 와있지 않은가. 한쪽은 클라인과 그의 시종들이고, 다른 한쪽은 게스타와 시종이었다. 심지어 이곳에는 벤치 세 개가 나란히 있는데, 둘 다 양 끝 벤치에 앉은 터라 남은 벤치는 중앙 벤치 하나뿐이었다.

선객들이 자연스럽게 라나문을 쳐다보자 라나문은 괜히 왔단 생각에 불쾌해졌다. 그는 혼자서 여유를 즐기며 커피를 마시고 싶은 거였지, 다른 후궁들의 구경거리가 될 마음은 없었다. 하지만 이대로 돌아서서 가자니, 그 역시 자기가 저들을 피하는 것 같아 자존심이 상했다.

"도련님. 그냥 가시렵니까?"

이런 기색을 눈치챈 하인이 작게 물었으나, 라나문은 "내가 뭐하러." 하고 도도하게 대답하고서 중앙의 벤치로 가 앉았다. 하인은 게스타와 클라인의 시선에 좌우 옆구리가 다 쑤셨으나, 라나문을 본받아 태연한 척 챙겨온 커피를 잔에 따라 라나문에게 건넸다. 라나문은 평소보다 좀 더 기품 있게 커피를 받아 마셨다. 눈치들이 있으면 말을 걸진 않겠지. 라나문은 속으로 생각했다. 그러나 그를 힐긋거리던 게스타가 쑥스러워하는 목소리로 그를 칭찬하며 먼저 말을 걸었다.

"라나문 님은 커피 한잔을 마셔도 너무 멋지세요……."

뜬금없는 칭찬에 라나문이 쳐다보자, 게스타가 어색하게 웃었다. 게스타는 게스타대로, 서로 아는 사이인데 모른 척하기도 뭐해서 말을 건 눈치였다. 이에 라나문은 고개를 끄덕이고서 다시 커피를 마시는 데 집중했다. 하지만 커피를 한 모금 마시자마자 이번에는 반대 방향에서 혀 차는 소리가 들려왔다.

"무말랭이는 속도 없지. 족제비한테 그렇게 당하고도……. 나 원 참."

"무말……. 저요? 제 얘기인가요?"

그 말에 게스타가 당황한 얼굴로 물었고, 라나문 역시 불쾌한 뉘앙스를 느끼고서 커피잔을 내리며 클라인을 쳐다보았다. 둘의 시선이 자신에게 몰리자, 클라인은 방긋 웃으면서 손을 내밀었다.

"아. 오해 말지, 라나문. 자네 얘기한 게 아니라 자네 아버지 얘기한 거거든."

그러나 변명한다고 하는 말이 더욱 놀리는 투라, 라나문은 커피잔을 든 손에 힘을 꽉 주며 물었다.

"제 아버지를 지금 족제비라고 한 겁니까."

클라인은 대답 대신 아까 게스타의 말투를 따라 하며 라나문을 또 놀렸다.

"우리 족제비는 커피 한잔 마실 때 제일 멋지세요. 커피나 계속 드세요."

"사람은 말에 품격이 묻어 나온다고 하지. 그대는 묻어 나올 품격도 없는 모양입니다."

"알아들을 귀가 없는 건 아니실지."

게스타는 숨을 죽이고서 라나문과 클라인을 번갈아 보았다. 다행히 라나문 쪽에서 먼저 이 부질없는 말싸움을 할 마음이 사라져서 더 상대하는 대신 무시하는 태도로 다시 커피를 마셨다. 그러나 여기서 그냥 넘어가면 좋을 것을.

"역시 귀가 없네."

클라인이 한 번 더 비꼬자, 라나문 역시 무시하길 멈추고서 그를 또 상대했다.

"하이신스 황제께서는 유학 시절 상냥하고 반듯한 태도로 이름이 높으셨는데. 역시 형만 한 아우는 없나 보군요."

"장남이 그런 말을 해봤자 자기 얼굴에 금칠이지."

하나는 사람들이 손꼽히게 불쾌해하는 비교를 해대고, 다른 하나는 그 말을 자승자박이라며 비웃어대자 게스타는 다리까지 덜덜 떨며 두 사람의 눈치를 살폈다. 하인들 역시 험악해지는 분위기에 쩔쩔맸다. 이런 분위기가 계속되면 누가 그 불똥을 뒤집어쓸지 모르기 때문이다.

"제가 장남이라 제 말을 못 믿겠거든 폐하께 직접 물어보시지요. 하이신스 황제와 황자님 중에 어느 쪽이 더 나은지. 폐하께서는 황자님의 형님과 절친한 친구셨으니, 아마 누구보다 잘 비교해 주실 겁니다."

그런데 이 말에 클라인이 발끈하면서, 라나문이 잠시 승기를 잡는가 싶은 순간. 라나문의 시종인 카르둔이 먼발치에서부터 황급히 뛰어왔다. 라나문이 커피를 홀짝이면서 보고 있자니, 카르둔은 가까이 다가와 허리를 숙이며 헐떡거렸다.

"도련님. 도련님."

그 와중에도 계속 라나문을 불러대자, 라나문은 미간을 찌푸리며 충고했다.

"여기 있을 테니 숨부터 골라라."

"숨을 고를 때가 아니……. 잠시, 잠시만 시간 좀……."

그 급해 보이는 모습에 클라인이 흥미롭게 둘을 쳐다보았다. 라나문은 예전에 클라인이 칼라인과 하녀가 사랑의 도피를 했다고 헛소문을 퍼트린 적이 있단 걸 기억했다. 여기서 자리를 비키면 클라인이 이번에는 그를 상대로 또 뭔 헛소리를 할지 모르기에, 라나문은 어쩔 수 없이 이 자리에서 물었다.

"무슨 일인데 그러느냐."

여기서 말해도 되나? 카르둔은 양옆에 앉은 클라인과 게스타의 눈치를 보다가, 목소리를 낮추어서 라나문만 들을 수 있게 속삭였다.

"도련님. 이틀 전에 제가 '그 책'을 다 사 갔더니, 인기 서적인 줄 알고 모든 서점에서 그 책을 수십 권씩 들여두었습니다. 이를 어쩌지요?"

카르둔은 울먹였고, 라나문은 조금 전까지 클라인과 말다툼 하던 것도 다 잊어버렸다.

"이렇게 됐으니, 다시 그 책을 다 사 봤자 분명 서점에선 또 사들일 겁니다. 진짜 잘 팔리는 책이라고요."

라나문은 덜 마신 커피를 하인에게 건네고서 황급히 일어섰다. 그러고서 인사도 없이 가 버리자, 카르둔이 얼른 그 뒤를 따라갔다. 클라인은 그 모습을 호기심에 가득 차 바라보다가 게스타 쪽으로 허리를 조금 숙이면서 물었다.

"이봐. 저 족제비가 왜 갑자기 꼬리 말고 도망가는 거 같아?"

"저, 저는 잘⋯⋯."

게스타가 얼굴만 벌게질 뿐, 제대로 대화를 이어가지 못하자 클라인은 몹시 궁금하단 눈으로 라나문을 다시 쳐다보았다. 그 입에서 당장에라도 별 희한한 억측이 나올 분위기여서, 게스타는 더욱 쩔쩔매다가 무슨 말이든 다른 화제로 돌려야겠다 싶은지 클라인에게 물었다.

"저기, 그게. 그런데 정말인가요?"

"뭐가."

"정말로 하이신스 폐하와 우리 폐하가 사이가 좋으셨는지⋯⋯."

"그렇다더라고."

"그렇군요."

게스타는 클라인이 라나문 뒤를 쳐다보느라 건성으로 대답하는데도 맑게 웃으면서 대답했다.

"그러면 황자님께선 폐하에 대해 저희보다 더 많이 알고 계시겠어요. 부럽습니다."

클라인은 그 말에 픽 거만하게 웃으면서 드디어 게스타 쪽으로 고개를 돌리다가, 갑자기 표정이 굳었다. 그러고 보니 이상했다. 왜 하이신스는 동생이 후궁으로 간다는데, 저들 말처럼 라트라실 황제에 대해 아무 정보도 주지 않았지? 보통 사이좋은 동생이 친구의 후궁으로 간다면, 그 친구가 뭘 좋아하는지 어떤 걸 싫어하는지 정도는 알려주지 않나?

의문을 느끼자 전에 들었던 말들도 다시 신경 쓰이기 시작했다. 남 일에 신경 쓰지 않는 서넛이 하이신스의 첫사랑 찾는 걸 나서서 말린 일, 하이신스가 라트라실 황제와 친했다면서 후궁으로 가는 동생에게 어떤 조언도 해주지 않은 일, 라트라실 황제 역시 늘 붙어 다녔으면서 하이신스의 첫사랑이 누구인지 모른다고 한 일.

그리고…… 하이신스의 결혼식 날, 펑펑 울던 라틸.

— 누가 보면 신랑한테 차인 사람이라 생각했을 겁니다.

클라인은 머리에 번개가 내려꽂힌 듯 눈을 커다랗게 떴다.

'혹시 폐하가…… 형님의 첫사랑이었나?'

"타리움 제국에서 보낸 습격자가 이송 도중 강도에게 당해 죽었다고 합니다."

비서가 급하게 달려와 알린 소식에, 하이신스는 보고서를 내려 놓고서 고개를 들었다.

"습격자? 클라인을 습격했다는 그자 말이냐."

"예, 폐하."

"갑자기 강도에 당했다니?"

비서가 곤란해하는 얼굴로 고개를 숙이자, 하이신스는 표정이 딱딱하게 굳었다. 펜을 쥔 손에 힘이 들어갔다. 라틸은 앞서 서신에서 클라인을 엄습한 습격자의 배후가 다가 공작이라고 했다. 하이신스는 그 이야기를 듣자마자 습격자를 이용해 다가 공작을 역습할 계획을 세웠다. 그런데 그 습격자가 여기 오는 도중 죽었다고? 이걸 우연이라 봐야 할까?

"시기 한번 교묘하군."

"다가 공작이 연루되어 있을까요?"

"다른 사절단 일행은?"

"다행히 모두 무사하다 합니다. 부상을 입긴 했지만요."

하이신스는 코웃음을 쳤다. 다가 공작이라고 해서 타리움 제국과 척을 지고 싶진 않을 테니 당연히 사절단은 안 건드렸을 것이다. 다가 공작이 원하는 건 카리셴을 무사하고 온전한 형태로 손에 쥐는 것이지, 엉망으로 만드는 게 아닐 테다. 하이신스는 펜을 내려놓고서 엄지와 검지로 욱신거리는 눈가를 눌렀다.

"그래서. 사절단은?"

"시체를 인도한 다음 치료를 받고 있습니다. 만나보시겠습니까?"

고개를 끄덕인 하이신스는 몸을 일으키고서 집무실 밖으로 나갔다.

"폐하."

그런데 문을 열자마자 타리움의 복장을 한 사절 한 명이 바쁜 걸음으로 그에게 다가와 목소리를 낮추었다.

"라트라실 황제께서 범인을 인도하면서 폐하께 전하라 한 서신이 있습니다."

하이신스가 손을 내밀자 사절은 품 안에서 서신을 꺼내 내밀었다. 사절이 두 손을 모으고서 뒤로 물러나자 하이신스는 그 자리에서 바로 서신을 꺼내 읽었다. 비서는 조마조마한 심정으로 하이신스의 눈치를 살폈다. 분명 범죄자 인도와 관련된 내용일 것이다. 지금은 타리움에서 보내준 그 범죄자가 오는 길에 죽은 상황 아닌가.

"……."

역시. 곤란한 내용이 있는지 하이신스는 인상을 찌푸리고서 집무실 안으로 도로 들어갔다. 비서도 얼른 따라 들어갔다. 그런데 문을 닫으며 보니, 하이신스의 입꼬리가 올라가 있었다. 나쁜 소식을 보고서는 나올 수 없는 표정이었다. 하지만 이 상황에 전해질 좋은 소식이 있나? 의아해서 보고 있자니, 하이신스가 서신을 잘 접어 책상에 올리며 지시했다.

"제비꽃 여관으로 가보아라."

"예?"

"사절단 쪽으로 보낸 건 형 집행이 확정된 다른 사형수라는군."

"아! 일부러 가짜를……?"

"그래. 다가 공작이 중간에 나설 때를 대비했다더군."

"현명하시군요. 입이 무거운 사람 몇을 데리고 은밀히 다녀오겠습니다."

비서가 급히 인사하고 나가자, 하이신스는 타리움에서 보낸 사절에게도 그만 가보라 말했다. 타리움 사절까지 나가고 홀로 남게 되자 하이신스는 책상에 팔을 괴고서 난처해 웃었다.

"라틸. 역시 나는 널……."

사절단을 통해서 가짜 범인을 보내고 흑림을 통해서 진짜 범인을 보냈는데 다가 공작이 과연 습격자 입을 막기 위해 나설까? 라

틸은 턱을 괸 채 펜을 휙휙 돌리면서 자신이 괜한 짓을 한 건지 현명한 행동을 한 건지 궁금해했다.

"폐하. 드디어 구했습니다."

그러고 있기를 30여 분. 점심을 먹으러 간다던 서넛이 밝은 얼굴로 돌아왔다. 한 손에는 연한 분홍색 책이 들려있었다. 라틸의 옆에 선 시종장이 책 표지에 커다랗게 박힌 커다랗고 새빨간 하트 모양에 눈을 휘둥그렇게 떴으나, 서넛은 들고 온 책을 태연히 라틸에게 내밀었다.

"여기 있습니다."

"그러고 들고 왔습니까?"

"예. 문제라도……?"

"아니, 아닙니다."

의아한 시선을 보내는 서넛에게 라틸은 한 번 '히' 웃어 보이고서 책을 펼치다가, 고개를 들어 시종장에게 말했다.

"사블레 후작. 후작도 식사 좀 하고 와요."

"예, 폐하."

시종장이 정리하던 서류를 돌아와서도 분류하기 쉽도록 가지런하게 두고 나가자, 라틸은 얼른 편하게 의자에 몸을 기대어 앉으며 책을 펼쳤다.

"대체 무슨 내용이길래……. 어이쿠."

그런데 펼치고 보니 소설이 아니었다. 라틸이 책을 들고서 묘한 표정을 짓자, 서넛이 슬그머니 머리를 들이밀었다.

"왜 그러십니까?"

"음. 아닙니다."

라틸은 서넛도 내보내고서, 책을 책상 위에 올려놓고 아무 데나 되는대로 펼쳐보았다. 하지만 어디를 봐도 이 책은 소설이 아니었다. 이 책은 굳이 분류하자면 이론서. 연애하는 방법을 알려주는 이론서였다.

"우와."

뺨으로 열기가 확 돌아서 라틸은 마른침을 삼켰다.

"이게 뭐래."

아얏, 아팡. 늘 강한 모습을 보여온 그대, 가끔은 약한 모습도 괜찮아요.

우연이 반복되면 운명! 부담스럽지 않게 우연을 가장해 만나봐요.

"으악."

아까보다 책을 좀 더 자세히 살피던 라틸은 황급히 책을 덮고서 숨을 빠르게 쉬었다. 심장이 마구 콩닥거리면서 얼굴이 화끈거렸다. 내가…… 내가 지금 뭘 본 거지? 라틸은 두려워하며 시선을 내렸다가, 눈을 질끈 감고서 다시 책을 한 번에 펼쳤다.

뽀뽀 쪽! 쪽쪽쪽! 키스 전엔 이 닦고 과일 맛 사탕 먹기.

"악!"

라틸은 다시 책을 덮고서 심장 부근에 손을 올리고 숨을 몰아쉬었다. 굳건한 라틸의 정신이 이건 너무 부담스러운 내용이라고, 마구 고함을 질러대고 있었다. 당장 이 책을 덮고서 여기서 5미터는 떨어지라고 외쳐댔다.

"이래서 라나문이 못 보게 했구나."

라틸은 마른침을 삼키고서 책을 쳐다보다가, 서랍을 열어 책을 안에 넣고 한숨을 내쉬었다. 책을 봉인시키는 마음으로 서랍을 닫으니 놀란 마음이 가시며 이번에는 조금씩 웃음이 흘러나왔다. 라틸은 입술을 깨물고 손으로 턱을 눌렀다. 라나문이 차갑고 진중한 얼굴로 인덱스까지 하나하나 붙여 가면서 이걸 보았을 생각을 하자 웃겨서 견디기 힘들었다.

그 인덱스가 생각나자 결국 라틸은 흐느끼듯 울면서 의자에서 주르륵 흘러내렸다. 다른 사람이 보았더라면 내용이 부담스러워도 그냥 그러려니 할 거다. 예를 들어서 게스타나 타시르. 게스타는 달달 떨면서 볼 것 같고, 타시르는 오렌지 까먹으면서 재밌게 볼 것 같다. 클라인이 보았다 해도 별로 이상하지 않고 칼라인이 보았다 해도 아주 이상하단 생각은 안 든다.

그런데 본 사람이 라나문이 되어버리자 괜히 이쪽이 더 민망해지면서 얼굴이 화끈거렸다. 이게 어떻게 된 일일까. 라틸은 쪼그려 앉아 끅끅 웃어대다가, 자신이 너무 미친 사람처럼 여겨져서 의자를 붙들고 다시 몸을 일으켰다. 하지만 요란한 웃음이 가라앉고 나자 이번에는 아까와는 또 다른 마음이 들었다.

'라나문도 나하고 잘해볼 마음이 있긴 하나 보네.'

라틸은 손으로 자기 빰을 꽉꽉 누르며 웃었다. 그러니 이런 책도 보고 그러는 거겠지? 인덱스까지 붙여 가면서. 인덱스 생각에 다시 흐느끼는 울음이 튀어나와서, 라틸은 눈물까지 흘리면서 다시 한참을 웃어댔다.

'아트락시 공작은 능구렁이인데, 라나문은 의외로 순진한가 봐.'

어쨌든 이 일은 모른 척해 주어야 할 것 같았다. 아니면 서로가 부끄러워질 테니.

'내가 이걸 찾아본 걸 알면 라나문이 날 얼려 죽이려 할 거야.'

서넛은 라틸이 책을 읽는 동안, 칼라인을 만나기 위해 하렘 쪽으로 걸어갔다. 그런데 정문에서부터 쭉 이어지는 길을 걸어가고 있자니 신비로운 은발을 늘어뜨린 남자가 이쪽으로 무섭게 걸어왔다. 클라인이었다. 클라인이 자신 쪽으로 올 거란 생각을 하지 않았기에, 서넛은 일부러 옆으로 비켜서서 괜한 다툼에 휩쓸리지 않으려 했다. 하지만 굳이 서넛의 앞으로 온 클라인은 몸을 돌리더니 아예 서넛과 마주하고 섰다. 왜 갑자기? 서넛은 의아해서 클라인을 보았으나, 굳이 피할 상황은 아닌지라 평소처럼 물었다.

"무슨 일입니까?"

질문을 던지자마자 서넛은 클라인의 표정이 평소보다 어둡다는 걸 눈치챘다. 물론 서넛을 보는 클라인의 표정은 늘 좋지 않지만, 오늘은 그보다 더한 꺼림칙한 무언가가 있었다. 왜 저런 얼굴이지? 의구심이 떠올랐지만 서넛은 클라인이 먼저 말하기를 기다렸다.

그렇게 두 사람은 서로를 가만히 마주한 채 누구도 입을 열지 않았다. 서넛은 클라인의 말을 기다리느라, 클라인은 서넛을 가만히 쳐다보느라. 클라인의 눈동자가 매섭게 빛났다. 그 상태로 얼마나 서로를 응시했을까? 마침내 클라인이 입을 열었다.

"혹시 내 형님이 사귀었던 여자가…… 폐하시냐?"

클라인이 몇 번이나 주먹을 쥐었다 펴기를 반복했다. 서넛은 그 질문을 듣자, 클라인의 표정에 서린 꺼림칙함이 불안감과 초조함 등이 뒤섞인 어떤 감정의 덩어리였다는 걸 알아차렸다.

"대답해."

클라인이 재차 물었다. 목소리가 평소보다 낮고 감기에 걸린 것 처럼 잠겨있었다. 조금 쉰 느낌도 났다.

"형님이 폐하와 사귀었어? 형님의 첫사랑이 폐하야?"

어디서 저런 이야기를 들었는지 모르겠지만, 며칠 전에는 아예 감도 잡지 못하고 있더니. 멍청한 게 어떻게 여기까지 추측을 해낸 모양이었다. 서넛이 대답하지 않자 클라인의 눈동자가 흔들렸다. 그는 떨리는 그 시선으로 서넛을 보다가 속삭이듯 물었다.

"짝사랑이었지?"

그건 질문이 아니라 희망이었다. 그 간절한 눈빛을 보자 서넛은 자신도 모르게 웃음이 나올 뻔했다. 며칠 전 신이 나서 형님의 첫 사랑을 찾아다니던 클라인의 모습과 대조되어서. 그는 클라인을 빤히 바라보았다. 하지만 여기서 그가 할 대답은 어차피 하나뿐이 었다.

"저는 선황제 폐하의 기사여서, 폐하께서 황녀이던 시절에 대해 서는 잘 알지 못합니다. 그건 호위의 일이 아니니까요."

서넛이 고개를 까딱하고 지나가자 클라인의 표정이 하얗게 변했 다. 바닐은 그 뒤에서 초조하게 클라인을 바라보았다. 게스타를 놀 려대던 클라인이 갑자기 표정이 어두워지는 게 이상하다 싶긴 했 다. 그래도 클라인이 이런 추측을 했으리라고는 곁에서 내내 따라

다닌 그도 알지 못했다.

"황자님."

바닐이 조심스럽게 불렀으나 클라인은 대답할 정신도 없는지 고개를 저었다. 그러다가 갑자기 그가 누군가를 발견하더니, 입술을 깨물고서 그 방향을 쳐다보았다. 바닐은 그 시선을 따라 고개를 돌렸고 정문에서부터 걸어오고 있는 황제를 보았다. 바닐은 걱정스럽게 클라인을 쳐다보았다. 설마……. 황자님, 폐하께 직접 물어보실 건 아니죠? 그 생각을 하자마자 클라인이 숨을 들이쉬더니 그쪽으로 걸어가기 시작했다.

라틸은 클라인을 발견하고서 멈추어 섰다. 마침 그에게 가던 길이었다. 손에는 클라인에게 주기 위해 온실에서 가져오게 한 라벤더가 한 묶음 들려있었다. 라틸은 웃으면서 그에게 다가갔으나 마주 걸어오는 클라인의 표정이 좋지 못한 걸 발견하고서 반쯤 들어올렸던 라벤더를 도로 내려야 했다.

"클라인. 표정이 안 좋은데."

라틸이 걱정스럽게 묻자 클라인의 표정이 금방이라도 울 것 같은 얼굴로 변했다. 누가 보아도 안 좋은 일이 있던 표정이라 라틸은 라벤더를 들지 않은 손을 그의 이마에 가져다 대보았다.

"열은 없는데."

라틸은 그의 표정을 살살이 살피면서 손을 내렸다. 누구보다도 감정에 솔직한 클라인이 저러고 있으니 영 신경이 쓰였다.

"폐하셨습니까?"

그런데 돌아온 대답은 질문이었다. 라틸은 그의 질문이 무슨 뜻인지 한 번에 파악하지 못했다. 난데없이 '폐하셨습니까'라니.

"뭐가?"

클라인의 눈길이 잠시 라틸이 든 라벤더 다발로 향했다. 그 눈동자는 조금 흔들리는 것처럼 보였다. 이 말을 할까 말까 망설이는 것처럼.

"꺼내놓고 후회할 말이라면 하지 마."

그 망설임을 지켜보다가 라틸은 진심으로 충고했다. 대부분의 말은 할까 말까 망설여진다면 하지 않는 게 나으니까. 하지 않은 말이라면 나중에라도 하면 되지만, 해버린 말은 주워 담을 수 없으니 말이다. 하지만 클라인은 그 말에 더욱 자극을 받은 게 분명했다.

"제 형님의 첫사랑이 폐하십니까?"

라틸의 말이 끝나자마자 클라인이 뒤쫓듯 물었다. 라틸은 예상치 못한 습격에 입을 다물었다.

"두 분이 사귀었던 겁니까, 아니면 형님이 일방적으로 짝사랑했던 겁니까."

클라인이 하이신스의 첫사랑에 관심을 가진 건 알았지만 그게 누구인지는 알아내지 못할 거라 여겼다. 라틸과 하이신스가 사귀었단 걸 아는 이들은 아주 소수였고, 그 소수 모두 클라인에게 그런 이야기를 함부로 할 이들이 아니었으니까.

'어떻게 알아낸 거지?'

라틸은 진심으로 당황했다. 물론 지금 중요한 건 클라인이 어떻게 진실을 알았느냐가 아니긴 했다. 라틸이 바로 대답하지 못하자 클라인이 초조하게 입술을 깨물다 놓길 반복했다. 라틸은 부정과 긍정 두 개의 선택지 앞에서 덩달아 심장이 두근거렸다. 긍정을 하면 클라인의 속이 몹시 상할 텐데. 부정하자니 클라인이 대체 어디서부터 어디까지 알고 있는 건지 알 수 없어서 말문이 막혔다. 이미 확신을 하고서 온 건데 애매하게 부정을 했다가는 긍정하는 이상으로 상처를 줄지도 몰랐다.

라틸은 자신이 하이신스와는 별개로 이미 클라인에게도 호감을 가지고 있단 걸 인정해야 했다. 그 감정은 하이신스를 향한 그 맹목적이고 열렬했던 사랑과는 달랐다. 아니, 사랑이라 하기도 애매한 아직 형태조차 잡히지 않은 그런 덩어리였다. 하지만 확실한 건 라틸은 클라인이 덜 상처받길 원했다. 지금 와서는 불가능해 보이지만.

"어느 쪽이든 상관없지 않나."

어쨌든 상대가 대답을 원하니 해주어야 했다. 라틸의 말에 클라인의 눈썹 끝이 아래로 축 처졌다.

"어느 쪽이든 상관이 없다고요?"

"사귀었건 짝사랑을 했건, 하이신스는 다른 아내를 맞이했고 너는 내게 왔다. 지금 와서 과거에 내가 하이신스와 어떤 사이였는지가 무슨 상관이지?"

라틸은 자신의 말이 억지란 걸 알지만 그래도 일단 우기고 봤다.

하지만 어림도 없었다. 클라인은 넘어가지 않았다.

"상관이 없다면 형님이나 폐하나 제게 그 이야기를 먼저 했겠지요."

"말할 필요 없었을 뿐이다."

"형님과 연인 사이였다면 폐하께선 제가 오자마자 돌려보내셨어야 했습니다."

"내가 왜?"

클라인의 눈동자가 거세게 흔들렸다. 들고 오는 내내 좋기만 하던 라벤더 향이 독하게 느껴져 라틸은 미간을 찌푸렸다.

"난 카리센에서 보낸 후궁이 필요했고. 하이신스와 내가 사랑을 했건 짝사랑을 했건 거기엔 어떤 결실도 없었다. 내가 하이신스와 결혼한 사이도 아닌데, 동생인 네가 후궁으로 왔다고 해서 왜 돌려보내야 한단 거지?"

라틸이 피로하다는 듯 하나하나 말을 내뱉을 때마다 클라인은 더욱 충격에 젖어갔다. 조금씩 조금씩 그가 금이 가고 있는 게 보였지만 라틸은 이 상황에서 그에게 달리 해줄 말이 없었다.

하이신스와 연인이었다 한들 아는 사람이 거의 없는 비공식적인 일이었는데. 결혼해서 황후까지 둔 남자의 이름을 들먹이며 전 애인의 남동생은 후궁으로 둘 수 없단 발표라도 해야 했을까? 그때 라틸은 이유 없이 클라인을 돌려보낼 수도 없었다. 그건 카리센 황실에 대한 모욕일 테니.

'그렇다고 솔직하게 하이신스를 엿 먹이고 싶어서 후궁을 보내라 했다고 말할 수는 없잖아.'

그 말을 했다가는 클라인이 무너질 게 눈앞에 선했다. 하지만 라틸의 생각과 달리 클라인은 이미 무너지고 있었다. '카리센에서 보낸 후궁이 필요했다'는 말 때문에. 클라인은 입술을 파르르 떨다가 와들거리며 물었다.

"절 데려온 이유가…… 카리센 출신 후궁이 필요해서였다고요?"

라틸이 '무슨 소리야?' 하는 눈으로 쳐다보자, 클라인은 항의하려는 듯 입을 벌렸다. 자신을 좋아한 게 아니냐고, 자신이 좋아서 내내 매달린 게 아니었냐고, 왜 밤새 자신을 끌어안고 떠나지 말라 애원했냐고 묻고 싶었다. 하지만 클라인은 그 말을 하지 못했다. 생각해 보면 답은 간단히 나왔다.

황제가 형님과 사귀었단 게 진실이라면, 그날 밤 술에 취해 쏟아지던 그 고백의 주인공이 그일 리는 당연히 없으니까. 황제가 사랑한 게 그의 형이었다면, 클라인이 꿈꾸며 온 모든 것들은 다 오해였다. 황제는 그를 좋아한 적도 없었고 그가 좋아서 후궁으로 부르지도 않았다. 클라인의 얼굴이 점점 붉게 물들어 갔다. 그가 알던 라트라실 황제. 울면서 그에게 좋아한다고 고백했던 그 술주정뱅이 여자 기사. 술주정이 부끄러워서 애써 모른 척하던 그 도도한 황녀님. 이 모든 건 그의 착각 속에서 생겨난 가짜 라트라실이었다.

첫 단추를 잘못 끼웠는데 그 위에 쌓은 모습이 진실할 리가 없었다. 지금까지 그가 본 라트라실 황제는 그의 착각 속 라트라실 황제였던 것이다. 진짜 라트라실 황제는 그에게 관심조차 없으며 그가 카리센의 황자란 점 외엔 흥미도 없었다.

"클라인."

황제가 그를 부르는데, 그 목소리가 너무 무섭게 들려서 클라인은 뒤로 황급히 물러섰다.

"클라인."

그는 목덜미까지 붉어져서 고개를 떨구었다. 황제에게 자신의 우스꽝스러운 오해를 털어놓을 수는 없었다.

"클라인. 네게 얘기하지 않아서 미안하지만, 네 형과 나는 이미 끝난 관계다. 굳이 들출 필요도 없는 사이고. 기분이…… 안 나쁠 수는 없겠지만 그렇게 충격받진 않았으면 좋겠는데."

라틸은 변명을 늘어놓다가 클라인의 표정을 보고서 입을 다물었다. 클라인이 진실을 알면 섭섭해할 거란 생각은 했으나, 그가 생각 외로 더욱 놀라워하고 고통스러워하는 눈치라 덩달아 미안해졌다. 클라인은 말을 할 듯 말 듯 입을 열었다 닫길 반복하다가 결국 돌아서서 달아나듯 반대 방향으로 뛰어갔다.

초조하게 서있던 클라인의 시종이 꾸벅꾸벅 인사를 하고서 얼른 그 뒤를 따라 뛰자, 클라인의 호위도 공손히 인사를 하고서 마지막으로 황자를 쫓아갔다. 라틸은 급격히 피로해져서 라벤더 다발을 옆에 있는 기사에게 건네고 근처의 커다란 바위로 가 앉았다.

정신없이 뛰어가던 클라인은 호숫가에 도착해서야 멈추어 섰다. 그가 난간을 붙잡고 숨을 고르자 바닐은 울면서 그의 허리를 끌어안았다.

"나쁜 생각 하시면 안 돼요, 황자님!"

"무슨 소리야?"

"뛰어내리시려는 거······."

"아니야!"

클라인이 버럭 외치자 바닐은 머쓱해져서 손을 떼고 뒤로 물러섰다. 하지만 바닐이 괜한 과장을 한 게 아니었다. 클라인의 표정은 그 정도로 위태로워 보였다. 남들보다 파동이 큰 클라인의 감정이 이번에도 마찬가지로 크게 요동치고 있던 탓이었다.

그런데 클라인이 속상한 마음을 진정하려 애쓰고 있을 때, 앞서 사라졌던 서넛이 붉은 돌길을 따라 이쪽으로 걸어왔다. 클라인은 누구와도 어울리고 싶지 않은 상태인지라 서넛을 보았지만 못 본 척 호숫가로 시선을 돌려버렸다. 그러나 이번에는 서넛이 직접 클라인 바로 앞까지 다가왔다. 클라인은 인상을 구기고서 그를 쳐다보았다.

"무슨 일이야?"

"폐하께 화내지 마십시오."

황제보다 앞서 걸어가는가 싶더니 신경전 벌이는 걸 보고 다가온 모양이었다. 돌아온 목소리는 차갑고 무뚝뚝했다. 클라인은 난간에서 손을 떼고 허리를 폈다. 몸을 돌리자 그와 마주하고 선 단단한 몸뚱어리가 보였다. 서넛은 몇 분 전에 보았을 때보다 더욱 표정이 굳어있었다.

"그대가 상관할 바가 아니다, 서넛 경."

클라인은 불쾌감을 감추지 않고 드러냈다. 새로 알게 된 충격적

인 진실에 가슴이 아파 죽겠는데. 안 그래도 싫어하던 서넛이 찾아
와서 이런 소리를 해대자 몹시 화가 난 기색이었다. 그러나 서넛
역시 아까 클라인이 라틸을 마구잡이로 비난하던 걸 봐 버려서, 이
미 기분이 몹시 상한 상황이었다.

"내내 말하고 싶었는데 폐하께서 묻고 가려 하셔서 저도 묻고
가려 했었습니다. 그런데 황자님께서 먼저 들춰냈으니 저도 좀 같
이 들추겠습니다."

"……무슨 소리지?"

"제가 말씀드렸죠. 황자님의 형님이 자기 첫사랑 이야기를 하지
않은 건, 그게 아름다운 이별이 아니어서 그럴지도 모른다고."

"……."

"연인, 짝사랑. 두 분 관계에 붙이기엔 너무 아름답고 아까운 단
어였단 거 아십니까?"

"아깝다니."

"황자님의 형님은 폐하를 배신하고 떠났습니다. 폐하께선 그 일
로 무척이나 힘들어하셨고요."

"배신?"

"몇 년을 기다린 폐하에게 일말의 예의조차 지키지 않고 배신했
습니다. 탓할 사람이 필요하십니까? 폐하가 아니라 황자님의 형님
을 탓하시면 됩니다. 모든 일의 시작이자 발단이신 분이니."

클라인의 커다란 눈가에 물기가 고였다. 그는 어이도 없고 갑갑
하기도 하고 화도 나서 헛웃음을 터트렸다.

"그래서 우리 형님이 폐하를 배신했으니 폐하가 나를 속여도 된

다 이건가?”

“그건 아니지요. 하지만 폐하께 상처를 준 사람의 동생이 폐하를
또 상처 주려 하니 보기가 싫어서 말입니다.”

“!”

“폐하가 미우면 떠나십시오. 폐하 옆에서 상처받은 얼굴로 얼쩡
거리지 말고.”

바닐과 악시안은 점잖은 서넛이 내뱉는 악담에 충격을 받아 그
를 쳐다보았다. 황제의 충신이니 클라인이 황제를 원망하지 못하
게 중간에서 나설 수는 있다 싶지만, 저 말은 너무 심하지 않은가.

“떠나?”

작게 중얼거린 클라인의 입가에 허망한 웃음이 떠올랐다.

“그래. 떠나지.”

말을 마친 그는 주먹으로 서넛을 눈 깜짝할 사이 내려치고서, 자
신의 처소로 빠르게 걸어갔다.

“황자님!”

한달음에 자신의 방으로 달려간 클라인은 정말로 옷장 문을 발
칵 열더니 옷을 마구 끄집어내기 시작했다. 서랍장 안 깊숙이 넣어
두었던 커다란 여행 가방도 죄다 꺼내 바닥에 늘어놓고, 전부 열어
방금 꺼낸 옷을 쌓듯이 던져 넣었다. 구두며 자주 사용하던 물건들
까지 가방에 꾸역꾸역 넣고 있으려니, 바닐이 방 안으로 달려와 클

라인의 허리를 잡고 매달렸다.

"황자님, 진정하세요! 황자님!"

"놔! 가라면 못 갈 줄 알아? 갈 거야! 갈 거라고!"

"하이신스 폐하께서 갑자기 왜 왔냐고 물으시면 뭐라 대답하시려고요!"

"사실대로 말할 거다. 형님한텐 화가 안 난 줄 알아?"

후궁으로 오기 전, 하이신스가 '라트라실 황제에게 손끝 하나 건드리지 마라'라고 경고한 게 새삼 떠올라서 클라인은 입술을 깨물었다. 너무 억울하고 화가 나고 부끄러워서 견디기가 힘들었다. 아무도 없는 산에 들어가서 고래고래 고함을 지르고 싶었다.

"고정하십시오, 황자님."

악시안이 뒤따라 달려와 말렸지만 그래도 클라인은 멈추지 않고 짐을 계속해서 싸댔다. 저렇게 짐을 싸는 건 너무 비효율적인데……. 이를 지켜보는 바닐은 발을 굴렀지만 평소 이상으로 이성을 잃은 클라인을 말릴 수가 없었다.

"황자님."

하지만 악시안은 바닐과 달랐다. 그는 가만히 서서 클라인의 행동을 지켜보더니 클라인이 방 안을 두리번거리면서 또 가져갈 물건을 찾는 사이, 틈을 놓치지 않고 성큼 걸어가 그를 붙잡았다.

"진정하셔야 합니다."

"놔라."

"좀비가 나타났습니다. 흑마법사들도 숨어있을 겁니다. 카리센과 타리움은 그 일에 협력하는 체제로 갈 거고요."

"어쩌란 말이냐! 내가 협력하지 말래? 어차피 난 임시 후궁이다. 이혼도 자유롭게 할 수 있어."

"황자님이 마음대로 돌아가 버리면 두 나라 사이가 불편해질 겁니다."

악시안의 음성은 고저가 없어서 오히려 더욱 침착하고 무정하게 들렸다. 클라인은 악시안의 손을 힘껏 뿌리치고서 일렁이는 눈으로 그를 쳐다보았다.

"그러면 두 황제 사이에서 놀아난 내 자존심은?"

"황자님은 소중한 분이지만 그래도 나라가 우선입니다."

맞는 말이긴 하지만 굳이 할 필요 없는 말이었다. 특히 안 그래도 상처받아 흥분한 사람에게는. 바닐은 눈을 커다랗게 뜨고서 입을 가리고 악시안을 보았다. 클라인의 눈동자가 바르르 떨렸다. 눈 깜짝할 사이, 탕 소리가 나는가 싶더니 가방 하나가 벽으로 날아갔고 또 다른 가방 하나가 악시안에게 날아갔다.

"나가!"

클라인이 버럭 고함을 지르자 바닐은 우두커니 서있는 악시안의 허리를 잡고서 뒤로 질질 끌어냈다. 클라인이 떠나지 않게 하는 것이 목적이었기에 악시안은 순순히 바닐을 따라 나왔다. 중간 방을 지나 복도로 나오자 문 앞에 선 경비병이 당혹스러운 표정으로 악시안의 이마를 보았다.

"악시안 경, 피가……."

악시안은 손을 들어 이마를 더듬더니 태연히 소맷자락으로 흐르는 피를 닦았다. 커다랗고 단단한 여행 가방을 피하지 않고 맞으면서 이마가 조금 찢어진 것이다.

"그냥 좀 피하시지."

바닐이 손수건을 주며 혀를 차자 악시안은 그걸 받으며 덤덤히 대답했다.

"화가 조금이라도 풀리시라고."

"우리 황자님이 사람 때리면서 화 푸는 미친 사람인 줄 아십니까?"

악시안이 걱정스럽기도 하지만 그가 클라인을 너무 들쑤신 것도 화가 났기에 바닐은 이번에는 쓴소리를 뱉고서 다시 방 안으로 혼자 들어가 버렸다. 바닐이 안쪽에서 문까지 철컥 잠가버리자 경비병이 쩔쩔매면서 물었다.

"괜찮으십니까?"

"이 일은 아무에게도 말하지 않아 주었으면 좋겠다."

"아……. 그건 당연한……."

"그럼 됐군."

태연히 말한 악시안이 다른 쪽으로 걸어가자, 경비병은 혀를 차면서 그 뒷모습과 굳게 닫힌 문을 번갈아 보았다.

라틸은 바위에 앉은 채 우두커니 정면만 바라보았다. 울분을 토해내듯 말하다가 확 돌아서던 클라인의 눈빛이 떠올라서 기분이 좋지 않았다. 라벤더 꽃다발을 들고 선 기사 역시 갑자기 알게 된

생뚱맞은 정보와 싸움에 이래저래 심란하긴 마찬가지였다. 황제가 카리센 황제와 사귀었단 걸 몰랐는데, 이번 말다툼을 들으면서 덩달아 알게 되어서였다. 그렇게 얼마나 시간이 흘렀을까.

"내가 너무한 것 같으냐?"

황제의 무거운 목소리에 기사가 퍼뜩 대답했다.

"아닙니다. 그럴 수도 있다 생각합니다."

"네 주군이 내가 아니라 클라인 황자였더라도 그렇게 대답할 거냐?"

"그건…… 당연합니다."

기사는 그 대답을 하기 전 잠시 망설였다. 아마 저 망설임이 진짜 대답이겠지. 라틸은 한숨을 내쉬고서 벌떡 일어났다.

"돌아가지."

"꽃은…….'

"네가 가져라."

여우 가면이 어느 지역인지 모를 지도를 펼쳐 놓고서 여기저기 체크하는 사이, 틀라는 옥좌에 앉아 검을 쓱쓱 닦으면서 여우 가면을 계속 힐긋거렸다. 다행히 전의 그 무례한 언동 이후, 여우 가면은 다시 그런 행동을 보이진 않았다. 물론 여전히 능글맞고 시건방진 구석은 있었으나 그건 처음 만났을 때부터 쭉 일관적으로 그랬기에 갑자기 변했다고 따지기도 애매했다.

"자꾸 절 쳐다보시는 걸 보니 제게 관심이 많으신가 봅니다."

"건방진 소리."

"부끄러워하지 않으셔도 됩니다. 저도 로드께 관심이 많으니까
요."

"……."

여우 가면이 이쪽을 쳐다보며 가면 아래로 드러난 입꼬리를 히
죽 올리자, 틀라는 고개를 빠르게 돌리고서 다시 검을 닦는 척 손
만 바삐 움직였다. 긴장된 분위기 속에서 미묘한 평화가 계속되는
도중 복도에서 빠른 발걸음 소리가 가까워졌다. 이윽고 문이 쾅 열
리면서 토끼 가면이 모습을 드러냈다.

"무슨 일이냐."

이젠 저 토끼까지 자신을 무시하는 건가 싶어서 틀라는 목소리
를 차갑게 낮추었다. 그런데 토끼 가면의 상태가 평소와 달랐다.

"기르골이 여길 찾아냈습니다."

평소보다 훨씬 초조하고 긴장한 목소리에 틀라는 닦던 검을 내
려놓고 여우 가면을 쳐다보았다. 여우 가면 역시 올라갔던 입꼬리
가 내려와 있었다. 여우 가면이 펜을 내려놓지도 않고서 벌떡 일
어나 복도로 나가자, 틀라는 자신도 검을 검집에 꽂고서 얼른 뒤를
따라갔다. 가장 앞서가는 토끼 가면을 따라 빠른 걸음으로 걸어가
며 틀라는 여우 가면에게 질문했다.

"기르골이 전에 네가 말한 그자인가?"

"예."

여우 가면의 심각한 목소리에 틀라는 미묘한 희망에 들떴다. 그

는 여우 가면과 토끼 가면이 이런 식으로 진지해지는 걸 본 적이 없었다. 심지어 동생이 보낸 이들이 좀비 떼를 무찔렀을 때조차도. 그런데 지금은 이처럼 불안해하고 있다. 그렇다면 그 기르골을 이쪽에서 이용할 수는 없을까? 손을 잡는다거나, 그런 식으로.

'만약 내가 로드가 아니라면 가능할지도. 그자는 계속 환생하는 로드를 쫓아다니며 죽이려 한다 했으니.'

틀라가 생각하는 사이에 세 사람은 망루 앞에 도착했고 토끼 가면을 시작으로 차례로 계단을 올라갔다.

'무슨 소리지?'

그런데 한 걸음 한 걸음 올라갈수록 '쾅쾅쾅쾅!' 뭔가를 거세게 두들기는 소리가 점점 더 커져갔다. 누군가 거대한 망치로 문과 성벽을 마구 부숴대는 듯한 소리였다.

"!"

돌계단의 이미 약간 깨어져 있던 모서리 부분이 바스스 아래로 떨어지는 걸 발견한 틀라는 눈을 커다랗게 떴다.

'흔들리고 있어?'

단순히 소리만 커다란 게 아니라 실제로 미약하게나마 충격을 받은 게 분명했다. 조금 부서진 부분이라 하더라도, 바람이 불지 않는 곳에 있는 계단의 돌조각이 혼자 굴러갈 리는 없지 않은가. 마침내 계단에 다 올라서자 틀라는 바로 망루 난간으로 걸어가 아래를 내려다보았다. 성문 앞에서 새하얀 옷을 입은 백발의 남자가 발로 문을 미친 듯이 걷어차 대고 있었다.

문을 부술 듯 '쾅쾅!' 차대는 수준을 넘어서, 귀신에게 홀리기라도 한 것처럼 빠른 속도로 '쾅쾅쾅쾅!' 차대는 발짓은 보고 있기 두려울 정도였다. '기르골을 이용할 수도 있다'는 생각은 그 발짓을 보자마자 쏙 사라졌다. 저 몸놀림만으로도 감이 왔다. 저 백발 남자는 이용하고 뭐고 할 상대가 아니었다. 아니, 말이 통하긴 할 상대일까? 제정신인 사람은 절대로 저렇게 자기 발을 망치처럼 사용하지 않을 텐데?

"여전하네요."

여우 가면이 작게 혀를 차자 토끼 가면이 고개를 끄덕였고, 틀라는 마른침을 삼켰다. 여전하다는 건…… 원래 저런 놈이란 건가? 그 순간, 이쪽에서 나는 소리를 듣기라도 한 것처럼 하얀 머리 남자가 돌연 머리를 확 들어 올렸다. 순식간에 눈이 마주친 틀라는 무의식적으로 뒤로 주춤 물러났다.

하지만 거기에 자존심이 상해서 그는 다시 반걸음 앞으로 나아가 밑을 내려다보았다. 하얀 머리 남자는 여전히 이곳을 보고 있었다. 그러다가 틀라와 눈이 마주치자 두 팔을 벌리더니 활짝 웃으며 외쳤다.

"내가 왔어, 도미스!"

발길질하던 걸 멈추고 그러고 있으니 남자의 얼굴이 새삼 눈에 제대로 들어왔다. 귀신에 홀린 것처럼 발길질을 해댄 뱀파이어답지 않게 제법 멀끔한 인상이었다. 여우 가면이 '얼굴은 잘났죠'라고 설명했던 것처럼 정말 수려하고 아름다운 외양이었다. 긴 코트와 머리카락이 모두 하얘서일까? 어딘가 신비스러운 구석이 있어 보였다.

"도미스, 정말 미안해. 절대로, 절대로 널 아프게 하려던 게 아니었어, 도미스."

그때. 갑자기 하얀 머리의 남자, 기르골이 팔을 들어 올린 채 눈물을 뚝뚝 흘리기 시작했다. 없던 동정심까지 쥐어짜 낼 만큼 고통스러워하는 표정으로 눈물을 펑펑 쏟으면서 기르골이 하소연을 시작했다.

"내가 일부러 널 죽게 한 게 아니야, 도미스. 너는 알지? 너는 알거야. 모른다면 알게 해줄게. 미안해 도미스. 알잖아. 나는 절대로 널 다치게 하지 않아. 응? 모르겠어?"

"……."

"아직 각성하지 못했지? 걱정하지 마. 이번에는 내가 지켜줄게."

신뢰감 가득한 목소리로 기르골이 서글프게 흐느끼자 틀라는 움찔해서 여우 가면을 향해 속삭였다.

"무슨 오해가 있던 거 아닌가. 전생의 로드를 죽인 사람 같진 않은데."

"넘어가지 마시지요."

하지만 여우 가면은 한두 번 저 꼴을 본 게 아니라는 듯 심드렁한 얼굴이었다. 그래도 여우 가면에게 듣던 것만큼 악해 보이진 않는데……. 게다가 저렇게 절절하고 서글피 울다니. 본인 말마따나 뭔가 오해가 있던 게 아닐까. 틀라는 음흉한 여우 가면이 혹시 자신이 기르골을 못 만나게 하려고 거짓말을 한 건 아닐까, 조금 의심스러워졌다.

그 순간, 갑자기 팔을 내린 기르골이 아까보다 더욱 강한 힘으로 문을 쾅 걷어찼다. 난데없는 행동에 틀라는 놀라서 굳어버렸다. 그런 틀라를 향해 기르골이 다시 활짝 웃으면서 명령했다.

"문 열어. 또 죽여버리기 전에."

"!"

18

증거를 보여주십시오

라틸이 다른 안전한 곳으로 보낸 '진짜 습격자'를 무사히 받아낸 하이신스는 다가 공작이 준비한 대리 공사의 죽음을 역으로 이용했다. 다가 공작이 하이신스 황제를 죽이기 위해서 먼저 클라인 황자를 죽이라 지시했고, 그 과정에서 대리 공사가 휩쓸렸다는 것을 실토하게 만든 것이다. 비록 반쪽짜리 진실이었지만.

습격자는 입을 열지 않으려 했지만, 원래 그가 타고 왔어야 하는 죄인 수송용 마차에 탄 '가짜 습격자'가 다가 공작이 보낸 강도에게 당해 죽었단 이야기를 듣자 마음을 바꾸어서 사실대로 털어놓았다.

"폐하께서는 말도 안 되는 주장을 하시는군요. 신원도 불분명한 저런 자의 말을 어찌 다 믿으십니까."

다가 공작은 회의 도중 사람들 앞에서 공격을 받았지만, 노련하게 대처하며 하이신스의 말을 흘려 넘기려 했다. 하지만 하이신스는 타리움의 사절단이 데려온 가짜 죄인이 살해당한 일을 내세우며, 누군가 계략을 꾸민 사람이 있으니 진범이 조사받기 전에 미리 죽이려 한 게 아니겠냐 빈정거렸다.

다가 공작의 말처럼 범인 한 명의 증언만으로는 다가 공작의 암살 계략을 밝혀낼 수 없었으나, 하이신스 역시 이 사건으로 그 정도 효과를 볼 거란 생각은 하지 않았기에 실망하지 않았다.

"일이 이렇게 되니 공작이 또 누구에게 내 암살을 사주할지 몰라 걱정되는군. 아, 물론 공작의 말처럼 오해일 수도 있지. 어쨌든 오해가 풀릴 때까지는 황후와 거리를 좀 두고 지내야겠네. 당분간 황후는 수도 근처에 있는 가장 가까운 별궁에서 지내는 걸로 하지."

우선은 이 정도만으로도 만족할 수 있었다.

"이 일에 왜 황후 폐하를 거론하시는 겁니까. 무슨 상관이 있다고요."

"어쩔 수 없지 않나. 나와도 가깝고 그대와도 가까운 이가 황후뿐이니."

온종일 제대로 자지 못한 탓에 라틸은 도미스의 과거가 나오는 악몽을 꾸진 않았지만, 피로해져서 눈이 퀭해졌다. 눈치를 보는 건지 어제부터 내내 조용하던 서넛이 참지 못하고 권유할 정도였다.

"오늘 하루는 휴회하고 쉬시는 게 어떻겠습니까? 안색이 나쁩니다."

"괜찮습니다."

라틸은 고개를 젓고서 책상 앞에 앉았으나, 30분가량 펜만 손안에서 돌리다가 결국 펜을 툭 내려놓고 서넛을 돌아보았다.

"서넛 경."

"예."

"아직 후궁들이 점심 먹을 때 안 됐죠?"

"아마 아닐 겁니다. 일찍 먹은 사람이 있을 수도 있겠지만요."

라틸은 고개를 끄덕이고서 책상에 달린 벨을 연거푸 눌렀다. 시종 하나가 얼른 뛰어 들어오자 라틸은 펜으로 시종을 가리키면서 지시했다.

"너는 지금 당장 하렘으로 가서 조리실 앞에 서있어라."

시종은 두 손을 모으고서 라틸의 명령을 기다리다가 난데없이 조리실 앞에 서있으라 지시받자 당혹스러운 표정으로 고개를 들었다.

"조리실…… 말씀입니까?"

"그래. 조리실. 거기 가서 클라인 방에 음식을 가져갈 하인이 오거든 술병도 같이 가져가게 해. 한 두 병 정도."

시종은 더욱 혼란스러운 눈치였다. 라틸은 이마를 긁었다. 앞뒤 생략하고 들으니, 자신이 말해도 좀 이상한 명령 같기는 했다. 라틸이 클라인에게 술을 가져다주라고 한 이유는 사람은 보통 속이 상하면 술을 마시고 클라인도 술을 싫어하지 않기 때문이었다. 결정적으로 클라인은 술을 마시면 라틸에게 속마음을 죄다 들켰다. 그러니 라틸은 우선 클라인을 술에 조금 취하게 한 다음 속마음을 들으면서 사과를 해볼 계획이었다.

"얼른 가."

하지만 이건 다른 사람들에게는 설명해 줄 수 없는 방법인지라, 라틸은 손을 휘휘 저어서 시종을 얼른 내보냈다.

"이봐."

"예, 폐하."

"융통성 있게 처리하되, 내가 시켰단 건 들키지 말거라."

"예."

라틸의 명령을 받은 시종은 값비싼 술을 여러 병 챙겨 하렘 담당자를 찾아가 귀한 술들이 진상되었으니 후궁들에게 두세 병씩 나누어 주라 말했다. 시종이 술병을 다 건네고 자리를 비키자, 하렘 담당자는 곧장 조리실로 찾아갔다. 45분 정도가 지났을 때는 음식을 가지러 온 하인들이 각자 수레에 술을 두세 병씩 올려두고 있었다. 클라인의 방 안까지 무사히 술병이 전달되는 걸 확인한 시종은 뿌듯하게 웃으며 얼른 황제의 집무실로 돌아가 임무 완수를 보고했다.

"잘했다."

시종이 나가자 라틸은 30분 정도 일에 몰두해 있다가, 딱 30분이 지나자마자 벌떡 일어서서 밖으로 나갔다.

"어디 가십니까?"

"클라인한테. 술이 약하니 마셨으면 취했을 거다."

'안 취했으면 다시 돌아와야겠지만.'

다행히 라틸의 예상이 맞았다. 클라인은 이미 술을 한 병 다 마시고 취해있었다. 라틸은 '제발 우리 황자님 좀 살려주세요.' 하는 시선으로 쳐다보는 바닐에게 나가라 손짓하고서 문을 닫은 다음, 탁자 앞에 우두커니 앉은 클라인 곁으로 다가갔다. 클라인은 그래도 꼬박꼬박 술을 잔에 따라서 마시고 있었는데, 라틸이 나타나자 이게 취해서 보는 환상인지 실제인지 구분이 가지 않는 듯 눈을 마구 비벼댔다.

"눈 다친다. 그러지 마라."

라틸이 손을 뻗어 말리자 클라인은 그제야 눈앞에 선 이가 실제 황제란 걸 알아본 것처럼 벌떡 일어났다. 너무 급하게 일어서는 바람에 소매에 잔이 스쳐 테이블 아래로 굴러떨어졌으나, 라틸과 클라인 모두 그 방향은 쳐다도 보지 않았다.

라틸은 클라인의 속마음을 읽기 위해 온 정신을 다해 그를 바라보았다. 속마음이 집중한다고 읽어지는 게 아니긴 했지만 말이다. 하지만 클라인이 상처를 받더니 마음이 굳건해진 건지, 아니면 속마음 읽는 능력이 갑자기 사라지기라도 한 건지 아무 소리도 들리지 않았다.

'하긴. 클라인이 내게 마구 따져댈 때도 소리가 안 들렸지.'

아쉽지만 그래도 온 김에 사과라도 하고 갈까. 라틸은 입술을 열었다. 그 순간.

얼굴도 보기 싫어.

입을 꾹 닫은 클라인에게서 속마음이 들려왔다.

나가.

그리 좋은 내용은 아니었다. 아직 화가 많이 났구나. 나가라니 나가자. 얼굴도 보기 싫다는데 계속 사과하면 더 화가 날지도 몰라. 혼자 있고 싶을 때도 있겠지.

'나중에 오면 조금이라도 풀려 있겠지.'

어쨌든 이 정도라도 됐다 싶어서, 라틸은 한숨을 내쉬고서 돌아섰다. 하지만 라틸이 두 걸음을 옮기자마자 뒤에서 또다시 클라인이 속으로 외쳤다.

진짜 나가면 어떡해!

⋯⋯가란 뜻이 아니었나? 라틸은 미간을 좁히고서 슬쩍 몸을 도로 돌렸다. 아까는 홧김에 한 말이고, 역시 사과를⋯⋯.

얼굴 마주하고 있기도 싫은데 왜 자꾸 오는 거야?

아닌가? 몸을 다 돌리기도 전에 쏟아진 냉랭한 말에, 라틸은 눈썹을 치켜올렸다 내리고서 다시 뒤돌아서 문으로 걸어갔다. 하지만 라틸이 문고리를 잡자마자 뒤에서 또 정반대의 속마음이 들려왔다.

저거 봐. 달래지도 않고 그냥 가시는 거 봐. 나한테 마음이 없으니 저러는 거지. 형님이 이러고 있어 봐. 절대로 그냥 안 가실 텐데.

"⋯⋯."

장난하는 건 아니겠지? 속마음이니까? 라틸은 클라인이 듣지 못하도록 짧게 한숨을 내쉬고서 문고리에서 손을 내렸다. 그러고서 몸을 돌리자, 클라인이 눈가가 그렁그렁해져서 이쪽을 쏘아보고 있었다. 대체 어쩌라는 거야?

"클라인."

조금 성질이 났지만, 클라인은 지금 몹시 화가 난 상태라는 걸 속으로 생각한 라틸은 표정을 펴고서 그에게 다가갔다. 그러나 라틸이 클라인에게 세 걸음 다가가자 클라인이 또 외쳤다.

얼굴도 보기 싫어! 이름도 부르지 마십시오!

그뿐만 아니라 아예 홱 몸을 돌리기까지 했다. 라틸은 걸어가다 말고 애매하게 멈춰 섰다가, 세 번째로 돌아서며 다짐했다. 속마음이 또 바뀌어도 이번엔 안 돌아오고 진짜 나가버릴 거라고. 아무래도 지금은 이래저래 마음이 복잡한 듯하니, 하루나 이틀 정도 시간을 주었다가 오는 게 나을 것 같았다.

미운데 그래도 마주 보고 있으면 좋으니까.

문고리를 잡는 순간 들려온 마지막 속마음이 아니었더라면, 클라인이 뭐라고 생각하건 라틸은 분명 나갔을 것이다. 그러나 그 말에 라틸은 나갈 수가 없었다. 어제 그렇게 충격받아 도망가 놓고서는 얼굴을 마주하면 그래도 좋다고 생각하는 남자를 어떻게 여기서 내버려 두고 간단 말인가.

라틸이 돌아서자 클라인이 또 얼굴을 안 보고 싶다며 속으로 외쳐댔으나, 라틸은 바로 앞까지 저벅저벅 걸어갔다. 내내 고래고래 속으로 외쳐대던 클라인은 라틸이 다가올 때마다 점점 생각에 힘이 빠지더니, 코앞에 다가와 서자 아예 아무 생각도 하지 않고 라틸을 가만히 쳐다보았다.

"클라인."

"……그렇게 부르셔도 화 안 풀 겁니다. 물론 폐하께선 제가 화를 풀건 말건 신경도 안 쓰시겠지만요."

그렇게 부르셔도 화 안 풀 겁니다. 물론 폐하께선 제가 화를 풀건 말건 신경도 안 쓰시겠지만요.

"클라인."

겉과 속이 완벽히 일치하는 클라인의 눈동자를 뚫어져라 들여다보다가 라틸은 천천히 손을 들어 올렸다. 클라인은 움찔했지만 피하지 않았다. 시선을 내려 라틸의 발끝만 쳐다볼 뿐이었다.

라틸의 두 손이 그의 뺨을 감싸 쥐자 클라인은 내렸던 눈꺼풀을 그제야 천천히 들어 올려 라틸을 마주 바라보았다. 여전히 거센 해일의 파란 눈동자는 끊임없이 흔들렸으나 그는 뒤로 물러서지도 라틸을 밀어내지도 인상을 구기지도 않았다. 그저 그렇게 한없이 라틸을 바라보기만 했다. 그 시선은 평소의 감정적인 클라인답지 않아서 어딘가 어색한 구석이 있었으나, 라틸은 그가 '얼굴을 보면 그래도 좋다'고 생각한 걸 믿고서 나지막한 목소리로 덩달아 속삭였다.

"클라인. 나 좀 봐라."

클라인은 잠시 이마를 찡그리며 눈을 감았다가 도로 눈을 떴다.

"클라인. 나한테 화가 났느냐?"

"네."

"날 떠나고 싶으냐?"

"네."

"나한테 실망했어?"

"네."

"그럼 이제 내가 싫으냐?"

"싫지 않아서 더욱 화가 납니다."

서로를 얼마나 빤히 쳐다보고 있었을까. 슬슬 팔이 아파져서 손을 내려야겠다 싶어서 라틸은 슬그머니 클라인의 뺨에서 손을 내리려 했다.

하지만 내리기 전. 클라인이 라틸의 손을 겹쳐 잡더니 고개를 옆으로 돌려 라틸의 손바닥에 무겁게 입맞춤을 했다. 아니, 어쩌면 단순히 입술을 대고서 한숨을 뱉은 걸지도 몰랐다. 라틸이 그 모습을 가만히 보고 있자, 클라인이 라틸의 손을 놓아주면서 물었다.

"절 품지 않으시는 건 제가 형님의 대타이기 때문입니까?"

"대타가 아니래도."

이건 진심이었다. 하이신스를 엿 먹이기 위해 데려온 거지, 하이신스를 대신하기 위해 클라인을 데려온 건 아니니까. 무엇보다 클라인이 왔을 때 가장 놀란 사람 역시 라틸이었다. 그러나 클라인은 그 말을 믿지 않는 듯 표정을 펴지 않았다. 대신 그는 라틸에게 다가가 그녀의 머리를 자신의 품 안에 밀어 넣고 안으며 잠긴 목소리로 중얼거렸다.

"그러면 증거를 보여주십시오. 제가 형님의 대타가 아니라는 증거를요."

라틸은 그의 넓은 가슴에 뺨을 기댄 채 물었다.

"어떤 증거를 원하는데?"

"품어주십시오."

"!"

라틸은 잠시 아무 말도 하지 않고 그의 눈동자를 쳐다보았다.

'진심이야?'

클라인이 라틸의 뺨 근처까지 천천히 손을 올렸다. 닿을 듯 말 듯 가까워진 손의 감촉은 피부에 바로 닿진 않았으나, 손의 온기는 확실하게 전해졌다. 곧 다가올 따끈한 손의 감촉을 미리 짐작하자 라틸은 괜히 등줄기가 찌릿해져 왔다.

하지만 뺨보다 입술에 먼저 온기가 닿았다. 말랑한 입술이 자신의 입술을 누르자마자, 라틸은 반사적으로 그의 어깨를 끌어안았다. 클라인은 라틸을 번쩍 들어 올렸다. 어깨에 슬쩍 걸쳐두었던 얇은 망토가 스르륵 아래로 떨어지는 소리가 났으나, 그보다는 클라인의 입술을 빨아들이는 게 더욱 급했다.

라틸은 떨어지지 않기 위해 그의 허리를 다리로 감싸고 몸을 위로 올렸다. 자연스럽게 라틸의 머리가 클라인보다 더욱 위로 올라오자, 입술을 갈구하는 그의 아름다운 얼굴을 위에서 아래로 내려다볼 수 있게 되었다. 라틸은 그의 은발 사이로 한 손을 파묻었다. 손가락 사이사이에 닿는 머리카락의 바삭한 감촉조차 좋았다.

라틸이 숨을 쉬기 위해 고개를 위로 들자 클라인은 아프지 않게 잘근거리며 라틸의 목선을 천천히 따라 내려왔다. 라틸은 짧게 탄

식했다. 이 와중에도 그는 라틸을 안정적으로 들고 있어서 옷과 옷이 닿는데도 전혀 미끄러지지 않고 있었다. 클라인의 몸은 라틸보다 따뜻했지만, 가장 온도가 높은 건 그의 입안이었다.

"폐하."

클라인이 라틸의 목덜미에서 입술을 떼면서 잠긴 목소리로 불렀다.

"이름, 이름 불러도 될까요?"

그는 라틸의 귓바퀴를 간지럽게 문지르다 엄지를 귀 안쪽으로 넣었다. 한쪽 청각이 흐려지면서 몸이 저절로 움찔 떨렸다. 라틸은 그의 목덜미 안쪽으로 손을 넣어 부드러우면서도 탄탄한 등을 문질렀다.

"폐하. 으응?"

라틸이 대답하지 않자 클라인이 재촉하듯 다시 라틸을 불렀다.

'귀여워.'

라틸은 그의 이마에 마구 자신의 이마를 비벼댔다. 그의 호흡이 자신의 호흡과 섞이는 게 생생하게 느껴졌다. 그를 감싼 옷감도 아름답고 부드럽지만, 그 옷감들이 감싼 것이 더욱 아름답고 부드러우리란 생각을 하자 얼굴에 열기가 돌면서 손가락에 힘이 들어갔다.

"아. 아야. 아야야야!"

하지만 분노와 눈물과 실망감이 뒤섞여 만들어낸 자극적인 분위기는, 취객 하나를 발로 차 건너편 도로 벽에 부딪히게 할 만큼 강해진 라틸의 힘이 깨버렸다. 라틸이 들떠서 그의 머리카락을 조금

세게 당기자 클라인이 비명을 지른 것이다.

"아, 미안."

라틸은 얼른 머리카락에서 손을 떼고 클라인의 위에서 내려왔다. 약간 힘을 주긴 했지만, 머리를 묶을 때 두피를 당기는 정도로만 힘을 준 건데. 클라인이 생각보다 너무 아파하고 있어서 심장이 오그라들었다.

"괜찮으냐?"

하지만 꾀병을 부리는 기색은 아니어서 조심스레 묻자, 클라인은 제 머리통을 감싸 쥐고서 입술을 바르르 떨다가 눈가에 눈물까지 글썽이면서 항의했다.

"괜찮아 보이십니까?"

"좀 아파 보이긴 해."

"네, 아픕니다. 이름 부르는 게 싫으면 그냥 싫다고 하시던가요."

"아니…… 화나서 머리를 뽑은 건 아닌데."

"무슨 소리십니까. 손에 힘을 제대로 주고 잡초 뽑듯 당기셨습니다."

라틸이 머쓱하게 웃는 동안에도 클라인은 머리를 감싸 쥐고서 침대를 뒹굴었다. 그러다가 클라인이 감싸 쥐고 있던 머리를 놓는 순간, 그의 손에서 결 좋은 머리카락들이 우수수 떨어졌다.

"내 머리! 내 머리!"

그걸 본 클라인이 눈이 커다래져서 소리 지르자, 라틸은 머쓱해져서 볼을 긁적였다. 갑자기 강해졌다고는 하지만 이후 생활을 하는 데 별문제가 없기에 그러려니 넘어갔는데.

'흥분해서 힘 조절을 못 한 건가.'

의도치 않게 클라인의 머리카락을 저리 뽑아버려 너무 미안했다. 마음에 상처를 줬는데 두피에까지 상처를 줘 버리다니.

"클라인."

클라인이 원망스럽게 쳐다보자 라틸은 조심스럽게 위로했다.

"걱정 마. 머리카락은 새로 나잖아."

"그걸 지금 말이라고 하십니까?"

"식단에 콩을 챙겨 넣으라고 할게. 그걸 먹으면 머리가 잘 자란대."

"폐하!"

라틸이 머쓱하게 웃자 클라인은 차마 황제에게 더 화를 내진 못하고 끙 소리를 내면서 애꿎은 카펫만 노려보았다. 다시 키스를 할 분위기도 아닌 데다, 제정신이 들고 나니 '내가 저 얼굴에 홀려서 잠시 이성을 잃었구나' 싶어서 라틸은 거울 앞으로 걸어가 옷매무새를 정리했다. 후궁으로 두고 있으니 내내 구경만 할 건 아니었지만, 어쨌든 이런 상황에서 클라인을 취할 생각은 없었다. 클라인은 입술을 몇 번이나 달싹였으나 라틸에게서 흘러내린 얇은 망토를 챙겨서 탁탁 턴 다음 라틸의 뒤로 다가가 어깨에 걸쳐주었다.

"절 진짜 후궁으로 대했다면 진즉에 품으셨을 겁니다."

하지만 이렇게 되고 보니 이래저래 다시 죄다 억울해졌는지 그는 세심하게 망토 매무새를 만져주면서도 낮은 목소리로 중얼거렸다.

"지금이라도 품어주셨겠지요. 제 손가락이…… 폐하의 어깨를 스치는 이런 때라던가요."

라틸은 거울 너머로 클라인을 보았다. 실망한 표정과 부스스해진 머리카락은 아까 키스를 한 사람이 아니라 머리채를 뜯고 싸운 사람 같았다.

"클라인."

"네, 할 말 있으면 마음껏 해보십시오."

"역시 콩은 보낼게."

"폐하!"

시무룩하게 시선을 내리고 있던 클라인이 울상을 지으며 쳐다보았다. 라틸은 얼른 몸을 돌려 그와 마주 서서, 두 손으로 그의 양 뺨을 감싸 입술을 붕어처럼 만들고 당부했다.

"언젠가는 널 품겠지만 그건 네가 콩을 먹은 후란다."

클라인의 눈빛이 세차지자 라틸은 가볍게 웃고서 말을 바꿨다.

"농담이다."

손을 놓아주자 그가 잠긴 목소리로 물었다.

"어디서부터요."

"콩부터."

"……."

계속 콩 타령을 해댔더니, 클라인은 라틸이 두루뭉술하게 한 말이 영 미덥지 않은 듯했다. 콩이 농담이란 건지, 콩 빼고 농담이란 건지 모르겠단 표정을 풀지 못하고 선 그가 조금 귀여워 보여서, 라틸은 문득 커다란 개나 고양이에게 하듯 그의 궁둥이를 팡팡 두드려주고 싶어졌다.

"클라인."

"폐하는 지금 제가, 아주 많이 상처받았단 걸 자꾸 잊으시는 듯합니다."

"클라인."

"저는 키스 한 번에 기분이 싹 풀리는, 그렇게 마음 가벼운 남자가 아닙니다."

"클라인?"

"제가 폐하와 형님 사이에 끼어서 휩쓸리니까 막 부표처럼 보이고 그러시나 본데, 저는……."

"널 품을 거다."

"!"

"하지만 그게, 네가 네 위치를 의심하는 이런 순간은 아니야."

라틸이 진지하게 한 말에 클라인은 잠시 라틸의 망토 자락을 잡고서 만지작거리다가 물었다.

"형님을 제외하고. 그럼 후궁들 중엔 제가 몇 번째로 좋으십니까?"

"이런. 클라인."

라틸은 클라인의 옷깃을 당겨 그가 허리를 조금 숙이게 한 다음, 그 입술 위에 가볍게 입술을 누르고서 웃었다.

"당연히 네가 첫 번째지."

키스 한 번에 기분이 풀리지 않는다는 마음 무거운 남자는, 마음과 달리 입꼬리는 한없이 가벼운 듯 대번에 입술 끝이 위로 치솟았다.

황제가 나간 뒤. 바닐은 제발 방 안에 싸움의 흔적이 없길 바라며 눈을 질끈 감고 문을 열었다. 문을 열자마자 바닐이 본 건 우두커니 방 한가운데 선 채 자기 입술 위에 손을 올린 클라인이었다. 떠나겠다면서 바닥에 늘어놓은 옷가지가 아니라.

침대 위에 놓인 황제 인형 멀쩡. 침대 이불 빳빳. 거울 깨지지 않았음. 커튼 무사. 화장대 위 고가의 화장품들 역시 안전. 빠르게 방 안을 눈으로 훑은 바닐은 방문을 살며시 닫으면서도, 만약을 대비해 아주 작게 클라인을 불러보았다.

"황자님?"

클라인은 바로 손을 내리고서 휙 몸을 돌리더니 점잖은 표정으로 물었다.

"왜 그러지?"

다행이다. 안 싸우신 게 확실한가 봐. 클라인이 점잖은 척 굴 때는 기분이 좋을 때뿐이었다. 바닐은 손을 가슴 위에 올리고서 안도의 한숨을 내쉬었다.

"오해가 잘 풀린 것 같아 다행입니다."

하지만 딱 그 말을 하자마자 바닐은 어두운색 카펫 위에 우수수 떨어져 있는 은색 머리카락을 발견하고서 눈을 부릅떴다. 황제는 검은 머리이니, 저건 분명 클라인의 머리카락인데. 바닐은 손으로 입을 가리고서 황자를 쳐다보았다. 설마…… 머리채를 저만큼 뽑히고서 강제로 진정되신 건가? 가엾은 황자님. 바닐이 동정심 가득한 눈으로 쳐다보자, 클라인은 목덜미를 쑥스럽게 문지르다가 인상을 험악하게 구겼다.

"뭘 그렇게 기분 나쁘게 봐?"

"황자님…… 선황제 폐하께서 늘 황자님께 그러셨죠. 황자님이 꼭 황자님 같은 여자와 결혼했으면 좋겠다고요. 선황제 폐하께서 무척 기뻐하실 것 같아요."

"아바마마야 당연히 우리 폐하를 보면 기뻐하시겠지."

클라인이 냉랭하고 서늘한 척 코웃음을 치면서도 라트라실 황제를 '우리 폐하'라고 표현하자, 바닐은 두 사람이 일단 화해를 하긴한 것 같다고 생각해 안심했다. 완벽하게 화해한 건지 화해하는 기류만 형성한 건진 모르겠지만.

"자."

바닐은 클라인이 서랍장으로 가서 자줏빛 주머니를 주섬주섬 꺼내오자, 그제야 상념에서 깨어나 얼른 다가갔다. 주둥이가 묶인 주머니는 받아 들고 보니 제법 묵직했다.

"황자님, 여기엔 돈이 들어있지 않나요?"

바닐은 평소 방 정리를 맡아서 하기에 바로 이 안에 무엇이 들었는지 알아채고서 의아해 질문했다. 뜬금없이 돈주머니를 내밀다니. 역시 카리센에 돌아가시겠단 뜻인가? 거기로 갈 마차를 사는 값?

"그래. 하인들 중에서 입이 무거운 놈들한테 그 돈을 쥐여주고, 이렇게 소문을 내라 해. '폐하께서 클라인 님이 후궁들 중에서 가장 좋다 말했대'라고."

"그런 거짓말을 했다가 들키면……."

"거짓말이 아니다."

클라인의 턱이 5센티미터 정도 허공으로 올라갔다.

"직접 그러셨지! 게다가 날 거의 품어주실 뻔했는데, 결국 마음을 바꾸셨어. 내가 너무 소중해서 이렇게 싸우면서는 품을 수 없으시단다. 날 너무 거칠게 대할까 걱정되시는 거겠지."

이미 거칠었던 것 같은데요. 바닐은 카펫에 떨어져 있는 머리카락을 보지 않기 위해 인내심을 발휘했다. 반면 내내 있는 듯 없는 듯 조용히 있던 악시안은 조심스러워하면서도 솔직하게 의견을 제시했다.

"그냥 바빠서 둘러대신 게 아닐까요?"

"누가 들어오래. 나가."

그 빈정거리는 말에 클라인이 정색을 하고 명령하자 바닐은 꾸벅 인사하고서 한 손에는 돈주머니를, 한 손에는 악시안의 허리띠를 움켜잡고서 얼른 방 밖으로 빠져나갔다. 두 사람이 나가자 클라인은 잠시 귀찮아 죽겠다는 듯 혀를 찼으나, 곧 표정이 풀어져서 침대로 가 누웠다. 아까 바닐이 보았을 때처럼 제 손으로 입술을 몇 번 매만지던 클라인은 웃으면서 그대로 눈을 감았다.

틀라는 기르골이 지금까지 본 모든 사람과 사람 외 존재들을 통틀어서 제일 미친 것 같았다. 그렇게 애절하고 가슴 아프게 사죄를 하고 싹싹 빌면서 흐느끼던 사람이, 어떻게 이렇게…… 웃고

는 있지만 눈동자가 광기로 가득 차있었다. 거리를 두고 떨어져 있었으나, 눈에 이성이라곤 1그램도 남아있지 않는 게 여기서도 느껴졌다.

"저건…… 저건 대체 뭐냐."

틀라가 여우 가면을 돌아보자 여우 가면은 '계속 말씀드렸는데 요'라고 말하고 싶은 것처럼 어깨를 으쓱했다.

"말씀드렸다시피 배신자입니다. 아주 악질적인 배신자죠."

토끼 가면도 곁에서 말을 섞었다.

"이미 보셔서 아시겠지만 제정신이 아닙니다. 필요할 때는 교활하게 연기도 하고요. 저놈이 입으로 뱉는 말 열 개 중 아홉 개는 거짓말이라 보면 됩니다."

"열 번 중 한 번은 진실을 말하기도 하나?"

"죽일 거란 예고는 대개 진실이었죠."

죽인단 말 외엔 다 거짓말이란 건가. 틀라는 복도를 급히 걸어가다 말고 너무 놀라 우뚝 멈춰 섰다. 여우 가면을 돌아보자 그가 틀라를 빤히 보고 있다가 당부했다.

"저는 이제부터 새로운 보금자리를 찾아봐야 해서 좀 바쁩니다. 전만큼 챙겨드리기 힘들 것 같군요. 제가 곁에 없더라도 로드, 명심하세요. 절대로 성 밖에 나가시면 안 됩니다."

절대로요. 한 번 더 덧붙이는 여우 가면은 신중했다. 그 어투는 평소의 장난치는 기색이 없어서, 틀라는 자기도 모르게 고개를 끄덕였다. 아직도 그 하얀 머리가 쾅쾅쾅쾅 문을 두드려대는 소리가 귓가를 울리는 듯했다.

클라인이 하이신스에 대한 생각을 잠시라도 미뤄서 다행이야. 하지만 얼결에 머리카락이 뽑히면서 잊어버린 건 아닐까. 조용히 혼자 생각하다가 다시 하이신스 생각이 나서 또 침울해지는 건 아닐까. 집무실로 돌아온 라틸은 업무 중간중간 이런 걱정을 했다. 식사를 할 때도 그랬고, 잠자리에 들 때도 그랬다. 이 때문에 라틸은 자신이 하이신스가 나오는 악몽을 꿀까 봐 설핏 잠들어 가는 와중에 조금 염려했다.

그런데…….

'왜 또 도미스 꿈이냐.'

정신이 들어 보니 이곳은 다시 숲이었고 또 감각만 남은 그 상태였다. 게다가 도미스는 '방해가 된다'는 말에 결국 칼라인에게 업히기로 한 건지, 주춤주춤 그에게 몸을 기대려는 상황이었다.

누군가에게 업히는 게 영 어색한지 도미스는 칼라인의 등에 제대로 업히지 못하고 쩔쩔매다가, 결국 새끼 원숭이처럼 자세를 잡았다. 칼라인이 번쩍 들어 올렸을 때는 얼마나 놀랐던지 심장이 쿵쿵쿵쿵 빠르게 뛰는 게 느껴질 정도였다. 그리고서 얼마나 이동했을까. 이거 자세가 영 불편하지 않나, 싶을 즈음 도미스가 조심스럽게 입을 열었다.

"저…… 하얀 머리 은인께선 기르골 씨라는 걸 알겠는데요. 지금 업어, 아니, 금발 은인께선 성함이……."

"칼라인."

무뚝뚝한 칼라인의 목소리에 도미스가 '칼라인' 하고 작게 중얼거렸다. 도미스와 감각을 공유하는 라틸에게조차 들릴 듯 말 듯 한 아주 작은 목소리로. 그러더니 그녀는 자신도 이름을 말해주어야 한단 생각이 들었는지 기어들어 가는 목소리로 슬그머니 물었다.

"저기, 제 이름도 알려 드릴까요?"

'알려줄지 묻기 전에 그냥 이름을 말해버리지.'

라틸은 속으로 탄식했다. 원래 이런 성격이었는데 칼라인의 기억 속 모습으로 변해간 걸까, 아니면 원래 칼라인의 기억 속 모습이었는데 양부모에게 버림받은 직후라 의기소침해진 걸까?

"필요 없다."

이 와중에 칼라인은 라틸이 지금 보는 모습보다 훨씬 무뚝뚝하고 인정머리 없어서, 말하는 게 참 못됐다 싶을 정도였다. 도미스를 두 번이나 구해준 데다 초면에 업어주기까지 하는 걸 보면 나름대로 배려심은 있는 것 같지만.

"그러네요. 전 곧 좀비가 될 거니까……. 이름을 알면 대하기 어렵겠지요."

기가 죽은 도미스는 목소리가 점점 내려앉았고, 라틸도 덩달아 기분이 안 좋아졌다. 게다가 도미스의 이 의기소침해진 마음은 칼라인이 예상하지 못한 나비효과를 가져왔다. 상대에 대한 신뢰가 사라지자 안 그래도 불편했던 업힌 자세가 더욱 불편해진 건지, 도미스가 계속 꿈지럭거리기 시작한 것이다.

목을 잡으면 뒤에서 목을 조르는 것 같나? 아직 난 좀비가 아닌데. 좀비가 돼서 목을 조른다 생각할지도 몰라. 하지만 어깨를 잡는 건 업히는 게 아니라 기대는 것 같잖아. 싫어할지도 몰라. 이 사람은 날 싫어하는 거 같은데.

도미스가 손으로 칼라인의 목과 어깨를 계속 옮겨 다니며 정신 없이 굴자, 앞만 보고 걸어가던 칼라인도 결국 신경이 쓰였는지 차 갑게 말했다.

"한 군데를 정해서 잡아."

"아. 미안해요."

황급히 사과한 도미스가 칼라인의 목을 기둥처럼 붙잡자, 본인 이 걱정하던 대로 딱 뒤에서 목을 조르는 모양새가 되어버렸다. 이 를 본 기르골은 대번에 푸하하 웃음을 터트렸다.

"진짜 웃기는 아가씨네. 뒤에서 목은 왜 조르는 거야?"

"죄송해요."

황급히 목에서 손을 뗀 도미스가 휘청이자, 칼라인은 짧게 한숨 을 내쉬더니 그 자리에 우뚝 멈추어 서서 무릎을 굽혔다.

"내려."

도미스는 얼굴이 새빨개져서 얼른 내려왔다. 라틸이 의식할 정 도로 얼굴에 열기가 잔뜩 오르는 걸 보니 몹시 부끄러운 눈치였다. 민망한지 도미스는 내려선 걸로도 모자라 앞서가기 위해 황급히 칼라인을 지나 절뚝거리면서 걸어갔다.

'아파, 도미스! 그냥 저 하얀 머리한테 업어달라 해!'

덩달아 발목이 아파진 라틸이 속으로 비명을 질렀으나 도미스는 꿋꿋했다. 하지만 몇 걸음 가지 않아 몸이 붕 떠올랐다. 놀란 도미 스의 눈에 칼라인의 턱이 들어왔다. 그가 도미스를 앞으로 안아 든 것이다. 소위 말하는 '공주님 안기' 자세로.

"이게 낫겠군."

칼라인이 중얼거리고서 다시 걸어가자, 도미스는 이번에도 손 위치를 잡지 못해 허우적거리다가 배꼽 인사를 하듯 양손을 공손히 제 배 위에 올려두었다. 그걸 본 칼라인의 입가에 희미한 미소가 감돌았다.

정말 잘생긴 남자야.

그 미소를 본 도미스가 넋이 나가 생각하는데, 이번에는 발끝에 대롱대롱 매달려 있던 도미스의 신발이 뚝 바닥으로 떨어졌다.

왜 자꾸 이러는 거야!

도미스는 속으로 비명을 질렀고 다시 얼굴 쪽으로 열기가 확 올라왔다. 하지만 다행히 기르골이 나서서 신발을 주워주며 일은 바로 해결되었다.

"나는 칼라인보다 연약하니 신발을 업고 갈게, 아가씨."

하얀 코트를 입은 기르골은 진흙과 숯가루가 묻어 더러운 신발을 야무지게 챙기다가, 눈이 마주치자 씩 웃었다. 도미스는 속으로 재차 비명을 질렀다.

잠에서 깨어난 라틸은 푹신한 침대에 누운 채 생각했다.

'도미스가 칼라인 얼굴에 반한 거 같아.'

말하는 게 못되긴 했지만 라틸은 도미스의 마음이 어느 정도 이해는 됐다. 칼라인은 두 번이나 도미스를 구해준 데다가 얼굴 역시 자극적으로 아름다우니까. 라틸은 도미스가 칼라인에게 안긴 채 그를 올려다보았을 때. 머리 한쪽만 달빛을 받아 희미하게 음영이 드리웠던 그 얼굴을 떠올리고서 괜히 배시시 웃었다.

여전히 도미스가 좀비로 변하지 않은 게 이상했지만, 그래도 처음 꿈에서 그녀를 보았을 때 얼마나 괴롭고 힘들어했던가. 그 경험을 같이 느끼다가, 좀 안정적인 꿈을 꾸고 있으니 일단은 그것만으로도 안심이었다. 라틸은 이불로 온몸을 똘똘 싸매고 침대에서 애벌레처럼 꿈틀꿈틀 기어 나와 욕실로 걸어갔다. 그런데 내내 도미스 꿈을 꿔서인가. 세수하고 거울을 본 라틸은 문득 자신이 좀 그녀와 닮은 느낌을 받았다. 머리색이며 눈 색, 이목구비까지 다 다른데도.

'도미스는 죽은 게 확실한데 기르골이란 사람은 지금 어떻게 됐지? 셋이 친해졌는데 칼라인이랑 도미스가 연애했나? 셋이 친하다 둘이 그러면 남은 하나는 좀 위치가 애매해질 것 같긴 해. 그래서 따로 떨어졌나?'

장난이 좀 심한 사람 같지만, 기르골이란 남자도 그 새하얀 옷을 입고서 더러운 신발을 잘 챙겨주는 걸 보니 나쁜 사람은 아닌 듯싶었다. 얼굴 물기를 닦고 나온 라틸이 종을 흔들자, 응접실에 있던 시녀들이 들어와 얼굴에 크림을 발라주고 입을 옷을 골라주었다. 편하게 옷을 다 입은 후. 라틸은 마지막 단추가 채워지는 걸 보면서, 그 기르골이란 남자를 한번 찾아봐야겠다고 생각했다.

'칼라인은 아직 도미스가 죽은 충격에 힘들어하던데. 옛 친구인

기르골을 데려와 주면 상처에서 좀 벗어날 수 있지 않을까?'

여관 주인은 세찬 빗소리를 듣고 들창을 열어보았다. 굵은 빗줄
기가 세차게 쏟아지고 있었다. 혀를 찬 주인은 들창을 다시 내리며
가장 덩치 좋은 직원을 불러 우산 두 개를 건넸다.

"손님 중 하나가 근처 호수에 목욕하러 간다더니 아직도 안 왔
다."

"호수요? 거긴 수심이 깊잖아요?"

직원이 눈을 휘둥그렇게 뜨고 묻자 여관 주인은 "그러니까." 하
고 혀를 찼다.

"이렇게 비가 거센데 아직도 안 오고 있으니 좀 걱정이 되네. 호
숫가에 가보고, 위험하니 그만 돌아오라고 해라. 안 돌아온다 해도
우산은 주고."

"네."

직원은 앞치마를 벗어 카운터 옆에 두고서 우산 두 개를 들고 여
관 밖으로 나갔다. 우산 하나는 쓰고 다른 우산 하나는 손에 쥐고
서 오솔길을 따라 걸어가자, 목표한 호수가 나타났다.

이 호수는 지역의 명물까지는 아니지만 햇살이 비칠 때 유달리
눈부시게 반짝이는 곳이어서, 여관 주인은 오래 머무는 손님이 찾
아오면 늘 이 호수를 구경하러 가보라 추천하곤 했다. 그런데 손님
이 그곳에 가서 내려오지 않고 있으니, 여관 주인으로서는 걱정이

될 수밖에 없을 것이었다.

하지만 호숫가에는 그 손님이 보이지 않았다.

'어디 갔지?'

직원은 주위를 두리번거렸다. 워낙 눈에 띄는 외양의 손님이어서 직원은 이미 그 손님의 얼굴을 알고 있었다. 하지만 아무리 둘러보아도 손님은 보이지 않고 대신 호숫가에 잘 접어놓은 하얀 코트와 옷자락만 보였다.

'설마! 이 날씨에 물에 들어갔다고? 아니, 들어갔다가 빠진 거 아냐?'

기겁한 직원은 황급히 그쪽으로 다가갔지만, 이미 세차게 내리는 비로 호수 물살이 거세진지라 사람이 빠졌는지 아닌지도 알기 힘들었다. 직원은 당황해서 고개를 들다가 호수 끄트머리에 있는 폭포에서 사람의 흔적을 발견했다. 너무 거세게 떨어져서 다들 구경만 하고 가는 그 폭포. 그 폭포 중앙에 누군가 서있었던 것이다.

그 근처로 가서 보니 그 하얀 머리 손님이 맞았다. 그 손님이 벌거벗은 채 폭포 가운데에 서서, 놀랍게도 얼굴을 위쪽으로 하고 있었다. 저렇게 하면 코가 부러지지 않나? 보는 직원이 무서울 정도였으나, 손님은 코가 부러지기는커녕 표정조차 평온했다.

"저기요! 저기요!"

어쨌든 저기에 있으면 비가 내려도 알기 힘들 듯해서, 직원은 두 손을 모아 입에 대고 손님을 열심히 불렀다. 그래도 손님이 이쪽을 쳐다보지도 않자 직원은 목이 아파서 소리 지르는 것을 그만두고 손을 내렸다. 그 순간. 손님이 여전히 고개를 위로 한 채, 눈을 반쯤 뜨더니 이쪽을 쳐다보았다.

　다행이다 싶어서 직원은 그쪽으로 좀 더 다가가려다가, 그 손님의 흰자위가 새빨간 걸 발견하고서 그 자리에 우뚝 멈춰 섰다. 놀라 비명을 지르려 했으나 입을 열기도 전에 직원은 자신이 폭포 가운데 함께 들어와 있단 걸 알아차렸다.

　"어? 혼자 오십니까?"

　딸랑 소리와 함께 문이 열리더니 하얀 머리 손님이 혼자 들어왔다. 그걸 본 여관 주인은 놀라 물었다.

　"제가 우리 직원에게 우산 들려 보냈는데요. 못 보셨나요?"

　하얀 머리 손님의 옷이며 머리카락이 흠뻑 젖은 걸 본 여관 주인은 당황해 물었다. 저 손님은 씀씀이가 큰 손님인 데다 한 달 동안 이곳에서 숙박하기로 되어 있어서 웬만하면 서로 웃으면서 마주하고 싶었다. 그런데 저렇게 비를 쫄딱 맞고 혼자 오다니. 물론 갑자기 폭우가 쏟아진 건 여관에 머문 탓은 아니었으나, 호수에 가보라 추천한 건 자신이었기에 여관 주인은 괜히 신경이 쓰였다.

　"아니, 그 녀석은 얼른 뛰어갔다 오라니까 어딜 간 거야?"

　시계를 확인한 여관 주인은 손님이 화를 내기 전에 대신 툴툴거렸다. 직원에게 불만이 있는 손님이어도 보통은 이렇게 먼저 화를 내버리면 화를 내지 않고 가버리니까.

　하지만 곧 여관 주인은 그 직원이 무척 성실한 성격이란 것을 떠올리며 혹시라도 빗길에 넘어져 크게 다치기라도 한 건 아닐까 걱정이 되었다. 토박이라 눈 감고도 호수와 여관을 오갈 수 있는 청년이지만 그래도 혹시 모르지 않는가.

"저, 손님. 혹시 오는 길에 저희 직원 못 봤나요? 우산을 아마 두 개 들고 있었을 거고, 덩치가 좋은 청년인데요. 손님이 오셨을 때 말을 마구간에 넣었고……."

그 말에, 내내 말없이 주인을 바라보던 하얀 머리 손님이 눈꼬리가 휘어지게 웃더니 손가락으로 자기 입술을 가리켰다. 입술은 왜? 의아해서 덩달아 그 붉은 입술을 쳐다보자, 손님이 밝은 목소리로 말했다.

"내가 마셨다."

"예?"

"식사를 보내준 줄 알았는데. 아니었나 봐?"

그 밝은 목소리에 여관 주인은 하하 웃으면서 손을 내저었다.

"하하, 참, 농담도 이상하게 하십니다."

하얀 머리 손님이 마주 보고서 같이 하하하하 소리 내 웃어대자, 여관 주인은 참 썰렁한 농담을 많이 하는 사람이라고 생각하면서도 일단 같이 계속 웃었다.

그 순간. 하얀 머리 손님, 기르골이 눈 깜짝할 사이 어디선가 창을 꺼내 여관 주인의 목 가운데에 들이밀었다. 그러면서도 그는 계속 입을 벌리고 하하하 웃어대고 있어서, 여관 주인은 자신의 목에 날카로운 날붙이가 붙었다는 걸 바로 알아차리지 못했다.

"하하…… 하…… 하."

여관 주인은 뒤늦게야 창을 발견하고서 웃던 걸 어색하게 멈추었다. 소리를 멈춘 그는 눈을 부릅뜨고 창을 바라보다가 기겁해 뒤로 물러나 비명을 질렀다.

"으아아아!"

폭우를 피해 들어온 손님들 역시 놀라서 달아나기 시작했다. 그 사람들 중 누군가는 경비병을 불러오겠지만, 그때는 이미 자신이 죽은 후일 수도 있는지라 여관 주인은 겁이 나서 벌벌 떨며 울었다.

"왜, 왜 이러십니까. 갑자기 왜 이러세요."

기르골은 그제야 크게 웃어대던 걸 멈추더니, 입꼬리를 만족스레 올리면서 속삭였다.

"배불러. 먹지 않아. 염려 마."

"제발…… 돈이라면 드릴 테니…….."

"여기 어디에, 폭발 전문 마법사가 있단 소문을 들었는데."

여관 주인은 겁에 질려 흐느끼다가 "예?" 하고 되물었다. 기르골은 웃으면서 창끝에 조금 더 힘을 주었다. 커다란 바늘 여러 개가 목을 동시에 누르는 듯한 오싹한 느낌에 여관 주인은 얼굴이 하얗게 질려서 횡설수설하기 시작했다.

"그, 그런 소문이 있긴 했지만 그게 누군지는 아무도 모릅니다. 그런 사람이 실제 있는지조차 모르고요. 저희 마을 사람들 다 모릅니다. 가끔 외부에서 온 사람들이 그런 질문을 했지만 다들 그냥 돌아갔고…….."

"모른단 거네?"

여관 주인이 빠르게 고개를 끄덕이자, 기르골은 고개를 기우뚱하더니 곧 활짝 웃으면서 창을 거두었다. 하얗고 날카로운 창은 거두어지자마자 순식간에 또 모습을 감추어서, 여관 주인은 이자야 말로 마법사가 아닌가 싶어 두려워졌다.

"마법사가 있으면 여기로 오라고 전해."

기르골이 첫인상만큼 사람 좋게 빙그레 웃으며 말하자, 여관 주인은 다시 고개를 미친 듯이 끄덕였다. 기르골은 여관 주인의 뺨을 손가락으로 한 번 콕 찌르고는, 휘파람을 불며 계단을 올라갔다. 그의 휘파람 소리가 멀어지자 여관 주인은 다리에 힘이 풀려 쿵 쓰러지듯 주저앉았다.

공개 집무실로 가서 밤사이의 중요 보고를 받은 라틸은 이후 개인 집무실로 가서 몇 가지 다른 업무를 보다가 힐긋 시계를 확인했다. 9시 40분. 11시에는 국무회의가 있다. 라틸은 잠시 시간을 계산해 보다가, 괜찮겠다 싶어서 시종장에게 백화를 불러 달라 지시했다. 얼마 뒤 백화가 찾아오자 라틸은 그에게 며칠 전 사건에 관해 물었다.

"호수 근처를 조사하는 건 어찌 되었지?"

불려 올 때부터 황제가 그 질문을 하리란 걸 예상했기에, 백화는 바로 대답했다.

"괴물이 더 있는 것 같진 않습니다. 괴물이 별다른 흔적을 남긴 것 같지도 않고요. 하지만 만약을 대비해서 대신관님께 부적을 받아 호수 주위에 일정한 간격으로 묻어두고 있습니다."

"효과가 있을까?"

"물론입니다. 그 괴물도 라나문 님을 습격하려다가 우리 대신관
님을 보자 바로 죽었지 않습니까."

"대신관은 정말 강하군."

"네. 대신관님께선 검손하셔서 자신이 한 일이 아닐 수도 있다
하셨지만, 대신관님 외에 누가 그런 능력을 사용할 수 있겠습니까."

백화는 흐뭇하게 말하고서는 슬며시 라틸의 눈치를 보며 덧붙
였다.

"이렇게 흉흉한 시기이니, 대신관님이 국서 자리에 오르면 국민
들이 좋아할 것 같습니다."

"하렘에 적응을 잘하는군, 그대는."

그 모습에 라틸이 농담 섞어 감탄하자, 백화는 머쓱하게 웃으면
서도 말을 물리진 않았다. 그럴 만도 했다. 신전은 흑마법과 몬스터
가 성행하던 500년 전에는 아주 부흥했으나, 지금은 흑마법과 함
께 쇠해서 영향력이 아주 약해졌다. 이런 상황에서 강대국의 황제
가 대신관을 국서로 맞이한다면, 자연스럽게 신전도 다시 부흥할
수 있을 터였다. 대신관이 아예 속세와 동떨어진 생활 중이라면 모
르겠으나, 이미 하렘에까지 들어온 이상 국서로 밀어주고 싶은 마
음은 충분히 들만했다. 라틸은 백화의 은근한 야심과 기대를 모른
척하는 대신 신뢰감 있어 보이도록 웃으면서 애매하게 말했다.

"하지만 맞는 말이지. 사람들은 대신관이 국서가 되면 좋아할
거야. 대신관은 그 자체만으로도 사람들이 우러러볼 만한 인물이

니까."

"그럼요. 키도 훤칠하시니 인기도 좋으실 겁니다."

"게다가 짐은 신전의 영향력이 좀 더 커져도 좋다고 생각하거든."

"!"

"일이 커지기 전에 좀비 사태를 진정시킨다면 좋겠지만, 그게 아니라면 어쨌든 사람들이 믿고 의지할 곳이 필요하지 않나. 신전은 그 역할을 하기에 아주 좋지. 그렇지?"

백화는 체면을 차리느라 웃기만 했으나, 자기도 모르게 바지 옆선을 살짝 손바닥으로 문질렀다.

'욕심내. 괜찮아. 야망을 키워봐.'

라틸은 속으로 중얼거리면서도 겉으로는 맑게 웃었다. 시종장이 괜히 품 안에서 회중시계를 꺼냈다 집어넣었다. 라틸은 곧 국무회의에 들어가야 하는데 용건이 하나 더 있단 걸 깨달았다. 이 질문은 앞선 질문만큼 중한 건 아니었으나, 이 질문을 하기 위해 백화를 한 번 더 부르는 것도 이상하니 얼른 해치워야 했다.

"백화. 나는 황궁에서 떠난 적이 별로 없어서 그런데."

"예, 폐하."

"혹시 최근 사건들이 터지기 전부터도 인적 드문 숲 같은 데서는 좀비가 돌아다녔나?"

"예?"

"산짐승처럼?"

라틸의 질문에 백화는 당혹스러운 표정으로 웃었다. 아무리 황궁에서 귀하게 자란 분이라지만, 좀비가 시골에 나타날 리 있겠냐는 표정이었다.

"무슨 연유로 그런 질문을 하시는지 모르겠사오나 제가 알기론 없습니다, 폐하."

"다른 나라도?"

"예. 다른 나라도 포함해서입니다."

"그래."

도미스의 기억 속 칼라인과 지금의 칼라인은 머리카락 길이 외에는 별 차이가 없으니, 분명 오래전은 아닐 건데 이상했다.

'도미스는 무척 자연스럽게 좀비를 대했단 말이지.'

"좀비를 해치우는 이들을 '사냥꾼'이라 부른다거나?"

"금시초문입니다, 폐하."

라틸은 미간을 구기고서 백화에게 그만 나가보라 손을 저었다. 백화는 곧장 인사를 하고 나갔으나, 라틸은 여전히 그 생각에서 쉬이 빠져나오지 못했다.

'그럼 도미스는 왜 그렇게 좀비를 자연스럽게 대했지? 무서워하긴 했지만 좀비라는 존재에 충격을 받은 눈치는 분명 아니었는데.'

잠시 고민하다가 라틸은 시계를 한 번 더 확인하고서 서랍에서 편지지를 꺼내 펜에 잉크를 묻혔다. 도미스가 외국인이고, 다른 나라 시골에는 좀비가 있었을지도 모르니 하이신스에게도 이 일을 물어보려는 것이었다.

한 10년 전쯤에 너희 나라 시골에서 좀비 나왔어? 우리나라엔 안 나왔는데!

길게 쓸 내용은 아니다 싶어서, 라틸은 갈기듯이 글씨를 편지지에 빠르게 적은 다음 봉투에 넣고 밀랍으로 봉했다.

"사블레 후작."

"예, 폐하."

"이거 하이신스 황제에게 보내요. 격의 없이 쓴 서신이니 전서구로 보내면 됩니다."

한 10년 전쯤에 너희 나라 시골에서 좀비 나왔어? 우리나라엔 안 나왔는데!

하이신스는 인상을 구기고서, 라틸에게서 온 편지를 괜히 번쩍 들어 조명에 비춰보았다.

"폐하? 무엇을 하시는지요……?"

"숨겨진 글자가 있을 거 같은데, 싶어서."

"예?"

하지만 위에서 보고 아래에서 보고 촛불에 슬쩍 그슬려 봐도 편지에 써진 말은 그게 전부였다. 하이신스는 더욱 인상을 찌푸렸다. 뭐야 이 뜬금없는 자랑질은?

왜 이런 걸 자랑하는 거야? 우리나라에도 옛날엔 좀비 안 나왔어.

일단 답장을 쓴 하이신스는 비서에게 이 편지를 라트라실 황제에게 전서구로 보내라 지시한 다음, 이번에는 동생인 클라인이 보내온 편지를 펼쳤다. 전서구로 바로 편지를 보낸 라트라실 황제와 달리, 클라인은 동생이면서도 제대로 격식을 갖추어서 인편을 통해 보냈기에 이런저런 포장이 잔뜩 되어있었다. 그 수많은 포장을 뜯고 나자 마침내 조막만 한 클라인의 편지 한 장이 나타났다.

형님 나 정식 후궁 할 겁니다. 기 안 죽게 결혼 비용 많이 보내줘요. 보내주는 결혼 비용만큼 사랑할게요, 형님.

하이신스의 표정이 더욱 구겨졌다. 이 새끼는 또 뭐라는 거지? 결혼 비용? 보내주는 돈만큼 사랑한다고? 분노가 머리끝까지 솟아오른 하이신스는 몇 번이나 연거푸 호흡을 골랐다.

진정하자. 원래 이런 녀석이다. 진정해. 하지만 아무리 진정하려고 해도, 자신이 너무나 사랑하는 여자와 행복해 죽겠으니 돈이나 많이 보내라는 동생은 생각할수록 열불이 터지는 존재로 여겨졌다. 하이신스는 이번에도 빠르게 편지를 끄적여 적은 다음 다른 비서를 불러 서신을 내밀었다.

"이건 전서구로 클라인에게 보내라."

"황자님께서는 인편으로 보내셨는데⋯⋯."

"욕밖에 안 썼으니 전서구로 보내."

"아⋯⋯. 예, 폐하."

아이니 황후는 수도에서 가장 가까운 별궁에서 지내게 되었고, 다가 공작은 황궁 출입 금지 명령을 받았다. 혐의가 풀릴 때까지만 지속한다는 임시 조치였으나, 황궁에 스스로 들어가지 못하게 된

다가 공작이 무슨 수로 혐의를 풀 수 있을까.

누군가 다가 공작을 대신해 그의 누명을 벗겨주려 해도 마찬가지였다. 황제의 분노를 감수하고서 말을 올려야 할 텐데. 이 역시 쉬운 일은 아니었다. 하지만 하이신스는 이미 범인이 다가 공작임을 확신하고 있었기에 그를 조금도 동정하지 않았다. 이참에 그의 숨통을 조금씩 조금씩 조여갈 생각뿐이었다.

"네가 고생하게 생겼구나."

아이니 황후가 별궁으로 떠나는 날. 다가 공작은 수도 성벽 부근까지 딸을 따라가, 창문 너머로 그녀를 위로했다.

"하지만 염려 마라. 무슨 수를 쓰든 아버지가 다시 널 네 자리에 돌려놔 줄 테니까."

딸의 손등을 두드린 다가 공작은 마차 옆에 내려선 시녀 루이스를 향해서도 당부했다.

"황후 폐하를 잘 모셔야 한다. 조금도 불편함이 없도록."

"당연하지요. 염려 마시지요."

다가 공작은 고개를 끄덕였다. 사실 좋지 못한 일에 얽혀 쫓겨나듯 간다는 게 기분 나쁠 뿐, 별궁 자체에는 문제가 없었다. 휴가 때 자주 사용하는 그 별궁은 아주 밝고 환하고 아름다운 곳이었다.

"그래도 그렇지, 황제 폐하는 참으로 모진 분입니다. 공작님을 의심해도 그렇지, 황후 폐하가 뭘 잘못했다고……."

"황제가 황후와 사이가 나쁜 데다 아예 가까이 있지도 않다면, 황후와 비슷한 나이의 딸을 가진 귀족들은 자연스럽게 황제에게 접근하게 되지. 날 따르던 이들도 마찬가지일 거다."

다가 공작은 서늘하게 중얼거리고서 수도 끝에서도 보이는 높디높은 성벽을 매섭게 노려보았다.

"아마 이걸 노렸을 거다. 아이니를 떨어트려 두는 것만으로도 내 세력이 약해질 테니."

아이니 황후와 함께 별궁에 가기로 한 시녀 루이스는 화가 나서 치맛자락을 꽉 움켜쥐었다. 그러나 막상 아이니는 마차 밖에서 나누는 대화가 다 들릴 텐데도, 아무 반응도 보이지 않았다. 덩달아 화를 내지도, 한숨을 내쉬지도 서글퍼 하지도 않았다.

하지만 몇 개월 전부터 내내 저 상태였던지라, 다가 공작은 아이니를 달래는 말을 하는 대신 루이스에게 '이리로 오라'는 눈짓을 하며 마차에서 멀어졌다. 마차 안에서 소리를 듣지 못할 만큼 거리를 벌리자, 다가 공작은 품 안에서 무언가를 꺼내며 물었다.

"아직도 아이니가 죽은 헤윰 황자 이야기를 하느냐? 만난다거나 그런 이야기."

"그 연회 때 이후로는 하지 않으십니다."

다가 공작이 꺼낸 건 작고 얇은 편지 봉투였다. 공작은 그걸 루이스에게 건넸다.

"이걸 가져가라."

"이게 무엇인지요, 공작님?"

루이스가 얼른 받아들며 묻자 공작은 의미심장한 눈으로 아이니가 탄 마차를 보며 중얼거렸다.

"헤윰 황자에게 보내는 편지다."

"!"

죽은 황자에게 편지를 썼다고? 루이스는 놀라서 공작을 보았다. 물론 헤움 황자는 죽었지만 죽은 게 아니기도 했다. 연회 때 죽었던 황자가 멀쩡히 움직이는 걸 본 사람만 몇이던가. 하지만 다시 살아났다고 한들 이전의 헤움 황자와 같은 존재라고 하긴 어려울 텐데. 편지를 전하라니. 루이스는 두려워졌다. 그녀는 친했던 시녀가 도끼를 든 좀비로 나타났을 때의 충격을 아직 생생하게 기억하고 있었다.

"염려 마라. 직접 전하라는 게 아니니."

"그러면……?"

"아이니가 잠들면 침대 근처에 놓았다가 깨기 전에 회수해라. 그러면 된다."

루이스는 그래도 좀 두려운지 서신을 챙기면서 다가 공작의 눈치를 살폈다. 도대체 죽은 황자, 그것도 연회장에 사람들을 습격하러 나타나 생전의 이미지까지 말아먹게 생긴 괴물 황자에게 편지를 왜 전하라는 건지 이해가 가지 않았다.

그러나 뒷짐을 진 다가 공작은 비릿하게 웃으며 만족스레 중얼거렸다.

"헤움 황자는 아이니를 사랑하지. 생명을 버릴 정도로. 아직 그렇다면…… 큰 쓸모가 있을 거다."

"시기가 시기라 여러 군데 가긴 좀 그렇고. 한 군데 정도라도 순

방을 돌아야겠습니다."

회의를 다녀온 라틸이 혼자 뭘 곰곰이 생각하다가 돌연 꺼낸 말에 근처 책상에서 자기 일을 하던 시종장이 눈을 휘둥그렇게 떴다.

"순방이요?"

"음. 네. 갑자기 좀비니 흑마법사니 그런 것들이 나타나서 사람들이 불안해한다니까요. 전국을 돌긴 힘들겠지만, 근처 한 곳이라도 다녀와야겠습니다."

라틸의 설명에 시종장은 잠시 생각해 보다가 바로 찬성했다.

"좋은 생각 같습니다. 폐하께서 직접 괜찮을 거라고 말해주신다면, 국민들도 안심할 수 있을 테니까요. 어디로 갈지는 정하셨습니까?"

아까 라틸이 홀로 생각하던 건 순방을 할지 말지가 아니었다. 순방을 어디로 갈지였다. 이미 결론을 낸 상태였기에 라틸은 바로 대답했다.

"멜로시 영지에 갈 겁니다."

철로 만든 조각상처럼 미동도 하지 않고 서있던 서넛이 그 소리에 당황해 라틸을 쳐다보았다. 멜로시 영지는 그의 아버지가 영주로 있는 곳이기 때문이었다.

"괜찮습니다, 폐하."

서넛은 바로 겸양하는 소리를 냈으나, 의외로 이번에는 시종장이 괜찮겠다고 두둔해 주었다.

"좋은 생각입니다. 멜로시 영주는 폐하를 가장 먼저 지지해 주었으니까요. 게다가 인근이라 빨리 다녀올 수 있으니 무리도 아니고요."

서넛은 한 번 더 입술을 달싹였으나 이미 라틸이 마음을 정한 눈치여서 결국 입을 도로 다물었다. 그는 기사단장이지 이런 걸 의논하는 위치는 아니었다.

라틸은 힐긋 서넛의 표정을 확인하고 웃었으나, 시종장이 책상에서 일어나며 하는 말에 바로 인상을 찌푸려야 했다.

"순방을 갈 때는 다들 황후나 국서를 데려가지요."

라틸은 턱을 괴고서, 흐뭇하게 웃고 선 시종장을 쳐다보았다. 의도가 훤히 보였지만 맞는 말이긴 했다. 역대 황제들은 순방에 황후나 국서를 데려가 공무를 보았다. 하지만 황후가 몸이 좋지 않거나 임신 중이어서 함께 이동하기 어려울 때는 후궁을 데려가기도 했으니, 현재 국서가 없는 라틸 역시 후궁을 데려가야 할 터. 시종장이 저렇게 좋아하는 것도 아마 그 때문일 터였다.

"라나문 님과 함께 가면 딱 맞겠습니다, 폐하."

생글생글 웃던 시종장은 라틸이 가자미눈을 하고서 쳐다보자 얼른 그럴듯한 이유를 방패처럼 내세웠다.

"라나문 님은 공신의 장남인 데다, 나라에서 가장 아름답기로 소문이 자자하지요. 국민들 중에도 가장 아름답다는 라나문 님의 아름다움을 궁금해하는 사람들이 많답니다. 라나문 님을 데려가면 다들 열렬히 환호할 겁니다, 폐하."

"얼굴로 치면 클라인도 만만치 않을 텐데."

"그렇긴 하지만 그분은 임시 후궁이니까요. 게다가 외국인이시고요. 이미 국서가 되셨다면 상관없지만, 아직 임시 후궁이라 이런 자리엔 맞지 않습니다."

시종장의 편파적인 속내가 좀 아니꼬웠지만 맞는 말이긴 했다. 라틸은 클라인을 띄워주고 싶었지만, 국서도 아닌 데다 임시 후궁인 클라인은 국민들을 안정시킬 용도로 데리고 다니기엔 부적합했다.

게다가 라틸은 클라인의 솔직하고 밝은 성품이 마음에 들었으나, 그 성품이 사람들이 기대하는 국서의 모습과 거리가 먼 건 인정하고 있었다.

"사실 라나문이 딱 제격이긴 한데……."

라나문은 지난번 호수 괴물 습격 사건 때도 침착하게 대응했고, 시종장의 말마따나 공신의 장남인 데다 원체 화려한 외모이다 보니 순방에 데려가기에 여러 가지로 적절했다. 게다가 클라인과 달리 어떤 생각을 하든 속내를 꽁꽁 다 감추기 때문에, 순방 도중 실수를 할 것 같지도 않았다. 춤만 안 춘다면.

"그럼 라나문 님께 준비하라 할까요?"

라틸이 라나문 쪽으로 추를 기우는 것 같자 시종장이 기뻐하며 물었다.

"아니."

하지만 라틸에겐 라나문을 데려갈 수 없는 가장 큰 걸림돌이 있었다.

"게스타를 데려갈 거다."

얄미운 아트락시 공작이라는.

"게스타 님요?"

전혀 예상하지 못한 이름이었던지 시종장이 떨떠름해서 되물었다.

"그래."

"하지만 게스타 님은 그런 일에 나서기엔 너무 조용하지 않으십니까? 게다가 숫기도 없으셔서 괜찮으실지 모르겠습니다."

"하다 보면 익숙해지겠죠."

익숙해질 때까지 시키시려고요? 시종장이 불안한 시선으로 쳐다보았으나, 라틸은 모른 척 웃으며 지시했다.

"생일 때 같이 놀러 가잔 약속도 못 지켰는데, 이참에 둘이 다녀오면 좋지요. 게스타에게 사람을 보내서 알리고 준비하라 해요."

시종장은 시무룩한 기색이었으나 황제의 결정을 뒤엎을 권한은 없었다. 그는 알겠다고 대답하고서 집무실 밖으로 나갔다.

트리는 안절부절 제자리에 서있지 못하고 게스타의 주위를 빙글빙글 오갔다. 황제가 클라인에게 '후궁들 중 제일 좋다.' 했다는 소문이 퍼진 이후. 그 소문을 들은 게스타는 급격히 우울해져서 혼자 이상한 행동만 하고 있었다. 그 이상한 행동이란, 두꺼운 종이를 가져오게 한 다음 그걸 똑같은 크기로 잘라내어 카드 비슷한 걸 만드는 거였다.

카드놀이를 하고 싶으면 진짜 카드를 사서 가져다드리겠다고 말했지만 소용없었다. 게스타는 놀고 싶은 게 아니라며 자신의 작업에만 열중했다. 그러고는 자신의 방에 딸린 벤치에 앉아, 햇볕을 받으면서 저렇게 카드만 만지작거리고 있으니 보기에 참으로 답답했다.

헛소문이다, 폐하께서 그런 얘길 했단 증거가 어디 있냐, 원래 사람들은 별 이상한 말을 다 퍼트리고 다닌다 등등 트리가 최선을 다해 위로했으나 소용이 없었다.

"도련님."

어떻게 위로해도 소용이 없자 결국 트리는 게스타가 만지작대는 저 볼품없는 카드 이야기를 꺼냈다.

"왜 카드가 다섯 장뿐이에요?"

왜 게스타가 저런 빈약한 수제 카드를 내내 만지작거리는지 모르겠으나, 일단 게스타의 표정에서 슬픈 기색만이라도 걷어내고 싶었다.

"아직은 다섯 장만 필요해서."

게스타는 꺼지기 직전의 촛불 같은 목소리로 대답하고서 L과 C, T, S, J라고 써둔 카드를 차례로 섞기 시작했다. 그러더니 카드 글자가 보이지 않도록 벤치에 하나하나 다 뒤엎은 다음 신중한 표정으로 그 카드들을 유심히 살폈다. 정말로 할 거 없는 한량처럼 보여서, 트리는 자신의 도련님이 너무 가엾어졌다.

"평소처럼 책이라도 읽으러 가세요, 도련님. 그러지 마시고요."

게스타는 힘없이 웃고서 카드 하나를 뒤집었는데, 그 카드에는 C란 글자가 쓰여 있었다. 게스타는 그 카드를 들어 올리고서 빙그레 웃더니 트리에게 속삭이듯 물었다.

"이건 운명일까?"

저건 무슨 헛소리일까 싶어서 트리는 눈시울이 붉어졌다. 그때였다. 누군가 "게스타 님." 하고 울타리 너머에서 불렀다. 게스타는 C가 쓰인 카드를 들고서 일어나 울타리 가까이 다가갔다. 나타난 사람은 황제의 비서였는데, 게스타가 가까이 오자 꾸벅 인사하더니 활짝 웃으면서 알려주었다.

"폐하께서 멜로시 영지로 순방을 가실 텐데, 게스타 님을 데려가실 거라고 미리 준비해 두라 하셨습니다."

그 말이 끝나자마자 게스타는 놀란 토끼처럼 눈을 커다랗게 뜨더니 눈시울까지 붉어져서 확인했다.

"정말인가?"

"네. 짧은 일정이니 짐을 많이 쌀 필요는 없다고 하셨고요."

게스타가 고개를 끄덕이자, 비서는 자신이 우울한 후궁 하나를 기쁘게 해주었단 뿌듯한 기분에 활기차게 인사하고 돌아서 달려갔다.

"잘 됐어요, 도련님!"

두 걸음 뒤에서 이야기를 듣던 트리도 얼른 다가와 기뻐 외쳤다. 게스타는 부끄러워하는 얼굴로 고개를 끄덕이고서 벤치로 가더니 카드 다섯 장을 한군데로 모은 다음 찢어서 트리에게 내밀었다.

"가져다 버려줄래? 당장은 안 써도 될 거 같아."

"한 분은 폐하께서 '제일 사랑해'라고 말씀해 주시고. 한 분은 폐하께서 순방에 데려가 주시는데, 소단주님은 대체 뭘까요."

히얼란이 힘없이 내뱉는 소리에도 타시르는 기분 나쁜 내색 없이 웃음을 터트렸다.

"사랑한단 말이야 누구에게든 뱉을 수 있는 거고. 순방에야 어차피 라나문 님 아니면 게스타 님 둘 중 하나를 데려가는 거고. 뭐가 문제야, 히얼란."

"참 속도 좋으세요⋯⋯."

히얼란은 고개를 설레설레 저었으나 타시르가 다른 후궁들과 달리 이 연이은 두 가지 소식에 전혀 상처받지 않은 모양새인 게 안심이긴 했다. 어쨌든 울상을 하고서 시무룩해하는 것보단 씩씩한 게 나으니까.

그런데 잘 걸어가던 타시르가 갑자기 어딘가를 보더니 히얼란을 향해 '내 뒤로 와' 하는 손짓을 보냈다. 얼른 시키는 대로 하고서 보니 멀지 않은 곳에서 게스타의 시종 트리가 뒷짐을 지고 거들먹거리는 게 보였다.

"그러니까. 폐하께서 클라인 황자님을 가장 아낀단 소문은 신뢰가 없다 이거지. 그 소문을 누가 시작했는데?"

"그러게. 누가 시작했지? 난 릭스한테 들었는데."

"난 폴한테 들었어."

"거봐, 거봐. 폐하가 어쨌대, 이런 건 그냥 다 소문이야. 진실은!

순방에 딱 한 명 데려갈 사람으로 폐하께서 우리 게스타 도련님을 고르신 거지!"

껄껄 웃은 트리는 마치 깜짝 등장인물이라도 소개하듯 손바닥을 쫙 펼치고서 허공을 향해 손을 번쩍 들었다. 하지만 그 행동을 하자마자 하인들이 기겁해 뒤로 물러나더니 다들 머리를 조아렸다. 트리는 놀라서 뒤를 획 돌아보았다.

"!"

공교롭게도 그의 손바닥이 가리키는 그곳에 클라인 황자가 팔짱을 끼고서 그를 내려보고 있었다. 그것도 '네가 죽으려고 환장했구나?' 하는 표정으로. 트리는 얼른 손을 내리고서 뒤로 한 걸음 물러나 인사했다.

"황자님께 인사를 올립니다."

하지만 클라인의 표정은 전혀 펴지지 않았다. 트리는 난처해져서 바닥을 내려다보았다. 그는 클라인 황자가 몹시 싫었지만, 게스타를 위해서라도 이런 식으로 더 얽히고 싶진 않았다.

"거짓말을 입에 달고 사는 건 제 아비나 주인이나 시종이나 다 똑같군."

하지만 클라인 황자가 한 번에 세 명을 동시에 욕해버리자 트리는 참지 못하고 고개를 번쩍 들었다.

"거짓말이라니요?"

"폐하께서 순방에 게스타를 데려간다는 말. 그런 말은 들은 적 없는데."

"게스타 님을 데려가는 거니까 황자님께선 당연히 못 들으셨겠지요."

이런 것도 다 알려줘야 하나. 트리는 황당한 기분을 누르며 대답을 하다가, 클라인 황자가 지금 게스타를 질투하고 있단 걸 알아차렸다. 아니라면 저 인간이 갑자기 다가와서 이럴 리가 없었다. 트리는 기분이 급격히 좋아졌으나 너무 내색하지 않으려 애쓰며 덧붙였다.

"어떻게 제가 감히 폐하를 이용해 거짓말을 하겠습니까, 황자님. 폐하께선 게스타 님을 데려갈 거라고 직접 비서를 보내 알려주셨습니다."

클라인은 딱 잘라 외쳤다.

"그럴 리 없다!"

"그럼 폐하께 물어보시지요."

당당하게 말한 트리의 입술이 기쁨을 참지 못하고 꿈틀거렸다.

"물론 인정하기 싫으시겠지요. 순방에 따라가는 건 보통 국서들의 일. 이런 일에 폐하께서 게스타 님을 데려가시는 건, 국서 자리에 게스타 님을 생각하고 계신단 의중이나 다름없으니까요."

멀지 않은 곳에서 그 모습을 보던 히얼란이 작게 혀를 찼다.

"또 싸우네요."

히얼란은 이번에는 제 소단주에게 물었다.

"소단주님, 안 말려도 됩니까?"

"재밌는데 왜."

하지만 타시르가 오히려 즐거워하며 이 사태를 보고만 있자, 히얼란은 목소리를 바짝 낮추고서 작게 속닥거렸다.

"클라인 황자는 성격이 더럽잖아요. 저러다가 또 저 시종을 막 때릴 수도 있습니다. 저번처럼요."

그러나 히얼란의 염려에도 타시르는 웃으면서 손만 저었다.

"아무리 클라인 황자가 멍청해도 그렇지, 전에 트리를 때리다가 그 혼쭐이 났는데 설마 사람들 앞에서 또 때리……."

그 말이 끝나기도 전에 퍽 소리가 나며 트리가 날아갔다. 히얼란이 '거보세요' 하는 시선을 보내자, 타시르는 "아이고 저 진상!" 하고 작게 욕하며 서둘러 그쪽으로 다가갔다.

"그게 무슨 소리야? 게스타 시종이 턱이 부러지다니?"

좀 조용히 지내는가 싶던 클라인이 다시 사고를 쳤단 소식은 하이신스가 보낸 전서구와 엇비슷한 시각에 도착했다.

"게스타 님의 시종이 순방에 따라가는 걸 두고서 자랑을 해대자 화가 났다는군요."

서넛은 덤덤하게 설명하다가 자신의 손을 들더니 5센티미터 정도 옆으로 휙 옮기는 시늉을 하며 덧붙였다.

"깔끔하게 한 방에 호수까지 날아갔답니다."

"진짜 그 성격……."

라틸은 이마를 짚었다. 그 인간, 요즘 부쩍 사고를 안 친다 했지.

"게스타 시종은? 괜찮대?"

"다행히 대신관님이 바로 치료를 해줘서 말끔히 나았답니다."

라틸은 고개를 설레설레 젓고서 하이신스가 보내온 답서를 펼쳤다.

왜 이런 걸 자랑하는 거야? 우리나라에도 옛날엔 좀비 안 나왔어. 우리나라엔 옛날에 인어가 나왔단 말은 있다. 진짜인진 모르겠어. 내가 본 적은 없으니까. 내 생각엔 인어가 있다면 너랑 비슷할 거 같아, 라틸. 인어는 온화하게 웃으면서 이리 오라 손짓하는데, 안 오면 끌고 가서 물에 머리를 처박은 다음 성질을 낸대. 그뿐이 아니야. 배가 지나갈 때마다 멋대로 노래를 부른 다음 통행료를 물린대. 깡패 아냐? 이 이야기를 듣자마자 네가 떠올랐어, 라틸. 너는 나의 인어인가 봐. 나는 그렇다면 네게 잡힌 뱃사람일까? 너는 언제쯤 내 영혼을 놓아줄래, 라틸?

"이 자식은 또 뭐라는 거야. 이거 지금 돌려서 나더러 깡패란 거야?"

형이랑 동생이랑 쌍으로 사람을 놀려대나. 라틸이 쓸데없이 구구절절하고 로맨틱한 욕을 보면서 입을 삐끔거리자, 서넛이 슬그머니 다가와 어깨 너머로 편지를 보더니 손가락을 뻗었다.

"대놓고 깡패라 써놨습니다. 돌려서 쓴 게 아니라요."

그가 '깡패 아냐?' 부분을 딱 짚어주자, 라틸은 입을 내밀고서 그를 쏘아보았다. 서넛이 슬그머니 손가락을 도로 내리자, 라틸은 편지를 퍽 엎어 놓고서 서랍을 열어 새빨간 편지지를 꺼냈다.

순방을 떠나기로 한 날은 유달리 무더운 날이었다. 그 때문에 멜

로시 영지에 도착했을 때는 다들 막 황궁을 떠날 때의 날렵하고 번쩍이던 옷맵시는 사라졌고, 땀에 흠뻑 젖어 연신 손수건으로 목덜미를 닦아대고 있었다. 라틸은 날씨가 지나치게 더워지자 마차 안에 탄 게스타가 걱정이 되었다. 마차 안은 사방이 막혀서 더 덥지 않을까? 게스타는 심지어 마차 창문까지 꼭 닫고 이동 중이었다. 라틸은 영지 성문을 지나갈 때 걱정을 누르지 못하고 게스타가 탄 마차 창문을 똑똑 두드렸다. 창문을 열고 게스타가 고개를 내밀자, 라틸은 그의 얼굴에 손부채를 해주었다.

"거의 다 왔어. 조금만 참아."

게스타는 라틸이 손부채가 아니라 손으로 입술이라도 더듬은 양 얼굴이 홍당무가 되어서는 고개를 푹 내리고서 "네⋯⋯." 하고 중얼거렸다. 몇몇 기사가 작게 웃자 게스타는 눈알을 오른쪽 왼쪽으로 굴려대며 쩔쩔맸다. 그 모습을 본 라틸은 창문을 다시 닫아 주려다가 주위를 둘러보고는 마음을 바꿔서 제안했다.

"게스타. 갑갑하면 나올래? 영지 사람들이 구경 나오고 있는데, 널 보면 좋아할지도 몰라."

그냥 하는 말이 아니었다. 실제로 멜로시 영지의 사람들은 한때 자기들의 영지에서 지냈던 황태녀가 황제가 되어 돌아온단 이야기에 하나둘 거리로 나오고 있었다. 그들은 마차에 타고 있는 게 누구인지 궁금한 듯 라틸과 마차를 연달아 구경했다.

라틸은 그 사람들이 게스타를 본다면 좋아할 것 같다고 생각했다. 미래에 국서가 될지도 모르니까. 게스타는 라틸의 제안이 의외인지 바로 대답하지 못하고 머뭇거렸다. 대답은 마차 안쪽에서 트리가 허겁지겁 대신했다.

"가신다고 합니다, 폐하. 꼭 나가신다고 합니다."

게스타는 휙 뒤를 돌아보며 트리에게 무어라 소곤거렸다. 왜 마음대로 대답하냐고 항의하는 듯했다. 라틸은 말 위에서 다시 창틀을 툭 두드렸다.

"싫으면 억지로 나오진 마."

그 말을 듣자마자 트리와 대화를 하느라 잠시 머리를 도로 넣었던 게스타가 황급히 손과 머리를 동시에 밖으로 뻗으며 말했다.

"나가, 나가겠습니다. 폐하랑 같이. 폐하 옆에 있겠어요."

라틸이 손짓하자 마부가 얼른 마차를 세웠다. 자신이 문을 열어주려 했으나 게스타는 알아서 문을 잘 열더니 동그란 공처럼 튀어나와 우뚝 일어섰다.

"폐하."

너무 긴장한 것 같은데. 괜찮을까? 그 모습이 좀 못 미덥긴 했으나 도로 들어가라고 할 수도 없었기에 라틸은 그를 향해 손을 뻗었다.

"가, 같이 타나요?"

"따로 타려고?"

게스타는 예상 못 했는지 더욱 허둥지둥했으나 그래도 거절하는 대신 라틸의 손을 잡고서 말 위로 훌쩍 올라탔다. 라틸은 멋지게 그를 태워주고 싶었으나, 말은 두 사람이 올라타자 무거운지 곧장 짜증을 냈다.

"착하지?"

라틸은 말을 달래기 위해 등을 쓸어주었다. 그러다가 허리 쪽으로 슬금슬금 다가오는 게스타의 손길을 느끼고는 웃겨서 입술에 힘을 주었다. 게스타는 라틸의 허리가 깨진 유리 파편이라도 되는 듯 조심조심 손을 대고 있었다. 라틸은 참지 못하고 그를 놀렸다.

"그렇게 잡으면 말이 움직이자마자 떨어질걸?"

게스타는 그제야 두 팔로 라틸의 몸에 꼭 매달렸다. 귀여운 행동이었다. 그러나 라틸은 이번에는 웃지 못했다. 전혀 의식하지 않았던 게스타의 팔은 생각보다 탄탄했다. 등에 닿은 그의 몸도 라틸을 감쌀 만큼 커다랬다. 라틸은 고삐를 꽉 틀어쥐었다.

"폐하?"

게다가 의식해서 그런가. 전에 들었던 게스타의 그 속마음처럼, 지금 귓가에 닿는 게스타의 목소리도 유난히 낮고 색기 있게 들렸다.

"가자."

라틸은 마른침을 삼키고서 괜히 고삐만 찰싹찰싹 움직였다.

아름다운 연인이 하얀 백마 위에 꼭 붙어서 가는 모습은 명화에 나오는 한 장면처럼 보기 좋았다. 황제가 영지에 순방을 온단 소식을 미리 전해 들었던 영주민들은 황제의 행차를 구경하러 나왔다가, 황제가 데려온 소문의 후궁을 보자 환호하고 기뻐했다.

후궁이 머뭇거리다가 한 번씩 손을 흔들면 사람들은 더욱 좋아하고 저 사랑스러운 봄꽃 같은 후궁이 누구일지에 대해 자기들끼리 떠들어댔다. 모두가 즐거워했고 모두가 신나했다. 무더운 여름 행렬에 지쳤던 순방 행렬도 경쾌한 환호 속에 다시 기운을 차려갔다.

서넛은 이 모든 광경을 뒤에서 바라보다 쓸쓸하게 웃었다.

멜로시 영주는 오랜만에 보는 아들을 맞이하기 위해 성 밖으로 나가 한참을 서성였다. 마음 같아서는 영지를 둘러싼 성벽 정문까지도 나가있고 싶었으나 영지의 주인으로서 그는 꼭 여기에서 황제를 맞이해야만 했다. 얼마나 그러고 있었을까. 이제 오나 저제 오나 초조하게 돌아다니고 있자니 먼발치에서부터 사람들의 환호성이 들려오기 시작했다.

"오시나 봅니다!"

집사가 밝게 외쳤다. 영주는 얼른 옷매무새를 빠르게 정돈하고서 위엄 있는 표정을 지었다. 함께 대기하던 다른 식구들도 서둘러 손거울을 보며 머리며 얼굴을 정돈했다. 환호성과 함께 마침내 황제의 행렬이 도착하자, 멜로시 영주는 활짝 웃으면서 황제를 맞이하기 위해 몸을 돌렸다.

하지만 그의 눈에 가장 먼저 들어온 건 커다란 백마 위에 올라탄 황제도 황제의 뒤에 꼭 달라붙은 소라고둥도 잘 세공된 마차도 아니었다. 기사들 뒤쪽에 우두커니 서서 울 것 같은 눈으로 황제의 뒷모습만 쳐다보는 그의 아들 서넛이었다.

격식에 맞추어 황제 일행을 맞이하고 머물 방을 안내하는 등 바쁘게 움직이던 영주는 잠시 짬이 나자 기사들 사이에서 아들을 낚아채 자신의 방으로 데려왔다.

"무슨 일입니까?"

얼떨결에 영주의 방에 오게 된 서넛이 묻자, 영주는 눈살을 찌푸리고서 소파를 가리켰다.

"가봐야 합니다, 아버님."

"잠깐이면 됩니다."

아들을 소파에 앉힌 영주는 여기로 그를 끌고 올 때와 달리 바로 말을 꺼내지 못하고 머뭇거렸다. 영주가 입만 달싹이자 서넛이 무슨 일인가 싶어 고개를 기울였다.

"아버님? 혹시 어려운 일이 있습니까? 그런 거라면 말씀하세요."

"내 일이 아닙니다."

영주는 고개를 젓고서 서넛의 맞은편에 앉아 무릎을 두어 번 툭툭 두드렸다. 몇 번을 더 그러다가 그는 어렵게 입을 열었다.

"서넛 님. 혹시…… 아직도 마음이 바뀌지 않으셨습니까?"

영주의 질문에 서넛의 표정이 순간 확 꼬집히기라도 한 것처럼 움찔했다. 영주는 초조하게 자기 무릎을 매만지며 힘든 말을 이어 갔다.

"지금이라도 마음이 바뀌셨다면 제가 폐하께 서넛 님을 후궁으로 들여주십사 부탁해 보겠습니다."

"……."

"내가 아트락시 공작 같은 제일 공신은 아니나 가장 처음으로 폐하를 도운 공신입니다. 폐하께선 공사를 철저히 하시는 분이니, 청을 들어주실 겁니다."

영주의 얼굴에는 걱정이 한가득했다. 그는 아들이 당당하게 황제의 최측근으로 올 줄 알았지, 그렇게 말린 청어처럼 나타날 줄은 몰랐기에 지금 몹시 충격을 받은 상태였다.

서넛은 아버지의 말에 피식 웃고서 소파에서 일어섰다.

"무슨 말씀을 하시려나 했더니."

"서넛 님. 진심입니다."

영주가 단호하게 말하며 올려다보자 서넛은 아버지의 어깨를 두 손으로 꽉꽉 주무르고서 부드럽게 웃었다.

"아직 버틸만합니다. 괜찮으니 괜히 이상한 데 신경 써서 스트레스받지 마세요."

'아직' 버틸만하다는 겁니까. 영주는 속으로만 물었다. 서넛 본인이 의식하지 못하고 한 말 같아서 말꼬리를 잡을 수가 없었다. 서넛이 문을 열고 방을 나가자 영주는 힘없이 소파로 걸어가 털썩 주저앉았다. 그의 아들은 남들과 다른 특별한 존재이기에 또래의 영식들처럼 일찍 약혼하거나 정혼시키지 않았다.

하지만 이렇게 되고 보니 걱정스러웠다. 그게 과연 옳은 선택이었을까? 어떻게 해서든 똑똑한 영애를 찾아 혼담을 주선했어야 했나?

'내일 영지를 한 바퀴 둘러보고, 가는 길에 작은 마을도 몇 군데 들리고 하면 날짜가…….'

라틸은 테라스 난간에 기댄 채 날짜를 손꼽아 보다가 건너편 테라스에서 나는 덜컥 소리에 고개를 돌렸다. 빤히 보고 있으려니 잠시 뒤 문이 열리고 거기서 서넛이 모습을 드러냈다. 오래간만에 집에 오니 좋은지 편한 의상을 입고 손에는 술인지 음료수인지 알 수 없는 커다란 병을 들고 있었다.

자신이 옆에 있는 걸 모르는 눈치였기에 라틸은 발소리를 죽여 가까이 가 난간을 '탱' 두드렸다. 쇠를 치는 소리에 서넛은 휙 고개를 돌렸다가 라틸을 발견하고는 짓궂은 표정으로 웃었다.

"안 피곤하십니까?"

라틸이 대답 대신 난간에 풀썩 앉자 서넛은 미소를 지우고서 놀라 손을 뻗었다. 손은 라틸에게 닿지 않았으나, 얼마나 놀란 건지 그가 들고 왔던 병이 바닥에 깨어지며 쨍그랑하는 소리가 났다.

"폐하!"

"난 떨어지지 않는데."

"좀 조심하십시오. 미끄러지면 어찌합니까?"

"미끄러진 건 서넛 경이 들고 온 병이죠. 괜찮아?"

서넛은 축축해진 발치를 내려다보다가 어깨를 으쓱했다.

"어쩌겠습니까."

라틸은 고개를 끄덕이고서 괜히 발을 까딱거렸다. 그때마다 서넛은 손을 움찔거렸지만 이번에는 괜히 소란을 피우진 않았다. 라틸이 혹시라도 떨어질까 유심히 쳐다보기만 할 뿐.

어릴 때부터 익숙한 시선이기에 라틸은 태연히 하품하면서 밤바람을 쐬었다. 나이 차도 얼마 안 나면서 서넛은 라틸이 조금이라도 위험한 행동을 하면 늘 저렇게 자기가 조마조마해서 쳐다보고는 했다.

"다른 사람이 이 모습을 못 보길 바랍니다, 폐하. 체통이 어디로 간 겁니까."

"뭐 어때요. 다른 왕들도 안 볼 때는 다 제멋대로 행동할 건데."

"말도 안 됩니다."

"말 됩니다. 다들 자기 궁전에서 나름 제일 귀하게 큰 사람들인데. 얼마나 제멋대로 하겠습니까?"

라틸이 코웃음을 치자 서넛은 그건 그렇다고 수긍했고 두 사람은 별 의미 없는 농담을 주고받으면서 계속 바람을 쐬었다. 그러다 라틸은 슬슬 들어가야 내일 순방을 무사히 마치고 바로 떠날 수 있을 것 같아서 얼른 난간에서 내려왔다.

"일정이 빡빡하니 서넛 경도 그만 자요."

그러나 작별 인사를 하고 안으로 들어가려던 라틸은 5초도 지나지 않아 테라스로 돌아와 물었다.

"내가 계속 궁금했는데, 서넛 경."

"네, 폐하."

"영주는 왜 서넛 경한테 꼬박꼬박 '서넛 님'이라 부르지?"

보통 아들한테 안 그러지 않나? 라틸이 고개를 기웃하자, 서넛이 갑자기 허리를 굽히더니 아까 바닥에 떨어진 유리 파편을 줍기 시작했다.

"나중에 사람 불러 치워요."

손가락을 다치기라도 할까 봐 라틸이 걱정스레 물었으나, 서넛은 유리 조각을 다 챙겨 탁자 위에 내려놓더니 한 박자 늦게 라틸의 질문에 대답했다.

"폐하께서도 제게 장난삼아 기사 말투를 사용해 주시지 않습니까. 아버님도 그냥 어린 시절부터 비슷하게 놀다 보니 습관이 되신 겁니다."

"그냥 그런 것치곤 대답이 너무 늦었는데."

"유리 조각들이 거슬려서요."

라틸은 그를 수상쩍게 쳐다보았으나, 누군가 문을 두드리자 더 대화를 하지 못하고 이번에는 정말로 안으로 들어갔다. 서넛은 황제가 들어가고서도 홀로 그 자리에 남아있다가 자신의 엄지를 조금 들어 올렸다. 유리를 주울 때 베인 건지 그 자리에서 피가 새어 나오고 있었다.

붉은 핏방울이 손가락을 따라 흐르는 걸 보다가 서넛은 천천히 엄지를 입술로 가져갔다. 하지만 곧 그는 인상을 구기고서 엄지를 도로 입에서 뗐다.

순방 도중 라틸이 잠시 말에서 내려 상가 사람들을 만나 보고 있

을 때였다. 상인들은 황제가 가까이에서 자신들에게 말을 걸어주자 놀랍기도 하고 감격스럽기도 해서 잔뜩 흥분했다.

멜로시 영지는 처음부터 라틸을 지지하던 곳이었기에 사람들은 더욱 호의적으로 굴었다. 그들이 라틸을 지지하기로 직접 결정했던 건 아니었으나, 어쨌든 영주가 라틸을 지지하면서부터 그들 역시 라틸의 위기와 부흥을 함께하게 되었기 때문이었다.

하지만 라틸의 주위에 모여든 사람 중에 외부인이 있을 수도 있고 영주의 뜻과 다른 뜻을 가진 사람도 있을 수 있기에, 라틸이 사람들에게 가까이 가자 근위기사들은 황제 근처에 모여 서서 밀착 호위를 펼쳤다. 게스타는 마을 아이들을 데리고 좋은 이야기를 해주다가 한 번씩 라틸이 있는 쪽을 확인하고서 뿌듯하게 웃었다.

— 네 생일 선물은 이번엔 이걸로 대신하자.

마차를 타고 이동하던 도중, 쉬어갈 때 라틸이 잠시 해준 이야기가 상상 속에서도 고막을 간지럽혔다. 트리는 활기찬 아이들과 공놀이를 해주면서도 한 번씩 그런 게스타를 확인하면서 흐뭇하게 웃었다.

트리가 생각하기엔, 게스타가 국서가 되면 앞으로 늘 이런 분위기일 것 같았다. 게스타는 상냥한 데다 온화하니 분명 좋은 국서가 될 거였다. 게스타와 황제 사이에서 태어난 아이들도 분명 사랑스럽고 착한 아이들뿐일 터이다.

반면 클라인 황자의 아이들은 제 아비를 닮아서 다들 폭력적인 데다 못돼먹었겠지. 라나문의 아이들은 제 잘난 맛에 살며 거만하기 짝이 없을 테고. 솔직히 2세를 생각해도 국서가 될법한 건 역시 우리 도련님뿐이라고, 트리는 뿌듯하게 생각했다.

"아! 죄송해요!"

그러다 한 아이가 공을 너무 세게 차는 바람에 트리가 공을 가지러 잠시 다른 쪽으로 달려갔다. 그 때문에 트리는 보지 못했다. 활짝 웃으면서 아이가 주는 색칠한 공을 받아 들던 게스타가 아이의 어깨 너머로 서넛이 황제의 옆에 나란히 서서 웃는 모습을 보더니, 쇠로 된 공을 우두둑 구겨버리는 것을.

친형제들보다 더욱 살갑게 대해주는 후궁에게 흠뻑 빠져서 보물 1호인 공을 가져다주었던 아이는 깜짝 놀라서 그대로 얼어붙었다. 게스타는 시선을 돌리다 굳은 아이를 발견하자 아까처럼 순하게 웃으면서 품에서 금화를 꺼내 건넸다.

"공이 망가졌네. 새것으로 사거라."

아이는 굳은 자세 그대로 금화를 받아 들고서 빠르게 고개를 끄덕였다. 게스타는 부모님에게 가보라고 아이의 등을 톡톡 두드려주다가, 아이가 돌아서자 다시 표정이 서늘해져서 아직도 라틸과 서있는 서넛을 뚫어져라 쳐다보았다.

늦은 밤, 다가 공작이 별궁에 딸은 잘 도착했을지 루이스는 시키는 일을 잘했을지 그의 예상대로 헤윰 황자가 아직도 딸 곁을 맴돌고 있을지 생각하던 그때였다.

멀쩡하던 방 안의 불이 갑자기 동시에 꺼지더니 창문이 벌컥 열리며 찬바람이 들어왔다. 다가 공작은 일인용 소파에 앉아 파이프를 물고 있다가 소리가 난 쪽을 쳐다보았다.

"날 불렀나."

헤움 황자였다. 그의 예상대로 죽은 헤움 황자는 전에 연회장에서 그렇게 도망치고도 아직 아이니의 곁을 맴돌고 있었던 것이다. 다가 공작은 천천히 몸을 일으켜 생전의 그에게 하듯 인사를 건넸다. 헤움 황자의 눈동자가 흔들렸다. 저 꼴이 된 후로 황자 대접을 받아본 적이 없을 테니 그렇겠지. 다가 공작은 헤움 황자의 속내를 짐작해 보고서 천천히 허리를 들었다.

"무슨 일이지? 이번에는 뭘 원하는가."

헤움 황자의 질문에 다가 공작은 파이프 불을 꺼 옆에 내려놓고 그의 앞으로 다가가 공손히 섰다. 한때 그의 사위가 될 뻔했던 이 고귀한 황자는 이젠 한낱 괴물이 되었으나 쓸모가 많았기에 예의를 갖출 필요가 있었다.

"황자님 덕에 우리 아이니가 황후가 되긴 했습니다. 하지만……이미 아실지도 모르지만, 그 애는 황제와 사이가 좋지 않지요."

"시간을 들이는 수밖에 없겠지."

"황제는 아이니에게서 절대로 후손을 보지 않을 생각입니다. 시시때때로 이혼하려 들지요. 그 틈을 노리는 사람들은 지금도 하나둘이 아니고 앞으로 더 늘어날 텐데. 걱정입니다."

"왜 이제 와 내게 그런 이야기를 하지? 형님을 죽여 달란 건가?"

"그건 거절하시겠지요. 압니다. 게다가 황제를 죽여 봤자, 아이니도 덩달아 황후 자리에서 내려오게 될 뿐인데 그럴 수야 없지요."

"그럼 원하는 게 무엇인가?"

"황제가 살아는 있되, 아무것도 하지 못하게 만들어야겠습니다. 평생 침대에 누워 숨만 붙어있도록. 그러면 내 딸이 대리 황제가 되겠지요."

"형님이 그 정도로 몸이 안 좋아지면 다른 황족이 뒤를 이으려 하지, 아이니를 대리 황제로 만들진 않을 텐데?"

"물론 일반적으로는 그렇습니다만."

다가 공작의 눈이 비열하게 가늘어졌다.

"황자님이 도와주신다면 불가능한 것도 아닙니다."

헤움 황자는 눈썹을 치켜올리더니 씁쓸하게 웃으면서 자기 꼴을 보란 듯 두 팔을 벌렸다.

"나는 이제 힘이 없다. 죽었다 깨어나 강한 힘을 얻었다곤 하지만, 이 힘은 아이니에게 권력을 줄 힘은 아니지."

다가 공작은 끌끌 웃더니 손을 젓고서 잠시 놓아두었던 파이프를 다시 손가락 사이에 끼우며 웃었다.

"무슨 소리십니까. 아주 커다란 도움을 줄 수 있는데요."

"도움?"

그 불길한 미소에 헤움의 미간이 찌푸려졌다. 몇 년 전, 그때도 다가 공작은 저런 표정을 지으며 그에게 제안했다.

"한 번 더 죽어주시지요."

바로 저렇게.

다가 공작은 파이프에 불을 붙이더니, 한 번 크게 빨아들인 다음 연기를 내뿜으며 웃었다.

"아이니의 손에. 공개적으로. 아주…… 장렬하게!"

헤웁 황자의 표정에 떠올라 있던 슬픈 미소가 사라졌다.

"자네는 달라진 게 없군. 이전에도 지금도. 늘 내게 죽어달란 부탁만 해."

아무리 유령을 두려워하는 사람이라도 지금 헤웁 황자의 목소리를 듣는다면 그를 가엾게 여길 것이다. 그러나 다가 공작은 일말의 동정심도 보이지 않았다.

"아주 터무니없는 말도 아닙니다. 좀 극적인 연출을 하고 싶을 뿐, 실제로 아이니는 대리 황제가 될만한 자질이 있거든요."

다가 공작은 파이프에서 뿜어지는 연기 사이로 헤웁 황자의 표정을 살폈다. 연회장을 습격했을 때, 아이니의 힘을 느끼고 달아난 장본인이 헤웁 황자였다. 다른 사람은 몰라도 헤웁 황자라면 그의 말을 이해할 가능성이 컸다.

"500년 주기로 악이 부활할 때 악을 무찌르는 존재가 나타난다고 하지요. 제 생각엔 우리 아이니가 그런 존재입니다."

이미 아시겠지만, 하고 다가 공작이 작게 덧붙인 말에 헤웁 황자가 처음으로 반응을 보였다. 다가 공작의 입꼬리가 슬그머니 올라갔다.

"아이니가 행복하다면 얼마든지 죽어줄 수 있지. ……하지만 과연 그렇게 해서 아이니가 행복해질까?"

하지만 이어진 헤움 황자의 말은 그리 협조적이지 못했다. 당연히 황자가 자기 말을 따를 거라 여겼던 다가 공작은 불쾌해져서 미간을 구겼다.

"나는 아이니가 행복해지길 바라네, 공작. 하지만 아이니는 황후가 되어서도 행복하지 않았어. 오히려 나와 함께 지낼 때보다 더 슬프게 살았지."

"황제가 된다면 행복해질 겁니다. 황후일 때는 황제에게 매이니 행복하지 못했지만, 황제가 된다면 행복해지겠지요."

"나는……."

"아버지인 내가 잘 알지, 연인이었던 전하께서 잘 아시겠습니까?"

다가 공작의 차가운 질문에 헤움 황자는 옅은 한숨을 내쉬었다.

"그렇겠지."

다가 공작의 말에 정말 동의한다기보다는 말다툼을 해봐야 소용없다고 여기는 눈치였다. 다가 공작은 파이프를 뻐끔거리며 헤움 황자의 표정을 세세하게 살폈다. 그러다 헤움 황자가 다시 한숨을 내쉬자 빈정거렸다.

"마음이 변하셨나 봅니다, 전하. 이미 죽은 목숨, 아이니를 위해 쓰기 그렇게 아까운지요. 사람의 마음이 빨리 변한다고들 하지만, 죽은 사람도 그럴 줄은 몰랐군요."

헤움 황자는 다가 공작의 도발에 대응하지 않았다. 다가 공작이 일부러 그를 자극하고 있단 걸 아는데, 굳이 넘어갈 필요는 없었다. 대신 헤움 황자는 대리 황제 이야기를 들었을 때부터 내내 신경 쓰이던 질문을 했다.

"자네는 아이니를 500년에 한 번 깨어나는 대적자로 여기는군. 혹시 내가 연회장에서 아이니를 놀란 눈으로 쳐다봐서 그런 건가?"

다가 공작은 순순히 인정했다.

"그날 전하께선 아이니에게 무언가를 느끼셨지요. 눈썰미가 있는 사람은 전하를 물리친 게 그 이상한 타리움 여자가 아니라 우리 아이니였단 걸 알았을 겁니다."

그 대답에 헤움 황자의 얼굴이 곤란하단 표정으로 변했다. 뚜렷한 표정 변화에 다가 공작은 파이프를 입에서 뗐다. 헤움 황자는 단순히 그의 제안을 거절하는 게 아니었다. 무언가 다른 꺼림칙한 게 떠오른 기색이었다.

"왜 그러지요?"

"내가 그날 연회장에서 아이니에게 무언가를 느낀 건 맞지만……."

"그러면 됐습니다. 뒷말은 필요 없습니다."

"나와 검을 겨룬 그 여자에게서도 소름 돋는 힘이 느껴졌다."

헤움 황자는 심각한 표정이었다. 나름대로 진지하게 그날의 일을 떠올려보는 듯했다. 하지만 다가 공작은 '참 별 얘기를 다 한다'는 얼굴로 시큰둥하다가, 헤움 황자가 이야기를 마치자 빙그레 웃으면서 파이프를 내려놓았다.

"그 여자에 관해선 묻어버리는 걸로 하지요. 영웅이 둘일 필요는 없으니까."

다음날. 다가 공작의 하녀는 다가 공작이 아침 세수를 하기 전 늘 마시는 야채를 갈아 만든 주스를 컵에 담아 가져왔다.

"들어가겠습니다, 공작님."

하녀는 문을 노크한 다음 조심스럽게 방 안으로 들어갔다. 공작을 잠에서 깨운 다음 음료수를 바치고 빈 잔을 들고 나가는 것. 이 세 가지가 하녀가 도맡아 하는 일이었다.

그러나 평소와 달리 다가 공작은 잠들어 있지 않았다. 창문 앞에 다리를 꼬고 앉아 깊은 생각에 잠겨있었다. 창밖에서는 귀여운 새소리가 들려왔으나, 다가 공작이 새소리를 듣는 것 같지도 않았다.

"공작님?"

하녀가 조심스럽게 부르는데도 공작은 꼬았던 다리를 풀면서 손만 뻗었다.

얼른 컵을 쥐어주자 공작은 야채 주스를 한입에 털어 넣더니, 빈 컵을 건네고 일어서며 그제야 지시했다.

"집사에게 마차를 준비시키라 해라. 아이니에게 다녀와야겠다."

공작이 세수를 마치고 방으로 들어가자 하인 세 명이 동시에 달라붙어 공작이 옷 입는 걸 도와주었다. 완벽하게 머리까지 세팅한 공작이 홀로 내려가자 집사가 얼른 다가와 알렸다.

"마차를 준비해 두었습니다, 공작님. 윌리가 모실 겁니다."

이 모든 일은 물 흐르듯 흘러가서, 공작은 고개를 끄덕이면서도 발걸음을 멈추지 않았다. 하지만 집사는 처음에는 공작의 지팡이를 들고 조심조심 뒤를 따랐으나, 그가 마차에 오르기 전 결국 걱정스레 묻고 말았다.

"그런데 괜찮으시겠습니까, 공작님? 황제 폐하가 주시하고 있으니 당분간은 황후 폐하를 만나지 않을 거라 하셨잖습니까."

"아이니에게도 당부를 해두어야 해서 말이다. 본인이 얼마나 대단하고 귀한 존재인지 알려주어야지. 그리고 별궁에 있는 동안 공부도 시켜야 해. 스승을 구해야겠어."

다가 공작이 마차에 올라타자 마부가 채찍을 휘둘렀다. 그러나 다가 공작이 탄 마차는 정문을 반쯤 빠져나가자마자 다시 제자리에 멈추어 섰다. 건너편에서 누군가 말을 타고 이쪽으로 급히 달려오고 있어서였다. 말에 탄 사람은 다가 공작의 마차를 발견하자 얼른 그곳에 말을 세우고 내렸다.

"무슨 일이냐?"

공작은 창문 커튼을 걷고서 물었다. 그는 말을 타고 온 이의 이름은 몰랐으나 얼굴은 얼핏 기억했다. 아이니가 별궁에 데려간 호위 중 하나였다. 그런데 별궁에 있어야 할 호위가 급하게 달려오다니.

"아이니에게 무슨 일이 생겼느냐?"

"공작님. 황후 폐하께서……."

말을 타고 온 사람의 안색이 창백한 걸 보자 공작은 대답을 듣기도 전에 마차에서 내렸다.

"아이니가 왜? 쓰러지기라도 했어?"

"사라지셨습니다!"

말이 끝나자마자 공작은 서둘러 마차에 오르며 마부에게 호통을 쳤다.

"빨리 가라! 빨리!"

멜로시 영지에서 마지막 저녁 식사를 하기 위해 식당으로 간 라틸은 함께 식사하는 무리에 낯선 영애가 하나 끼어있는 걸 발견했다. 황제를 만난다는 생각에 긴장했는지 아슬아슬하게 과하지 않을 선에서 한껏 치장한 영애였다. 라틸의 눈길이 닿자 백작 부인이 그 귀족 여인의 어깨에 살짝 손을 올렸다 떼면서 소개해 주었다.

"조카딸인 엘리자벳입니다, 폐하."

귀족 여인은 쑥스러워하면서도 예의 바르게 인사를 올렸다. 라틸은 인사를 받으면서 '저 이름을 어디서 들었더라?' 하고 곰곰이 생각했다. 특이한 이름은 아니었다. 하지만 멜로시 영지의 엘리자벳을 어디에서 들은 적이 있었다.

'내가 여기서 지낼 때 본 사람은 아닌데.'

라틸이 그 이름을 기억해 낸 건 식사 도중 엘리자벳이 서넛에게 한 질문을 들은 후였다.

"오빠는 언제 결혼할 거야?"

'아아, 엘리자벳. 기억났다.'

라틸은 홀가분해져서 오믈렛 조각을 입에 넣었다. 멜로시 영지의 엘리자벳. 서넛의 사촌 동생이었다. 라틸의 시녀인 애런델이 자신의 오빠와 '엘리자벳 양' 사이에 혼담이 오간다던가, 그런 이야기를 하면서 서넛을 데려간 적이 있었다. 그때 들은 이름이었다.

'결혼 문제 때문에 여기서 계속 머무르고 있나 보구나.'

라틸은 오믈렛을 씹으면서 서넛 쪽을 힐긋 보았다. 엘리자벳이 누군지 떠올리고 나자 이제야 대화가 귀에 제대로 들어왔다. 그러나 사촌과 친한 사이가 아닌 건지 아니면 내키는 화제가 아닌 건지, 서넛은 평소보다 좀 더 무뚝뚝하게 딱 잘랐다.

"아직은 생각이 없는데."

"마음에 둔 사람은 있어?"

"……."

"정말로 착하고 괜찮은 내 친구가 있는데. 오빠를 좋아하는 눈치야. 오빠가 괜찮다면 내가 소개해 줘도 되는데."

라틸은 서넛이 이런 일상적인 주제로 잔소리 듣는 걸 처음 보자 어쩐지 신기한 기분이 들었다. 반면 서넛은 불편한 표정이었다. 이 분위기를 눈치챈 건지 백작 부인이 얼른 나서서 엘리자벳을 달래듯 나무랐다.

"혼담 이야기는 가문 어른들과 이야기를 나누어야지."

정략결혼 핑계를 대고 있지만, 서넛이 이 화제에서 빠져나오게 해주려는 듯했다. 하지만 엘리자벳은 방긋 웃으면서 절대로 화제를 피하게 두지 않았다.

"제 친구도 혼담을 주고받을 만큼 좋은 가문이거든요."

라틸은 엘리자벳이 사전에 서넛을 좋아한단 '괜찮은 친구'에게 무언가 언질이나 부탁을 받은 게 분명하다고 확신했다. 하지만 서넛이 이렇게 찌르고 저렇게 찔러도 별 반응을 보이지 않자, 엘리자벳은 이번에는 다른 방향으로 접근을 시도했다.

"오빠처럼 매력적인 남자가 미혼인 몸으로 폐하 곁에 늘 붙어 다니면 후궁들께서도 긴장될걸?"

그러나 서넛은 이번에도 아무 대응 없이 식사에 몰두할 뿐이었다. 이에 엘리자벳은 아예 게스타를 향해 "안 그래요?" 하고 묻는 강수까지 두었으나, 게스타도 별 도움은 되지 않았다.

"서넛 경이 폐하를 연모했다면 후궁으로 들어왔으리란 걸 압니다. 서넛 경이 지원했다면 바로 뽑혔으리란 것도요. 그런데도 지원하지 않았단 건 서넛 경은 폐하께 전혀 마음이 없다는 거지요."

게스타는 쑥스럽단 표정을 지으면서도 하고 싶은 말을 다 하고는 서넛을 보며 상냥하게 웃었다.

"서넛 경은 매력적인 남자지만, 이런 이유 때문에 나는 서넛 경을 경계하진 않아요."

"……."

하지만 사촌의 말에는 내내 반응하지 않던 서넛이 게스타의 말에는 처음으로 반응했다.

"조심성이 없으시군요. 저와 폐하는 하루 대부분을 붙어 다니는데, 나중에 어찌 될지 아시고."

라틸은 서넛과 엘리자벳의 미묘한 말싸움을 즐겁게 구경하다가 눈을 동그랗게 뜨고 서넛을 쳐다보았다.

'뭐라고?'

엘리자벳도 제 사촌을 살살 여기저기 긁던 걸 멈추고서, 눈을 휘둥그렇게 뜨고 서넛을 쳐다보았다. 서넛이 별말 한 게 아닌데도 순식간에 주위 분위기가 이상해졌다. 황제를 옆에 두고 황제 이야기를 하는 것이다 보니 다들 서넛의 말에 당황한 눈치였다.

엘리자벳은 제 오빠를 멍하니 보다가 슬그머니 시선을 옮겨 라틸을 보았다. 혹시 라틸과 서넛 사이에 무언가 미묘한 감정이 오가는데, 자신이 눈치 없는 말을 한 게 아닌지 걱정하는 표정으로. 라틸은 빠르게 고개를 저었으나 서넛은 멈추지 않고 라틸에게 물었다.

"지금은 저와 폐하가 담백한 사이지만, 사람 일은 모르는 법이니 언젠간 제가 폐하께 연정을 품을 수도 있지요. 그렇게 되면 어쩌겠습니까, 폐하?"

19

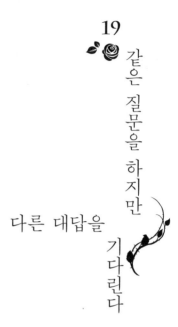

같은 질문을 하지만

다른 대답을

기다린다

둘만 있었더라면 라틸은 경악하는 척하며, 서넛을 놀려 먹었을 것이다. 하지만 아무리 친한 사이더라도 서넛의 가족 앞에서 그럴 수는 없었다. 그렇다고 게스타가 옆에 있는데 긍정적인 대답을 하는 것도 좀 이상했다.

결국 라틸은 애매하게 웃으면서 말을 돌렸다.

"긍정적인 대답을 원한다면 나한테 잘 보여야지, 서넛 경. 맨날 못된 말만 하지 말고. 응?"

다행히 서넛은 여기서 더 끈질기게 대답을 강요하진 않았다. 라틸의 타박에 그가 자신이 평소에 짓궂긴 하다고 순순히 인정하자, 잠시 이상해졌던 분위기는 곧 부드럽게 풀어졌다.

라틸은 식사에 몰두했고 게스타는 조금의 동요도 없이 손과 팔을 움직였다. 아들이 황제를 좋아한단 걸 아는 서넛의 부모도 안심해서 얼른 화제를 바꾸었다.

이 가운데 엘리자벳만이 눈을 빛내며 사촌과 후궁, 황제를 번갈아 살폈다. 그녀의 눈동자가 호기심에 물들어 갔다. 저 세 사람, 뭐가 있는 거 같은데?

새벽이었다. 라틸은 검을 들고서 서넛의 개인 연무장으로 나왔다. 서넛이 영지에서 지낼 때 이용했다던 연무장이었다. 라틸 역시 여기서 지낼 때 이 연무장을 함께 사용했다. 아침이 되면 순방을 마치고 수도로 돌아갈 채비를 하느라 바쁠 것이다. 이렇게 떠나면 언제 다시 여기에 올지 모르니, 추억도 곱씹을 겸 검을 휘둘러보고 싶었다.

하지만 검을 휘두르면 휘두를수록 추억을 곱씹는 게 아니라 훈련용 인형을 부숴버리는 게 목표가 되어갔다. 검이 단단한 인형을 내리칠 때마다 나는 '퍽, 퍽' 소리가 개운하게 느껴졌다. 라틸은 점점 더 힘을 높여갔다.

"폐하."

서넛이 부르는 소리를 듣고서야 라틸은 검 휘두르던 걸 멈추었다. 어느새 서넛이 지척에 와있었다.

"언제 왔습니까?"

라틸이 검을 내리고 눈을 비비며 묻자 서넛은 애매한 표정으로 웃었다. 그의 시선이 라틸이 내내 두드리던 훈련용 인형을 향하자 라틸은 덩달아 고개를 뒤로 돌렸다가 깜짝 놀랐다. 얼마나 두드려 댄 건지 훈련용 인형이 너덜너덜해져 있었다.

"아니, 얘가 왜 이렇게 부실해졌대."

그 꼴이 너무 엉망이어서 라틸은 멋쩍게 중얼거리면서 이리저리 뒤틀린 나뭇조각들을 손으로 쓸었다. 아무리 훈련용 인형이라지만 그래도 사람 형태로 만들어 놓은 걸 이 꼴로 만들자 괜히 오빠가 했던 말이 떠올라 찝찝하기도 했다.

"아, 마음이 아프네."

라틸은 오빠가 했던 말, 그 로드의 조건인가 뭔가 하는 걸 떠올리면서 괜히 마음에도 없는 말을 중얼거렸다.

"다치십니다."

하지만 서넛은 머리 반이 박살 난 훈련용 인형에는 관심도 없는지, 얼른 다가와 라틸이 인형을 건드리는 걸 막았다.

"가시가 손에 박히면 어쩌려고 이걸 자꾸 건드리십니까."

"얘가 아파 보여서."

서넛은 라틸의 손가락에 가시가 박히지 않았나 확인하려는 듯, 라틸의 손가락을 여기저기 삭삭 살피더니 안심한 목소리로 중얼거렸다.

"다행히 가시가 박히진 않았습니다."

그 태도는 진지했지만, 서넛이 라틸의 팔을 들어 올린 자세는 미묘했다. 그는 마치 라틸의 팔을 보검처럼 두 손으로 떠받들고 있었다. 라틸이 자신의 팔을 슬그머니 회수하며 헛기침을 하자, 서넛은 그제야 자신의 자세가 이상했단 걸 알아차렸는지 마구 웃어댔다.

어쨌든 서넛은 훈련용 인형을 반쯤 부쉈단 이유로 라틸을 이상하게 보는 것 같진 않았다. 거기에 안도해 돌아서다가 라틸은 하늘을 보았다. 아직도 이른 아침의 공기였다. 하늘은 여전히 불그스름했고 파란빛은 듬성듬성 섞여있을 뿐이었다. 시간이 좀 남았단 생각이 들자 라틸은 이번에는 자신의 검 끝으로 서넛의 검집을 쿡 찔렀다.

"온 김에 대련이나 합시다."

"요즘 폐하께선 검술을 멀리하셨잖습니까. 저보다 약하실 텐데."

"검술은 멀리했지만……."

힘은 무진장 세졌으니 괜찮을걸. 라틸은 뒷말은 속으로만 삼키고서 뿌듯하게 턱을 들어 올렸다. 그러고 보니 전에 서넛과 겨루었을 때는 아슬아슬하게 패했지. 하지만 지금은 이 정체불명의 힘 덕에 이길지도 몰랐다.

'잘됐네.'

그 힘을 의식하고 대련을 청한 건 아니었으나, 말을 하고 나니 라틸은 잘됐다 싶었다. 이참에 이 힘을 한 번 제대로 써보고 싶었다. 취객을 날려 버리거나 클라인의 머리카락을 뽑는 데 쓰는 게 아니라. 서넛은 몹시 강하니 지금 라틸의 힘이 어느 정도인지 제대로 파악해 줄 수 있을 것이다. 서넛은 라틸의 거만한 표정을 확인하자, 픽 웃더니 빳빳하고 얇은 재킷을 벗어 벤치에 내려놓고서 돌아와 팔까지 걷어붙였다.

"저는 폐하를 소중히 여기지만 대련에선 절대 안 봐드립니다."

라틸이 대답 대신 더욱 턱을 치켜들며 손을 까딱이자, 서넛은 자기 말처럼 조금도 봐주지 않고 바로 달려들었다. 라틸은 검을 휘둘러 그의 대범한 공격을 힘껏 받아냈다.

"!"

그러나 라틸과 서넛의 싸움은 일 합도 가지 못했다. 라틸이 작정하고서 온 힘을 다해 서넛의 검을 내려치자, 검이 반으로 뚝 부러져 버린 것이다. 서넛은 눈을 휘둥그렇게 뜨고 반 토막 남은 자신의 검을 멍하니 내려다보다가, 다시 시선을 들어 라틸을 쳐다보았다. 작정하고서 힘을 쏟자마자 한 방에 상대의 검이 부러질 줄 몰랐던 라틸은 머쓱하게 어깨를 으쓱했다.

"서넛 경은 검 관리를 잘 안 하네요."

그러고서 괜히 서넛을 탓하자, 서넛은 허탈한 표정으로 멍하게 중얼거렸다.

"가문 대대로 물려오는 보검을…… 폐하가 뚝 하고…….."

"진짭니까?"

"아이니 황후가 사라졌다고?"

별궁에 미리 넣어둔 심복에게서 긴급 연락을 받은 하이신스는 너무 놀라 되물었다.

"예, 폐하. 지금 따라간 시녀들이 난리랍니다."

"다가 공작은?"

"그쪽으로 급히 가고 있을 겁니다."

비서의 보고에 하이신스는 진심으로 감탄했다.

"황후가 생각보다 의외인 면이 있군. 제 아버지가 시키는 대로 행동하는 허수아비라 생각했는데. 어디로 갔을까?"

또 다른 비서가 그에게 온 서신을 책상 위에 내려두는 동안에도 하이신스는 아이니 황후가 어디로 달아났을지 생각했다. 하지만 쉽게 짐작이 가지 않았다. 자국도 아닌 외국에서 일어난 대리공사의 죽음과 클라인 황자 습격 건으로 현재 다가 공작은 위상이 낮아졌다. 하지만 이 일로 아이니 황후는 딱히 영향을 받지 않았다. 오히려 아이니 황후를 별궁에 보낸 게 가엾다는 의견이 나올 정도였다.

그런데 황후가 달아났다고? 직접? 다가 공작이 놀랄 정도로 소리 소문 없이?

"어디로 갔을까……."

곰곰이 생각하고 있자니 라틸이 용병왕을 데리고 이곳에서 머물 때, 아이니가 그자에게 보였던 관심이 떠올랐다. 잠시 사람들의 의혹을 불러일으켰던 그 관심. 혹시? 하고 잠시 의심했던 하이신스는 곧 고개를 저었다. 쌍방이라면 모를까, 당시 그 관심은 아이니 황후가 칼라인에게 일방적으로 보내는 관심으로 보였다. 게다가 그 용병왕은 이미 라틸의 후궁이 되어 궁전에서 지내고 있으니, 아이니 황후가 도망쳐서 만날 수도 없었다.

"혹시 모르니 다가 공작 쪽을 잘 살펴라. 부녀가 짜고서 연기하는 걸지도 모르니까. 그래도 만약 황후를 찾지 못한다면……."

잠시 생각하던 하이신스는 "그건 그때 다시 지시하지……"라고 중얼거리고서 비서에게 그만 나가보라 손짓했다. 비서가 나가자 하이신스는 이번에는 아까 비서가 두고 간 편지들을 확인했다. 혹시 이 중에 그가 기다리는 편지가 있을까 봐.

얼마 지나지 않아 그는 발신인 이름이 생략된 편지를 발견했다. 하이신스는 희미하게 웃고서 얼른 봉투를 뜯었다. 역시 라틸이 보낸 편지다. 그녀의 필체를 한 번에 알아본 하이신스는 너무 활짝 웃지 않기 위해 입가를 눌렀다.

하지만 편지를 읽어 내려갈수록 그의 표정은 점점 굳어졌다.

여보세요, 하이신스 황제.

내가 네 영혼을 쥐고 안 놓고 있다니 무슨 헛소리를 하는 거야? 나는 네 영혼을 놓은 지 이미 오래됐거든? 내가 그나마 미련을 가진 게 있다면 그건 바로 네 껍데기야, 영혼이 아니라. 그대는 자아 성찰이 부족하네.

아, 그러고 보니 알려줄 게 있어. 네 동생이 우리가 예전에 사귀었던 걸 알게 됐어. 내가 일부러 널 곤란하게 하려고 알려준 건 아니야. 물론 네가 곤란해진다면 진심으로 기쁘겠지만 어쨌든 이번 건은 내가 한 게 아니야. 네 첫사랑이 여기에 있단 소문을 듣더니 자기가 이리저리 찔러보고 다니다가 알아냈어. 달래기 위해 네 동생한테 내가 진한 키스를 퍼부어줬어. 네 동생 키스 잘하더라 (웃음)

과한 정보를 보낸다고 화내진 마. 어쨌든 클라인은 내 덕에 화가 풀리긴 했어. 네 동생은 너랑 달리 참으로 순수하고 귀여운 애야. 근데 주먹질은 좀 고쳐야겠더라. 걔가 자꾸 내 후궁 시종들 턱을 박살 내는 거 알아? 한 번만 더 내 후궁 시종들 턱을 박살 내면 치료비 청구할 테니 그런 줄 알아.

P.S. 너희 나라에 인어가 나왔다고? 설마 내가 그 말을 믿을 거라 생각해? 너희 나라엔 바다 없잖아, 멍청이야. 너희 인어는 도랑에서 노냐?

하이신스는 과도하고 괴로운 정보부터 막말까지 고루고루 들어간 편지를 가만히 내려다보다가, 이마가 지끈거려서 관자놀이를 엄지로 눌렀다. 첫사랑이 쓴 편지를 보는데 왜 아련한 기분이 들지 않고 화가 날까. 게다가 편지 가운데.

"중간에 '웃음'은 또 뭐야."

클라인과 키스했단 이야기를 한 다음 '웃음'은 왜 붙인 건가? '웃음'이라고 썼는데 그걸 보자 이상하게 더 화가 나는 기분이어서, 하이신스는 발을 신경질적으로 까딱거리다가 힐긋 옆을 보았다.

편지 뭉치 사이에 클라인이 보낸 편지도 끼어있었다. 급하지 않은 것 같아서 나중에 천천히 보려고 했던 편지였다. 하지만 클라인이 두 사람의 과거에 대해 알게 되었단 라틸의 편지를 보고 나니, 클라인의 편지 보는 걸 뒤로 미룰 수가 없었다. 못난 동생이지만 그래도 상처받았을까 봐 걱정되었다.

'정식 후궁이 될 거라던 그 편지를 쓴 다음에 진실을 알게 된 건가?'

하이신스는 라틸의 편지를 내려놓고서 이번에는 검은색에 붉은 글씨로 보낸 클라인의 편지 봉투를 뜯었다.

형님, 우리 폐하와 예전에 사귀었어요? 형님이 우리 폐하한테 쓰레기도 안 할 짓을 하고 달아났다는 게 정말이에요? 형님이 그럴 줄은 몰랐습니다. 그런 일이 있었다면 형님은 내게 미리 알려줘야 했어요. 그런데도 형님은 입을 다물었죠. 나는 형님한테 아주 실망했어요. 폐하를 볼 때마다 형님 생각이 나서 마음이 아픕니다.

일단 돈부터 보내봐요…….

하이신스는 편지를 집어던졌다.

별궁 안으로 들어선 마차가 멈추기도 전에 다가 공작은 문을 열고 나가버렸다.

"위험합니다!"

놀란 마부가 외쳤으나 다가 공작은 한 손만 대충 휘두르고서 안쪽으로 달려갔다. 건물 안쪽은 이미 난리가 나있었다. 고용된 사람들은 허둥거리며 뛰어다녔고, 위층에서도 다급한 발소리가 끊이질 않았다.

"공작님!"

총관리인으로 보이는 사람이 다가오자 다가 공작은 화가 나 호통쳤다.

"무슨 소리야, 황후 폐하께서 사라지시다니!"

"죄송합니다. 낮은 창문과 모든 문을 다 병사들이 지키고 서있었는데 대체 어디로 나가신 건지 모르겠습니다."

"네가 모르면 어떡해!"

"죄송합니다."

그놈의 죄송, 죄송, 죄송! 다가 공작은 지팡이를 총관리인에게 후려치듯 떠맡기고서 계단을 올라갔다. 총관리인은 지팡이를 두 손으로 품에 안고서 그 뒤를 바삐 따라갔다.

"황후께서 쓰시던 방은 어디지?"

"2층 가장 안쪽 방입니다."

"몇 시에 사라지신 거냐."

"그게······."

"아는 게 뭐야!"

총관리인은 억울한 표정을 지었다. 그는 이 저택을 전체적으로 관리하는 사람이지, 황후 곁을 늘 따라다니는 사람이 아니었다. 그도 황후가 사라졌단 건 보고받은 뒤에야 알았다. 그런데 다가 공작이 계속 그만 질책하자 억울하기도 하고 두렵기도 했다. 변명으로 하는 말이 아니라 정말로 드나들 수 있는 창문과 문에 빼곡하게 병사들을 배치해 두었기 때문이다.

황제와 사이가 나쁘니 혹시 암살자들이 올지도 모른단 공작의 명령 때문이었다. 그때 아이니 황후가 사용하던 방문이 열리며 안쪽에서 시녀 두 명이 나왔다. 개중 하나는 루이스였다.

"얘기 좀 하지."

루이스와 눈이 마주치자 다가 공작은 옆을 지나쳐 빠르게 걸어가며 루이스에게 따라오라 지시했다. 황후의 방 안으로 들어간 공작은 문을 닫고서도 일부러 문에서 멀찍이 떨어진 곳으로 루이스를 데려가 물었다.

"아이니가 사라진 게 헤움 황자와 관련이 있나?"

"잘 모르겠습니다."

"왜 다들 모르겠다 하는 건가, 왜!"

"그럴 수밖에요. 어떻게 나가신 건지 도통 알 수가 없거든요."

다가 공작은 창가 옆에 놓인 안락의자에 털썩 주저앉았다.

"계속 말해봐."

"평소처럼 일과를 마치셨어요. 우울한 기색이었지만 연회 이후로 내내 그러셨으니 다들 이상하단 생각은 하지 않았지요."

"……."

"그러다 산책을 하러 가겠다 하셨습니다. 혼자 가고 싶다고 하셨지만 아시다시피 사방에 병사들이 가득한지라 위험하단 생각은 하지 않았어요. 너무 오래 돌아오시지 않는 게 이상했지만 병사들은 황후 폐하 비슷한 사람도 본 적이 없다고 했고요."

"담을 넘어갈 가능성은?"

"이곳 담은 높은 데다 황후께선 무술을 익히지 않으셨잖아요. 게다가 엄습을 막기 위해 그 높은 담 주변으로도 병사들이 사방을 다 둘러싸고 있으니, 그쪽으로도 나갈 수 없습니다."

다가 공작이 벌떡 일어나자 안락의자가 뒤로 밀려나 벽에 쿵 소리를 내고 부딪쳤다. 다가 공작은 이마에 핏대까지 세우고서 고함을 질렀다.

"그럼 대체 내 딸이 어디로 갔단 말이냐! 너희가 뭔가 제대로 못했으니 사라진 거 아니야!"

별궁의 고용인들이 억울해할 만도 했다. 그들은 본인들의 말처럼 빈틈없이 호위를 서고 있었다. 하지만 이들이 아무리 방비를 철저히 하더라도 아예 얼굴을 바꾸어버린 아이니를 잡을 수는 없었다.

"저쪽에서 무슨 소란이 난 모양이지?"

"황후 폐하가 사라졌다고 합니다."

"납치된 건가?"

"모르지요."

헤움에게 받은 반지를 이용해 아예 모습을 싹 바꾼 아이니는 태연히 마부에게 마차 삯을 건네며 지시했다.

"타리움으로 바로 갈 수 있느냐?"

"타리움이요? 타리움은 너무 멉니다, 아가씨. 타리움까지 가려면 용병을 고용하는 게 낫지 않을까요?"

"그럼 델리트로 가지."

델리트는 국경지대에 있는 마을 중 하나로 용병이나 상단들이 거점으로 사용하면서 부흥한 곳이었다. 타리움만큼은 아니지만 거기도 멀긴 마찬가지다. 마부는 속으로 혀를 찼으나, 아이니가 번쩍이는 보석을 뒤에서 건네자 반사적으로 대답했다.

"그럼요! 갈 수 있습니다!"

"가자."

곧 마차가 흔들리기 시작했다. 마차 창문 너머로 '황후께서 사라지셨다!'는 고함 소리가 들려왔으나, 아이니는 절대로 창밖을 보지 않았다. 뜯어진 창문 가리개 사이로 기분 좋은 바람이 흘러들어왔다. 아이니의 입술 끝이 부드럽게 위로 올라갔다.

'칼라인. 내가 갈게.'

"소단주니임. 구해 오라고 하신 거 제가 진짜 어렵게 구⋯⋯."

커다랗고 납작한 상자를 끙끙거리며 방 안으로 운반하던 히얼란은 얼핏 상자 너머로 타시르의 몸뚱어리가 보이자 당황해 말을 멈췄다. 내가 뭘 본 거지? 히얼란은 잠시 눈을 끔뻑거렸다. 잘못 봤나? 하지만 다시 확인하려고 해도 품에 안은 상자가 너무 커다래서 쉽지 않았다. 히얼란은 게걸음으로 옆으로 이동한 다음 벽에 상자를 기대어 놓고 고개를 돌려 아까 자신이 제대로 본 게 맞는지 확인했다.

"으악!"

결과는 비명으로 터져 나왔다. 맞았다. 타시르가 긴 거울 앞에 벌거벗고 서있었다.

"소단주님! 뭐 하세요!"

히얼란이 기겁해서 외치자 타시르는 힐긋 그를 쳐다보더니 반갑게 웃었다.

"응, 왔어?"

"'응, 왔어?'라고 할 때가 아니잖아요! 뭐 하시는 거예요!"

히얼란은 재차 펄쩍거렸지만 타시르는 태연했다.

"내 몸을 거울에 비춰 보고 있는데."

"제가 지금 그걸 몰라서 질문한 게 아닌데요!"

비명을 지른 히얼란은 황급히 창문으로 달려가 커튼을 꼼꼼히 치고, 누가 들어오지 못하게 문도 확실하게 잠갔다. 그러고서도 심장이 쿵덕거려서 히얼란은 숨을 색색 몰아쉬었다.

"갑자기 뭐 하시는 거예요? 보기 흉악해요, 소단주님!"

"안 보면 되잖아."

"방 가운데에서 그러고 있는데 어떻게 안 봐요!"

타시르는 혀를 차고서 눈짓으로 방 한쪽 이젤에 놓인 커다란 그림을 가리켰다.

"저거나 빨리 액자에 잘 걸어둬."

그림에는 라틸의 초상화가 그려져있었다. 타시르가 무언가를 골

똘히 생각하더니 갑자기 그리기 시작한 것으로, 명작이라 할 정도로 빼어난 그림은 아니었다.

하지만 그 계통에 종사하지 않은 사람이 며칠 만에 술술 그린 것치고는 제법 괜찮은 그림이었다. 타시르는 이걸 황제에게 선물할 거라며 히얼란에게 특수한 액자를 구해 오라 지시했던 것이다.

"전 소단주님이 무슨 생각을 하는 건지 도통 모르겠어요."

히얼란이 구시렁거리자 타시르는 흐뭇하게 웃고서 거울에 걸어 두었던 길고 얇은 옷을 이리저리 몸에 칭칭 감으며 대답했다.

"전략을 짜는 거지, 전략을."

"무슨 전략이요……."

"고상하게 큰 귀족 도련님들은 시도도 못 해볼 전략."

멜로시 영주는 괜찮다고 했지만 진짜 괜찮은 게 맞을까? 순방을 끝내고 수도로 돌아가는 길, 라틸은 새벽에 부순 서넛의 가보가 떠올라 마음이 계속 불편해졌다.

'진짜로 괜찮아서 괜찮다고 한 건 아닐 거야. 내가 황제이니 그냥 울며 겨자 먹기로 한 말이겠지.'

말발굽 소리가 열 번 들려올 때마다 라틸도 한숨 한 번을 내쉬었다. 그런데 얼마나 그렇게 갔을까. 사방이 초록색인 밭을 지나가고 있자니, 마차 창문 사이로 자그마한 목소리가 들려왔다.

"폐하."

게스타의 목소리였다. 그쪽을 보니 게스타가 창문 커튼을 조금 들추고서 그 사이로 고개를 소심하게 내밀고 있었다.

"왜 그러느냐?"

라틸이 묻자 게스타는 곤란한 듯 입술을 우물거리더니 조심스럽게 부탁했다.

"폐하, 멀미가 나는데……."

"아. 내릴래?"

"전 몸이 약해서 말을 잘 타지 못해서요. 저…… 폐하께서 곁에 있어 주시면 조금 나을 것 같은데……."

몸이 약한 사람치고는 여기저기 근육이 다 튼실했던 것 같은데, 라고 생각하면서도 라틸은 알겠다고 마차를 멈추게 하고서 말에서 내렸다. 덩치가 좋아도 잔병치레가 많은 사람은 얼마든지 있으니까. 라틸이 마차 안으로 들어가자, 게스타의 시종인 트리가 눈치껏 밖으로 나갔다. 다시 마차가 이동하기 시작하자 라틸은 게스타의 맞은편에 앉아 물었다.

"이러면 되겠어?"

이게 멀미와 무슨 상관이 있는지는 모르겠지만 게스타가 이게 좋다면 이러고 있어 줄 생각이었다. 하지만 게스타는 고개를 저었다.

"폐하께서 제 무릎을 베고 누워주시면 안 될까요?"

라틸은 눈을 동그랗게 떴다.

"네가 내 무릎을 베는 게 아니라 내가 네 무릎을 베라고?"

"네……."

라틸은 어색하게 웃었다. 멀미랑 무슨 관련이 있는 거지? 라틸이 웃고만 있자, 게스타는 기어들어 가는 목소리로 설명했다.

"제가 옆으로 누우면 속이 더 뒤집히잖아요. 폐하께서 제 무릎을 베고 누워주시면 흔들리지 않고 몸이 고정이 되니까……."

"아아. 그렇구나."

들어보니 그럴듯한 것 같기에 라틸은 맞은편으로 이동해 머쓱하게 몸을 옆으로 뉘었다. 귀와 뺨에 게스타의 다리가 닿자 라틸은 괜히 멋쩍어졌다.

"자세가 불편하세요?"

"아니. 나는 괜찮아. 너는? 무겁지 않아?"

"저는 몸은 약하지만 힘은 조금 센 편이어서요. 괜찮습니다."

두 개가 같이 붙어 다닐 수 있는 단어 조합인가? 체력이 약하지만 몸에 근육이 탄탄하고, 몸이 약하지만 힘은 세다니. 라틸의 생각은 게스타가 슬그머니 라틸의 손에 자기 손을 올리자 쏙 들어갔다. 슬쩍 아래를 내려다보니, 게스타의 손이 라틸의 손을 제대로 쥐지도 못하고 손가락 끄트머리만 간신히 잡고 매달려 있었다.

보다 못해 그냥 라틸이 덥석 잡아주자 잔뜩 긴장해 있던 게스타의 몸에서 힘이 조금 빠져나가는 게 생생하게 느껴져서 라틸은 괜히 기분이 이상해졌다. 이런 건 의식하고 있으면 안 되는데. 한 번 게스타의 근육이 움직이는 걸 느끼고 나니, 모든 게 다 의식되기 시작했다.

손끝에 닿는 말랑한 손의 감촉, 단단한 다리, 옅게 풍겨오는 아카시아 향수 냄새, 볼에 닿는 부드러운 캐시미어의 느낌까지. 그러다 게스타가 잠시 몸을 움직이면서 뒤통수에 배가 닿으면 라틸은 덩달아 숨을 멈추게 되었다.

얼마나 그러고 있었을까. 너무 한 자세로 오래 있어서 불편해진 라틸은 민망함을 무릅쓰고 몸을 앞으로 굴려 돌아누웠다. 이렇게 누우니 게스타의 얼굴을 바로 아래에서 바라보게 되어 쑥스러웠지만, 옆만 보고 있자니 자세가 불편해서 견디기 힘들었다.

게스타는 라틸을 내려다보고 있다가, 라틸이 자세를 바꾸면서 눈이 마주치자 햇살처럼 포근하게 웃었다. 뒤에 있지도 않은 석양과 가을바람이 느껴질 정도로 맑은 웃음이었다. 그 미소를 보자 한결 마음이 편안해져서 라틸은 마주 잡은 게스타의 손가락 볼록한 부분을 괜히 꾹꾹 눌러 보았다. 얼마나 그러고 있었을까. 조용하고 평안한 분위기에 잠이 들락 말락 하는데, 게스타가 웃으면서 물었다.

"폐하. 폐하는 후궁 중에 누가 가장 좋으십니까?"

그 질문에 라틸은 잠이 확 달아나면서 며칠 전 누가 한 똑같은 질문이 떠올랐다. 라틸은 게스타의 손을 쥐었다가 펴길 반복하면서 그의 반듯한 턱선을 보았다. 부끄러움이 많은 게스타는 평소에 이런 질문을 하지 않았다. 그런데 갑자기 클라인과 같은 질문을 한다는 건…….

"들었어? 누구한테 들었어?"

라틸이 클라인에게 했던 말을 어디서 전해 들은 게 분명했다. 라틸의 질문에 게스타는 말없이 웃기만 했다. 맞잡은 손을 자꾸 조물

조물하고 있는데, 하고 싶은 말이 많지만 성격 때문에 더 캐묻지 않는 눈치였다. 역시 누구에게 들은 게 분명해. 라틸은 옅게 한숨을 내쉬었다.

"그 얘기가 왜 거기까지 흘러갔는지 모르겠다."

"정말로 황자님을 가장 좋아하시나요?"

"당시엔…… 클라인이 마음 아픈 일이 있었어."

라틸은 게스타의 손가락을 만지작거리다가, 눈이 마주치자 배시시 웃으면서 속삭였다.

"사실은 널 가장 좋아한다, 게스타."

질문을 한 사람이 타시르나 라나문이었어도 같은 대답을 해주었으리란 건 굳이 알려주지 않았다. 물론 칼라인은 예외였다. 그는 연모하는 여자가 따로 있으니까. 게스타는 라틸의 대답에 미묘한 미소를 짓더니, 손을 더욱 힘주어 잡으면서 기어들어 가는 목소리로 중얼거렸다.

"곤란한 질문을 해서 죄송해요. 질투가 나서 그랬어요. 빈말이라도 이렇게 말씀해 주셔서 좋습니다."

빈말이 아니라는 말을 하는 대신, 라틸은 그쪽으로 돌아누우며 놀렸다.

"질투했어? 넌 그런 마음이 없는 사람인 줄 알았는데."

"다른 후궁들은 국서가 되고 싶어 온 분들이지만 저는 폐하를 만나고 싶어 여기에 들어왔습니다."

그러나 돌아온 대답이 너무 진지해서 라틸은 짓궂게 웃던 걸 멈추고 게스타의 손만 계속 만지작거렸다.

"날 만나고 싶었어?"

"어린 시절부터 저는 쭉 폐하를 좋아했으니까요."

"……."

"전 용기가 없어 감히 폐하의 첫 번째 자리를 바라지도 못하지만……. 그래도 아주 조금이라도, 폐하께서도 절 좋아해 주신다면 그것만으로도 무척 기뻐서……."

게스타가 목덜미까지 붉어지자 라틸은 조금 감동을 받았다. 라틸이 후궁들을 받아들인 건 그들이 자신에게 도움이 되기 때문이었다. 그리고 라틸은 후궁들 역시 나름대로 계산을 하고서 지원했으리란 걸 알았다. 이 때문에 후궁들이 자신을 진심으로 사랑한단 생각은 하지 않았고, 후궁들이 사랑을 속삭이더라도 그게 진심은 아닐 거라고 생각했다. 사실 후궁들 중에서 사랑을 속삭이는 건 타시르 정도이지만.

만약 다른 사람이 이런 말을 했다면 라틸은 그저 기분 좋은 말 정도로 여기고 흘려들었을 것이다. 그러나 게스타가 이런 말을 하자 감동이 밀려왔다. 게스타는 라틸이 평범한 황녀이던 시절에도 이미 고백을 한 적이 있기 때문에 남들보다는 게스타의 고백이 조금 더 진심으로 여겨졌다.

"내게 그렇게 말하는 건 너밖에 없다, 게스타."

"클라인 님은……."

"클라인도 진심으로 날 좋아하지. 그건 확실히 알아. 하지만 그게 사랑인지는 모르겠어."

기르골은 지붕 위에서 팔베개하고 드러누워 달을 구경했다. 자신에게만 들리는 어떤 음악이 있는 것처럼 한 번씩 허공에 대고 손을 휘젓기도 했다. 그러다 일순간 그의 손동작이 우뚝 멈추더니 눈꺼풀이 위로 올라가며 붉은 눈동자가 드러났다. 달을 향하던 눈동자는 손톱만큼 옆으로 이동해 자신의 달 감상을 방해한 인기척을 보았다.

여관 입구 앞. 키는 작지만 건장한 덩치의 사람이 마법사들이 자주 착용하는 로브를 둘러쓰고 서있었다. 기르골은 몸을 일으키지 않은 채 손가락으로 그자를 가리키며 물었다.

"폭발 전문 마법사?"

기르골의 목소리는 크지 않았으나 워낙 사방이 조용하다 보니 알아듣기 어렵지 않았다. 로브를 쓴 사람은 손에 쥔 커다란 지팡이를 앞으로 내밀었다.

"사람을 해친 흉악범이 날 찾는다 들었는데."

고작 몇 마디 말을 하는데도 지팡이에서는 하얀 불꽃 같은 게 번쩍거리고 있었다. 마치 크고 길쭉하게 늘린 대형 폭죽 같았다.

"네가 맞네."

그걸 본 기르골의 입꼬리가 올라가며 히죽 웃었다. 내내 지붕에 달라붙어 있던 상체를 스륵 위로 일으켰다. 폭발 전문 마법사가 든 지팡이에서는 불꽃이 더욱 위협적으로 번쩍거렸지만, 기르골의 얼굴에는 그저 만족스러운 웃음만 걸려있었다. 폭발 전문 마법사는 지체 없이 지팡이를 두 손으로 넓게 잡고서, 지팡이 몸체를 얼굴 가까이 붙이며 끝을 기르골을 향해 겨누었다. 기르골은 그 모습을 지켜보더니 웃으면서 손을 내저었다.

"그대는 도박은 안 하는 게 낫겠다."

기르골의 말이 끝나자마자, 마법사의 지팡이 머리 부분에 고였던 불꽃이 안으로 빨려 들어가면서, 기르골을 향해 겨눈 끝을 통해 쏘아졌다. 눈 깜짝할 사이 번쩍이던 빛은 기르골의 코앞에 도착해 그의 머리카락을 마구 흩날리게 만들었다. 굉음을 내며 발밑의 지붕이 무너지고 사방의 나무가 듬성듬성 사라졌다.

뿌옇게 피어오른 연기 때문에 기르골의 모습은 아예 보이지 않게 되었다. 마법사는 지팡이를 내리고서 한숨을 내쉬었다. 여관에서 자신을 찾는 게 사람이 아닐지도 모른단 여관 주인의 말을 듣고서 많이 걱정했는데. 생각보다는 상대하는 게 어렵지 않았다.

그러나 그 생각을 하는 순간.

"낮에 와도 질 텐데. 하필 또 밤에 왔네."

바로 뒤에서 스산한 소리가 들려오는가 싶더니, 무언가가 그의 목을 물어뜯었다.

수도로 돌아온 라틸은 마차에서 내리자마자 바로 집무실로 걸어가며 마중 나온 시종장에게 물었다.

"자리를 비운 사이에 별일은 없었습니까?"

"예. 평화로웠습니다. 폐하의 이번 생일 연회에 관한 문의가 많긴 했습니다. 이쯤이면 이미 준비가 한창이어야 하는데, 전에 중단시키신 후로 별말씀이 없으셔서요."

라틸은 고개를 끄덕이고서 장갑을 벗어 다른 시종에게 건넸다.

"카리센에선 연회 도중에 좀비가 나타났고. 우리 쪽에선 연회 도중에 카리센 대리 공사가 죽었습니다. 할까 말까 계속 생각은 해봤는데, 역시 이번은 넘어가는 게 나을 것 같아요. 여러모로 상황이 좋지 않으니 후궁들을 데리고 식사만 할 겁니다."

라틸은 집무실 안으로 들어간 다음 그 외 다른 일들을 보고받고 급한 순서대로 안건을 처리하기 시작했다. 속도가 빠르진 않았다. 라틸은 자신이 제왕학을 제대로 배우지 못하고 즉위한 걸 알고 있었고 조금만 실수를 해도 그 점을 공격받으리란 것도 알고 있었다.

이 때문에 하나하나 선대의 사례를 찾아보고 여러 관리들의 조언을 들으면서 처리하다 보니, 시간이 오래 걸릴 수밖에 없었다. 그런데 한참 그간의 안건을 살피며 업무에 몰두해 있을 때였다. 잠깐 기지개를 켜고 있자니, 옆에서 내내 기회를 엿보던 시종이 슬쩍 라틸에게 말을 걸었다.

"폐하. 실은 타시르 님께서 폐하를 두 시간이나 기다리고 계십니다."

라틸은 팔을 내리면서 눈살을 찌푸렸다.

"타시르? 그 얘길 왜 지금 하느냐."

"타시르 님께서 절대로 방해하지 말라 하셔서요."

"그래도 그렇지."

시계를 확인한 라틸은 융통성 없는 시종을 탓했다. 시종은 더욱 죄스러워하며 쩔쩔맸다.

"폐하께서 가장 기분이 좋을 때 불러야 한다고, 절대로 방해하지 말라 하셨습니다. 죄송합니다, 폐하."

이미 타시르가 두 시간이나 기다렸는데 시종을 더 탓해봐야 소용이 없었다. 라틸은 타박하긴 멈추고서 서류를 덮으며 지시했다.

"들어오라고 해."

시종이 나가자 잠시 뒤 타시르가 안으로 들어왔다. 검은 정장 차림을 하고서 평소처럼 커다란 목걸이와 귀걸이로 화려하게 치장한 그는 아름다웠지만 권태로워 보였다. 그러나 느긋한 분위기와 달리 그의 손은 아주 바쁘게 움직이고 있었다. 그는 천으로 덮은 커다란 무언가를 질질 안으로 끌면서 들어오고 있었다. 라틸은 펜을 잉크병에 꽂아두다가 깜짝 놀라 물었다.

"그게 무엇이냐?"

그것은 겉으로 보아서는 무엇인지 쉽사리 짐작이 가지 않았다. 타시르는 히죽 웃으면서 그것에 슬그머니 손을 기대고 서서 물었다.

"뭐 같습니까?"

"이젤?"

"……."

"맞구나."

타시르가 여우 같은 미소를 짓고서 재미없다는 듯 한숨을 내쉬자, 라틸은 웃으면서 시종들에게 나가라 손짓했다. 시종들이 물러나자 타시르가 라틸의 책상 곁으로 이젤을 끌고 오면서 계속 구시렁댔다.

"깜짝 선물을 하는 보람이 없네요. 바로 알아맞히시고."

"선물이야?"

"곧 폐하의 생일이니까요."

"봐도 돼?"

라틸의 질문에 타시르가 이젤에서 손을 떼고 두 손을 펼쳐 보였다. 얼마든지 마음대로 하라는 듯. 라틸은 일어나서 천을 들춰보았다. 안에서 나온 건 라틸을 그린 초상화였다. 궁정 화가들이 그린 라틸의 초상화처럼 섬세하고 기술적인 아름다움은 없었으나, 꽤 잘 그린 초상화였다.

"네가 그렸어?"

라틸이 묻자 타시르가 빼기듯 가슴을 펼치며 턱을 들어 올렸다.

"마음에 드십니까?"

"너 그림 잘 그리는구나?"

라틸은 활짝 웃으며 타시르를 본 다음 다시 초상화를 바라보며 뿌듯하게 웃었다.

"네 생일에 나도 그림 그려줄게."

그 말에 타시르는 입은 웃는 것처럼 하면서 눈썹을 찡긋 구겼다.

"혹시 선물이 마음에 안 드십니까?"

"아니. 마음에 든다."

"마음에 안 드시는 것 같은데."

"아니, 정말로 마음에 들어. 너야말로 네 선물에 자신이 없느냐?

같은 선물을 해준다는데 왜 그러지?"

"저야 그림을 잘 그리니 그림 선물이 가능하지만, 폐하가 그림을 잘 그린단 이야기는 들어본 적이 없어서요."

그 말에 라틸은 하하 웃어넘겼지만 속으로 생각했다.

'너도 남한테 생일 선물할 정도로 잘 그리진 않아'

어쨌든 선물해 준 당사자 앞에서 할 말은 아닌지라, 라틸은 적당히 고마움을 표시하고서 저녁 식사를 함께하자 청한 다음 시간을 확인하고 다시 책상 앞에 앉았다.

그런데 소매를 걷고 펜을 챙기면서 보니 여전히 타시르가 생글생글 웃는 얼굴로 라틸을 빤히 보고 있었다. 딱 보아도 꿍꿍이가 가득한 얼굴인지라 라틸은 도로 펜을 내려놓고서 물었다.

"뭐야. 왜 그렇게 보는데. 더 할 말 있느냐?"

그 질문에 타시르는 같은 질문으로 답했다.

"폐하, 부부 사이니까 좀 격의 없는 질문을 드려도 될지요?"

좀 찝찝하긴 했으나 라틸은 그러라고 했다. 타시르는 라틸의 허락이 떨어지자마자 정말로 격의 없이 질문을 던졌다.

"우리 폐하께서는 예술적인데 조금 야한 그림을 좋아하시는지요?"

왜 이런 질문을 하지? 저렇게 멀쩡한 그림을 선물해 놓고? 라틸은 떨떠름한 표정을 지었지만 일단 고개를 끄덕였다.

"잘 그리면 좋겠지."

그러자 타시르는 손뼉을 딱 치더니 평소보다 더 여우처럼 웃으며 라틸의 귓가에 입술을 가까이 가져가 속삭였다.

"사실 초상화는 눈속임이고 저 안쪽에 진짜 선물이 하나 더 있답니다."

"그게 야한 그림이구나."

라틸이 대번에 알아듣고서 묻자 타시르는 액자 귀퉁이에 달린 보석을 가리키며 설명했다.

"여길 누르면 나옵니다. 혼자 있을 때 보시지요."

그 말을 하자마자 타시르는 더 이상 황제를 방해할 수는 없다면서 얼른 밖으로 나갔다. 홀로 방에 남게 된 라틸은 큼큼 헛기침을 하고서 타시르가 준 초상화를 빤히 보았다. 그냥 보아서는 멀쩡한 초상화다. 하지만 액자 귀퉁이에 확실히 장식용 보석 하나가 달려 있긴 했다.

라틸은 괜히 주위를 한 번 둘러본 다음, 얼른 몸을 반쯤 일으켜 보석을 꾹 누르고 도로 의자에 앉았다. 대체 무슨 그림이기에 혼자 보라고 하는 거지?

"......"

하지만 기대하며 쳐다봐도 초상화는 그냥 초상화였다.

'뭐야. 농담이었나?'

타시르가 안쪽에 무슨 그림을 숨겨놓은 걸까 기대했던 라틸은 실망해서 도로 의자에 앉아 펜을 쥐었다.

'하긴. 타시르라면 이런 장난을 치고도 남을 사람이지.'

그러나 딱 그 생각을 하는 순간. 라틸은 액자 쪽에서 '기긱 기긱' 하고 작은 기계가 돌아가는 소리를 들었다.

'음?'

라틸은 몸을 일으키고서 옆을 보았다가 깜짝 놀랐다. 초상화 그림이 4분의 3쯤 돌아가 있었다. 갑갑할 만큼 느린 속도로 초상화가 돌아가면서 안쪽의 다른 그림과 위치를 바꾸고 있었다.

'아, 이래서 버튼을 누르라 했구나.'

라틸은 신기해하며 책상에서 일어나 이젤 앞으로 가 섰다가 '으악' 하고 속으로 비명을 질렀다.

'타시르! 이 인간이 진짜!'

멀쩡한 초상화와 자리를 바꾼 그림은 유혹하는 자세로 침대에 누워있는 타시르 본인의 그림이었다. 문제가 있다면 그림 속 타시르가 실오라기 하나 안 걸치고 있다는 것. 그리고 밑에 쓰여있는 작은 문구.

과장하지 않았습니다. 의심스러우시다면 확인 가능합니다.

얼굴에 열이 확 올라와서 라틸은 맙소사, 하고 작게 욕을 뱉었다. 누가 봐도 과장한 게 분명하도록 그려 놓고서 과장한 게 아니라니. 만약 이게 과장한 게 아니라면 타시르는 본인이 전에 한 말처럼 보물을 몸에 지니고 다니는 거였다. 아니, 이게 진짜라면 그는 국보로 삼아 마땅했다. 라틸은 너무 남사스러워서, 두 손으로 입을 가리고 그림을 빤히 쳐다보다가 손부채질을 했다.

"어휴, 얘는 뭐 이런 걸 선물로……. 어휴."

그 순간. 뒤에서 "폐하." 하고 부르는 소리가 들려와 라틸은 황급히 온몸으로 그림을 가리고 섰다. 놀란 라틸은 몸으로 그림을 가리고서 뒤를 돌아보았다. 다행히 문 뒤에서 난 소리였다.

안심을 하긴 했지만 아까 너무 놀라서인가. 심장이 떨어질 것처럼 뛰어서, 라틸은 새된 목소리로 "왜 그러느냐." 하고 언성을 높였다. 그러면서도 손가락은 미친 듯이 액자에 달린 버튼을 눌러대고 있었다.

"서넛입니다. 급히 보고드릴 일이 있어 왔습니다."

문 너머에서 들려온 서넛의 목소리에 라틸은 더욱 조급히 버튼을 눌러댔다.

'젠장, 바뀌어라 바뀌어라 바뀌어라!'

하지만 처음 그림이 돌아갈 때와 마찬가지로 이번에도 그림은 아주 느릿하게 위치를 바꾸고 있었다. 답답할 정도로 느긋하게.

'타시르, 진짜!'

"폐하? 괜찮으십니까?"

문 뒤에서 서넛이 다시 부르자, 라틸은 결국 천으로 그림을 도로 덮은 다음 황급히 책상 앞으로 가 앉고서 들어오란 표시로 종을 흔들었다. 곧 문이 열리고 서넛이 들어왔다. 정말로 급한 소식인지 표정이 좋지 않았다. 라틸은 아직도 쿵쿵 뛰는 심장을 진정시키려 노력하며 애써 태연한 척 물었다.

"그래, 무슨 급한 일이지?"

그 바람에 평소 서넛에게 농담처럼 써주던 기사 말투도 쓰지 않았지만, 라틸은 경황이 없어 눈치채지도 못했다. 반면 서넛은 라틸이 목덜미까지 빨개진 데다 손가락과 다리를 계속 달달 떨어대자 놀라서 가까이 다가갔다.

"폐하, 괜찮으십니까?"

얼마나 빠르게 다가왔던지 순간 액자에 덮어둔 천이 약간 흘러내릴 정도였다.

"!"

라틸은 놀라서 벌떡 일어났다가 천이 아주 약간만 움직였을 뿐, 제대로 걸려있자 안도해서 도로 의자에 앉았다.

"괜찮다. 그래, 무슨 일이지?"

"그리 안 괜찮아 보이십니다. 얼굴이 붉으신데요."

"괜찮아. 그냥…… 매운 걸 먹어서 그래."

서류로 가득한 책상을 본 서넛은 그 말을 믿지 않았지만, 라틸이 이 이야기를 하고 싶어 하지 않는 걸 알아차렸기에 더 캐묻지 않았다. 대신 순순히 원래의 목적을 밝혔다.

"아이니 황후가 실종되었다고 합니다. 급보로 받아 자세하게는 듣지 못했지만요."

"아이니 황후가?"

라틸은 뺨의 열기를 가라앉히기 위해 두 손으로 얼굴을 연신 누르며 물었다.

"예."

"다가 공작이 꾸민 짓인가?"

"그럴 수도 있지요. 하지만 다가 공작 쪽도 당황해서 황후를 찾아다닌다고 합니다. 하이신스 황제 쪽에서도 찾아다닌다고 하고요."

"납치일까? 아니면 그냥 독자적인……."

말하다 보니 라틸은 무언가 기억나는 바가 있어 입을 다물었다. 어째서인지 카리센에 머물 때, 아이니 황후가 칼라인에게 보내던 그 기묘한 집착이 떠올랐다. 라틸은 눈썹을 치켜세웠다. 그 일과 이 일이 혹시 연관이 있진 않겠지?

"폐하?"

라틸이 갑자기 미간을 구기고 말을 멈추자 서넛이 라틸을 불렀다. 라틸은 아무것도 아니라고 손을 저었으나 여전히 그 생각에 잠겨 말을 잇지 못했다. 상식적으로 생각하면 카리센의 황후가 타리움의 후궁이 자신의 전생 연인이라면서 가출해 달려오는 건 말이 안 됐다.

말이 안 되는데……. 그 말이 안 되는 행동을 아이니 황후는 계속했다. 칼라인과 엮이지만 않으면 멀쩡한, 아니, 멀쩡하다 못해 제법 침착하고 점잖은 황후인데. 유독 칼라인과 엮이면 그녀는 자제심이 떨어지는 모습을 보이곤 했다.

"……아냐. 그래도 그 정도는 아니겠지."

"무슨 말씀입니까?"

"아무것도 아닙니다."

아이니 생각을 하다 보니 다시 마음이 가라앉았고 라틸의 말투도 평소처럼 돌아왔다. 라틸은 굳이 서넛에게 남의 나라 황후가 이상하다는 말을 하는 대신 적당히 고개만 끄덕였다.

"다가 공작이 꾸몄든, 제삼자의 습격이든, 독자적인 가출이든, 당장 우리가 뭘 해줄 건 없을 겁니다. 카리센과 타리움 사이엔 거리가 있으니, 어쩌면 이 소식이 전해지는 동안에 이미 황후를 찾았을지도 모르고."

"그렇지요. 아, 그리고 여기. 전서구로 서신이 왔습니다. 라우라 씨가 전하러 오다가 다른 일이 생겨서 대신 가져왔습니다."

볼일을 다 마쳤는지 라틸의 책상 위에 여러 장의 편지를 내려놓은 서닛은 꾸벅 인사를 하고서 뒤로 물러났다. 그 순간, 아까 위태롭게 한 번 흘러내렸던 천이 결국 스르륵 아래로 툭 떨어졌다. 라틸이 놀라서 벌떡 일어났으나 이미 서닛은 그림을 본 후였다. 라틸은 얼음이 되어서 눈을 동그랗게 뜨고 서닛의 옆모습을 쳐다보았다. 서닛은 양 눈이 호두 알처럼 변해서 그림을 빤히 내려다보고 있었다.

'젠장!'

라틸은 속으로 욕을 뱉었다. 기계가 돌아가고 두 개의 그림이 위치를 바꾸면서 미약하게 진동이 있었던 게 틀림없다. 아니면 제자리에 잘 덮어둔 천이 혼자 떨어질 리가 없지! 하지만 이 와중에 천이 떨어진 원리 따위는 상관없었다. 라틸은 입술을 잘근잘근 물면서 빠르게 변명했다.

"그냥 타시르가 장난친다고 갖다준 거다. 절대로 내가 보고 싶어서 그리라고 한 게 아니고. 내가 이런 걸 좋아하고 그런 것도 아니야."

분명 놀리겠지. 엄청나게 놀려댈 거야. 아주 제대로 건수를 잡았으니, 서닛 성격이라면 분명 라틸이 죽고 난 다음 장례식에서도 이 이야기를 꺼낼지도 몰랐다. 아니면 비석에 새기거나.

그래, 저 인간은 분명 비석 아래에 작게 새겨둘 거다. '라트라실

황제, 후궁의 알몸을 그려 액자에 두고 가끔 보며 업무를 하시다.'

이런 식으로. 그러고서 자기 후손들에게 읽어보게 하겠지. '내 주군

은 이렇게 음흉한 사람이었단다.' 하고 설명하면서.

말도 안 되는 상상을 하며 라틸은 서넛의 등을 떠밀었다.

"나가. 볼일 다 봤으면 나가."

그러나 서넛은 나가려 들지 않았다. 오히려 힘주어 딱 버티고

서, 굳이 손가락을 뻗어 그림의 한가운데를 가리키며 단호하게 말

했다.

"이건 가짭니다."

"나가!"

"그림이 미화되었습니다. 딱 봐도 압니다. 그자는 저런 체형일

수가 없습니다."

"나가라고!"

목덜미부터 어깨를 화염 거인이 쥐어 뜯어낸 듯한 통증에 마법

사는 몸을 굴렀다. 숨을 헐떡이면서 바닥에서 구르다 이마에 차가

운 벽이 닿았다. 마법사는 눈을 뜨고서 주위를 두리번거렸다. 건물

의 기둥과 벽 일부 정도만 남아있는 폐가였다. 얼마나 오래 방치된

집인지 바닥을 뚫고 풀까지 자라나 있었다.

'여기가 어디지?'

의아했지만 일단 살아있다는 데 만족하며 마법사는 부서진 벽을

꽉 잡고 후들후들 떨리는 몸을 일으켰다. 지팡이가 사라졌단 걸 알았지만 지금은 지팡이가 문제가 아니었다. 마법사는 자신의 목을 물어뜯은 그 괴물 같은 하얀 머리를 떠올리자 등골이 오싹해졌다.

어떻게 피했는지, 언제 뒤에 왔는지조차 알 수 없었다. 그건 사람의 속도가 아니었다. 게다가……. 다시 목덜미가 지끈거려 온다. 마법사는 목 부근에 손을 올렸다. 손바닥에 거칠하게 마른 피딱지가 느껴졌다. 그 사이로 움푹 들어간 상처까지.

"제기랄."

욕설을 뱉은 마법사는 손을 내리고 건물 잔해에 주저앉아 머리카락을 움켜잡았다. 그 하얀 머리가 사람이 아니라면 이 일을 어디에 보고해야 하지? 아카데미에는 지팡이를 새로 만들면서 보고하면 될 것이다. 그럼 국가 기관에는? 신전에도 알려야 할까? 알린다면 뭐라고?

그자가 눈 깜짝할 사이에 뒤로 왔긴 했지만 사실 그 외에 괴물이라 할 부분을 본 건 아니다. 속도가 사람 같지 않았지만, 직접 본 게 아니니 그가 과장한다고 말하는 사람이 있을지도 모른다. 어쩌면 그자는 속도나 공간 관련 마법사일지도 몰랐다. 아직 그런 마법사를 본 적은 없지만, 없으리란 법도 없지 않나. 그리고…….

마법사는 생각하길 멈추고서 눈살을 찌푸렸다. 공격을 받아서인가. 아니면 그자에게서 이상한 병이라도 옮은 건가. 온몸이 따끔거리고 욱신거리기 시작했다. 마법사는 무거운 몸을 일으켰다. 조금씩 하늘이 밝아오고 있었다. 아직 주위는 어두웠지만 이동하지 못할 정도는 아니었다.

일단 의원부터 찾아가자. 마법사는 그렇게 결정하고서 발을 옮겼다. 온몸이 달군 모래로 비비는 양 점점 거슬거슬하고 따가워지고 있었다. 몸살이 심하게 난 게 분명했다. 얼른 누워서 쉬고 싶었다. 그 순간. 산 너머로 빨간 해가 머리를 내미는데, 갑자기 몸을 비비는 모래 알갱이의 온도가 급격하게 올라가는 것처럼 온몸이 따가웠다.

"으아악!"

마법사는 비명을 지르면서 바닥을 뒹굴다가 본능적으로 햇볕을 피해 폐가 안으로 들어갔다. 지붕이 없어 햇볕을 온전히 피하진 못했으나 그는 가까스로 벽에 등을 붙이고 기대어 섰다. 그늘에 서자 그 뜨겁고 따가운 감각이 조금씩 가라앉았다.

마법사는 숨을 헐떡이면서 이게 무슨 일인지 생각하다가 자신의 팔을 보았다. 뜨거운 모래에 비벼진 것 같은 느낌이 그저 환상이 아닌 듯 정말로 팔이 벌겋게 달아올라 있었다.

"이게, 이게 대체……?"

마법사가 기댄 벽 뒤쪽에서 그 대답이 들려왔다.

"이대로 두면 그대는 괴물도 사람도 아닌 어중간한 존재가 되겠지. 이성을 잃고 떠돌아다닐 거야. 우리의 위대한 폭발 전문 마법사가 반쪽짜리 괴물이 될 줄이야."

마법사는 눈을 커다랗게 뜨고 벽 뒤로 걸어갔다. 그곳에 하얀 머리 남자가 앉아있었다. 태연히 벽에 기대어 서서 긴 다리를 쭉 펼친 채.

"너……!"

분노하려는 그에게, 남자는 '쉿' 하고 입술 앞에 검지를 가져다 대더니 큰 비밀을 알려주려는 듯 충고했다.

"조용. 마법사가 반쪽짜리 뱀파이어가 됐단 걸 들키고 싶어?"

"뱀파이어라니……."

마법사의 눈이 커다래졌다. 지금 저자가 자신이 뱀파이어가 됐다고 말하는 건가? 마법사가 숨만 헐떡거리고 있자 기르골이 빙그레 웃고서 몸을 일으켰다.

"내가 시키는 걸 제대로 해오면 원래대로 돌려놔 주지."

무슨 소리야, 라틸. 아주 오래전에는 우리나라가 지금보다 더 컸고 그때는 바다가 있었다. 그리고 왜 인어가 도랑에 없을 거라 생각하지? 인어가 어디 사는지는 인어 마음이라고 생각하지 않아? 왜 네가 인어 거주지를 한정하지? 넌 인어가 아니잖아.

그리고 내 동생과 키스를 했니 마니 하는 건 내게 안 알려줬으면 하는데. 필요 없는 정보를 보내서 나를 계속 화나게 만드는 의도가 뭐야? 계속 내 마음을 들쑤셔서 날 분노하게 만들려는 건가?

그렇다면 유감이군, 라틸. 나는 네가 내 동생과 키스했단 정도로 화나지 않아. 후궁이라면 입맞춤 정도야 얼마든지 할 수 있지. 후궁이 아닌 나도 했는데, 후궁인 내 동생은 얼마든지 할 수 있겠지.

어쨌든 네가 먼저 시작했으니 나도 과한 정보를 하나 풀까, 라틸? 지금 와서 하는 말이지만 너는 입맞춤을 못 했다. 네가 부끄러울까 봐 말하지 않았지만. 내 동생이 키스를 잘한다고 했지? 내 동생한테도 같은 질문을 해봐. 네가 키스를 잘하냐고. 내 동생은 네가 못한다고 할걸. 설령 잘한다 하더라도 믿지 마. 거짓말일 테니.

그리고 기분 나쁘니까 편지에 (웃음) 이런 거 안 붙여줬으면 좋겠군. (짜증)

P.S. 내 동생이 자꾸 편지로 내게 돈을 보내라 하는데, 혹시 네가 합의금을 챙겨오라고 부추기고 있는 거 아닌가?

급한 내용은 없을 것 같아서, 라틸은 잠자리에 들기 전 하이신스가 보낸 편지를 확인했다가 후회했다. 편지를 보자마자 잠이 싹 달아난 것이다.

"누가 키스를 못 해? 합의금을 챙겨오라고 부추겨? 난 인어도 아닌데 인어 거주지를 어쩌고 어째?"

라틸은 콧김을 내뿜었다. 이건 선전 포고나 다름없었다. 하이신스는 지금 편지로 라틸에게 시비를 걸고 있는 거였다. 처음에 깡패 운운할 때부터 느낌이 왔다. 라틸은 얼른 편지를 가지고 책상으로 달려간 다음, 의자에 채 앉지도 않은 채 서랍을 뒤적거려 편지지를 찾았다. 그러다 문득 라틸의 손길이 한 곳에서 멈추었다.

"……."

라틸은 새 편지지 사이에서 툭 떨어진 그것을 들어 올려 손바닥 위에 올려놓았다. 말라비틀어질 대로 비틀어진 풀반지였다. 아주 옛날 하이신스가 직접 만들어 손에 끼워주었던.

라틸은 머뭇거리다가 버석해진 반지를 억지로 펼쳐 손에 끼워보았다. 그러나 손가락에 끼우려 하자마자 반지는 바로 부스러져 바닥으로 떨어졌다. 라틸은 몸을 숙여 부서진 반지를 들어 올렸다. 기분이 이상했다.

타리움 수도에 있는 흑사신단 용병단 본부 건물 안. 검은 로브를 입고 모자를 깊게 눌러써서 얼굴의 반을 가린 사람이 문을 열고 들어왔다. 수상쩍은 차림새였으나, 막 들어온 사람에게 주목하는 건 안내를 맡은 아르바이트생 한 명뿐이었다. 단장인 칼라인이 후궁으로 들어간 후에도 용병단이 여전히 운영되었고, 이곳을 찾는 방문자 수가 하루에 적어도 수십 명은 되기 때문이었다.

"네, 어서 오세요. 무슨 일로 오셨어요?"

아르바이트생이 다가가 싹싹하게 묻자 로브를 눌러쓴 사람이 대답했다.

"용병왕을 만나고 싶은데."

"예? 용병왕이요?"

아르바이트생은 웃으면서 다가갔다가 당황해서 로브 쓴 사람을 쳐다보았다. 용병왕이 후궁이 된 걸 모르는 사람은 없었다. 적어도 이 근방에 살거나, 여기에 의뢰하러 오는 사람들 중에는. 그런데 멀쩡히 들어와 후궁이 된 용병왕을 찾으니 당혹스러웠다. 아르바이트생은 '하하' 하고 기계적으로 웃으면서 대답했다.

"용병왕께서는 이제 궁전에 계셔서 따로 의뢰는 안 받으세요."

"그래?"

"네. 하지만 전 세계에서 가장 강한 용병들이 다 여기 소속되어 있으니 다른 용병들에게 의뢰를 맡기셔도 만족하실 겁니다. 정말 이에요."

아르바이트생은 그렇게 말하고서 흑사신단 용병들이 얼마나 강하고 대단한지에 대해 구구절절 외운 걸 설명하기 시작했다. 그러나 로브를 쓴 사람, 아이니가 원하는 건 가장 강한 용병이 아니라 칼라인이었다. 설령 칼라인이 용병왕 자리에서 물러났다고 해도 그녀는 칼라인만을 찾았을 것이다. 그녀가 보러 온 건 칼라인 그 자체이지, 용병왕으로서의 그가 아니니까.

"그래도 만나고 싶은데."

"예?"

까다로운 손님이네. 아르바이트생은 아이니가 재차 하는 말에 속으로 툴툴거리면서, 일단 기다려보라 하고는 카운터에 있는 흑사신단 용병에게 달려갔다.

"저기, 믹스 씨."

부상을 입어서 제대로 싸울 수 없게 된 이후 카운터에서 서류 업무를 맡고 있는 용병이었다.

"왜 그래?"

믹스는 의뢰 신청서와 선수금 등등을 점검하다가, 아르바이트생이 가까이 오자 고개도 들지 않고서 물었다. 귀가 밝아 자주 보여주는 묘기였기에, 아르바이트생은 놀라는 대신 가까이 다가가 살짝 알려주었다.

"어떤 손님이 칼라인 님을 꼭 만나고 싶다 하시는데요."

"칼라인 님을? 누가?"

"저쪽에 까만 로브 입은 사람이요."

"까만 로브가 하나둘이야?"

아르바이트생이 손가락으로 위치까지 알려주자, 믹스는 그제야 누가 그 말을 했는지 알아차렸다. 하지만 별개로 그가 뱉은 말은 시큰둥했다.

"못 만난다고 알려주지 그랬어. 우리도 대장님 얼굴 보기가 힘든데 의뢰가 가능할 리가 없지."

"말해봤는데 그래도 봐야 한대요."

"고집불통이로군."

하지만 저런 타입의 손님도 아예 없진 않기에, 믹스는 능숙하게 일어나 다가갔다. 아르바이트생 선에서 정리가 안 되는 손님은 대부분 그가 나서면 정리가 되곤 했다.

"실례합니다."

그 손님 근처로 다가간 믹스는 말을 걸고서 공손하면서도 위협적으로 손을 내밀었다.

"저희 단장님을 찾는다고요."

로브를 쓴 손님이 고개를 끄덕였다. 믹스는 호탕한 척 웃으며 설명했다.

"죄송하지만 폐하의 후궁으로 들어가신 후로 대장은 용병 활동은 거의 하지 않습니다. 하지만 의뢰 성공률 추이는 늘 비슷하니 마음 놓고 맡겨 보시지요."

손님은 대답 대신 자신이 눌러쓰고 있던 로브의 모자를 뒤로 넘겼다. 모자를 젖히자 그 안에서 새빨간 머리카락이 흘러 내려왔다. 아르바이트생은 깜짝 놀라 입을 벌렸다. 억지를 부리던 손님은 굉장히 아름다운 여자였다.

아르바이트생은 감탄했으나 '그래도 이미 결혼한 분을 불러오는 건 좀⋯⋯.'이라고 생각하며 믹스를 돌아보다가 더욱 당황했다. 믹스의 표정은 가관이었다. 단순히 아름다운 사람을 보고 놀란 표정이 아니었다. 믹스는 너무나도 그리운 얼굴을 본 것처럼 눈물을 글썽이고 있었다. 정말로 아는 사이인지, 믹스가 중얼거렸다.

"말도 안 돼. 도미스 님?"

빨간 머리 여자는 고개를 끄덕이고서 희미하게 웃었다.

"칼라인에게 전해. 옛 친구가 만나러 돌아왔다고."

하이신스에게 편지를 보낸 다음, 평소와 같은 일과를 보내던 라틸은 어제의 풀반지가 떠올랐다. 라틸은 보던 안건까지 처리한 다음, 하이신스가 풀을 꺾어 반지를 만들어 주었던 그 정원으로 가보았다. 정원에는 여름꽃들이 알록달록하게 피어있어서 무척이나 아름다웠다. 라틸은 하이신스와 나란히 앉았던 바로 그 자리로 가보았다.

그가 그리워서 왔다기보다는 그와 함께했던 그 시간이 문득 떠올라서였다. 그날의 그 분위기, 그와 주고받던 맑기만 하던 미소, 그 평화. 라틸은 바람을 맞으면서 아무 풀 하나를 뜯다가 하이신스가 했던 것처럼 반지를 만들어보려 시도했다. 잘되지 않았다.

그때 누군가 가까이 다가온다 싶더니, 라틸의 손에서 뜯긴 풀을 가져다가 세심하게 손을 움직이기 시작했다. 칼라인이었다. 그 커다란 손으로 용케도 작은 반지를 만들어내는 게 신기해서 보고 있자니, 칼라인은 라틸의 손가락에 완성된 반지를 끼워주었다.

"어떻게 했어?"

라틸이 신기해서 묻자 칼라인은 어깨를 으쓱했다.

"배웠습니다."

도미스한테……는 아니겠지. 라틸은 입 밖으로 나올 뻔한 질문을 삼켰다. 대신 칼라인의 눈치만 살폈다. 칼라인은 라틸의 손에 반지를 끼워 준 것도 모자라서 크진 않은지, 디자인은 어떤지 꼼꼼히도 살피고 있었다. 그러다가 마음에 드는지 손을 떼고서 만족해 중얼거렸다.

"잘 어울리십니다."

"여기에서 만날 줄은 몰랐는데, 산책 나왔어?"

"네. 주인 생일도 다가오고 어떤 선물을 할까 고민하고 있었습니다."

"우연히 이런 데서 만나니 좋네."

"그렇군요. 주인께선 절 안 찾으시니, 이런 데서라도 만나서 좋습니다."

"……"

라틸이 찔끔해서 괜히 반지를 내려다보는 척하자, 옆에서 희미하게 웃는 소리가 들렸다. 하지만 고개를 돌려 봤을 땐 칼라인은 딱딱하게 굳은 얼굴이었다.

라틸은 손을 내리고서 머쓱하게 제안했다.

"같이 좀 걸을까?"

날씨는 무더웠지만 간간이 불어오는 서늘한 여름 바람 덕에 땀이 나진 않았다. 라틸은 더워서 소매를 조금씩 조금씩 계속 올리다가, 칼라인이 늘 피부가 차가웠던 걸 떠올리고서 슬쩍 그의 손을 잡아 보았다. 역시 오늘도 그는 차가웠다. 라틸은 그의 손을 꼭 잡고 걸어가다가, 나중에는 칼라인의 소매를 팔까지 올린 다음 거기에 달라붙었다.

"오늘따라 유달리 붙으십니다. 절 놓고 여기저기 돌아다니시더니, 미안한 마음이 드시는가 보군요."

"아니, 오늘따라 유달리 더워서. 그대는 시원해서 좋아."

라틸이 중얼거리자 칼라인은 기가 막힌 듯 코웃음을 쳤지만, 그러면서도 라틸이 잡지 않은 나머지 손등으로 라틸의 얼굴 여기저기를 꾹꾹 눌러주었다.

"이러면 시원하십니까?"

"응."

라틸은 솔직하게 대답했으나 칼라인은 한숨을 내쉬었다. 불만 사항이 있는 것처럼. 왜 그러나 싶어 쳐다보자, 칼라인이 라틸의 뺨을 연신 여기저기 누르면서 하소연했다.

"선황후께선 사태가 진정되면 절 국서로 밀어주시겠다 하셨지요. 하지만 신전으로 돌아가셔서 아무 연락도 없으시니, 제가 공수표를 받았던 건가 봅니다."

그 누구도 라틸 앞에서 이렇게 태연히 선황후 이야기를 할 수 없을 것이다. 아니, 실제로도 그 사건 이후 라틸 앞에서 특별한 보고 외에 선황후 이야기를 하는 사람은 없었다. 라틸은 잠시 당황했으나 곧 웃음을 터트렸다.

"모르지. 나중에 돌아오신 다음엔 밀어주실지도."

"꼭 돌아오셔야 할 텐데요."

칼라인은 라틸이 속으로 여전히 어머니를 그리워하는 걸 알고서 이렇게 말해주고 있었다. 라틸은 그가 생각보다 예리하다는 데 감탄하면서 고개를 끄덕였다.

"곧 생일이신데. 가지고 싶은 선물은 없으십니까?"

"글쎄."

"타시르는 이미 선물을 했다고 들었습니다."

"어디서 들었어?"

"본인이 자랑하던데요. 주인이 아주 좋아하셨다고."

"단단히 오해하고 있네."

라틸은 기가 차서 헛웃음을 지었다. 그 자식 때문에 서넛한테 얼마나 망신을 당했는데. 자기는 선물을 했다고 여기저기 자랑하고 다닌다니.

"전해드릴까요?"

"됐어. 그래도 열심히 준비한 것 같더라."

"그렇게 말씀하시면 전 뭘 드려야 할지 부담이 되는데요."

금은보화가 넘쳐나는 사람에게 줄 선물을 고르는 건 확실히 까다로운 일이었다. 라틸 역시 아버지나 어머니 생일 선물을 고르느라 고민했던 때가 있기에 그 느낌을 잘 알았다.

"열심히 고민해 봐. 난 네 생일에 뭘 해줄지 이미 골랐지만."

"제 생일 선물을 벌써 고르셨습니까?"

"응."

라틸은 흐뭇하게 웃었다. 라틸은 도미스의 기억 속에 있는 그 하얀 머리 남자, 도미스와 칼라인과 친했던 그 기르골이라는 남자를 찾아줄 생각이었다. 옛 친구를 만나면 칼라인도 과거의 아픈 기억을 떨칠 수 있지 않을까, 싶어서. 하지만 이건 칼라인의 생일 때까지 비밀로 해둘 생각이었다.

그런데 라틸과 칼라인이 생일 선물을 주제로 이런저런 이야기를 하면서 걸어가고 있을 때였다. 용병단에서 데려온 칼라인의 시종이 황급히 뛰어오다가 라틸을 발견하고서 우뚝 멈춰 섰다. 그러고는 곤란한 표정으로 꾸벅 인사를 하더니 칼라인에게 아주 빠른 속도로 말했다.

"단장님, 단장님의 옛 친구께서 단장님을 뵙고 싶다고 용병단에 찾아왔답니다."

'옛 친구?'

옛 친구라면 누구를 말하는 걸까? 호기심이 든 라틸은 칼라인의 눈치를 살폈다. 그러나 막상 칼라인은 덤덤한 표정이었다. 옛 친구가 아니라 남의 친구 이야기를 듣는 것처럼.

"어떻게 할까요, 단장님?"

옛 친구가 누구인지도 모르면서 라틸은 덩달아 칼라인 쪽으로 시선을 돌렸다. 그래서 어떻게 할 거야?

"……."

칼라인은 바로 대답하지 않았다. 그가 말없이 생각에 잠긴 사이, 칼라인의 용병 출신 시종은 다시 라틸의 눈치를 연신 살폈다. 그러다 라틸과 눈이 마주치자 그는 황급히 시선을 내렸다. 무언가 찔리는 얼굴이었다.

'왜 찔리는 표정이지?'

라틸은 의아해졌다. 그러나 지금은 시종이 찔려하는 이유보다 칼라인의 대답이 더 궁금했다. 사실 잘 생각해 보면 이렇게 궁금해 할 말은 아니긴 하다. 그러나 칼라인의 옛 친구란 말을 들으니, 도미스의 기억 속에서 보았던 기르골이 떠올랐다. 한때 칼라인과 함께 돌아다녔던 그 하얀 머리 친구.

'그 사람이 찾아온 걸까?'

도미스는 죽었으니 찾아왔다면 분명 그 하얀 머리 친구일 것이다. 라틸은 확신을 가졌지만 발치를 쳐다보며 그들의 대화에 아무 관심이 없는 척 굴었다.

"단장님?"

칼라인이 바로 대답하지 않자 시종이 다시 질문을 던졌다. 이번에도 시종은 말을 하고서 라틸의 눈치를 살폈다. 그러다 라틸과 눈이 마주치자 시종은 어색하게 웃으면서 괜히 두 손을 모아 인사만 한 번 더 건넸다.

그러는 사이 칼라인이 드디어 입을 열었다.

"만나고 싶지 않지만 피하면 더 흥분해서 만나려 들겠지."

칼라인의 시종은 조용히 미소 지었다. 마치 동의하는 것처럼.

'저 사람도 칼라인의 그 옛 친구를 알고 있는 건가?'

라틸은 칼라인이 만들어준 손가락 풀반지를 내려다보았다. 의미 있는 행동은 아니었다. 그러나 라틸이 이런 행동을 보이자마자 칼라인은 손을 뻗어 라틸의 손을 꼭 쥐었다.

"만나보도록 하지. 어디로 가면 있지?"

"타리움 수도에 있는 용병단 본부 맞은편에 음식점이 있잖습니까. 그쪽에서 기다리신다고 하니 언제든 편할 때 오시랍니다."

시종이 물러나길 기다렸다가 둘만 남게 되자 라틸은 슬쩍 질문해 보았다.

"친구 기다린다는데 안 가봐도 돼?"

시종에게는 가겠다는 뉘앙스로 대답한 칼라인이 산책을 계속하려는 듯하자 물어본 것이었다. 칼라인은 덤덤하게 대답했다.

"주인과 함께 있는 시간이 더 중요합니다."

"괜찮아. 친구 잠시 보고 와도. 나와는 매일 있잖아. 이번에 널 찾아온 친구는 오랜만에 온 친구 아닌가?"

"왜 오랜만에 온 친구라 생각하십니까?"

"아, 그야⋯⋯. 넌 요즘은 내내 하렘에만 있었으니까."

"오랜만에 만나도 안 반가운 친구일 거라 괜찮습니다. 어차피 시간도 안 정했습니다. 천천히 가도 됩니다."

라틸은 일부러 하렘이 있는 방향으로 발길을 틀었다. 칼라인은 눈썹을 추켜올렸지만 반발하지 않고 순순히 라틸을 따라갔다. 그러면서도 절대로 발걸음을 빨리하지 않는 게 정말로 천천히 갈 생각인 모양이었다.

역시 도미스를 만나러 가는 건 아니야. 도미스를 만나러 간다면 이렇게 천천히 가진 않겠지. 아마 뛰어갈걸? 그럼 그 기르골이란 친구와는 사이가 많이 나빠졌나? 그래서 이러나? 아니, 그런데 기르골을 만나러 가는 게 맞긴 해? 칼라인에게 다른 친구가 있을 수도 있잖아.

"주인?"

"어?"

"뭘 자꾸 혼자 심각하십니까?"

"아니. 뭘 좀 생각하느라."

"무슨 생각이요?"

"네 친구 생각."

칼라인의 표정이 기묘하게 변했다. '내 친구 생각을 왜 그쪽이 하지?'라고 생각하는 얼굴이었다. 호기심을 참기 어려운지, 나중에 그는 코너를 돌면서 아예 대놓고 질문했다.

"뭐가 궁금한 겁니까? 궁금한 게 있다면 물어봐요."

발밑에서 축축한 잔디가 눌리는 소리가 들려왔다. 그때마다 풍겨오는 풀냄새에 라틸은 기분이 미묘하게 좋아졌다.

"어떤 친구를 만나러 가는 게냐?"

칼라인은 갑자기 얼굴이 복숭앗빛으로 변한 라틸을 가만히 쳐다보다가 손을 들어 올리더니, 자연스럽게 뺨을 쓸었다. 차가운 손이 뺨을 쓸고 가자 라틸은 몸을 움찔하고서 그를 쳐다보았다. 칼라인이 깊고 복잡한 눈동자로 그녀를 내려다보고 있었다. 뜬금없이 괴로워진 눈을 하고서 그가 속삭이듯 대답했다.

"악우입니다."

악우가 과연 누구를 말한 거였을까? 역시 기르골? 기르골과 사이가 멀어진 건가? 멀어졌다면 왜? 도미스와 칼라인이 사귀게 되어서 아니면 도미스가 죽어서?

칼라인과 헤어진 라틸은 홀로 회랑을 걸어가며 칼라인을 찾아온 악우가 누구일지에 관해 열심히 고민해 보았다. 하지만 라틸이 칼라인에 대해 아는 정보라고는 신원이 안전하고, 그의 업적이 어떻고 하는 것들뿐이었다.

'따라가 볼까?'

라틸은 걸음을 멈추고 뒤를 돌아보았다.

'따라가 보고 싶어.'

라틸은 공식행사가 아닐 때 마차들이 드나드는 문 근처로 먼저 이동한 다음 칼라인이 탄 마차가 나오기를 기다렸다. 칼라인의 솜씨라면 마차를 이용하지 않고도 나오겠지만, 아까 칼라인은 친구에 관한 이야기를 라틸 앞에서 보고받았다.

황제가 이미 아는 사안이니 몰래 나가기보다는 당당하게 나갔다 오려 할 거란 추측이었다. 라틸은 옆문이 훤히 보이는 커다란 나무에 기대어 서서, 얼굴을 손으로 만지작거렸다.

'괜찮겠지?'

가면을 써서 얼굴을 바꿨지만 칼라인은 이 얼굴을 이미 보아서 알고 있었다. 물론 이 얼굴이 아니라 다른 얼굴로 찾아가더라도 바로 알아볼 인간이긴 하지만.

'겉모습도 존재감이 없는 분위기로 바꿨으니 들키지 않겠지.'

그때 낯익은 마차가 드디어 궁전 밖으로 모습을 드러냈다. 라틸은 나무에서 몸을 떼고 거리를 둔 채 마차를 따라갔다. 약속 장소를 바꾸었을 수도 있다고 생각했으나 마차는 곧장 흑사신단 용병단의 본부 근처로 갔다.

마차 문이 열리고 칼라인이 모습을 드러내자 라틸은 어느 노점상 뒤쪽에 몸을 숨기고 머리만 빼꼼 내밀었다. 본부 안에 들어갔다가 밖으로 나와 그 '악우'를 만날 거란 예상과 달리 칼라인은 곧장 본부 맞은편에 있는 식당으로 걸어갔다.

"거기, 아가씨. 여기서 뭐 해요?"

황당한 얼굴로 묻는 노점상 주인에게 라틸은 '쉿쉿' 조용히 하란 신호를 보내고서 칼라인을 지켜보다가, 그가 식당 안으로 완전히 들어가자 자신도 얼른 그 뒤로 따라붙었다. 식당 출입문에 달린 방울 소리가 멈추기를 기다리던 라틸은 다른 손님이 문을 열고 들어서자 얼른 그 뒤를 따라붙었다.

그 손님은 라틸이 너무 자신에게 밀착해 들어오자 희한하다는 듯 위아래로 쳐다보며 얼른 뚝 떨어져 섰지만, 다행히 칼라인의 눈길을 피하는 데는 그 정도로도 충분했다. 라틸은 빠르게 칼라인의 커다란 등을 발견하고서 얼른 사각지대에 놓인 기둥 뒤에 자리를 잡았다.

하지만 그 자리에서는 칼라인의 등밖에 보이지 않는 데다, 칼라인과 마주 앉은 사람은 칼라인에게 가려 거의 보이지 않았으므로 라틸은 같은 자리의 옆 좌석으로 엉덩이를 이동해야 했다. 그때까지도 라틸은 꿈속에서만 계속 보아오던 그 하얀 머리를 멀리서나마 볼 생각에 신이 나있었다. 여기서 기다리다가 하얀 머리 기르골이 칼라인과 헤어지고 나면 그에게 접근해 볼 생각도 했다. 물론 그러려면 기르골과 칼라인이 너무 사이가 나쁘진 않아야겠지만.

'어?'

그러나 라틸의 입가에 떠올라 있던 미소는 칼라인에게 가려졌던 사람이 서서히 모습을 드러내면서 순식간에 사그라졌다. 라틸은 눈썹을 치켜올리고서 입을 벌렸다.

'저 사람?'

하얀 머리가 아닌 빨간 머리. 붉은 눈이 아니라 녹색 눈. 유들유

들하고 능청스러운 인상의 천사 같은 남자가 아니라, 화려하고 압도적으로 아름다운 여자.

"무엇으로 주문하시겠습니까?"

너무 놀라서 라틸은 순간 점원의 말에 대답도 하지 못했다. 도미스. 붉은 머리 여자는 칼라인의 기억 속에서 보았던 도미스였다. 자신이 도미스의 기억 속에서 본 기르골이 아니라.

"살아 있었나……?"

"예? 손님?"

"죽은 줄 알았는데."

"손님……?"

라틸이 당황해 중얼거리는 소리에 점원이 같이 당황해서 뒤로 물러섰다. 라틸은 그제야 점원을 알아보고서 대충 아무거나 주문한 다음 얼른 이 자리에서 떠나게 유도했다. 점원이 라틸을 이상한 눈으로 쳐다보며 멀어지자, 라틸은 냅킨으로 얼굴의 반을 가리고서 고개를 좀 더 칼라인이 앉은 자리 쪽으로 내밀었다.

대체 이게 어떻게 된 일인지 알 수 없어 혼란스러웠다.

'도미스는 죽지 않았나?'

칼라인의 기억 속에서 분명히 죽었다. 아니, 게다가 도미스는 칼라인의 연인이었다. 그가 아직도 사랑하는, 잊지 못하고 않는 연인. 악우라고 표현할 존재도 아니다. 옛 친구……라는 말 정도는 쓸 수 있겠지만.

라틸은 자기도 모르게 얼굴을 가린 냅킨을 조금씩 조금씩 손으로 뜯어대기 시작했다. 코앞에서 나는 '부욱 부욱' 소리를 들으며 라틸은 칼라인의 옆모습을 유심히 살폈다. 칼라인은…….

'도미스를 만날 줄 몰랐구나. 칼라인도 모르고 있었나 봐.'

그는 라틸만큼, 아니, 라틸 이상으로 놀란 표정이었다. 그 역시 부하가 말한 '옛 친구'가 도미스일 거란 예상을 하지 못한 게 분명했다. 그 놀라움으로 가득한 표정과 떨리는 입술을 보다가, 라틸은 자리에서 일어나 카운터로 빠르게 걸어갔다.

"어? 아직 음식이 안 나왔는데요?"

어리둥절해 묻는 직원의 앞에 금화를 내려놓은 라틸은 얼른 그 자리를 벗어났다. 심장이 불안하리만큼 빠르게 뛰었다.

'살아있었구나. 도미스가 살아있었어. ……칼라인은 도미스를 잊기 위해서 내 후궁으로 들어온 건데, 도미스가 살아있었다니. 그럼 대체 어떻게 되는 거야?'

뒤쪽에서 들려오는 문에 달린 종소리를 붉은 머리 여자도 칼라인도 신경 쓰지 않았다. 두 사람은 서로를 응시한 채 조금도 눈을 떼지 않았다. 그 둘 외에는 다른 누구도 느껴지지 않는 것처럼. 그런 분위기가 마음에 드는지 붉은 머리 여자는 오랜 침묵을 깨고서 미소를 지었다.

"날 본 게 그렇게 당황스러워?"

그녀의 질문에는 장난기가 가득했다. 붉은 머리 여자는 곧 손을 깍지 끼고서 얼굴을 괸 채 한 번 더 또렷하게 웃었다. 그 안에 가득한 호감과 그리움에 칼라인의 손가락 끝이 떨렸다.

"당혹스러운 게 아니라…… 그리워서."

흘러나온 목소리 역시 떨리고 있었다. 붉은 머리 여자, 모습을 바꾼 아이니는 손을 뻗어 칼라인의 손을 쥐었다. 쥐려고 했다. 그러나 칼라인이 탁자 위에 놓아두었던 손을 거두어들이는 바람에 그녀의 손은 허무하게 허공을 쓸었다.

아이니는 잠시 놀란 표정으로 허공을 쳐다보았다. 하지만 그것도 잠시. 아이니는 슬픈 미소를 짓고서 칼라인에게 물었다.

"화나서 그래? 내가 널 재우고…… 살려버려서?"

두 사람만 아는 과거와 관련된 질문에 칼라인의 눈동자가 한 번 더 처연하게 떨렸다. 그러나 슬픈 눈으로 칼라인이 뱉은 말은 아이니의 예상에서 조금 빗나갔다.

"이런 짓을 하고 간 걸 보니. 주인은 당신이 어지간히 싫었나 보군."

아이니는 묘한 눈으로 칼라인을 바라보았다. 그가 무슨 말을 하는지 잘 이해가 가지 않는단 얼굴이었다.

"무슨 소리야?"

그러나 칼라인이 대답을 하기 전, 점원이 다가와 아이니가 주문한 오리고기 요리와 칼라인이 주문한 커피를 내려놓고 물러났다. 점원이 멀어지자 아이니는 아까 했던 대화는 다 잊어버린 것처럼 칼라인의 앞에 놓인 커피 한 잔을 보며 웃었다.

"그거 먹고 돼? 넌 여전히 먹을 거 안 좋아하는구나."

칼라인이 커피잔을 쥐고 입으로 가져가자, 아이니는 포크와 나이프를 챙기면서 또 놀렸다.

"아기 뱀파이어 입맛이네."

놀리는 목소리는 정답고 애정이 가득했으나 칼라인은 덤덤히 커피만 마셨다. 조금의 표정 변화도 없었다. 그래도 아이니는 계속 다정하게 웃고 있었다. 그의 목울대가 움직이는 모습조차 그녀는 즐겁게 바라보았다.

칼라인이 커피를 연달아 세 모금 마시고 테이블에 내려두자, 아이니는 그제야 자신도 음식을 먹기 시작했다. 아이니가 사프란을 뿌린 오리고기를 칼로 조금씩 조금씩 자르는 동안, 칼라인은 말없이 계속 커피를 마셨다. 이번에는 그의 시선이 아이니의 움직이는 손에 고정되었다. 아이니는 고기를 적당한 크기로 잘라 입에 넣다가, 칼라인과 눈이 마주치자 눈이 초승달 모양으로 휘어지도록 웃었다.

"내가 먹는 걸 보니까 배고파? 항상 그랬잖아."

눈을 마주친 채 아이니가 입술을 우물우물 움직였다. 잘 먹는 모습은 보기 좋았으나, 칼라인은 여전히 표정에 별다른 변화가 없었다. 그래도 아이니는 기분 나쁘지 않았다. 그의 눈동자가 강하게 흔들리는 걸 보고 있었으니까. 카리센에서 만났을 때와는 전혀 다른 태도였다. 분명히 반응이 있었다.

"기분이 좋아 보이는군."

"널 봐서 기쁘니까. 내가 살린 네가, 이렇게 건강하게 있는 게 기쁘니까."

그러나 아이니가 내내 보이던 밝은 모습은 칼라인의 다음 말에 미세하게 금이 갔다.

"그 모습을 오랜만에 보여줘서 고마운데, 고마운 사람에게 이런 이야기를 하려니 유감이군. 날 살린 거, 당신이 아냐."

아이니는 포크를 내려놓고서 냅킨으로 입가를 닦았다.

"아까부터 자꾸 이상한 말을 하는데, 칼라인."

그저 순순히 자신을 다시 만난 걸 기뻐하면 될 텐데. 칼라인은 마치 아이니가 아닌 다른 사람이 '주인'인 것처럼 말하고, 지금도 꼭 그녀를 남처럼 표현했다.

칼라인이 놀라고 혼란스러워서 저러는 거라고 넘어가려 했으나, 연달아 두 번이나 저런 식으로 말하자 조금 거슬렸다.

"혹시 내 얼굴을 잊었어?"

"그 얼굴을 말하는 거라면 기억하고 있다."

"그럼 내가 누군지 못 알아보는 건 아닐 텐데."

아이니는 미간을 찌푸리고서 냅킨도 내려놓았다. 반듯하고 고운 이마에 주름이 생겼다.

"내 착각일까? 왜 네가 날 못 알아보는 것 같지?"

도미스의 모습으로 아이니가 내뱉은 질문에 칼라인은 아까와 별반 다르지 않은 표정으로 사과했다.

"착각하게 했다니 미안하군. 좀 더 확실하게 말해야 했는데. 당신은 날 반갑게 찾아왔지만 우리는 서로 반가워할 사이가 아니다."

아이니는 테이블에 내려놓은 포크를 다시 쥐었으나 오리고기를 또 먹진 않았다. 그녀는 계속 포크를 만지작거리기만 했다.

"무슨 말인지 잘 이해가 안 가는데. ……그새 마음이 변했단 뜻 이야?"

가까스로 속삭이듯 읊은 질문에, 칼라인은 고개를 저었다. 커피를 리필해 줄지 물어보려던 직원이 심상치 않은 분위기를 느끼고서 뒤로 슬금슬금 물러났다.

"마음이 변했단 뜻은 아니다."

"그런데 나한테 왜 그렇게 대해? 너 꼭 날 사랑하지 않는 것처럼 말하고 있어."

"당연히 난 당신을 사랑하지 않아. 당신은 도미스가 아니니까."

빙글빙글 한자리를 맴돌던 말이 마침내 또렷한 칼날로 변했다. 아이니의 표정이 칼에 손등을 찔리기라도 한 듯 변했다.

"무슨 소리야?"

아까부터 그가 저런 뉘앙스로 말하는 것 같단 생각은 했지만, 그래도 설마설마했다. 아이니는 칼라인이 지금 내뱉는 말을 도무지 이해할 수 없었다.

"내가 도미스가 아니라면 누구란 건데?"

"글쎄. 짐작하는 바는 있지만 아닐 수도 있어서. 단 하나 확실한 건 당신이 도미스가 아니란 거지."

아이니는 눈썹을 올려 눈을 크게 뜨고서 물 잔 테두리를 손가락으로 문질렀다. 내내 다정하기만 하던 입가에 짙게 슬픔이 묻어났다. 칼라인은 시선을 내려 그 모습을 아예 피해버렸다. 상대가 도미스가 아니란 건 확신하지만, 그녀와 꼭 같은 모습을 하고서 슬픈 표정을 짓는 건 보고 싶지 않았다.

"좀 당황스럽네. 이런 말을 들을 줄은 몰라서."

"……."

"왜 그런 생각을 해? 왜 내가 도미스가 아니라고 생각해?"

"아니니까."

"아니라고 생각하는 이유가 뭔지 묻는 거야, 칼라인."

"호수에 비친 하늘을 보며 하늘이라 우겨도 그건 호수지. 아닌 걸 아니라고 대답하는데, 왜 아니냐고 물으면 대답하기 곤란한데."

"이해가 안 돼."

아이니는 혼란스러운 눈으로 칼라인을 쳐다보았다.

"널 보기 위해 먼 길을 돌아왔어. 다시 태어났다고. 널 만나기 위해서. 그런데 나더러 내가 아니라고 주장하니, 난 대체 뭐라고 반응해야 할지조차……."

아이니는 고개를 설레설레 젓더니, 목소리를 낮추어 소곤거리듯 말을 이었다.

"물론 내가 완전한 도미스는 아니야. 죽었다 깨어난 거니까. 하지만 전생에 난 분명 도미스였어, 칼라인. 이전처럼 '로드'는 아니지만, 분명 나는 도미스……."

중얼거리던 아이니는 갑자기 말을 멈추더니 초록색 눈을 커다랗게 떴다.

"칼라인. 혹시 내가 로드가 아니어서 그래? 다시 태어난 나는 로드가 아니어서 나를 부정하는 거야?"

충격을 받은 듯 그녀의 입술이 떨렸다. 실제로도 그녀는 지금 몹시 당혹스러웠다. 전생의 연인, 자신이 죽더라도 지키고 싶어 했던 연인. 운명적으로 맺어진 연인인 칼라인이 자신을 자꾸 부정하고 있는데, 그 이유가 자신이 더는 로드가 아니기 때문일지도 모른다니. 상상만으로도 고통스러웠다.

내내 시선을 피하던 칼라인은 그 익숙한 목소리가 배신감에 물들어 가자, 결국 눈동자를 들었다. 소중한 얼굴이 고통스러워하는 걸 확인한 그는 짧게 한숨을 내쉬었다.

"로드는 늘 하나다. 도미스가 로드이고 로드가 도미스인데, 거기서 도미스만 따로 떨어질 수는 없어."

"난 전생에 로드이자 도미스였지만 지금은 로드가 아니야."

"그게 당신이 도미스가 아니라는 가장 큰 증거지."

"……넌 날 사랑한 게 아니라 로드를 사랑한 거였구나, 칼라인."

슬프게 중얼거린 아이니는 더 참지 못하고 자리에서 일어섰다. 급하게 일어서자 의자가 불쾌한 소리를 내며 바닥에 끌렸다. 커피 리필을 할지 말지 망설이던 직원이 눈을 휘둥그렇게 떴다. 아이니는 칼라인의 내리깐 속눈썹을 노려보다가 입을 꽉 다물고 몸을 돌렸다.

"너는 살아라. 살아서 나를 찾아. 난 '다음에도' 널 기다리고 있을 테니까."

"!"

"너를 찾는 것도 너를 기다리는 것도 나뿐이었구나. 실망이다, 칼라인."

궁전으로 돌아온 라틸은 세 가지 안건을 더 처리하다가, 도무지 그 이상 집중할 수가 없어서 잠시 바람이나 쐬기 위해 정원으로 나갔다. 더운 여름 날씨에 축 늘어진 옷자락이 자꾸만 몸에 달라붙는 게 불쾌했다. 라틸은 흐느적거리는 망토를 벗어 손에 움켜쥐고서 산책로를 빠른 걸음으로 마구 걸어 다녔다.

'칼라인이 도미스를 사랑하는 것도 알고 있었고, 칼라인이 죽고 못 사는 연인이 있단 것도 알고 있었는데 왜 갑자기 이렇게 화가 나지?'

라틸은 미간을 찌푸리고서 괜히 발을 마구 굴렀다. 칼라인을 위해서라면 사실 이건 기뻐해 줘야 할 일이었다. 죽은 줄 알았던 연인이 살아있었다는 거니까. 그런데도 축하할 마음이 전혀 들지 않다니. 자신이 참으로 못되게 느껴졌다.

'연인이 살아있단 걸 알았으니 칼라인은 하렘에서 나가려 할지도 몰라.'

빠르게 걸어 다니던 라틸이 갑자기 멈추어 서자, 서넛이 뒤를 따라가다가 덩달아 멈추어 섰다. 라틸은 휙 뒤돌아서서 서넷에게 물었다.

"지금 내가 머리가 잘 안 돌아가는데 말입니다, 서넷 경. 질문 하나 하겠습니다."

"말씀해 보십시오. 제가 대신 머리를 굴려보겠습니다."

"서넷 경. 임시 후궁은 이혼을 청구할 수 있지만 정식 후궁은 이

혼을 못 청구하지?"

"제가 알기론 그럴 겁니다."

기뻐할 수도 슬퍼할 수도 없는 대답에 라틸은 괜히 길게 말꼬리처럼 묶은 머리카락의 끝부분을 만지작거렸다. 칼라인이 이혼을 해달라 요청하는 것도 불쾌할 것 같은데. 옛 연인이 살아 돌아왔는데도 찾으러 가지 못하고, 이 때문에 자신을 원망하게 된다면 그것도 싫을 것 같았다.

"정말로 이상한 일입니다."

라틸은 중얼거리고서 가장 가까운 곳에 있는 벤치로 걸어가 털썩 앉았다. 서넛은 자연스럽게 라틸의 곁에 섰다.

"어느 정식 후궁이 이혼하고 싶다 합니까?"

"아니, 그건 아닌데. 그럴지도 모르겠고……. 그게 또 이상하고 그럽니다."

"그러게 말입니다. 폐하의 후궁이 되었으면서 이혼하고 싶어 하다니. 제가 후궁이었더라면 폐하가 이혼해 달라 해도 절대로 하렘에서 안 나가고 버틸 텐데 말입니다."

"아니, 그게 이상한 게 아니라."

라틸은 손을 저었다. 라틸이 이상하게 여기는 건 자신의 마음이었다. 후궁들을 모으긴 했지만 라틸은 아직 누구와도 동침하지 않았고, 부부간의 정이 쌓일 만큼 오래 함께하지도 않았다.

라틸은 자신이 칼라인을 사랑하지 않는다는 것도 알았다. 그런데도 칼라인이 진짜 연인과 살고 싶어서 이혼을 청할지도 모른단 생각을 하자 바로 불쾌한 기분부터 들다니.

"난 의외로 집착이라든가 독점욕이라든가, 그런 게 강한가 봅니다. 서넛 경."

그런데 돌아오는 대답이 없다. 라틸은 발치의 돌을 툭툭 발로 건드리다가 고개를 돌렸다. 옆을 보니 서넛이 시무룩하게 어깨를 떨어뜨리고 있었다. 뜬금없는 반응이라 라틸은 서넛의 팔을 쿡 찔렀다.

"서넛 경은 또 왜 이럽니까?"

"방금 제가 아주 중요한 말을 했는데 폐하는 그냥 흘려 넘기셨습니다. 그래서 지금 좀 삐졌습니다."

심지어 돌아오는 반응은 잘 갈아둔 바늘처럼 뾰족했다. 라틸은 서넛이 아까 무슨 말을 했던가, 곰곰이 생각해 보다가 황당해서 물었다.

"혹시 방금 했단 중요한 말이 그겁니까? 서넛 경이 후궁이었더라면 이혼 안 하려고 매달렸을 거란 말?"

하지만 질문을 하면서도 라틸은 서넛이 한 중요한 말은 이 말이 아닐 거라고 생각했다. 이 말은 서넛이 평소에 해대는 가벼운 농담과 조금도 다른 바가 없었으니까. 물론 그 가벼운 농담이 중요한 말이라고 주장하는 것부터가 이미 평소의 장난일 수도 있지만.

라틸의 질문에 서넛의 입술 끝이 미묘하게 뒤틀렸다. 그 미소는 라틸의 말을 수긍하는 것처럼 보이기도 부정하는 것처럼 보이기도 했다. 맞는다는 거야, 아니라는 거야? 라틸은 서넛의 표정을 바로 알아보지 못하고서 괜히 그의 검집만 툭툭 건드리다 웃었다.

"하지만 그대는 내 후궁으로 들어올 리가 없잖아."

서넛은 자신의 눈앞에서 오가는 그 손가락을, 한 번 움직일 때마다 그의 심장을 휘젓고 가는 그 손가락을 물끄러미 바라보다가 웃었다.

"당연히 후궁으로 들어가지 않을 겁니다. 그 사람들보다 제가 폐하를 더 많이, 더 자주, 더 오래 보는데요."

'또 시작됐다. 또 도미스의 기억이야.'

또다시 도미스의 꿈을 꾸게 되었단 걸 인지하자마자 라틸은 머리가 어지러워졌다. 이마가 뜨끈하고 뺨 부근은 서늘했다.

'도미스가 어디 아픈가.'

그러고 보니 좀비에 물렸지. 어쩌면 그 때문인지도 모르겠다. 좀비에게 물리고서도 멀쩡한 것 같더니. 반응이 오기는 오는구나. 귓가로 거친 숨소리가 들려왔다. 도미스의 숨소리 같았다. 도미스를 안고 걸어가는 칼라인은 힘든 내색이 하나도 없었으니까. 안은 사람은 가뿐한데, 오히려 안긴 도미스가 더욱 괴로워했다.

'좀 챙겨라, 칼라인아.'

도미스가 숨을 몰아쉴 때마다 덩달아 괴로워지는 라틸은 속으로 칼라인에게 지시했지만, 도미스의 기억 속 칼라인은 라틸의 존재조차 알 수 없었다. 한가득 쌓인 나뭇잎을 밟고 가는 버석한 발소리를 듣고 있자니, 라틸은 이 모든 상황이 참으로 아이러니하게 여겨졌다. 지금의 칼라인은 짐작이나 했을까? 자기가 귀찮은 짐처럼 들고 가는 이 도미스란 여자를 얼마나 사랑하게 될지?

"구해줘서 고마워요. 칼라인, 기르콜."

먼저 입을 연 건 도미스였다. 여전히 칼라인은 발걸음을 멈추지 않았지만, 도미스는 계속 말을 이어갔다.

"점점 의식이 사라져 가요. 이대로라면 난 얼마 못 가 죽겠죠."

"……."

"물론 좀비가 돼도 움직이고 먹고 하긴 다하겠지만. 모르겠어요. 좀비가 된 나도 나일까요? 그걸 죽었다 해야 할까요. 살았다 해야 할까요?"

"……."

"의식이 흐려져요. 저기…… 괜찮으면 내가 유언을 남겨도 될까요? 이대로 그냥 죽으면 좀 억울할 거 같아요. 마지막 말 같은 거 하고 싶어요."

라틸은 속으로 감탄했다. 죽어가면서도 칼라인을 챙기던 의젓한 모습이 첫인상이어서인가. 유약한 모습도 놀라웠지만, 의식이 사라진다면서 막상 말은 더 많아진 모습도 인상 깊었다. 같은 생각인지 내내 도미스를 무시하던 칼라인도 결국 마지못해 대답했다.

"마음대로 해라. 하지 말란다고 안 할 성격도 아닌 거 같으니."

"날 알지도 못하는데 구해줘서 고마워요. 내가 좀비가 되더라도 너무 아프지 않게 죽여줘요. 혹시 내가 죽고 우리 엄마가 찾아오면요, 나는 어디 좋은 데 가서 잘 살고 있다고 해줘요."

"알았다."

'칼라인 저거 진짜 대충 대답하네. 도미스 엄마가 누군지는 알고

저래?'

"우리 부모님이 양부모래요. 그래서 쫓겨났어요. 주워 온 애라
고. ······그래도 엄마가 보고 싶어요. 동생은 편히 자고 있는데 나만
쫓겨났어요."

내내 중얼거리던 도미스는 결국 자기 엄마가 누구인지 어떻게
생겼는지는 알려주지 않고 기절해 버렸다. 도미스의 모든 감각을
그대로 받아들이는 라틸 역시 덩달아 정신이 가물가물해지다가 곧
의식이 끊겼다.

이후 라틸은 당연히 자기는 이 꿈에서 깨어나거나, 아니면 도미
스가 깨어날 때 다시 이 장면을 이어서 볼 거라 여겼다. 하지만 아
니었다. 놀랍게도 보이는 것도 없고 도미스의 속마음도 들려오지
않는데, 칼라인과 기르골의 대화는 희미하게 계속 들려왔다.

"웃기는 아가씨가 귀엽기까지 하네."

"이게 귀엽다고?"

"이거라니. 애 표현하는 거 좀 봐라."

"귀여운 건 모르겠고. 차라리 정신을 잃었을 때 처리하는 게 낫
지 않나 싶은데."

"처리? 죽인다고? 어차피 죽일 테니 미리 죽이자는 거야? 너 진
짜 나쁘구나, 칼라인. 이 아가씨는 예비 좀비이긴 하지만 아직은 좀
비가 아니거든?"

"동정심을 베풀자는 거다."

"빨리 죽여주는 게 동정 같아?"

"좀비가 되었을 때도 공포가 남아있을지도 모르잖나."

"그보다 로드 위치는? 아직도 모르겠어?"

"……."

"아직 모르는구나. 왜 모르지?"

"……내가 나이트가 맞는지 모르겠다. 네 말이 맞다면 나는 훨씬 전부터 로드의 위치를 알고 존재를 느꼈어야 하는데."

"이런, 킬라인. 너무 걱정하지 마. 자네는 확실히 나이트가 맞으니까."

"그런데 왜 아직도 로드의 위치를 모르겠지?"

"모든 나이트가 유능하진 않거든. 자네는 나이트는 나이트인데 좀 무능한 나이트가 아닐까?"

기르골이 웃는 소리가 들리더니 곧이어 뭔가를 퍽 내려치는 소리와 더 심하게 웃어대는 소리, 도망치는 듯 빨라진 발걸음 소리가 들려왔다.

'정말로 사이좋았구나…….'

라틸은 멍하니 생각하다가 잠시 혼란스러워졌다. 로드? 웬 로드? 설마 뱀파이어 로드를 말하는 건 아니겠지? 물론 로드가 뱀파이어 로드만 있는 건 아니다. 아니, 뱀파이어 로드 외 다른 로드가 더 많을 것이다. 하지만 좀비에게서 도미스를 구해낸 두 사람이 로드 운운하고 있자 그들이 말하는 로드가 뱀파이어 로드처럼 여겨져서 괜히 찝찝해졌다.

그러나 생각이 더 깊어지기 전에 희미한 목소리마저 들리지 않게 되더니, 마침내 시야가 밝아졌다. 잠시 의식이 끊겼던 그사이에 꽤 오래 걸어온 듯 그들은 더 이상 숲길에 있지 않았다. 하늘이 붉은빛으로 물들어 가는 저녁이었고 비슷비슷한 모양의 집들 굴뚝에서는 연기가 피어오르고 있었다.

경치를 살핀 도미스는 제 손을 들어 올렸다. 뭘 하나 했더니, 그녀는 열 손가락을 움직이고 있었다. 하나하나. 제대로 달려있나 확인이라도 하려는 듯이. 신중하게 그 모든 작업을 끝낸 도미스는 칼라인을 올려다보며 더듬더듬 중얼거렸다.

"아직 멀쩡해요……."

자고 깨어나면 자신이 이미 좀비로 변해있을 것이라 생각한 모양이었다. 그러나 이 말을 하면서도, 도미스는 칼라인이 자신의 말에 또 반응하지 않으리라 생각했다. 라틸은 도미스의 생각과 그 사이에 스며든 희미한 실망을 느낄 수 있었다. 하지만 의외의 일이 벌어졌다. 내내 도미스의 말을 무시하던 칼라인이 이상한 말을 한 것이다.

"하루가 지났는데도 좀비로 변하지 않는다니. 보통 인간은 아닌가."

"하루요? 내가 기절한 지 하루가 지났어요?"

도미스는 당황해서 칼라인에게 되물었으나, 칼라인은 또 대답하지 않았다. 기르골과 칼라인은 도미스를 신기한 생물처럼 쳐다보고 있었다. 처음 받아보는 그 묘한 시선에 도미스는 당황해서 발을 버둥거렸다. 칼라인이 도미스를 놓아주자 그녀는 자신의 몸을 반도 가리지 못하는 빈약한 나무 뒤로 숨어서 더듬거렸다.

"내가 이상해서 그래요……? 왜들 그렇게 쳐다봐요……?"

기르골은 조금도 말을 돌리지 않고 바로 대답했다.

"아가씨가 특별한 거 같아서."

"특별하다고요? 난, 난 그냥 남들보다 잘난 거 없는 평범한……."

"세상에 평범한 사람은 없어, 아가씨. 어디에서, 누구에게 특별한지가 다 다를 뿐이지."

"하지만 난……."

"그리고 내 생각엔 아가씨는 우리에게 특별한 사람일지도 모르겠는데?"

기르골의 말에 도미스가 무슨 뜻인지 물어보려는 찰나. 칼라인이 도미스 쪽으로 얼굴을 들이밀며 먼저 물었다.

"우리가 떠나온 마을에 산다던 흑마법사. 혹시 진짜 너인가?"

도미스는 자신이 엄마를 지키기 위해 한 거짓말을 떠올리고서 얼굴이 빨개졌으나 이번에는 솔직하게 고개를 저었다.

"아니요. 전 그런 이야기는 듣지도 못했어요."

"옆 마을까지 난 소문인데 못 들었어? 그럼 아가씨가 흑마법사 맞는 거 같은데? 그런 소문은 원래 자기 귀에 안 들어가잖아."

기르골이 히죽거리면서 덧붙인 말에, 도미스는 입을 뻐끔거리다가 자신이 몸을 숨긴 마른 나무를 두 손으로 움켜잡았다.

"내가…… 이상한 건가요? 그래서 날 죽이려는 거예요?"

그 말에 기르골은 칼라인 쪽을 힐긋 보더니 낄낄 경박하게 웃음을 터트렸다. 왜 그런지는 모르겠으나, 너무 대놓고 비웃자 도미스는 민망해서 입을 다물었다. 기르골은 도미스의 앞에 대고 손을 저었다.

"우린 흑마법사를 죽이려고 찾는 게 아냐, 웃기는 아가씨. 도움을 받으려고 찾는 거지."

도미스의 민망한 기분은 호기심에 눌려 쏙 들어갔다. 도미스는 여전히 마른 나무에 매달린 채 "무슨 도움이요?"하고 물었다. 작은 마을에 갑작스럽게 나타난 타지인이 신기한지, 마을 사람들이 먼발치에 서너 명씩 모여 셋을 힐긋거리는 바람에 도미스는 더욱 얼굴이 붉어졌다. 하지만 기르골은 누군가의 시선을 받는 게 익숙한지 이번에도 밝고 경쾌한 태도로 대답했다.

"우리 주인을 찾아야 하거든."

"주인?"

"이때쯤이면 대충 위치를 알아야 하는데. 이상하게 안 보이네."

"흑마법사는 위치를 알아요?"

"알지도 모르지. 확실한 건 아냐. 그래도 방법은 찾아봐야 하니까."

기르골은 "안 그래?" 하고 칼라인 쪽을 향해 동의를 구했다. 그러나 돌아온 건 대답이 아니라 작별 인사였다.

"좀비로 안 변할 것 같으니 이만 헤어지도록 하지. 잘 가라, 인간."

칼라인과 내내 같이 다닐 생각을 한 건 아니었으나, 난데없이 작별 인사를 들을 줄 몰랐던 도미스는 당황해서 칼라인을 쳐다보았다. 만난 지 얼마나 된 사람들이라고. 갑작스러운 이별에 허무하고 슬픈 마음이 들었다. 결국 도미스는 말도 안 되는 투정을 부리고 말았다.

"나더러 특별하다고……."

그 말을 다 마치기도 전에 도미스는 귀까지 붉어져서 입을 다물었다. 자신이 말해 놓고서도 이게 무슨 억지인가 싶어서. 하지만 이 텅 빈 투정의 일부는 진실이기도 했다. 기르골과 칼라인이 자신에게 '특별하다'고 했을 때. 어쩌면 저들이 자신을 조금 데리고 다녀 주지 않을까, 이런 기대를 했던 것이다. 생각해 보면 말도 안 되는 기대였지만, 그 말을 들을 당시엔 그런 생각이 들었다.

도미스는 자기도 모르게 칼라인을 간절히 바라보았다. 어째서일까. 그러면 자신의 부탁을 들어줄지도 모른단 생각이 들었다. 그러나 칼라인의 입에서 나온 말은 가차 없었다.

"네가 특별한 건 맞지만, 우리가 데리고 다닐 만큼 특별하진 않은데."

"!"

라틸은 도미스의 심장이 빠르게 뛰는 감각을 공유했다. 도미스는 부끄럽기도 하고 민망하기도 해서 자신의 입술을 짓씹었다. 누구라도 이런 상황이라면 수치스럽겠지만, 은근히 칼라인을 의식하고 있어서인가. 그의 냉랭한 말에 더욱 괴로워하는 눈치였다. 도미스는 마른 나무를 두 손으로 간절하게 움켜잡았다.

"나는……."

칼라인은 뒷말을 듣지도 않고서 몸을 돌렸다.

"가지, 기르골."

기르골은 아쉽다는 듯 도미스를 보며 웃었다.

"웃기는 아가씨라 동행해도 좋을 텐데. 어쩌지? 지금 쟤가 마음이 급해서 저래. 찾아야 할 사람을 못 찾고 있어서."

아쉽다는 것처럼 말했으나 막상 기르골 역시 미련 없이 칼라인을 따라 그 자리를 벗어났다. 순식간에 그들은 숲으로 돌아가 버렸고 마을에 남겨진 건 도미스 하나였다. 도미스는 얼이 빠진 채 서 있다가 그들을 뒤쫓아갔다. 뒤쫓아가서 뭘 어떻게 하려는 마음도 없었다. 그래도 발길이 닿는 대로 뛰고 또 뛰었다.

석양은 그사이에 져서 점점 어두워졌고 하늘은 까맣게 변해갔다. 열심히 뛰어갔는데도 칠흑 같은 숲 안으로 들어가는 순간, 칼라인과 기르골의 모습이 완전히 보이지 않게 되었다. 도미스는 나무둥치에 또 발이 걸려 넘어졌다. 손바닥이 땅에 세게 부딪혔으나 이번에는 도와주는 이들이 없었다. 도미스는 흙에 이마를 대고서 흐느꼈다. 그녀를 원하는 사람이 아무도 없다는 게 새삼 사무치게 아팠다.

라틸은 상체를 일으키고서 창밖을 보았다. 하늘은 새까맸다. 아까 도미스가 보았던 그 하늘처럼. 라틸은 마른세수를 하고서 차가운 창문에 이마를 기댔다. 칼라인과 도미스가 그 용병단 맞은편 식당에서 함께 있는 걸 보았을 때 기분이 나빴는데. 어떻게 된 일일까. 꿈속에서 칼라인이 도미스를 매정하게 떠나가니 그것도 기분이 나빴다. 꿈은 도미스 시점이라 그런 걸까?

'하여튼 칼라인, 처음엔 도미스한테 진짜 쌀쌀맞았네.'

그뿐만이 아니었다. 칼라인과 기르골이 찾는다던 그 주인이란 말. 로드, 나이트. 이런 단어들 역시 혼란스럽긴 마찬가지였다. 그렇지만 햇빛 아래에서 멀쩡히 다니는 걸 보면, 그 둘은 절대로 뱀파이어나 식시귀 같은 괴물은 아니었다. 좀비는 외관상 절대로 아니고 흑마법사도 아닐 확률이 높았다. 자기들이 흑마법사라면 흑마법사를 그렇게 열심히 찾아다닐 일이 없으니.

그런데 한참 고민에 잠겨있다 보니 문밖에서 종이 울렸다. 라틸이 들어오란 뜻으로 종에 달린 끈을 같이 흔들어주자 문이 열리고 시녀가 들어와 칼라인이 방문했던 이야기를 전했다.

"들어오라 해."

안 그래도 내내 머릿속이 칼라인으로 가득했던지라, 라틸은 바로 허락하고서 시녀에게 자신과 칼라인이 마실 홍차를 가져다 달라고 했다. 칼라인은 시녀와 거의 스쳐 지나가듯 방 안으로 들어왔다.

"무슨 일로 여기까지 왔어?"

라틸은 그가 들어오자마자 덤덤한 척 질문했다. 하지만 속은 전혀 덤덤하지 않았다. 기분이 이상했다. 꿈속에서 방금 전까지 계속 보던 칼라인을 현실에서 보다니. 게다가 꿈속에서는 도미스의 심정으로 칼라인에게 일방적으로 관심이 있는 입장이었는데, 여기서는 칼라인이 자신의 후궁이 아닌가.

"평소엔 이 시간에 안 오잖아."

"주인과 산책 도중에 친구를 만나러 갔으니까요."

"그게 미안해서 왔어? 상관없다. 내가 가라 해서 간 건데."

"그래도 신경이 쓰였습니다."

칼라인은 라틸의 맞은편에 앉았고, 시녀는 홍차를 가져와 두 사람 앞에 한 잔씩 내려놓고 나갔다. 라틸은 찻잔을 쥐면서 눈앞에 있는 칼라인과 도미스의 기억 속 칼라인을 세세하게 비교해 보았다.

그 기색을 눈치챈 건지 칼라인이 희미하게 웃었다.

"왜 그러십니까, 주인? 화난 얼굴이십니다."

20

그
가

이
곳
으
로

왔
다

라틸은 자신이 화를 내고 있단 생각을 하지 않았다. 당연히 화난 얼굴일 리도 없었다. 라틸은 그의 질문에 대답하는 대신 찻잔을 들어 뜨거운 김을 후후 불다가 최대한 태연한 척 물었다.

"옛 친구는 잘 만나고 왔어?"

"반반입니다."

"반반?"

"악우인 줄 알고 나갔는데 악우가 아니더군요."

그러시겠지. 죽은 줄 알았던 연인이 돌아온 건데. 악우라 표현할 수는 없지. 홍차를 부는 라틸의 입김이 더 거세졌다. 칼라인은 그 모습을 지켜보다가 피식 웃었다.

"이상하군요."

"뭐가."

"분명 친구를 만나고 오라 허락한 건 주인이신데. 왜 이렇게 기분 나빠하시는 걸까요."

라틸은 덤덤한 척 "기분 나쁘지 않아." 하고 대답했으나, 옆을 보자 까만 창문에 비친 자신의 구겨진 얼굴을 발견할 수 있었다. 칼라인이 "거봐요." 하고 놀리듯 눈웃음을 지었다. 라틸은 후후 불기만 한 홍차를 도로 내려놓고서 내내 고민하던 질문을 던졌다.

"칼라인, 혹시 하렘에서 나가고 싶어?"

"뜬금없이 왜 그런 질문을 하십니까?"

"네가 어떤 여자와 사이좋게 있더란 보고를 받았다."

칼라인이 눈썹을 치켜올리자 라틸은 얼른 변명조로 덧붙였다.

"내 눈으로 본 건 아니다. 미행을 한 것도 아니다. 하지만 나는 황제라 길거리에도 소식을 전해줄 사람이 많거든."

차마 따라갔단 말은 할 수 없었다. 다행히 칼라인도 그 부분을 더 추궁해 묻진 않았다. 대신 칼라인은 신중하게 생각하고 말 것도 없다는 듯 바로 대답했다.

"오해를 산 모양입니다. 제가 어떤 여자와 만난 건 맞지만 사이좋게 있진 않았습니다."

내 눈으로 그 그리움에 찌든 눈빛을 봤는데, 사이좋게 있지 않았다고? 라틸은 저도 모르게 호통을 쳐서 칼라인을 직접 뒤쫓았단 사실을 들킬 뻔했으나 가까스로 침착함을 되찾았다.

라틸은 손부채질을 하다가 홍차를 단번에 입에 털어 넣었다. 일단 칼라인에게 돌아가라고 해야 할 것 같았다. 지금처럼 마음이 어지러운 상태에서는 말실수를 하기도 쉽고, 후회할 말을 뱉기도 쉬우니.

"도미스를 만났다며?"

이런 식으로.

라틸과 칼라인의 표정이 동시에 굳었다.

비슷한 시각. 폭파 전문 마법사는 어쩔 수 없이 하얀 머리 뱀파이어가 알려준 지하 성에 찾아가고 있었다. 그곳은 말이나 마차, 다리를 이용하는 일반적인 방법으로는 도착할 수도 없는 곳이었다. 폭파 전문 마법사는 지하 성 근처에 도착하자마자 알 수 있었다. 저 성에 머무르는 이들 역시 보통 사람은 아니리란 것을. 그나마 다행인 일이었다. 협박을 받아 어쩔 수 없이 행동한다지만, 저 안에 평범한 사람들이 지내고 있다면 그의 죄책감은 이루 말할 수 없을 테니까.

"저기야."

마침내 지하 성을 한눈에 내려다볼 수 있는 절벽 위에 도착했다. 하얀 머리 뱀파이어는 그의 부서진 지팡이를 움켜쥐고서 끝부분으로 지하 성을 가리켰다.

"저 앞에 있는 높은 성벽을 무너뜨리면 돼. 침입할 필요도 없다. 네 능력으론 쉽지?"

"……."

"어려워?"

"저 벽에 무슨 장치라도 되어 있습니까?"

"장치?"

"나보다 그쪽이 훨씬 강한데. 왜 그쪽이 나서서 부수지 않는 건지……."

하얀 머리 뱀파이어는 지팡이를 폭파 전문 마법사에게 돌려주면서 실쭉 웃었다.

"자기 안위보다 호기심이 중요하다니. 참 학구적이구나."

대답해 줄 수는 있지만 그 다음엔 죽여버릴 거란 협박이었다. 폭파 전문 마법사는 더 질문하는 대신 순순히 지팡이를 받아 들었다. 이대로 지팡이를 저 괴물 같은 뱀파이어에게 겨눠 한 번 더 공격하면 어떨까, 하는 생각이 들긴 했으나 그것도 그만두었다.

저 괴물은 눈 깜짝할 사이 그의 등 뒤로 다가와 목덜미를 물어뜯었고, 아무 기척도 없이 여기저기 이동하기 일쑤였다. 그가 지팡이를 올려 드는 순간에 이미 뒤에서 급습할 게 뻔했다.

"얼른 가."

그 짧은 고민을 눈치챈 듯 하얀 머리 뱀파이어가 빙그레 웃으면서 등을 두드렸다.

"잘해."

우레 같은 소리가 울리며 성벽이 흔들렸을 때, 틀라는 망루에 나

와있었다. 발밑이 흔들렸으나 틀라는 재빨리 균형을 잡고서 망루 끝으로 달려갔다. 그 기르골이란 놈인가, 생각했지만 그놈은 아니었다. 300미터쯤 떨어진 곳에 부서진 지팡이를 들고 서있는 자는 처음 보는 얼굴이었다.

자세히 보려 했으나 그자가 든 지팡이에서 하얀빛이 쏘아지더니 발밑이 다시 한번 거세게 흔들렸다. 발밑이 또다시 흔들리자 틀라는 균형을 잡기 위해 팔을 허우적거렸다. 넘어지진 않았다. 몸이 휘청이는 순간, 어느새 곁으로 온 여우 가면이 그의 팔을 잡아준 덕이었다.

그러나 틀라는 여우 가면의 도움을 받았다는 것만으로도 자존심이 상해 얼른 그를 놓고 물러섰다. 여우 가면은 틀라를 놀리는 대신 턱으로 문가를 가리키며 말했다.

"위험하니 이쪽으로 오시지요, 로드. 제 굴로 피신하면 됩니다."

또다시 굉음이 들리며 빛이 번쩍이자 틀라는 얼결에 여우 가면을 따라갈 뻔했다. 여우 가면이 다시 그가 넘어지지 않도록 팔을 잡아주었다. 그러나 몇 걸음 가지 않아 틀라는 제정신을 차리고서 황급히 그의 팔을 뿌리쳤다.

"응?"

여우 가면은 틀라를 이상하게 쳐다보았다.

"왜 안 오십니까?"

다시 굉음이 나며 아까보다 벽이 더욱 크게 흔들리자, 여우 가면도 두 팔을 약간 들어 올렸다가 내렸다. 틀라는 더욱 크게 휘청였으나 여전히 여우 가면 쪽으로 다가가지 않았다.

"로드?"

여우 가면이 틀라를 재차 불렀다. 가면 탓에 표정이 제대로 보이진 않았지만, 바빠 죽겠는데 왜 이렇게 시간을 끄냐는 투였다. 틀라는 입술을 깨물고서 뒤로 반걸음 물러났다. 여우 가면이 다시 틀라를 불렀다.

"로드, 얼른 오시지요. 위험합니다."

그러나 틀라는 그쪽으로 가는 대신 한 걸음 더 뒤로 가며 단호하게 대답했다.

"안 갈 거다."

"로드?"

"두 번 도망치진 않을 거다. 저자 하나 정도는 내 힘으로 처리할 수 있어. 안 그런가? 네 말대로 내가 로드가 맞는다면?"

여우 가면의 입술이 일자로 꽉 다물렸다. 불만스러운 표정. 이 상황이 마음에 들지 않는 게 분명했다. 동의하는 말도 나오지 않았다.

"로드는 아직 각성하지 않았습니다. 각성한다면 아주 강해지시겠지만, 아직은 약점도 많습니다."

5초 정도의 어색한 침묵 끝에 설득하는 말이 나왔으나, 틀라는 따라가지 않았다. 그는 아예 몸을 돌려 이쪽을 향해 끊임없이 빛덩이를 쏘아대는 낯선 사람을 노려보았다.

"나는 더 이상 도망치지 않아."

그 말이 끝나자마자 틀라는 목덜미에 커다란 충격을 느끼고 의식을 잃었다. 힘없이 털썩 무너지는 몸을 받아 든 여우 가면은 귀

잖다는 듯 혀를 찼다.

"번거롭게 굴기는."

라나문은 미간을 찌푸리고서 편지를 옆에 내려놓았다. 또 시작
이다. 그가 500년에 한 번 나타나는 대적자라며, 세상을 위해 사람
들을 위해 미래를 위해 나서야 한다는 그 편지가 또다시 도착했다.

악이 세력을 빠르게 키워가고 있으니, 더 이상 늦어지면 훈련을
받을 시간도 부족해질 거라는 이야기. 그가 나서지 않아도 악의 무
리가 라나문을 찾아낼 테니 무섭다고 피해서도 안 된단 이야기 등
이었다. 한 자 한 자, 얼마나 정의로운 말과 대의명분이 가득한지
라나문의 허락을 받고 편지를 같이 읽어본 카르둔은 저도 모르게
박수를 칠 뻔했다.

"어쩌실 거예요, 도련님?"

그러나 카르둔은 박수를 치는 대신 조심스럽게 라나문에게 물었
다. 라나문은 대답 대신 손가락으로 편지 귀퉁이만 문질렀다. 카르
둔은 그 눈치를 살피다가 재차 물었다.

"계속 이런 편지가 오니까 무서운데…… 그냥 폐하께 상담을 받
아보는 게 어떨까요?"

"폐하께?"

라틸에 대한 이야기가 나오자 라나문이 그제야 조금 반응을 보
였다. 카르둔은 빠르게 고개를 끄덕였다.

"네. 있죠. 다나산에 있는 작은 마을 하나가 하룻밤 새 완전히 사라졌대요, 도련님. 사람이 한 짓이 아니란 말이 있어요. 무서워요."

카르둔은 초조하게 손을 꼼지락거렸으나 라나문은 아무 대답이 없었다. 카르둔은 손에 이어 발가락까지 꿈지럭거리다가 물었다.

"혹시 도련님이 대적자라던가, 진짜로 그런 존재라면 후궁으로 있을 수 없어서 그러세요?"

"글쎄."

"만약 도련님이 대적자라면 오히려 바로 국서 자리에 오를 수도 있지 않을까요?"

"대신관도 후궁으로 있는데. 과연 그럴까."

대신관이 후궁으로 있는데 대적자가 국서 자리에……. 카르둔은 머리를 굴려보다가 마지못해 수긍했다.

"그것도 그렇네요. 저 그러면 대신관 얘기가 나온 김에요, 도련님. 여기 성기사들도 머무르는데, 성기사단장이나 대신관님에게 이일을 의논해 보면 어떨까요? 그게 그 사람들 전문이잖아요."

카르둔은 자기가 말을 해 놓고서도 자기 제안이 퍽 마음에 들어 얼굴이 환해졌다. 그렇게만 하면 모든 일이 다 잘 해결될 거라 생각하는 것처럼. 그러나 라나문은 이번에도 반응이 없었다. 아니, 오히려 별로 마음에 안 든다는 얼굴이었다. 평소라면 대부분 라나문의 뜻을 따르겠지만, 이번에는 카르둔도 다시 라나문을 재촉했다.

"계속 무시하고 있다가 나중에 큰일이 터지면 어떡해요, 도련님. 우리 대신관한테라도 상담받아 봐요. 네? 그 사람은 이상해 보여도 착하잖아요."

"어릴 때 좀비나 이런 것들이 나오지도 않았을 때도 한 달은 결국 신전에 잡혀있었지."

"네?"

"그런데 좀비까지 나온 이 와중에 내가 대적자일지도 모른단 이야기를 하면 어떻게 될까, 카르둔. 국서? 국서는커녕 아예 신전에 또 잡혀갈지도 몰라. 가서 뭘 할지 몰라도 이번엔 절대 한 달로 안 끝나겠지."

카르둔은 라나문이 남들은 세 달 가있던 신전 생활을 자기는 한 달 동안만 한 이야기를 하고 있단 걸 알아차렸다.

당시에 신전에 갈 때도 다녀와서도 별 표정 변화가 없어서 적당히 잘 있다 온 줄 알았는데. 싫었던 기억으로 남아있는 걸까? 어쨌든 라나문의 말은 일리가 있긴 했기에 카르둔은 고개를 끄덕거리며 감탄했다.

"도련님은 자존감이 참 높은데. 그러면서도 공명심은 한없이 바닥에 가까우시네요."

대적자인 게 밝혀져 신전에 끌려간다고 해도 세계를 구할 영웅이 되는 건데 이렇게 관심을 안 보일 수가 있다니. 위험하긴 해도 다르게 생각하면 국서보다 더 좋은 거 아닌가, 싶은 마음이 들었으나 어쩌겠는가. 본인이 싫다는데.

어쨌든 그의 주인인 라나문이 저렇게 나오자, 카르둔은 좀 더 생각해 보다가 다른 방안을 제안했다.

"그러면 도련님. 후궁들 중에서 가장 믿을만한 사람에게 상담해 보면 어떨까요?"

"믿을만한 사람?"

"조용하고 신중한 데다 공부도 많이 한 게스타 님이나 깐죽거리는 게 심하긴 해도 의외로 입이 무겁고 머리도 잘 굴리는 타시르 님이요."

"……."

"아, 칼라인 님도 괜찮겠네요. 무뚝뚝하지만 믿음직하잖아요. 든든하고. 클라인 황자가 부적을 잃어버렸을 때 좀 수상한 행동을 보였지만 조사해 봐도 별문제 없었고 이후로는 잘 지냈으니까…….
게다가 용병왕이잖아요. 어때요?"

라틸은 자신의 말을 도로 싹싹 주워 담아 쓰레기통에 버리고 싶어졌다. 도미스 얘기는 왜 꺼낸 거야? 속으로 욕이 튀어나왔다. 그 이름을 꺼내서 뭐 좋은 말을 들을 거라고. 칼라인이 무어라고 말을 하든 불편할 화제가 아니던가.

"제가 만난 사람은 도미스가 아니었습니다."

역시나. 칼라인은 예상대로 부정했다. 그러나 라틸은 대답을 듣자마자 더욱 언짢아졌다. 내 눈으로 도미스를 만나는 걸 보았는데 왜 거짓말하지? 이런 생각밖엔 들지 않았다.

"솔직하게 말해도 되는데, 칼라인."

"누가 주인께 그런 말을 했습니까? 제가 도미스를 만났다고?"

"내 정보원을 네게 알려줄 수는 없지."

"누가 전했든 멍청한 사람이로군요."

"……멍청?"

"도미스가 누구인지도 모르고서 주인께 헛소리를 해서 심기를 불편하게 하지 않았습니까."

칼라인이 말하는 멍청한 사람도, 헛소리를 한 사람도 모두 라틸이었다. 칼라인은 본의 아니게 라틸을 연거푸 공격했다. 입안에서 홍차의 쓴 뒷맛이 확 올라왔다. 라틸은 억지 미소를 지으며 빈정거렸다.

"왜, 나한테 네 이야기를 해준 사람도 도미스 얼굴을 알 수도 있지. 굉장한 미녀라면서. 기억에 남을 거 아냐."

"그럴 리가 없을 텐데요."

"그러던데?"

칼라인은 홍차에 손도 대지 않았다. 라틸은 그걸 뒤늦게 알아차렸다. 단지 홍차를 마시지 않았을 뿐인데 라틸은 이것조차 기분이 나빠졌다. 라틸의 얼굴 근육 여기저기가 씰룩였다. 칼라인은 무겁게 한숨을 내쉬었다.

"주인. 주인은 도미스의 얼굴도 모르잖습니까."

"……."

"그런데 남의 말만 믿고 제 말은 믿지 않을 겁니까?"

남의 말이 아니라 내 눈을 믿는 거야, 칼라인. 라틸은 그렇게 생각하고서 괜히 칼라인의 찻잔을 손가락으로 가리켰다. 칼라인이 그 손가락을 따라 시선을 내리자 라틸은 터무니없이 지시했다.

"다 마시고 가. 배 아픈 거 아니면."

"의외로 속이 좁으시군요."

"이제라도 알았으니 지금부터라도 세심하게 날 살피도록 해."

"!"

"홍차는 다 마시고 가."

라틸이 벌떡 일어나자 칼라인은 한 번에 홍차를 입에 털어 넣었다. 라틸은 입술을 꽉 다물고서 이마를 구겼다. 기분이 정말로 이상했다. 복잡했다. 칼라인이 저렇게 나오자 실망스럽기도 했지만 안도가 되기도 했다. 그가 거짓말을 하는 건 싫었다. 하지만 저렇게 나온다는 건 일단 후궁을 그만둘 생각은 없단 게 아닐까?

"홍차 다 마시고 빨리 가. 지금은 더 얘기하고 싶지 않네. 나중에 마저 이야기하지."

'이 화제로 할 말이 더 있을진 모르겠지만.'

"다 마셨습니다."

"그럼 가. 피로하군."

중얼거린 라틸은 침대로 가서 일부러 털썩 드러누워 버렸다. 사실은 전혀 피곤하지 않았다. 그러나 칼라인은 순순히 돌아가지 않았다. 오히려 그는 침대 가로 천천히 다가와서는 라틸을 내려다보았다.

"나가라 했다, 칼라인."

그 무엄한 태도에 라틸은 미간을 구기고서 재차 명령을 내렸다. 칼라인은 이번에는 지시대로 두 걸음 물러나 섰다. 하지만 나가지는 않았다. 라틸은 인상을 찡그리고서 상체를 벌떡 일으켰다.

"안 나갈 거냐."

"생일 선물로 무엇을 가지고 싶으십니까?"

지금이 생일 선물 이야기할 때냐고, 라틸은 속으로 버럭 외치다가 고개를 저었다.

"지금은 생일 선물 따위 얘기할 기분이 아니다."

"그러면 제가 임의로 고르겠습니다."

"마음대로 해라. 그게 내 마음에 들진 모르겠지만."

이번에는 칼라인도 순순히 밖으로 나갔다. 문이 닫히는 소리가 나자 방 안을 찬찬히 감돌던 홍차 향까지 주르륵 빠져나갔다. 라틸은 이마에 팔을 올리고서 자신을 질책했다. 도미스 얘기는 왜 물어본 거야, 바보같이.

칼라인이 나가자 분노는 빠르게 가라앉았지만 그 자리를 수치심이 차지했다. 스스로 생각해도 이해가 가지 않았다. 하이신스가 아이니와 결혼할 때도 나름 잘 참아냈다. 술과 시간과 여러 상황의 힘을 좀 빌리긴 했지만. 그래도 잘 참아낸 건 분명했다. 그런데 칼라인은……. 솔직히 아직 하이신스만큼 사랑하는 것도 아닌데. 방금은 왜 이렇게 감정에 휩쓸리듯 대응했던 걸까.

라틸과 비슷한 의구심을 칼라인 역시 품게 되었다. 칼라인은 지나다니는 사람이 거의 없는 밤의 회랑을 홀로 걸어가며 몇 번이나 라틸이 있는 곳을 돌아보았다. 라틸은 누군가 자신에게 칼라인이 도미스를 만났단 이야기를 해주었다고 했지만, 그건 이상했다.

도미스는 500년 전의 사람이다. 도미스의 얼굴과 이름을 모두 아는 인간은 없었다. 부하 뱀파이어들 중엔 있겠지만, 그들이 라틸에게 이런 이야기를 할 리도 없었다.

'혹시 주인이 직접 보았나?'

이런 생각도 들었지만 역시 이상하긴 마찬가지였다. 라틸 역시 도미스의 얼굴을 모르긴 마찬가지일 테니.

'몇백 년을 함께한 부하라도 배신은 할 수 있지. 그들 중 누군가 주인에게 알려주었을 수도 있긴 하지만⋯⋯.'

문득 떠오른 생각에 칼라인은 우뚝 멈추어 섰다. 그는 천천히 고개를 돌려 라틸의 침실이 있는 쪽을 쳐다보았다. 평소에는 아주 느리게 뛰는 심장이 좀 더 속도를 높였다.

'혹시 주인이 직접 보았나? 주인이⋯⋯ 전생의 기억을 찾아가는 건가?'

다음 날 아침. 라틸은 평소처럼 아무렇지 않게 행동했으나, 그 사이에 이상한 명령을 하나 섞었다.

"빨간 머리에 초록색 눈. 굉장히 화려하게 아름다운 여자. 이름은 도미스. 나이는 나랑 비슷한 정도고. 찾아봐. 수도 안에 있을 거야. ⋯⋯어제는 흑사신단 본부 맞은편에 있는 식당에 있었대. 게시판 같은 데서 공개적으로 찾진 말고."

라틸의 지시가 영 뜬금없다고 여겼으나 시종은 의문을 제기하진 않았다.

"예. 찾는 대로 바로 보고하겠습니다."

시종이 공손히 대답하고 나가자 라틸은 덤덤한 얼굴로 펜을 쥐었다. 그러나 심장은 콩닥콩닥 뛰었다. 도미스를 찾아서 뭐 하려고? 칼라인이랑 주선이라도 해주려고? 그런 것도 아니면서 왜 찾는 거야?

아니야. 찾아봐서 나쁠 것도 없어. 칼라인은 내 후궁이잖아. 도미스는 내 후궁이 사랑하는 사람이고. 위치 좀 파악해 두는 게 뭐 어때.

라틸이 도미스의 기억을 찾으면 어떻게 되는 걸까. 두 사람 사이에 오고 간 그 애틋한 정도 다시 떠올리는 걸까. 감정은 기억을 따라가는 걸까 아니면 심장에 남아있는 걸까. 칼라인은 느리게 뛰는 심장 위에 손을 올리고서 희미하게 입꼬리를 올렸다.

"주인……."

도미스의 기억을 찾으면 라틸이 무어라고 할지 너무나 궁금했다. 처음 만났을 때 그가 도미스의 속을 썩인 대가를 지금에서야 치르는 거라고 놀려대지 않을까? 아니면 그저 마음고생 시켜서 미안하다고 손을 잡아줄까? 칼라인은 그 자리를 벗어나지도 못하고 그저 그렇게 웃고만 있었다. 행복한 기대로 가득 찬 상념은 서넛이 찾아오고서야 잠시 멈출 수 있었다.

"이걸 봐주십시오."

서넛은 검은 천으로 싸서 들고 온 길쭉한 무언가를 내밀었다. 그것을 탁상 위에 내려놓고 천을 들추자 안에서 부서진 검이 나왔다. 임시 검집으로 날 부분만 추가로 감싸둔 우스운 모양새였으나, 손잡이에 세공된 문양이 정교하고 섬세한 것이 딱 보기에도 값비싼 보검 같았다.

"비싸 보이는군."

"가문의 보검입니다."

너희 가문의 보검을 왜 나한테? 칼라인이 의아한 눈으로 쳐다보자, 서넛이 검날에 덧대둔 임시 검집을 빼며 덧붙였다.

"폐하께서 부러뜨리셨습니다. 한 번에요."

"점점 더 강해지시는군."

"이러다가 갑자기 각성하는 겁니까? 어느 순간에 갑자기?"

질문을 던진 서넛은 심란한 눈으로 검을 바라보다가, 다시 임시 검집을 날에 끼워 넣었다. 칼라인은 서넛이 부서진 검을 검은 천으로 도로 싸는 걸 내려다보다가 중얼거렸다.

"그냥 되는 건 아니고 조건이 있지."

"조건이라니요?"

"성장통과 결단."

"성장통? 몸이 아픈 겁니까?"

"아니. ……마음이."

시련이나 역경을 극복해야 한단 뜻인가? 칼라인의 설명은 두루뭉술해서 바로 이해하기 쉽지 않았다. 하지만 칼라인이 더 설명할 마음이 없어 보였기에 서넛은 그 이상 질문하진 않았다. 그는 가만히 검은 천을 이리저리 움직여 검만 꼼꼼히 쌌다. 그래도 결국 질문 하나는 하고 말았다.

"그러면 평생 마음 아플 일이 없으면 폐하께서 각성하지 않을 수도 있는 겁니까?"

"그런 로드는 없었다. 이론상으로는 가능하겠지만."

"폐하께서 각성하지 않으신다면 좀비나 흑마법사, 뱀파이어 같은 어둠에 속한 존재들이 더 늘어나지 않고요?"

"그런 로드가 없었기에 딱 잘라 말하기 어렵군."

서넛은 마음이 좋지 않아졌다. 라틸이 각성을 하면 자신과 유대감이 강해질지 모른다. 이건 좋은 일일 것이다. 하지만 한편으로는 라틸이 각성할 만큼 마음에 성장통을 겪을 일은 없길 바랐다.

"알았습니다."

어쨌든 본론은 다 마쳤기에 서넛은 검을 챙겨 몸을 돌렸다. 두 사람의 은밀한 친분을 아는 사람은 거의 알 테지만, 그래도 황제의 근위기사단장과 후궁이 너무 친밀하게 지내면 야심을 가지고 결탁한 것처럼 보일지도 몰랐다.

"잠시."

그러나 밖으로 나가려는 서넛을 칼라인이 갑자기 붙잡았다. 서넛은 문고리를 잡은 채 칼라인을 돌아보았다.

"무슨 일입니까?"

칼라인은 입이 무거웠다. 그가 먼저 서넛을 붙잡았다면, 무언가 심각하고 신경 쓰이는 정보가 떠올라서가 분명했다. 하지만 칼라인이 뱉은 질문은 엉뚱하고 지극히 사적이었다.

"곧 주인의 생일이지. 생일 선물을 줘야 하는데."

"그런데요."

"뭘 드리는 걸 좋아할까? 너는 오래 같이 있었으니 알겠지. 주인께서 무슨 선물을 좋아하시지?"

"……."

서넛은 제대로 대답을 해주고 싶은 마음이 반, 거짓말로 알려주고 싶은 마음이 반이어서 입을 다물고 입꼬리만 경직된 채 올렸다. 칼리인에게 제대로 알려줘서 그가 라틸의 총애를 받게 되는 것도 싫었고, 칼라인이 라틸에 대해 정보를 수집하는 것도 싫었다. 그렇지만 근위기사인 그가 황제의 후궁에게 황제가 뭘 좋아하는지조차 알려주지 않았다가는…….

"서넛?"

칼라인이 그를 재촉했다. 거짓말을 하건 진실을 대답하건 뭐라도 말은 해야 할 것 같았다. 서넛은 고민 끝에 거짓말을 선택했다.

"왕반지를 좋아하십니다."

"왕반지?"

"예. 모양이나 디자인은 다 필요 없고, 그저 가운데 박힌 알이 크고 화려하면 다 좋아하시지요. 무기로 삼아도 될 정도로 커다래야 합니다."

칼라인의 표정이 이상하게 뒤틀렸다. 그럴 리가 없는데, 하는 표정.

칼라인도 라틸의 평소 차림에 대해 모를 리가 없으니 의구심을 느낄 만도 했다. 그래도 서넛은 자신의 거짓말을 밀고 나갔다.

"좋아하시는 게 맞습니다. 평소엔 거추장스러우니 안 하실 뿐이지요. 보석함에 넣어두고서 소중히 대하실 겁니다."

서넛은 눈도 깜짝하지 않고 되는대로 아무 말이나 뱉었으나, 그러면서도 칼라인의 눈치를 살폈다. 칼라인과는 앞으로도 계속 알고 지내야 했기에 이런 대답을 해도 좋을지 걱정이 되었다.

다행히 칼라인은 전혀 의심하는 기색 없이 웃으면서 고개를 끄덕이고는, 평소보다 좀 더 밝게 서넛의 어깨를 두드렸다.

"그러면 반지로 사면 되겠군. 네게 큰 도움을 받았다, 서넛."

"당연히 해야 할 일인 걸요."

"당연하기는. 거절할 수도 있는데 내 말을 들어준 거 아닌가. 걱정 말게. 주인께 선물을 드리면서 자네가 내게 조언해 준 선물이라고 꼭 말씀드리지."

밤새 성벽을 향해 이상한 빛덩이를 쏘아대던 사람은 아침 해가 뜰 때까지도 한동안 계속해서 공격하다가 사라졌다. 틀라가 깨어났을 때는 이미 점심때가 지난 시각으로, 그는 눈을 뜨자마자 여우 가면이 자신을 기절시켰던 걸 떠올리고서 분노했다.

"네 이놈!"

틀라는 침대 밖으로 빠져나오다가 익숙한 인테리어를 발견하고 잠시 주춤했다. 다른 곳으로 대피한 줄 알았는데 이곳은 지하 성에 있는 그의 방 안이었다. 틀라가 주위를 두리번거리고 있자니 아낙차가 안으로 들어오다가 그 모습을 발견하고서 황급히 가까이 다가왔다.

"틀라!"

"어머니."

틀라는 침대에서 빠져나와 슬리퍼를 신고 일어섰다.

"어떻게 된 건가요? 여우 가면이 저를 기절시켰던 것까지 기억납니다. 누군가 우리를 공격했던 거 같은데. 그자는요?"

"성벽에 커다란 구멍을 내고 갔다더라. 거기로 뭐가 우르르 쏟아져 들어올까 봐 얼마나 무서웠는지 몰라."

"피해가 없었나요?"

"구멍이 나긴 했는데, 뭘 어떻게 한 건지 그 자리가 금세 메꾸어졌어. 그런 쪽으로 능력 있는 뱀파이어가 있는 모양이더라."

아낙차는 틀라의 머리카락을 한 손으로 하염없이 쓸어주었다.

"너는 중요한 사람이니 우선 여우 가면의 은신처에 대피시켰다가, 안정된 후에 다시 옮겼단다."

그녀의 목소리는 아직도 조금 떨리고 있었다. 상황도 두려웠지만, 틀라가 또다시 다칠까 봐 몹시 걱정한 모양이었다. 그러나 틀라는 어머니의 걱정을 들으면서 자존심이 더욱 상했다. 어머니도 맨정신으로 그 모든 일을 감당했는데 자신은 혼자 기절해서 일이 어떻게 돌아가는지조차 몰랐다니.

라틸에게 패한 일과 자신이 로드가 아닐지도 모른다는 불안감이 겹쳐지면서 부쩍 낮아진 그의 자신감이 다시 한번 더 한없이 얇은 유리처럼 파르르 떨렸다.

"여우 가면이 빨리 새로운 거처를 알아봐야 할 텐데. 생각보다 쉽지 않은 모양인가 봐."

그래도 다행이라면서 아낙차는 재차 틀라의 뺨을 쓰다듬었다. 틀라는 침대에 털썩 주저앉았다. 하지만 아무리 위로해 주어도 틀라의 표정은 굳은 채 풀리지 않았다. 그 기색을 눈치챈 아낙차는 아들을 보듬어주는 것을 멈추고서 물었다.

"왜 그러니?"

"여우 가면이 제 편이 아닌데, 여우 가면의 적까지 제 편이 아니라니. 다른 보금자리로 간다 한들 거기가 우리에게 안전할지 모르겠습니다."

아낙차는 처음에는 자신의 아들이 죽었다 깨어났던 것조차 몰랐으나, 지금은 모든 진실을 아들에게 들어 알고 있었다. 그뿐만 아니라 틀라가 자신이 가짜 로드일 수도 있단 생각을 하며 두려워한단 점까지도. 그 때문에 아낙차는 틀라가 중얼거리는 소리를 듣자 그가 하는 말을 바로 이해하고서 얼른 아들의 차가운 손을 잡아주었다.

"네가 가짜라도 상관없어. 가짜를 만들었다면 그 이유도 있겠지. 진짜가 너무 약하거나, 진짜를 못 찾았거나. 아쉬운 건 그들이니 네가 두려워할 필요 없다. 너는 충분히 강해. 차분하게 굴면 상황을 뒤집을 수 있어."

아낙차가 건네주는 위로에 틀라는 고개를 끄덕였다.

"어머니 말씀이 옳습니다. 신중하게 굴겠습니다."

"그래. 나도 널 도울 방법을 찾아보마."

"어머니는 편히 계세요. 저 때문에 고생하셨으니, 제가 어머니를 지켜야지요."

걱정 가득한 틀라의 말에 아낙차는 눈시울을 붉혔다. 그녀는 아들의 차가운 손을 꼭 쥐고서 울음을 참기 위해 입술을 꽉 깨물었다. 고귀한 황자로 태어나 누구보다 귀하게 자란 자식이 이렇게 온갖 고생을 하고 있다니. 보는 것만으로도 안쓰러워 견디기 힘들었다. 게다가 곧 틀라의 생일이지 않던가.

"라틸 그것은 화려한 생일 연회를 열겠지. 파티도 크게 열고…… 모두가 생일을 축하할 거야. 그날이 네 생일이기도 하다는 걸 우리 말고 기억하는 사람이 있기나 할까?"

"생일이 대수입니까."

그러나 틀라는 지금은 라틸보다는 여우 가면을 향한 원한이 더 컸다. 라틸 쪽도 언젠가는 복수를 해야겠지만 당장 급한 건 여우 가면이었다.

"어쨌든 이 일로 확실해졌습니다. 여우 가면은 기르골보다 약해요."

"그걸 이용할 셈이니?"

"네. 어쩌면 그자는 진짜 로드를 죽이고 싶어 안달이 나있으니, 진짜 로드가 누구인지 알려준다면 손을 잡을 수 있을지도 모릅니다."

틀라는 여우 가면이 소중히 간직하고 있던 라나문의 초상화를 떠올렸다. 분명 여우 가면은 라나문을 로드라고 생각하고 있을 것이다. 그러니 초상화를 방 안에 둔 거겠지.

"거래가 된다면 좋겠지만…… 괜찮을까? 말이 통할 뱀파이어가
아닌 거 같다면서?"

"네. 그게 문제지요."

업무를 보는 내내 라틸은 '도미스를 찾으란 명령을 취소할까?'와
'아니야, 그래도 알아보자' 사이에서 망설였다. '이 사실을 알면 칼
라인이 분명 안 좋아할 텐데……' 싶다가도 '칼라인은 내 후궁으로
들어왔잖아, 자기가 먼저 조심했어야지' 같은 반발심이 치솟았다.

그래도 라틸은 저녁때까지 일은 꾸역꾸역 다 하다가 저녁 식사
를 할 때가 되자 일부러 라나문을 찾아갔다. 혼자서 식사해 봤자
또다시 같은 고민만 반복될 거 같으니, 일부러 함께 있을 다른 후
궁을 찾아간 것이었다. 어차피 라나문도 그날이 생일이니 선물 관
련해 질문할 것도 있었고.

"폐하."

라나문은 책상 앞에 앉아 무언가를 쓰고 있었던 것인지, 책상 위
에 뒤로 뒤집어 놓은 편지지가 보였다.

"함께 식사할까 하는데."

라나문 같은 사람이 과연 누구에게 편지를 쓰나, 궁금해졌지만
라틸은 굳이 물어보진 않았다. 사교계에 들어가면 일단 편지를 쓸
일이 아주 많아지니까. 라나문처럼 사교계와 거리를 둔 사람도 이

에 해당하는지는 모르겠지만 말이다.

"저도 마침 식사하려던 참입니다."

"잘됐네. 같이 식사하지."

라틸이 아직 닫지 않은 문 너머로 눈짓을 하자, 대기하고 있던 하인이 꾸벅 인사를 하고 나가더니 1분도 지나지 않아 미리 준비해 둔 왜건을 끌고 줄지어 안으로 들어왔다.

"그냥 오셨어도 차리게 시킬 수 있는데요."

"네가 먹는 음식에 또 뭐가 들어있을 줄 알고. 그거 있잖아. 고……."

"드시지요."

그때 일은 상상도 하기 싫은지 라나문은 서둘러 왜건을 살피며 말했다. 차가운 척하는, 아니, 실제로도 얼음 기운이 쌩쌩 날리는 남자가 보여주는 속 보이는 태도에 라틸은 저도 모르게 입꼬리를 올렸다. 볼이 위로 올라갔다.

하인이 탁자 위에 음식을 완벽하게 세팅해 놓고서 나가자, 라나문과 라틸도 마주 보고 자리를 잡았다. 라나문의 시종인 카르둔도 문을 닫고 나가자 라틸은 괜히 헛기침을 한 번 하고서 잘 차려진 음식을 둘러보았다.

"네가 좋아한단 거로 차리게 했는데. 맞는지 모르겠다."

말을 마친 라틸은 라나문의 얼굴을 힐긋 살폈다. 라나문은 여전히 변화 없는 냉랭한 얼굴이어서, 라틸의 말에 기분이 좋아졌는지 아닌지조차 구분하기 어려웠다.

'그냥 아무 생각이 없는 건가?'

그러다가 라나문도 라틸을 쳐다보는 바람에 라틸은 얼른 시선을 피하며 스푼을 쥐었다.

"먹자."

식사를 하는 내내 두 사람의 대화는 이런 식이었다. 라틸은 하얀 빵을 찢다가 라나문에게 요즘은 어떻게 지내는지 물었고, 라나문은 잘 지낸다고 대답했다. 라나문이 수프를 마시다가 라틸에게 안부를 물어보면 라틸도 그럭저럭 비슷하다고 대답했다.

두 사람의 대화는 한 공간에서 같이 지내는 사람이라기에는 약간 어색하고 거리감이 있었다. 하지만 라틸은 이런 분위기 덕분에 오히려 칼라인과 도미스 생각을 하지 않을 수 있어서 좋았다.

"난 네가 어색해서 좋다, 라나문."

"돌려서 질책하시는 건지 아니면 진심으로 하는 말씀인지, 구별이 되지 않습니다."

"진심으로 하는 말이야. 널 보면 다른 생각을 못 하겠거든."

"그런 사람은 하나둘이 아닙니다. 폐하께서도 그런 사람 중 일부가 되시려는 겁니까?"

눈 하나 깜짝하지 않고 자신을 추켜세우는 라나문의 말에 라틸은 웃음을 터트렸다. 라나문은 잠시 라틸을 희한하단 눈으로 쳐다보았으나, 곧 희미하게 따라 웃고서 다시 식사를 시작했다. 라틸은 식사가 거의 끝나갈 즈음이 되어서야 미리 준비해 온 질문을 던졌다.

"곧 생일인데 아직도 뭘 가지고 싶은지 생각 못 했어, 라나문?"

"폐하께서는 정하셨습니까?"

"내가 먼저 물었는데."

"감히 후궁의 몸으로 폐하보다 먼저 대답하겠습니까."

"황명이다. 괜찮으니 먼저 대답해."

라틸이 권력을 들고서 팔랑팔랑 흔들어 보이자, 라나문의 표정에 또다시 미세한 변화가 일어났다. 그 변화조차 아주 잠시 일어났다 사라졌으나 라틸은 문득 이것도 라나문의 장점 중 하나라고 생각했다.

반응이 거의 없어서 상대하고 있자면 기분이 나빠지기도 했지만, 다른 관점에서 생각하면 자신의 말 한마디에 그가 반응할 때마다 미로에서 길을 찾아낸 기분도 들었다.

그때였다. 라틸의 권력에 눌려 잠시 말없이 있던 라나문이 눈을 반짝 들더니 라틸을 빤히 바라보며 물었다.

"그러면 폐하. 제가 선물로 어떤 소원을 말하든 들어주시겠습니까?"

라틸은 거기에 진지하게 대답을 하려다가 '어라' 싶은 기분에 눈동자를 위로 굴렸다. 방금 그 말. 낯익은 느낌이 나서. 왜 낯익은 느낌이 나지? 게스타가 저런 말을 했던가? ……아니다. 게스타는 같이 여행 가자고 말했지. 그런데 왜 낯익지? 곰곰이 생각해 보고 있으려니 답이 떠올랐다.

《연애의 시작》!'

라나문이 인덱스까지 붙여가면서 열심히 보던 그 책! 그 책에 그런 비슷한 조언이 있었던 거 같다. 그 책을 떠올리자마자 라틸은 황급히 입을 틀어막고 고개를 내렸다. 아니면 큰소리로 웃어버릴 거 같아서.

라틸은 집중력을 최대로 발휘해서 어깨가 떨리는 것도 참았다. 하지만 미세한 떨림까지는 막지 못했나 보다. 라틸의 반응을 본 라나문의 목소리가 놀랍게도 한층 더 가라앉았다.

"왜 비웃으시는 겁니까."

라틸은 입을 손으로 틀어막고서 고개를 들었다. 라나문이 붉어진 얼굴에 차가운 표정을 지은 채 이쪽을 보고 있었다. 표정은 얼음처럼 시리지만 저렇게 피부가 붉어진 걸 보니 곧 녹아내릴 게 틀림없었다.

좀 웃었다고 저렇게 바로 예민하게 묻는 것도, 본인이 연애 서적에 나온 걸 그대로 실천한 게 부끄러워서 저러는 것일 터. 라틸은 입을 막은 손에 더욱 힘을 주고서 고개를 저었다.

"비웃기는. 귀여워서 그러지."

"비웃으시는 걸로 보입니다."

"그럴 리가."

"그러면 그렇게 웃지 마십시오."

라틸은 알겠다고 라나문을 달래 주려다가, 그의 붉은 기운이 어느새 귀까지 가있는 걸 보자 짓궂은 마음이 들었다. 라나문을 보고 있으려니 서넛이 왜 매일 자기를 놀려대는지 그 기분이 공감되었다. 저러면 놀리고 싶어지지.

"싫은데?"

"!"

라틸 본인이 당했다면 당장 베개를 들어 올려 상대의 등짝을 퍽

퍽 내려칠 만큼 얄미운 말이었으나, 라나문은 놀랍게도 이번에도 잠시 표정을 까딱할 뿐, 별 반응을 보이지 않았다. 그걸 보자 라틸은 라나문이 화내는 모습도 궁금해졌다. 저렇게 냉정하고 침착한 남자가 평소의 포커페이스를 깨면 어떤 모습일까?

"내 생일 선물로 가지고 싶은 게 생겼다, 라나문."

생각에서 그치지 않고 라틸은 턱을 괴고서 아까와 다르게 웃었다.

"무엇입니까?"

"네가 흐트러진 걸 보고 싶어."

라나문은 '진심이냐'는 눈으로 라틸을 쳐다보았다. 라틸의 요구가 너무나 황당하다고 여기는 듯했다. 하지만 라틸이 웃고만 있을 뿐 요구를 바꾸지 않자, 라나문은 눈을 가느스름하게 뜨고서 생각에 잠겼다. 그러기를 잠시. 라나문이 고개를 끄덕였다.

"그러지요. 저도 폐하께 받고 싶은 선물을 정했습니다."

"말해봐. 내 요구를 무르란 선물 말고는 다 주지."

"폐하께서 저를 흐트러지게 만들어주십시오."

흐트러지게 만들어 달라니. 라틸은 라나문의 저 말이 무슨 뜻인지 순간 헷갈렸다. 해석의 여지가 다양한 말이었다. 아니, 사실 라틸이 저 말을 듣자마자 떠올린 건 딱 하나였다.

'잠자리에서 흐트러지고 싶단 뜻인가?'

해석이 다양할 수도 있겠지만 라틸의 머리는 저 말을 딱 하나로만 해석했다. 라틸은 눈을 깜빡거리면서 라나문의 냉담한 표정을 뚫어져라 쳐다보았다. 그의 표정에 조금이나마 타시르 같은 구석이 있다면 라틸은 자신의 해석이 옳다고 생각할 것이다. 그러나 라나문의 표정은 이 와중에도 건조하고 담백하기 짝이 없어서, 라틸은 자신의 해석이 맞다고 확신할 수가 없었다.

"방금 그 말뜻이 조금 애매하게 들리는데."

라틸은 괜히 탁상 위에 놓인 냅킨 끝을 만지작거리면서 물었다. 라나문은 눈꺼풀을 내리깔고 있으나 시선은 라틸의 손가락에 닿아 있었다.

"어떻게 들리십니까?"

라틸은 냅킨 끄트머리를 손가락으로 조금씩 뜯어냈다. 잠자리 이야기를 하는 것처럼 들려. 라틸은 입안에서 말을 뭉갰다. 괜히 초조한 기분이 들었다.

"글쎄."

라틸은 중얼거리면서 냅킨을 계속 뜯기만 했다. 얼마나 그러고 있었을까. 돌연 라나문이 말없이 제일 윗옷 단추를 풀더니 손부채질을 했다.

"조금 덥군요."

라틸은 냅킨만 쳐다보다가 그 소리에 시선을 들었다. 시선을 들어 올리자마자 보인 건 풀어진 단추 사이로 보이는 쇄골이었다. 라틸은 다시 시선을 내리면서 물었다.

"단추는 왜 풀어?"

"좀 더워서요."

돌아온 대답은 덤덤했으나 라틸의 마음은 덤덤하지 않았다. 이런 분위기를 생각하고 온 건 아닌데, 분위기가 미묘하고 말랑해지는 게 당혹스러웠다. 갑자기 주위가 너무 고요하게 여겨졌고 맞은편에서 들려오는 소리에만 오감이 다 집중되는 것 같았다.

그저 웃으면서 넘어가기엔 라나문은 지독하게 아름다웠다. 라틸은 마른침을 삼키고서 억지로 양 입꼬리에 힘을 주었다. 왜 이렇게 입술 끝이 무겁게 여겨지는지. 그래도 힘을 주어 미소 비슷한 걸 만들어내고 앞을 보니, 라나문은 사람을 혼란스럽게 만들어 놓고서 본인은 태연한 표정이라 얄미웠다. 만약 라나문의 귓가가 붉지 않았더라면 좀 빈정이 상했을 것이다.

눈이 마주치자 그의 회색 눈동자가 빛을 받아서 섬세하게 세공한 보석처럼 보였다. 참으로 이상하게도 그 눈과 마주치는 순간, 라틸은 자신의 볼이 위로 올라가는 걸 느꼈다. 그건 의지와 상관 없는 반사적인 반응이었다. 하지만 민망하지 않은 건 아닌지라, 라틸은 괜히 부채를 펼쳐 얼굴의 반을 가리고 중얼거렸다.

"생일날이 되면 알겠구나. 우리가 서로에게 선물이 될 수 있을지."

다행히 목소리만큼은 라틸 역시도 평소처럼 낼 수 있었다. 라틸은 부채로 입가를 가린 채 라나문의 반응을 샅샅이 살폈다. 라나문은 역시나 평소와 같은 얼굴로 보일 듯 말 듯 희미한 미소만 띠고 있을 뿐이었다.

고요한 가운데 시계 소리가 들려왔다. 라틸은 벽 가운데에 걸린 시계를 쳐다보았다. 슬슬 돌아갈 시간이었다. 그걸 보자 주체 없이 움직이던 입술 근육에 드디어 통제권이 돌아왔다. 라틸은 정색을 하고서 부채를 내리고 자리에서 일어섰다.

"그럼…… 그날을 기대하지."

황제가 나가자마자 시종인 카르둔은 얼른 방 안에 들어와 라나문의 표정을 살폈다. 물론 라나문은 카르둔이 곁에 있을 때도 표정에 감정을 드러내진 않았지만, 카르둔은 라나문의 유형제였다. 아주 어린 시절부터 함께 붙어 지내온 만큼 남들보다는 라나문의 표정을 읽는 데 월등했다.

카르둔은 오늘도 눈치 빠르게 라나문이 지금 기분이 아주 좋은 상태란 걸 알아차렸다.

"폐하께서 도련님께 좋은 말씀을 해주셨군요!"

카르둔이 외치자 라나문은 뒷짐을 지고 자리에서 일어났다. 라나문이 눈짓으로 상을 치우란 신호를 하자 카르둔은 얼른 밖으로 나가 하인들을 불러왔다. 하인들이 테이블을 깨끗하게 치우고 나가자 카르둔은 서둘러 문을 닫고서 라나문 곁으로 다가갔다. 그는 얼른 라나문에게 좋은 소식을 듣고 싶어서 발을 제자리에 두질 못했다.

"폐하께서 라나문 님께 칭찬을 해주셨나요? 아니면 이제부터 총애하실 것 같나요? 아니면…… 하여튼 뭔가 좋은 소식이 있는 거지요?"

라나문은 거만하게 뒷짐을 지었는데, 그 모습이 몹시도 위풍당당해 보여서 카르둔은 눈시울이 뜨거워지는 걸 느꼈다. 고자 약을 먹고 의기소침해 있거나 얼굴에 트러블이 잔뜩 올라와 의기소침해 있거나 인간 베개로 사용된 다음 의기소침해 있는 모습만 보다가 이렇게 어깨를 쭉 펴고 있는 모습을 보자 너무나 감격스러웠다.

"폐하께선 내 얼굴이 마음에 드시나 보더라."

"도련님 얼굴은 누구나 마음에 들어 합니다."

"생일 때까지 아무 일이 없어야 한다. 음식에 이상한 게 들어가서도, 피부에 이상이 생겨도 안 된다."

생일? 생일을 두고서 두 분이 무언가 약속하신 건가? 카르둔은 심장이 콩콩 뛰었다. 입이 무거운 라나문은 더 이상의 구체적인 정보는 주지 않았지만 카르둔은 이것만으로도 충분히 만족해서 빠르게 고개를 끄덕였다.

"평소보다 배로 주의를 기울이겠습니다, 도련님. 염려 마세요."

"이 이야기가 다른 곳에 새어 나가는 것도 막아라."

"예?"

소문은 왜 막으라 하시는 거지, 생각하면서도 카르둔은 순순히 대답했다.

"예. 그러겠습니다."

"그러면 됐다."

라나문은 고개를 끄덕이고서 아까 라틸이 보았던 벽시계를 살피다가 일어섰다.

"폐하께서 오늘 또 오시진 않을 테니 이제 그 상인에게 가보지."

카르둔은 라나문이 편지를 쓰고 있던 책상을 쳐다보았다. 라틸이 들어오는 바람에 그 편지지는 뒤집혀 있었지만 카르둔은 그 안에 어떤 내용이 쓰여있는지 알았다.

"정말로 타시르 님께 대적자 편지를 상담받으실 건지요?"

"게스타 가문과 우리 가문은 사이가 나쁘지. 자칫하면 내 약점을 건네는 꼴이 될 수도 있다."

"칼라인 님은……."

"이후 조사 결과는 괜찮긴 했는데 그래도 클라인 황자 부적 사건 때 모습이 신경 쓰인다."

라나문은 카르둔과 의논한 끝에, 그를 자꾸 대적자라고 부르는 편지가 온다고 타시르에게 상담하기로 했다. 상담용 편지를 쓰는 와중에 라틸이 갑자기 찾아와서 도중에 멈춘 것이다. 하지만 막상 한 번 편지가 끊어지고 나자, 라나문은 편지로 묻기보다는 그냥 직접 가서 물어보는 게 낫다고 여기는 듯했다.

"그렇군요. 하지만 타시르 그자는 상인이라…… 혹시 돈을 많이 주는 사람이 나타나면 우리 정보를 팔아버릴까 봐 좀 걱정입니다."

"타시르가 있는 상단은 신뢰도도 좋고 타시르 본인도 입이 무겁지. 상인은 정보력이 생명이니, 귀족들 사이에서 도는 정보와 다른 정보를 가지고 있을 수도 있어. 그 정도 되는 상인이라면 눈앞의 이익보다는 장기적인 견해를 가지고 행동할 거다."

"그건 그렇지만……."

카르둔은 그래도 걱정스러운 기색이었으나 라나문은 지체 없이 문을 열고 밖으로 나갔다.

타시르는 다행히 방 안에 있어서, 얼마 지나지 않아 두 사람은 은밀히 대화를 나눌 수 있게 되었다. 라나문의 요구대로 사람들을 다 물린 타시르는 편안한 의자를 권하면서 웃었다.

"우리 도련님이 저와 단둘이서만 대화를 나누고 싶어 하니 감동입니다."

평소와 다를 바 없는 능글맞은 태도로 타시르는 라나문의 옆자리에 자신도 엉덩이를 붙이며 생글 웃었다.

"그래, 은밀하게 둘이서만 하고 싶은 말이 무엇입니까? 제가 좀 마음의 준비를 하고 들을까요?"

"너는 머리가 좋지."

"마음의 준비를 안 해도 될 것 같군요."

"내가 대적자라 주장하는 편지가 계속 오고 있는데."

"잠시만요. 역시 준비를 좀 하겠습니다."

타시르가 한 손을 내밀면서 '그만' 하는 수신호를 보내자 라나문은 심드렁하게 말하기를 멈추었다. 타시르는 심장 위에 손을 올리고서 잠시 묘한 미소를 지은 채 허공을 쳐다보았다. 지금 라나문이 뱉은 '대적자'란 말이 자기가 아는 그 '대적자'와 같은 말인가 비교해 보듯이.

"라나문 님이 말씀하시는 '대적자'가 혹시 500년에 한 번 뱀파이어 로드와 함께 나타난다는 그 대적자가 맞는지요?"

"바로 알아듣는군."

"좀비가 나타나는 세상 아닙니까. 조사할 수 있는 건 이미 다 조사해 봤지요."

좀비가 나타났단 이야기를 들은 것뿐만이 아니었다. 타시르는 라틸의 명령으로 아낙차를 추적했다가 좀비와 싸우기도 했고, 죽은 틀라 황자가 좀비를 부리는 모습도 보았다. 당연히 조사하지 않을 수 없었다.

타시르는 한 손은 '그만' 하는 수신호를 하고 한 손은 가슴에 올린 자세로 잠시 아무 말도 하지 않았다. 얼마나 그러고 있었을까. 3분 정도가 지나서야 타시르는 두 손을 얌전히 내리면서 물었다.

"그럼 우리 도련님이 대적자이신 겁니까?"

"아니."

"하지만 그런 편지가 온다고……."

"그러니까. 내가 보는 나는 그런 사람이 아닌 거 같은데, 왜 나한테 계속 그런 편지가 올까?"

"……편지를 볼 수 있겠습니까?"

타시르가 질문하자 라나문이 최근에 받은 편지를 내밀었다.

"앞서 받은 편지들은 모두 태워버렸다."

"깔끔하시군요. 그게 뭔 줄 아시고."

타시르는 혀를 차면서도 라나문이 건넨 편지 봉투를 열어보았다. 타시르가 편지를 읽는 동안 라나문은 커다란 이젤에 얹혀있는 스케치북을 보았다. 스케치북에는 라틸의 초상화가 그려져 있었다. 활짝 웃고 있는 모습이었다.

궁정 화가들의 그림처럼 정교하지는 않지만, 보통 사람들의 솜씨와는 비교도 되지 않을 정도로 뛰어난 솜씨로 그림 그림이었다.

타시르는 편지를 다 읽고서 내리다가, 라나문이 어디를 보고 있는지 확인하자 웃으면서 물었다.

"라나문 님께도 하나 그려드릴까요?"

"난 폐하를 언제든 직접 뵐 수 있으니 괜찮다. 초상화로 상상하지 않아도."

"하하, 제가 그려드린다는 건 라나문 님 초상화인데요."

"내 초상화라면 전문적인 화가에게 맡기겠다. 너같이 어설픈 애송이가 아니라."

"그 애송이한테 중요한 일을 상담하러 오셨으면서. 말이 너무 심하십니다."

"……."

타시르가 섭섭하단 목소리로 편지를 내밀자, 라나문은 봉투를 받아 들고서 잠시 망설이다가 차갑게 말했다.

"비전문가 중에서는 네가 제일 잘 그리는 것 같다."

"말을 바꾸시는 건가요? 하지만 그 정도론 상처가 안 풀어집니다."

"넌 가장 뛰어난 화가는 아니지만 가장 뛰어난 상인이지."

타시르의 눈꼬리가 휘어졌다. 저 자존심 강한 도련님이 저렇게 노력하는 걸 보아하니 아쉬워서 온 게 맞긴 하구나, 싶어서.

"편지는 다 읽었습니다. 장난 같진 않군요. 내용이 제법 그럴듯합니다."

"그런가."

"제가 조사해 보니, 대적자 후보들을 몇 년 전에 신전에서 불러들인 적이 있다던데. 라나문 님도 그때 그곳에 가셨습니까?"

"그래. 얼마 안 있어서 나왔지만."

"그러면 그때 신전에 불려 갔던 사람들 모두가 이 편지를 받고 있을까요?"

라나문은 고개를 저었다.

"모르겠는데."

"그 사람들이 다 이런 편지를 받았다면 아마 말이 나왔겠죠. 제 생각에 '전부' 받은 건 아닐 것 같긴 합니다만……. 우선은 이것부터 조사해 보죠."

"그거면 되나?"

"이 편지를 받는 사람의 숫자가 많아질수록 라나문 님이 대적자일 확률이 줄어드는 거니까요. 그리고 하나 더, 편지를 보내는 사람이 누군지도 확인해야겠습니다."

말을 하던 타시르가 갑자기 "아." 하고 탄식하더니 조심스럽게 라나문에게 물었다.

"이미 이 정도는 처리하셨을까요?"

라나문은 입을 꾹 다물고서 이젤을 쳐다보다가 고개를 저었다.

"아니."

받는 족족 다 태워버렸으니 처리하고 말고 할 것도 없었다. 지금

이야 연회장에 좀비가 등장하고 궁전 호수에서 괴물이 나오는 등 온갖 기현상이 벌어지고 있지만, 그전에는 평화롭기만 했다. 그런 와중에 대적자 운운하는 편지는 장난으로만 보였다.

"이게 장난 편지일 것 같진 않나? 그렇다면 조사까지 할 가치도 없다."

"그럴 수도 있겠지요. 하지만 사람들이 대적자란 존재를 신경 쓰게 된 지도 얼마 되지 않았습니다, 라나문 님. 이런 걸로 감히 라나문 님께 장난이라…… 글쎄요. 장난 편지를 쓴다면 굳이 대적자 이야기를 꺼냈을까요?"

타시르는 평소보다 아주 약간 더 심각해 보였다.

"그렇군."

"장난이라 하더라도 사람들 사이에 혼란을 조성할 수 있는 내용이니 찾는 게 맞을 것 같습니다, 라나문 님."

말을 마친 타시르는 라나문을 계속 쳐다보았다. 그가 더 할 말이 있으려나 싶어서. 라나문은 쉬이 입을 열지 않았다.

"차라도 가져오라 할 걸 그랬네요."

시간이 좀 더 길어질 듯하자 타시르는 농담조로 말하면서 느긋하게 다리를 뻗었다. 라나문이 이젤에 놓인 초상화를 계속 보고 있었지만, 진심으로 그림을 감상하는 게 아니란 건 그도 알고 있었다. 얼마나 그러고 있었을까. 마침내 라나문이 자리에서 일어섰다.

"도움을 받았군. 마지막으로 하나 더 물어보고 싶은 게 있는데."

"전 마지막으로 답례 이야기를 하실 줄 알았는데요."

"손꼽히게 부유한 사람에게 물질로 갚는 건 의미 없는 일이겠지.

답례는 네가 원할 때 필요한 도움을 주는 걸로 하겠다."

도움을 받고서도 당당한 라나문의 제안에 타시르의 입가가 올라 갔다.

"그 정도면 괜찮습니다. 이제 마지막으로 하려던 질문, 계속하시 지요."

질문을 하겠다면서 라나문은 문가로 저벅저벅 걸어갔다. 타시르 는 곁에 서서 그가 문 앞에 설 때까지 함께 걸어갔다. 질문을 안 하 려는 건가, 싶어진 타시르는 직접 문고리를 잡았다. 문을 열기 직 전, 라나문은 손을 올려 막고서 마침내 오래 끌던 질문을 던졌다.

"만약 내가 진짜 대적자라면."

"?"

"어떻게 하는 게 좋을까."

"그건 답이 있는 문제가 아니고, 저는 라나문 님께 조언을 해드 릴 위치가 아니니 무어라 말하기 어려운데요."

"……같은 후궁 입장으로 조언을 해준다면."

라나문의 입에서 나온 '같은 후궁'이라는 말에 타시르의 눈가가 가늘게 휘었다.

"듣기 좋은 말이네요. 음……."

문고리에 손을 뗀 타시르는 팔짱을 끼고서 곰곰이 고민하는 척 고개를 갸웃거렸다. 라나문은 차분하게 그가 대답하기를 기다렸다. 이 질문은 정말로 그의 조언을 받아들이기 위해 한 건 아니었다. 그저 타인의 의견, 정확히는 다른 사람이 이 일을 바라보는 관점을 들어보고 싶어서 한 것일 뿐.

지루할 정도로 시간을 끈 후에야 타시르는 팔짱을 풀고 문을 열어주며 웃었다.

"그럼 세상을 구하는 영웅이 되셔야지요. 여기서 나가세요."

라틸이 평소처럼 업무를 보는 도중이었다. 책상 앞에 앉아 턱을 괴고서 각 부의 장관이 보내온 보고서를 하나하나 살피고 있으려니, 시종이 들어와 작은 목소리로 보고했다.

"폐하. 지시하신 일을 마쳤습니다."

라틸이 쳐다보자 시종이 입 모양으로 작게 '도미스요'라고 덧붙였다.

'아, 도미스! 찾아보라고 했지.'

라틸은 팔을 내리고서 시종장과 서넛에게 나가보라 지시했다. 두 사람이 나가자 라틸은 시종에게 더 가까이 다가오라 손짓했다. 시종이 곁으로 오자 라틸은 얼른 질문했다.

"어디에 있더냐? 도미스가 확실해?"

"사실 이름은 달랐습니다. 하지만 인상착의가 폐하께서 말씀하신 바와 꼭 같았고, 이름은 가명을 사용할 수도 있는 듯해 보고드립니다."

"지금 어디에 있지?"

"수도 외곽에 있는 별꾀꼬리 여관에 머물고 있고, '아이도미스'란 이름을 사용하고 있습니다."

"아이도미스. 도미스랑 이름도 비슷하네."

가명이라면 너무 성의 없는 거 아닌가 싶긴 하지만, 일단 그런 인상착의가 흔하진 않을 터. 라틸은 알겠다고 대답하고서 시종을 내보냈다. 이후 빠른 속도로 업무를 처리한 라틸은 여유 시간이 생기자, 이전처럼 '사디'로 변신하고서 궁전을 빠져나왔다.

"외곽에 꾀꼬리 뭔가 하는 여관으로 갑시다."

라틸은 수도 안을 뺑뺑 도는 승합 마차를 잡은 다음 보고받은 여관까지 수월하게 도착했다. 마부만큼 지리를 잘 아는 사람도 없기에 헤매고 다닐 필요도 없었다. 라틸은 마차 삯을 치르고 밖으로 나가 여관의 커다란 간판을 올려다보았다.

별 위에 올라탄 꾀꼬리가 춤을 추고 있는 커다란 간판이 붙은 여관은 칼라인과 비극적인 사랑을 나눈 사람이 머무는 곳이라기엔 참으로 방정맞은 분위기였다.

'이 안에 도미스가……'

칼라인과 처음 만났을 때의 도미스, 그와 이별하던 때의 도미스, 어두운 거리를 도망치던 도미스……. 이 모든 광경이 떠오른다. 라틸은 초조하게 여관 앞을 왔다 갔다 하기를 반복했다. 저 방정맞은 꾀꼬리 간판을 보자 이제야 조금 후회가 되었다.

젠장. 그냥 위치나 확인했으면 됐지, 내가 여기엔 왜 온 거야? 라틸은 길거리를 굴러다니는 잔돌들을 발끝으로 툭 툭 두드리며 한탄했다. 얼결에 오긴 했는데 자신이 도미스를 만나서 뭘 어쩌겠단 건지, 새삼 막막했다.

'내가 당신의 기억을 꿈으로 보고 있다'고 말하는 거? 절대 안 된다. '내 후궁이 당신과 예전에 사귀던 사이였다'고 말하는 거? 다 짜고짜 나타나서 시비 거는 것도 아니고 뭐란 말인가.

'아니다. 말하는 게 좋은가? 도미스는 죽었다 살아났잖아. 어쩌면 칼라인이 후궁으로 들어간 걸 모를지도 몰라. 좀…… 정보가 부족하다면.'

그런데 라틸이 아직 뭘 어떻게 할지도 제대로 정하지 못하고 있을 때였다. 멀지 않은 곳에서 맑은 웃음소리와 대화 소리가 들려왔다. 신이 나서 한껏 떠들어대는 목소리는 너무 시끄럽지도 않으면서 근처에 있는 사람들까지 덩달아 즐거워질 정도였다.

라틸은 아무 생각 없이 반사적으로 그 방향을 쳐다보았다. 시끄러워서 쳐다보았다기보다는 그저 별 의미 없는 행동이었다. 그러나 그 방향에 있는 한 사람을 보는 순간. 라틸은 입꼬리가 빳빳하게 굳어버렸다.

라틸은 입을 꽉 다물고서 소란의 가운데 있는 사람을 보았다.

'도미스……'

라틸이 찾아다니던 상대인 도미스였다. 바람이 불 때마다 붉은 머리카락이 부드러운 실타래처럼 찰랑거리면, 그녀는 앞이 머리카락 때문에 가려지는 게 귀찮은지 연신 손으로 머리카락을 뒤로 넘기고 있었다.

햇볕을 받아 붉은 머리카락은 더욱 짙게 보였는데, 색이 워낙 강렬하다 보니 굉장히 화려하게 보였다. 지나다니는 사람들이 저절로 쳐다볼 정도로. 활짝 웃을 때 크게 벌어지는 입술은 시원시원했고, 귀엽게 접히는 눈매는 강렬한 머리카락 색에서 오는 분위기를 조금 완화해 주었다.

도미스의 주위에는 길쭉길쭉한 청년들이 서있었는데, 하나같이 안색이 창백하고 입술이 버석한 미남미녀들이어서 더욱 눈길을 사로잡았다.

'흑사신단 용병들인가.'

라틸은 저런 분위기의 용병들을 알았다. 후궁들을 맞이하는 서약식 때 본 흑사신단 용병들이 꼭 저랬다. 차이가 있다면 그때 그들은 지금처럼 활짝 웃으면서 떠들어대지 않았단 정도였다.

"……."

라틸은 괜히 기분이 이상해졌다. 자신이 있는 곳에서는 표정조차 제대로 짓지 않던 흑사신단의 용병들이 도미스 옆에서 저렇게 무장 해제되어 웃는 걸 보자 싱숭생숭했다.

도미스는 칼라인의 '진짜' 연인이니까 저렇게들 좋아하는 거겠지…… 하는 생각이 들었다. 자신처럼 눈치를 보아야 할 상대가 아니라, 칼라인과 생사고락을 함께한 연인이라는 걸 저들도 아니까.

라틸은 저도 모르게 그 광경을 넋을 놓고 바라보다가, 그들이 여관 안으로 우르르 들어가는 걸 보고서 쓸쓸히 몸을 돌렸다. 그런데 돌아가기 위해 새로운 승합 마차를 잡으려 할 때였다.

"저기요."

뒤에서 익숙한 목소리가 라틸을 불렀다. 도미스의 목소리. 대번에 알아들은 라틸은 흠칫했다. 자신을 부른 것 같긴 한데. 도미스가 자신을 부를 리가 없기 때문이다.

"저기요."

그러는 사이에도 다시 한번 더 도미스가 "저기요." 하는 소리가 들려왔다. 라틸은 뒤를 돌아보았다. 자신을 부른 게 아니라면 그냥 도로 돌아가면 되는 거니까.

'진짜 날 부른 거네?'

그러나 예상외로 도미스는 정말로 라틸을 향해 다가오고 있었다. 도미스의 뒤에 선 용병들이 어리둥절한 얼굴인 걸로 보아, 그녀가 지금 라틸을 부른 건 그들에게도 의외인 행동인 듯했다. 라틸은 반사적으로 얼굴에 쓴 가면을 만지작거리다가, 도미스가 가까이 다가오자 손을 내리고 물었다.

"나요? 왜요?"

자신이 '라틸'일 때 온 거라면 용병단 중 누군가가 자신의 얼굴을 알아보고서 알려준 것이겠지만. '사디'일 때 온 것이다 보니 도미스가 다가온 이유가 전혀 예상이 가지 않았다. '사디'와 도미스는 아무 접점도 없으니까. 어쨌든 자신을 부른 게 맞는 것 같기에 침착하게 대답하자, 도미스는 바로 앞까지 걸어오더니 활짝 웃으면서 손가락으로 라틸을 가리켰다.

"사디 양이지요?"

도미스의 질문에 라틸은 더욱 어리둥절해졌다.

'아니, 얘가 나한테 말을 건 것도 이상한데. 내 가명은 또 어떻게 안 거야?'

"날 알아요?"

그게 떨떠름했던 라틸이 묻자, 도미스는 빙그레 웃더니 뒷짐을 지고서 라틸을 위아래로 쳐다보고서 웃었다.

"칼라인에게 이야기 들었어요. 라트라실 황제의 특사이시라고."

칼라인이 내 이야기를 했다고? 심지어 특사란 이야기를 했어? 라틸은 그 말이 의외라 여겼다. 다른 사람은 몰라도 칼라인은 사디가 라틸인 걸 알았다. 그런데 굳이 도미스에게 이런 이야기를 할 필요가 있나?

'카리센에 나와 칼라인이 간 일을 듣고서 도미스가 오해라도 했나?'

어쨌든 신중하게 굴기 위해 라틸은 모른 척 "그래요?" 하고 되물었다. 상대가 무슨 이유로 자신에게 온 건지는 아직 모르겠지만, 저쪽은 자신이 연적이라는 걸 모르는데 다짜고짜 시비를 걸 필요는 없으니까.

"그런데 그게 왜요?"

"멀리서 우리를 빤히 쳐다보기에 혹시 할 말이 있나 싶어서 와 봤어요."

"아."

도미스의 또랑또랑한 말투에 라틸은 자신이 너무 그녀를 뚫어져라 보았단 걸 알아차렸다. 그래서 이렇게 온 거구나. 칼라인에게 이름과 얼굴을 들어서 아는데 와서는 뚫어지게 보고 있으니 이상하게 여겨진 모양이었다.

"미안해요. 아는 사람이랑 좀 닮아서."

너무 남을 빤히 쳐다본 건 자신의 실수였기에 라틸은 순순히 사과하고서 돌아섰다. 그러나 떠나려는 라틸을 도미스가 한 번 더 붙잡았다.

"그쪽, 혹시 칼라인에게 마음이 있나요?"

라틸은 눈을 깜빡이면서 정면을 쳐다보다가 천천히 뒤를 돌아보았다. 도미스가 라틸이 본 칼라인의 기억 속 모습과 꼭 같은 자신만만한 미소를 띠고서 라틸을 바라보고 있었다.

"갑자기 그런 질문을 왜 하는지."

라틸은 황당한 기분을 감추지 못했고, 감출 마음도 없었다. 대놓고 라틸은 도미스를 이상하게 쳐다보았다. 도미스는 기분 나쁜 내색 없이 작게 웃었다.

"이런 말을 해서 미안하군요. 하지만 이해해 줘요. 라트라실 황제의 특사가 나를 염탐하면서 다니니, 이런 추측을 할 수밖에 없었어요. 황제의 특사가 공무로 나를 염탐하라 시켰을 리는 없으니, 사디 양의 사심으로만 보이거든요."

맞는 말이긴 했으나 라틸은 인정하지 않았다.

"왜요. 공무일 수도 있죠."

이에 일부러 뚱한 목소리를 내자, 도미스는 '그런가?' 하는 표정으로 고개를 기우뚱하더니 이윽고 더욱 짙은 미소를 지었다. 왜 저렇게 웃는 거야? 묘하게 불쾌하게 여겨지는 미소인지라 라틸은 기분이 나빠졌다. 저 입에서 나올 다음 말이 그리 좋은 말이 아니란 건 바로 알아차릴 수 있었다.

"그렇군요. 그럼 사심은 황제에게 있단 건가?"

"!"

"황제의 명이라면 그대에게는 모두 공무일 테니, 공무일 수도 있 겠네요. 그게 황제가 자기 후궁을 뒷조사하는 일이라도요."

예상대로 도미스가 뱉은 말은 라틸의 기분을 한층 더 나쁘게 했 다. 그 말이 전부 사실이라서 더욱더 그랬다.

칼라인이 관련되어 있으니 내가 당신을 조사하고 다니는 거지. 당연하잖아. 아니면 우리는 서로 연관된 점이 전혀 없는데, 내가 뭐 하러 당신을 조사하겠어? 라틸은 속으로 구시렁거렸다.

뒤늦게 자신이 도미스의 기억을 꿈으로 꾸고 있단 게 떠올랐지 만, 이 부분은 잠시 모른척했다. 지금은 그 일 때문에 도미스를 찾 아다닌 건 아니니까. 라틸은 도미스의 말에 대답하는 대신 기분 나 빠하는 티를 더욱 강하게 내며 차갑게 중얼거렸다.

"곤란한 분이네요. 다가와서 내게 아는 척한 것도, 칼라인 이야 기를 꺼낸 것도 그쪽인데요. 그런데 이젠 감히 폐하까지 끌어들이 다니. 그쪽이야말로 이상한데요."

그런데 한참 두 사람이 침착하게 서로를 말로 떠보고 찌르고 있 을 때였다. 이를 지켜보던 흑사신단의 용병 하나가 불쾌하단 듯 중 간에 끼어들더니 라틸의 어깨를 툭 손으로 치며 위협했다.

"저쪽으로 물러서라, 인간. 아이도미스 님께 무례하게 굴지 마."

얼핏 느끼기에는 그리 센 힘이 아니었으나 라틸은 어깨에 강한 충격을 느꼈다. 호리호리해 보이지만 힘이 무척이나 센 자였다. 하 지만 라틸이 화가 난 건 흑사신단 용병이 생각보다 힘이 강해서가 아니었다. 서로에게 호감이 없는 상황에서 말을 나누고 있긴 하지만 그래도 도미스와 자신이 아직 싸우는 것은 아니었다. 그런데 저 용병이 중간에 끼어들어서 무례하니 어쩌니 하고 멋대로 어깨를 밀쳤다는 것 자체가 이미 기분이 나빴다.

판단이 끝나자마자 라틸은 자신의 어깨를 세게 밀친 용병에게 파고들어 그자의 팔을 잡아 그대로 힘껏 메어쳐 버렸다. 눈 깜짝할 사이 용병은 땅바닥에 등을 부딪치며 엎어졌다. 쿵 소리가 나며 용병이 쓰러지자, 내내 상황을 지켜보던 다른 용병들의 표정이 굳었다. 이 상황을 지켜보던 도미스 역시도 눈썹이 위로 올라갔다. 예상하지 못한 광경을 본 것처럼.

그들은 평범하고 특색 없어 보이는 사람. 무술을 익힌 것 같지도 않은 사람에게 동료가 한 방에 제압된 게 몹시 당혹스러운 기색이었다. 라틸은 여기서 더 싸우기도 귀찮아서, 도미스 쪽을 마지막으로 한 번 더 본 다음 근처를 지나가는 승합 마차를 타고 그 자리를 떠나버렸다. 용병들은 바닥에 누워있는 동료 쪽으로 다가가 그를 발로 툭툭 걷어차면서 타박했다.

"뭐 하는 거야? 저런 약해 보이는 인간에게 지다니."

"뱀파이어 체면이 없다, 뱀파이어 체면이."

"도미스 님 앞이라고 너무 방심한 거 아닌가?"

동료 용병들은 아까 인간이 그들의 동료를 한 번에 제압한 게, 이 동료 용병이 적당히 그 인간에게 져준 거라 여기는 눈치였다. 하지만 엎어진 용병은 웃지 못했다. 경계하고 있던 정도는 아니지만 방심한 것도 아니었으니까.

아니, 방심하고 뭐고 할 틈도 없었다. 정신을 차렸을 땐 이미 몸이 넘어가고 있었다. 겉보기와 전혀 다른 어마어마한 힘에 들려서.

도미스, 정확히는 도미스의 모습을 가지게 된 아이니 역시 팔짱을 끼고 눈살을 찌푸렸다. 의심쩍었다.

"저자는 황제의 특사인데…… 어떻게 뱀파이어인 너희를 한 번에 제압한 거지?"

엎어진 용병이 손바닥을 털고 일어나며, 민망한 기분을 감추려는 건지 괜히 이리저리 옷에 묻은 먼지를 털었다. 다른 용병들은 '너희'가 아니라 '쟤'라면서 엎어진 용병을 가리켰으나, 아이니는 구긴 이마를 풀지 못했다.

'전에도 사디, 저 여자가 헤움 황자를 쫓아냈지. 좀 이상한 구석이 있어.'

흠흠. 오늘은 평소보다 좀 화려하게 입었는데. 알아보시려나?

방문 앞에 서자마자 안에서 클라인의 속마음이 들려왔다.

'평소에도 이미 화려하게 입잖아? 어마어마하게 화려하게 입잖아? 거기서 더 화려할 게 있다고?'

라틸은 당황해서 들어갔다가, 인간 펜던트가 되어있는 클라인을 보고 본능적으로 두 걸음 뒤로 물러났다.

'눈부셔!'

"폐하!"

클라인이 활짝 웃으면서 부르는 걸 본 후에야 라틸은 다시 앞으로 걸어가, 마음에도 없는 칭찬을 했다.

"굉장하구나, 클라인. 옷에서 나오는 광채가…… 널 파묻었네."

보고 있자니 눈이 혼란스러울 지경이다. 옷 여기저기에 달린 보석이 움직일 때마다 빛을 받아 계속 번쩍여서 클라인은 흐뭇하게 웃으면서 자랑했다.

"폐하께서 식사하러 오신다기에 좀 신경 써서 차려입어 보았습니다."

본인은 좋다고 웃고 있어서, 라틸은 뭐라고 말도 못 하고 그의 빰을 가볍게 쓸고 탁자 앞으로 갔다. 탁자에는 이미 준비된 음식이 한가득 차려져 있었다. 라틸은 자리에 앉으면서 혹시라도 클라인이 하이신스와 자신이 사귀었던 일을 두고 아직 마음 아파하진 않나 살폈으나, 다행히 겉으로 보기엔 그런 기색은 없었다.

속마음까지 확인할 수 있다면 더 정확했겠지만, 식사를 하면서 많이 차분해진 건지 클라인의 속마음은 더 들려오지 않았다. 덕분에 라틸은 식사를 하면서 아까 낮에 보았던 도미스에 대해 떠올렸다. 당시에는 그냥 도미스를 실제로 보았다는 놀라움이나, 도미스가 난데없이 꺼낸 칼라인에 대한 화제 등이 신경 쓰여서 깊이 생각해 보지 못했는데. 도미스와 떨어져 있으니 새삼 여러 가지 의문점이 더 떠오른 탓이었다.

칼라인이 도미스에게 굳이 사디에 대한 이야기를 꺼낸 건 당시에도 이상하게 여겨졌으나, 지금 생각하니 그것 말고도 이상한 게 더 있었다. 사디에 대한 이야기를 들었다고 해도, 도미스는 어떻게 지나다니는 사람들 중에서 사디를 가리켜 '라트라실 황제의 특사

사디'라고 불렀을까?

수도 안에서 도미스를 찾는 건 쉽고 가능한 일이었다. 도미스는 눈에 확 띄는 외모를 가지고 있으니까. 그러나 사디는 마치 존재감을 최대한 지우기 위해 만들어진 것처럼, 평범하다 못해 존재감마저 흐릿한 사람이었다. 인상착의만으로 찾기 힘든 사람.

심지어 '사디'는 애초에 존재하지 않는 사람이기도 했다. 카리센에서 큰 활약을 했지만 타리움 사람들은 그저 이름과 공을 전해 들었을 뿐. 사디의 가짜 신분, 얼굴, 이름을 다 매치시킬 수 있는 사람은 없었다. 아니, 심지어 카리센 사람들도 사디를 직접 만나고 소개받고 대화를 나눈 사람이 아니라면 바로 알아보지 못할 것이다. 그런 사람을 도미스는 첫눈에 알아보고 이름까지 불렀다. 칼라인이 뭘 어떻게 설명했기래 그게 가능했을까?

'하지만 칼라인에게 이 질문을 하면 또 그러겠지. 주인이야말로 도미스 얼굴을 모르지 않습니까, 하고.'

"폐하?"

라틸이 우두커니 앉아 나이프로 접시만 긁고 있자, 클라인이 맞은편에서 라틸을 불렀다. 라틸은 그 소리를 듣고서야 상념에서 깨어나 먹으려던 계란 요리를 계속 먹었다. 포크 끝에서 계란 노른자가 퍼석하게 뭉개졌다.

하지만 얼마 지나지 않아 라틸의 생각은 다시 원점으로 돌아왔다.

'아, 혹시 도미스가 카리센에서 날 본 적이 있던 건가? ……아니. 그럴 리가.'

카리센에서 만나서 기억하는 거라면 라틸도 도미스를 기억했을 것이다. 라틸은 이미 도미스의 얼굴을 알고 있기도 하거니와, 도미스는 멀리 있어도 눈에 확 띄는 사람이라 모르는 사이여도 한 번 보면 기억에 강하게 남을 인상이니까.

그렇지만 라틸은 먼발치에서도 도미스는커녕 그 비슷한 사람조차 본 적이 없었다. 게다가 도미스가 카리센에 있었더라면 칼라인이 무언가 반응을 보였겠지. 그러나 칼라인은 카리센에 있을 때 아이니와 추문이 조금 날 뻔했던 걸 제외하면 아주 조용히 지냈다. 엄청난 미남인데도 칼라인에게 관심을 보인 사람 역시 아이니 황후뿐…….

'음?'

곰곰이 생각하면서 앞에 놓인 음식을 무작정 입안에 밀어 넣던 라틸이 돌연 모든 행동을 멈추었다.

'칼라인이 딱 잘라 그랬지. 자기는 도미스를 만난 적이 없다고.'

라틸은 포크를 내려놓고 한 손으로 자신의 뺨을 매만졌다. 얼굴을 바꿀 수 있는 물품. 지도 귀퉁이에 쓰여있던 '3'이란 숫자. 또 하나의 마법 물품.

'엄마가 가지고 있던 물품은 없었지만, 만약 그런 물품이 세 개가 있는 거라면 아직 하나가 남아있지. 누군가 그 물품을 이용해 도미스 얼굴을 따라 한 건?'

그렇다면 상대가 도미스가 아니었단 칼라인의 말도 맞고, '사디'를 알아보고 말을 걸었던 것도 납득할 수 있다.

'아이니는 자기 전생이 칼라인의 연인이라고 믿고 있었어. 아이니라면 칼라인에게 접근하기 위해 모습을 칼라인의 애인처럼 바꿨을 수도 있어. 칼라인과 관련된 일이 될 때마다 이성을 잃었으니.'

하지만 이것도 걸리는 점은 있다. 흑사신단 용병들. 그 용병들이 그녀에게 잘 대해주던 것. 그게 찝찝했다. 아이니가 얼굴을 바꿔서 도미스 행세를 하는 거라면 용병들이 넘어갈 리가 없으니까.

'아닌가? 하긴. 보통 사람은 상대가 변신해서 접근할 거란 생각은 못 하지. 어쩌면 아이니가 아니라 삼자일 수도 있고.'

"폐하. 정말로 괜찮으십니까?"

라틸이 무의식중에 이미 다 먹어버린 빈 접시에 자꾸 헛손질을 하자 클라인이 맞은편에서 걱정스럽게 불렀다.

"아. 어어. 좀 신경 쓰이는 게 있어서."

라틸은 다시 정신을 차리고서 방긋 웃었다.

"이제 다 풀렸으니 제대로 먹을게. 너도 얼른 먹거라. 나만 쳐다보지 말고."

'나한테도 도미스 기억이 있지. 그 기억을 이용해서 아이도미스가 진짜 도미스인지, 도미스를 흉내 내는 가짜인지 알아봐야겠다.'

그 시각. 카리셴의 다가 공작은 자신의 측근들에게 따로 명령을 내리고 있었다.

"황후가 탈출한 게 알려지면 사람들에게 무책임하단 소리를 들을 거다. 이미지가 나빠질 수 있으니, 납치당했단 소문을 퍼트리도록 해라.”

“예, 공작님.”

가까스로 찾아낸 몇 가지 증거들은 아이니가 납치당한 게 아니라 탈출한 것 같단 정황을 가리켰으나, 공작은 이 모두를 묻어버리기로 했다. 측근들을 모두 내보낸 다가 공작은 아이니가 사라진 빈방을 초조하게 둘러보다가 화가 나서 숨을 씩씩거렸다. 이게 다 하이신스 황제 때문이었다. 그자가 아이니를 이런 별궁으로 보내니까, 아이니가 자존심이 상해서 그런 게 분명했다.

‘빨리 하이신스 그자를 죽지도 살지도 못하게 만들어야 하는데……’

한참을 고민하다가 우선 공작은 헤움 황자를 불렀다. 어렵진 않았다. 이번에도 같은 방식으로 아이니의 방에 쪽지를 놓아두자, 헤움 황자가 알아서 그를 찾아왔기에. 다가 공작은 초조하게 파이프로 탁자를 두드리고 있다가, 헤움 황자가 나타나자마자 지시했다

“전하께선 이미 아이니가 사라진 걸 아시겠지요. 아이니를 찾아주십시오, 전하. 황제보다 먼저 찾아야 합니다.”

늦은 밤. 라틸은 오늘 밤에 칼라인을 찾아가겠다고, 미리 심부름하는 사람을 보내두었다. 그러고서도 거의 한 시간가량을 홀로 생각에 잠겨 할 말을 정리한 후에야 라틸은 하렘 안으로 들어갔다. 여름 분위기가 물씬 풍기도록 잘 꾸며진 정원을 지나가자 칼라인

의 거처가 나왔다.

미리 문 앞에 서있던 칼라인의 시종은 라틸을 보자 깍듯하게 인사를 올렸다. 이전에는 칼라인의 시종을 그리 눈여겨보지 않았던 라틸은 방 안으로 들어가며 문득 저 사람도 좀 희한하다고 생각했다. 다른 후궁들의 시종들은 어떻게 해서든 자기들의 주인이 황제의 총애를 받게 하려고 애쓰는데, 칼라인의 시종은 유독 그런 데 관심이 없어 보였던 것이다.

'내가 도미스와 흑사신단 용병들이 친한 걸 봐서 너무 꼬아서 생각하나……'

라틸은 한숨을 내쉬면서 방문을 닫았다.

"주인."

하지만 방문을 닫자마자 바로 얼굴에 닿아오는 차가운 입술에 라틸은 다른 생각을 하지 못했다. 칼라인이 어느새 라틸의 얼굴을 두 손으로 감싸고 있었다. 이마 위에 몹시도 차갑고 너무나 부드러운 이상한 감촉이 스치고 지나가자 라틸은 솜털이 오싹 일어났다.

"칼라인."

놀란 마음이 가시자마자 눈앞에 훤히 보이는 창백한 피부에 라틸은 괜히 목이 잠겨 들어갔다. 칼라인이 걸친 목욕 가운의 허리끈이 너무 느슨하게 매여있어서, 상체의 반이 다 드러나 보였다.

"난…… 대화를 하려고 온 건데."

라틸은 그의 팔 위에 손을 올리면서 중얼거렸다.

"압니다. 주인은 겁쟁이니까."

하지만 칼라인이 귓가에 속삭이는 도발적인 말에 라틸은 발끈해서 그를 올려다보았다.

"겁쟁이라니."

칼라인은 소리 없이 웃고는 한 손으로 라틸을 번쩍 들어 올렸다. 놀란 라틸은 손을 휘젓다가 그의 머리를 붙들었다.

"칼라인!"

"이 정도 높이에 무서워하시다니. 겁쟁이지요."

"갑자기 들어 올리니 그렇지!"

"용감한 사람이라면 갑자기 들어 올려져도 균형을 잡았을 겁니다."

"페어 스케이팅이냐……."

황당해서 항의하는 사이 칼라인은 라틸을 탁상 근처로 데려가더니, 그곳에 내려주고서 의자를 빼주었다. 라틸은 구시렁거리면서도 순순히 의자에 앉았다. 칼라인에게 도미스의 기억에 대해 떠보기 위해 온 거라 조금 긴장하고 있었는데 다짜고짜 말다툼부터 하고 나니 그래도 긴장은 조금 풀렸다. 칼라인은 미리 준비했던 과일을 직접 가져와 라틸 앞에 차리면서 물었다.

"그래요, 대화를 하러 오신 주인. 무슨 대화를 하러 오셨습니까?"

"옷은 좀 여미지 그래? 지금 좀 중요한 얘기할 건데."

"신경 쓰이십니까?"

"안 쓰이겠어?"

칼라인은 소리 없이 웃더니 허리끈을 조금 더 여몄다. 하지만 여전히 라틸의 머리를 혼란스럽게 할 정도로 옷자락이 펼쳐져 있어서, 라틸은 괜히 부채를 꺼내 팔랑팔랑 마구 부쳐댔다. 그렇지만 투

덜거리는 마음과 달리 기분은 좋았다. 도미스가 나타났다고 해서 칼라인의 태도가 달라지진 않아서. 아직 그녀를 사랑하는 건 맞지만 돌아갈 마음은 없단 걸까?

라틸은 부채로 입가를 가린 채 웃었다. 마음 없이 몸만 잡아두는 건 별로란 사람도 있지만, 라틸은 그런 건 신경 쓰지 않았다. 그러니 칼라인이 도미스를 아직 사랑한다고 해도 상관없다. 아니, 기분이 나쁘니 사실 상관이 아예 없진 않다.

그가 떠나겠단 청만 하지 않는다면, 라틸은 그를 계속 곁에 둘 수 있었다. 설령 도미스를 향한 그의 마음이 찝찝해서 애정을 주지 못하고 하렘 한구석에 방치한다 해도.

"주인? 지금 표정이…… 아주 음험해 보이십니다."

"네게 미안한 상상을 해서 그래."

"무슨 상상을 하셨기에?"

라틸은 빙그레 웃고서 칼라인이 내놓은 포도를 한 알 따서 입가로 가져갔다.

"질문할 게 있어서 왔는데, 칼라인."

"물어보시지요."

"도미스가 네가 사랑했던 여자라 했지?"

내내 희미하게 웃고 있던 칼라인의 입가에 처음으로 미소가 사라졌다. 라틸은 신경 쓰지 않고서 포도 껍질을 얇게 벗기며 물었다.

"둘이 어디서 만났어?"

"너. 생각보다 쓸모없구나."

실망스러워하는 목소리에 폭파 전문 마법사는 그늘에 몸을 웅크리고서 떨었다. 온 힘을 다해서 저 뱀파이어가 말한 지하 성을 부수려 했으나, 결국 성벽에 커다란 구멍을 내는 데 그쳤다. 그 구멍조차도 삽시간에 복구되었다. 몇 번 더 시도해도 마찬가지였다.

처음에는 "그럴 수도 있지." 하고 웃으면서 넘어가던 하얀 머리 뱀파이어의 표정은 그가 실수를 거듭할수록 달라졌다. 입술은 여전히 미소를 지었으나 눈꼬리가 굳어갔다.

"생각보다…… 잘되지 않습니다."

폭파 전문 마법사가 가까스로 뱉은 말에 기르골이 눈썹을 찌푸리며 입만 웃었다.

"잘되면 내가 그댈 안 찾았지."

"다시 한번 해보면……."

"당연히 그래야지."

기르골이 너그럽게 다시 기회를 줄 것 같아 폭파 전문 마법사는 안도해서 어깨에 힘을 뺐다.

"내가 자리를 비워도 계속 노력하도록 해."

그러나 뒤에 나온 말이 이상했다.

"자리를 비우다니요?"

폭파 전문 마법사가 되묻자, 기르골은 당연하지 않냐는 투로 되물었다.

"내가 가진 마법사는 쓸모가 없으니 다른 마법사를 찾아봐야지."

"그, 그럼 절 원래 몸으로 돌려주시는 건……."

"성벽부터 부숴. 그게 거래잖아."

긴 눈꼬리가 휘어지도록 웃은 기르골은 눈 깜짝할 사이 그 자리에서 사라졌다. 폭파 전문 마법사는 손을 덜덜 떨면서 머리카락을 제 손으로 움켜잡았다. 그러면…… 성벽을 부수지 못하면 내내 이 몸으로 있어야 하는 건가? 햇빛조차 제대로 보지 못하는 몸으로?

기르골이 폭파 전문 마법사를 떠나 지하 성 주변의 어두운 숲을 나서고 있을 때였다. 그의 눈에 희한한 장면이 들어왔다. 인간들보다도 배로 화려하게 차려입은 식시귀가 숲을 떠도는 모습이었다.

식시귀는 자신이 황족이라도 되는 것처럼 차려입고 있었는데, 그 식시귀가 몇 발자국을 걸어갈 때마다 흙을 뒤덮은 짙은 녹색의 풀과 나뭇잎들을 보라색 망토가 한 번 더 뒤덮으며 끌어갔다.

석양의 붉은빛 아래에서, 유독 색이 좋은 금발이 부드럽게 흔들렸고 물감 같은 파란 눈동자는 연신 사방을 살피고 있었다. 누가 봐도 온실 속에서 목욕조차 제 손으로 안 하면서 곱게 곱게 자란 왕자님 같은 분위기. 기르골은 웃으면서 그 꼴을 내려다보다가 일부러 근처로 다가가 물어보았다.

"누구 찾아?"

식시귀는 황급히 위를 쳐다보았다. 높은 나무 위에 앉은 기르골과 시선을 마주하자 식시귀는 뒤로 한 걸음 물러나 경계했다. 경계심이 많은 성품 같았다.

"누구 찾는 거 맞나 보네."

"……누구냐."

"이 방향으로 가면 나오는 곳은 한 군덴데. 거기 가나?"

"누구냐고 물었다."

중얼거리던 기르골이 갑자기 "아." 하고 탄식하자, 식시귀가 눈살을 찌푸렸다. 기르골은 제 주먹으로 손바닥을 툭 치고서 방긋 웃었다.

"너 혹시 여우 가면이 사는 지하 성에 찾아가니?"

"그걸 어떻게……."

내내 기르골을 경계하던 식시귀가 여우 가면 이야기에 처음으로 제대로 대꾸하려는 순간. 나무 위에 있던 기르골이 눈 깜짝할 사이 그의 목덜미를 틀어쥐었다.

"그럼 내가 죽여야 하는 도련님이네."

코앞에 나타난 웃는 얼굴에 식시귀의 눈이 커다래졌다. 식시귀는 세상이 기우뚱하는 걸 느꼈다. 처음엔 옆으로 넘어진 것이라 생각했으나, 비틀거리는 자신의 몸뚱어리를 본 식시귀는 기르골이 그의 머리를 뜯어버렸단 걸 알 수 있었다.

한 번 떨어진 걸 도로 붙인 것이라 통증은 없었으나, 죽은 몸뚱이에도 공포가 스며들었다. 식시귀로 부활하기 전에도 부활한 후에도 이처럼 그를 무력하게 만들던 존재는 없었으니까.

"누구냐."

기르골은 넘어지려 하는 식시귀의 몸을 부축해 주면서 물었다.

"너야말로 누구니?"

식시귀는 이번에도 제대로 대답하지 않으면 저 하얀 머리 괴물이 부활한 그를 손쉽게 죽여버리란 걸 알아차렸다. 안 될 일이었다. 그는 아이니가 행복하게 살아가는 모습을 보고 싶었다. 자신과 달리 온전하고 안락한 삶을 사는 걸 보고 싶었다.

그 모습을 다 지켜볼 수 없다 해도 그녀를 지킬 수 있는 만큼 지키다 가야 했다. 이런 곳에서 처음 만난 하얀 괴물에게 두 번째 죽음을 맞이하는 게 아니라.

"연인이."

"연인?"

"연인이 사라져서. 찾고 있다."

기르골이 고개를 기울였다.

"여우 가면이 네 연인이니?"

"아니. 여우 가면은 여우 구슬을 다루니까. 그자라면 내 연인을 찾아줄 수 있을 거 같아서 만나러 가는 거다."

식시귀는 말을 하자마자 후회했다. 솔직한 대답이긴 했으나 고작 이런 대답으로 저 괴물이 물러나 줄까? 좀 더 그럴듯한 말을 해야 했던 게 아닐까? 하지만 괴물이 납득할 만한 '그럴듯한 말'이 대체 뭐란 말인가.

"……."

그러나 괴물은 의외의 반응을 보였다.

"사랑! 위대한 사랑!"

식시귀의 몸뚱어리를 왈츠라도 추듯 붙잡고서 제자리에서 몸을 움직이더니, 즐겁게 흥얼거리기 시작한 것이다. 심지어 괴물은 식시귀의 머리카락을 움켜잡는가 싶더니, 몸뚱어리 위에 목을 도로 붙여주었다.

인형 머리라도 끼우는 듯 붙인 머리 각도까지 맞춰준 괴물이 빙그레 웃으면서 손을 내리자마자 식시귀는 뒤로 물러났다. 괴물은 즐거워 보였으나 미친 것 같았다. 저러다가 갑자기 또 공격을 할지 안 할지 짐작조차 가지 않았다.

"난 사랑 이야기를 좋아해."

"……."

"연인을 찾길 바라지."

다행히 괴물은 더 공격하는 대신, 식시귀의 이마를 손가락으로 콕 찍고는 빙그레 웃고서 그 자리에서 사라졌다. 식시귀는 뿌리 내린 나무처럼 그 자리에 꼼짝도 하지 않고 서있다가 강한 바람이 불어오자 털썩 주저앉아 숨을 몰아쉬었다.

죽은 몸에도 공포는 찾아왔다.

'그건…… 그건 대체 뭐였지?'

기르골에게 식시귀 헤움은 큰 인상을 남기지 못했다. 그가 헤움을 살려준 이유는 별다른 게 없었다. 그에게 식시귀 하나는 약한 존재였고, 살려줄 때 그리 큰 동정심이 필요한 존재가 아니었다. 기르골은 숲을 벗어나기도 전에 화려한 복장의 도련님 같은 식시귀에 대해 잊어버렸다. 그 길로 곧장 향한 곳은 또 다른 폭파 전문 마법사가 몇 달 전에 다녀갔다는 타리움이었다.

그곳의 불법 경매장에서 뜬금없이 마차가 폭발하는 사고가 있었다고 들었다. 문제는 그 경매장이 떳떳하지 못한 입장이라 제대로 수사조차 하지 못했다는 것이다. 어쨌든 그 제대로 이루어지지 않았단 수사 결과라도 알아보기 위해 기르골은 아주 오랜만에 타리움의 수도 안으로 들어왔다.

"이야. 여기가 아직도 있나?"

그곳에서 50년째 영업 중인 가게를 찾아낸 기르골은 반가운 기분에 그 가게 안으로 들어갔다. 식당 주인이며 종업원은 당연히 다 바뀌어 있었으나, 기르골은 나름대로 추억에 젖어 50년 전 주문했던 음식을 또 주문하고 느긋하게 의자에 기대앉았다.

그 상태로 눈을 감고 있자 사방에서 무수히 많은 소리가 들려왔다. 아주 가까이에서 나는 작은 소리에서부터 먼 거리에서 나는 속삭이는 소리까지.

"카리센 황후가 납치당했대."

"무섭다. 황후가 어쩌다가? 호위들은 어쩌고?"

"그러니 난리가 났지. 거기 황후랑 황제는 사이가 안 좋잖아."

"테이리 씨네 셋째 말이야, 동생이랑 싸우다가 계단에서 굴렀나봐. 둘 다 나란히 입원했는데 거기서도 싸우다가 쫓겨날 뻔했대."

"그 남매는 허구한 날 싸우다 다친 소식만 들려오네."

"알현 신청한 날짜가 다 되어 가는데 떨려서 미칠 거 같아요. 폐하를 뵈면 뭐라고 말해야 하죠? 난 이런 거 잘 모르는데.”

“모르면 내가 대신 가줄까요?”

소소한 이야기들을 들으며 기르골은 점원이 미리 가져다준 물을 마셨다. 그때 수많은 이야기 중 그의 관심을 한 번에 사로잡는 이야기가 들려왔다.

“도미스 님을 찾는 사람이 있다고?”

“은밀하게 사람을 풀어 찾았답니다. 지금은 안 찾고 있고요.”

“찾아서 멈춘 건가, 찾을 필요가 없어져 멈춘 건가.”

아주 멀리에서 희미하게 들려오는 목소리에 기르골은 컵을 내려놓고 고개를 들었다. 식당 밖에서 들려오는 소리 같았다. 근처에서 물 떨어지는 소리도 났다.

‘분수대.’

눈 깜짝할 사이 그의 모습이 사라졌다. 점원은 음식을 날라 오다가, 멀쩡히 앉아있던 손님이 난데없이 사라지자 놀라서 들고 있던 쟁반을 떨어뜨렸다.

라틸은 어제 늦은 밤, 칼라인과 나누었던 대화를 떠올리며 홀로 조용히 식사했다. 너무 탱글탱글해서 제대로 포크에 집히지도 않는 면을 휘젓고 있노라니 칼라인의 매콤하고 쏩쓰름한 사과가 떠올랐다.

— 주인께 모든 걸 말씀드리고 싶지만······.

— 그럼 말하면 되잖아.

— 눈치 없는 남편이 될 것 같아 말하기가 꺼려집니다.

라틸이 몇 번이나 괜찮다고 말했지만, 칼라인은 그래도 꿋꿋하게 버텼다.

— 제가 비록 후궁으로 들어왔지만 제게 주인은 배우자이십니다. 결혼한 것과 다를 바 없지요. 배우자 앞에서 이전에 사귀었던 사람 이야기를 하라니요.

— 그 배우자가 괜찮다잖아.

— 과거 연애사를 결혼 후에 얘기해 봤자 싸움의 시작이자 발단이 될 뿐입니다. 여기서 오는 좋은 일은 하나도 없지요. 많은 사람들이 이 문제를 저처럼 대할 건데, 어째서 자꾸 얘기하라 하십니까.

라틸도 그건 인정했다. 전 연인에 관해 파고들어 봤자 얻는 건 상처뿐이었다. 정신적으로 피곤해지기만 하겠지. 하지만 지금은 특수한 상황이지 않은가. 라틸도 이런 상황이 아니라면, 그의 과거사에 대해 굳이 캐묻진 않았을 거였다. 알아서 뭐가 좋다고.

— 그럼 내 생일 선물로 이야기해 줘.

— 왜 이렇게 궁금해하십니까.

— 모르면 그냥 넘어갔지. 아는데 모르는 척하려니 힘들다.

— 모르는 척해주세요. 주인이 잘하는 거잖습니까.

— 네가 나한테 옛날이야기를 해주면, 나도 옛날이야기를 해줄게. 그러면 공평할까?

— 옛날이야기라니요?

— 내가 전에 연애한 얘기.

칼라인은 입을 벌리고 라틸을 쳐다보다가 답지 않게 황망해하는 표정을 지었다.

— 서로 상처를 내면서 싸우자는 걸로 들립니다.

그로부터도 한동안 내내 거절했으나, 결국 생일 이야기로 설득하자 칼라인은 마지못해 도미스와의 첫 만남에 관해 이야기해 주었다.

— 뭘 좀 조사하기 위해 산골 마을을 돌아다니다 만났습니다. 어떤 여자가 사과가 가득 담긴 바구니를 들고 뛰어가고 있었죠.

— 그게 도미스야?

— 네. 마차에 부딪힐 것 같기에 피하도록 도와줬는데…… 오히려 겁을 먹고 달아났습니다.

'피하도록 도와줘서 겁먹은 게 아니잖아. 뒤에 흑마법사 질문을 해서 달아난 거지.'

라틸은 면을 포크로 돌돌 말면서 생각했다. 게다가 그 마차가 그냥 마차던가, 괴물 마차였지. 어쨌든 흑마법사 이야기가 생략된 걸 제외하면, 자신이 본 기억과 정황은 같았다.

'좋아. 아이도미스를 찾아가서 기억을 비교해 보자. 그러면 알겠지. 가짜가 도미스를 흉내 낸 건지, 아니면…… 도미스가 살아 돌아온 건지.'

라틸은 그쯤에서 그 대화를 끝내려 했다. 그러나 이번에는 칼라인이 라틸의 눈치를 보는가 싶더니 조심스럽게 먼저 이야기를 시도했다.

— 도미스를 처음부터 좋아한 건 아니었습니다. 그래서 상처를

많이 주었고요.

— 그래?

— ……그래서 주인에겐 그 몫까지 더 잘하고 싶습니다.

— 상처는 도미스가 받았다며. 왜 나한테 잘하겠단 건데?

— 전 주인과 결혼했으니까요.

라틸은 이미 도미스의 기억을 꿈으로 보면서, 칼라인이 처음에 도미스에게 얼마나 쌀쌀맞게 대했는지 알고 있었다. 도미스가 먼저 칼라인을 좋아하는 눈치였단 것도.

하지만 칼라인이 자신에게 잘하겠단 이야기를 하며 도미스 이야기를 꺼내자, 문득 기분이 상했다. 혹시 도미스에게 못한 걸 자신에게 잘하며 스스로를 위로하나 싶어서.

— 아직도 그 사람 좋아한다며. 왜 헤어졌어?

— 죽었습니다. 그 사람이요.

— 아아.

— 그러니 아시겠지요. 제가 밖으로 나가 도미스를 만날 일은 전혀 없습니다. 이상한 오해하지 마십시오.

그래도 라틸은 표정을 펴지 못했다. 억지로 대답을 강요했으니 아무렇지 않게 대해야 한단 걸 알면서도. 칼라인도 그 기색을 눈치챈 건지 대번에 후회하는 목소리로 이마를 짚었다.

— 역시 괜히 이야기했습니다.

— 아니야. 듣고 나니 훨씬 나아. 안 들었으면 계속 그 생각만 했을 테니까.

— 하지만 표정이 좋지 않으신데요.

— 도미스에 대한 죄책감으로 나한테 잘하려는 건 아니지?

— 역시 괜히 이야기했습니다.

이후로 분위기가 이상해졌고, 라틸은 칼라인의 방을 나섰다. 상념에서 깨어난 라틸은 그래도 역시 칼라인에게 그 일을 물은 건 잘했다고 생각했다. 자신이 꾸는 게 도미스의 기억이 맞는다는 걸 확인해야 아이도미스가 가짜인지 진짜인지 구분할 수 있지 않는가. 그러나 이렇게 생각하면서도 불쾌한 기분을 누르지 못한 라틸은 입맛이 사라져서 포크를 내려놓고 냅킨으로 입가를 닦았다.

'칼라인이 만난 도미스가 가짜라면 칼라인의 모든 말이 진실. 도미스가 진짜라면 칼라인의 말은 거짓.'

산책을 핑계로 밖으로 나오자마자 라틸은 빈방으로 간 다음 숨겨둔 옷으로 갈아입고 가면을 착용했다. 궁전을 출입할 수 있도록 미리 만들어 둔 신분 패까지 확실하게 챙긴 다음 거울을 보니, 누가 봐도 기억을 못 할 정도로 존재감이 없는 여자가 보였다.

라틸은 거울을 한 번 손으로 쓸어보다가 단호하게 입을 다물었다.

'아이도미스를 찾아가 보자. 진짜인지 가짜인지 확인하겠어.'

물줄기가 힘껏 치솟다가 부서지는 소리가 그의 귓가를 간지럽혔다. 분수대에서 튄 물방울이 뺨에 묻자, 기르골은 엄지로 물을 쓸어 닦으며 웃었다. 그의 눈동자는 한곳에 고정되어 있었다. 새빨간 머리카락을 늘어뜨리고서, 따뜻한 초록색 눈동자로 나란히 앉은 뱀파이어를 바라보는 여자에게로.

그 여자는 도미스의 얼굴을 하고 있었다. 옆에 앉은 뱀파이어는…… 이름은 모르겠지만 어디서 본 듯한 얼굴. 저 얼굴을 다시 보게 되는구나. 기르골은 소리 내 웃지 않기 위해서 눈을 감고 호흡을 가다듬었다.

도미스의 이름을 언급하는 목소리를 따라왔는데, 갑자기 대화를 나누던 한 명이 돌아가는가 싶더니. 그다음에 나타난 이가 저 얼굴일 줄이야. 검은 손이 심장을 틀어쥐는 느낌은 기르골을 흥분시켰다. 그는 입가를 손으로 매만지면서 피 흘리던 도미스를, 증오에 가득 찬 그녀의 눈빛을 떠올렸다.

누군가 자신을 쳐다보고 있단 걸 모른 채, 아이니는 자신이 '전생'에 꽤 친하게 지냈던 뱀파이어 믹스에게 사디에 대해 상담하고 있었다. 식시귀를 한 번에 물리치고, 좀비들을 두려워하지 않고, 뱀파이어조차 눈 깜짝할 사이 메치어 버리는 여자에 대해.

믹스는 두 다리를 벌린 채 편한 자세로 앉아 이야기를 듣다가, 뱀파이어를 메쳐 버렸단 소리에 눈을 찌푸렸다.

"어제 킬리가 웬 인간 여자한테 당했다고 다들 놀려대고 있더니, 도미스 님이 말하는 그 여자에게 당한 건가 보군요. 동료들이 놀려대기에 반쯤 장난이라 생각했는데요."

"보통 사람이 아닌 것 같다."

아이니는 중얼거리고서 초조하게 두 손을 깍지 낀 채 생각하다가 물었다.

"혹시 그 여자가 대적자일 확률은 없을까?"

"식시귀, 뱀파이어, 좀비를 쉽게 상대하는 여자라."

믹스는 고개를 끄덕거렸다.

"가능성이 있지요."

아이니는 한숨을 내쉬었다.

"결국 또 나타났군."

아이니의 표정이 딱딱하게 굳자 믹스는 그 모습을 가엾게 바라보았다. 그는 도미스와 대적자가 어떤 사이인지 알았다. 운명이 만들어둔 적이긴 하지만, 그 운명은 한쪽에게 지나치게 많은 특혜를 베풀었다.

완전한 로드로 각성하기 전까지, 아니, 각성한 후에도 도미스는 대적자에게 무수히 많은 상처를 받았다. 결국은 대적자의 손에 죽었고. 로드인 도미스는 분명히 죽었으니 지금의 도미스는 로드는 아니겠지만 그래도 말하는 걸 보아하니 기억은 남아있는 터. 대적자 이야기에 저 정도로 반응하는 게 오히려 온순한 편이었다.

"어쨌든 그 여자가 대적자라면 빨리 처리해야겠군요."

"처리한다면……."

"죽여야지요. 강해지기 전에요. 어디 사는 여자인진 아십니까?"

'대적자? 여자?'

아이니가 내뱉은 대적자 이야기에 고개를 갸웃하는 건 믹스뿐만이 아니었다. 기르골도 눈살을 찌푸린 채 팔짱을 끼고 있었다.

'대적자가 여자라고?'

지난번의 대적자는 분명 여자였고, 대적자나 로드는 남자일 때도 여자일 때도 있으니 성별이 여자라고 해서 이상하게 여기는 건 아니었다. 문제는 기르골이 대적자일 거라고 골라둔 꼬마가 남자였던 것이다.

'그 재수 없던 흑발 꼬마가 대적자가 아니었나?'

예언이 이루어진 날짜에 태어난 아이들이 신전에 모였을 때, 기르골은 그 아이들 중 누가 대적자인지 확인하기 위해 직접 그곳으로 찾아갔다. 당시 가장 눈에 띄는 아이는 놀라울 정도로 인형처럼 생긴 남자아이였다.

'여기는 욕조도 없고 개인 방도 없고 음식이 맛도 없고 하인들도 없고 내 조랑말도 없다. 하지만 가장 싫은 건 마음에 드는 사람이 없단 거다.'

게다가 그 귀여운 얼굴로 얼마나 말을 재수 없고 쌀쌀맞게 하던지. 기르골이 이번 대적자는 성질머리가 아주 제대로 꼬였다고 감탄했을 정도였다. 기르골이 지금까지 보아온 바로, 로드는 몹시 빼어난 사람도 있었으나 지극히 평범한 사람도 있었고, 오히려 멍청하고 재능이 없다고 사람들에게 무시당하던 사람도 있었다.

반면 대적자는 한 사람도 빠짐없이 다 눈에 띄고 우수했다. 신전
에 모인 대적자 후보들 중에서 그 재수 없는 아이는 혼자 다른 색
으로 눈에 띄었고, 기르골은 남몰래 그 아이에게 간단한 테스트를
해보았다.

아이는 그 차갑고 무표정한 얼굴을 한 채 가뿐하게 테스트를 통
과했고, 이후로 기르골은 그 아이가 대적자라고 확신한 채 아이의
성장을 기다렸다. 그런데 다른 대적자가 있다고? 로드 하나 대적자
하나. 지금까지 내내 이랬는데?

자신의 발언이 기르골에게 어떤 혼란을 주었는지 모른 채, 아이
니는 믹스에게 상담을 계속하고 있었다.

"이 이야기를 칼라인에게 전하고 싶은데 나는 신분이 없는 사람
이라 궁전에 들어가기가 어려워."

"신분이 없으시다고요?"

"……이 몸에는 좀 사정이 있어서."

아이니가 곤란해하며 말하자, 믹스는 곰곰이 생각해 보더니 제
안했다.

"그러면 흑사신단 소속 용병으로 신분을 만들어 드리겠습니다.
며칠에 한 번씩 단장에게 필요한 물건을 전하러 궁전에 들어가니,
그때 일행에 끼어 들어가시지요."

아이니는 믹스의 제안에 처음에는 기뻐서 그러겠다고 말했으나

1분도 지나지 않아 힘없이 포기했다.

"그건 안 돼."

"안 된다니요?"

"……."

"칼라인은 내가 이번 대 로드가 아니라 날 피해."

아이니의 곤란해하는 목소리에 믹스는 눈을 커다랗게 뜨고서 반박했다.

"그분이 그럴 리가요. 나이트는 로드를 위해 살지만, 나이트라고 해서 로드를 사랑하는 건 아닙니다. 단장이 사랑한 건 도미스 님입니다. 로드란 신분이 아니라."

"하지만 그러더라."

아이니는 허탈하게 중얼거렸으나, 사실 그녀가 궁전에 들어가지 않으려는 이유는 이뿐만은 아니었다. 칼라인에게 사디에 대해 경고를 하면, 그가 '그쪽이 사디를 어떻게 압니까?'라고 의심할 게 뻔하기 때문이었다.

지금도 그녀가 도미스의 환생이란 걸 부정하는 그인데. 그녀가 아이니 황후란 걸 알면…… 칼라인이 어떻게 나올지는 뻔했다.

"이 이야기를 전할 방법은 좀 더 생각을 해보자."

두 사람의 대화가 끝나갈 즈음. 반대편에 있던 기르골은 분수대 가까이 다가가 분수대 물에 손을 담근 다음, 물 묻은 손으로 자신의 머리카락을 쭈욱 끌어 올렸다. 물에 젖은 머리카락이 그의 머리에 쭉 달라붙으며 올백 머리를 만들어냈다. 한 올이라도 흘러내리는 걸 용납하지 않고 완전히 머리카락을 다 붙인 기르골은 가장 윗단추를 잠그고서 만족스레 웃었다.

저 여자 자기가 도미스의 환생이라면서 로드가 아니라 주장하는 게 말이 안 되긴 했으나, 무슨 상관인가. 진짜건 가짜건 도미스의 얼굴을 하고 있고 도미스의 기억이 있다면, 그것만으로도 상대하기 즐거울 텐데. 둘만의 재회를 위해 기르골은 도미스가 믹스와 헤어지길 기다렸다가, 믹스가 다른 쪽으로 가자 천천히 그쪽으로 다가갔다.

음흉한 속내와 달리 그의 발걸음은 가벼웠고 얼굴에 올라온 미소는 초봄의 햇살처럼 아름다워서, 주위를 지나가는 사람들은 자기들도 모르게 그를 곁눈질했다. 기르골은 도미스의 앞으로 걸어갔다. 마침 도미스도 일어서 있었다. 하지만 도미스는 기르골 쪽으로 시선도 주지 않고서 휑하니 지나가 버렸다. 그녀가 도미스의 기억을 가지고 있다면 절대로 저렇게 나올 수 없는데.

기르골은 멀어지는 뒷모습을 보며 고개를 기울였다. 제대로 된 가짜도 아닌가? 하지만 곧 기르골은 마음을 바꾸었다. 죽이는 데 기억이 무슨 상관이야? 그런데 그쪽으로 한 걸음 옮기려는 순간. 누군가 이상한 걸로 그의 뒤를 쿡 찔렀다. 기르골은 고개만 돌려 뒤를 보았다.

갈색 머리에 파란 눈을 한 모르는 인간 여자가 꽃다발로 그를 찌른 거였다. 시선이 마주치자 여자는 꽃다발을 세우면서 기르골의 얼굴을 빤히 보더니, 돌연 활짝 웃으며 중얼거렸다.

"그대를 본 적이 있다."

그가 아직도 영문을 모르는 사이. 그 여자, 라틸이 기르골의 품에 꽃다발을 안기며 다시 웃었다.

"그건 선물."

5권에서 계속

하렘의 남자들 4

초판 1쇄 인쇄 2023년 9월 5일
초판 1쇄 발행 2023년 9월 15일

지은이 알파타르트
펴낸이 김문식 최민석
총괄 임승규
책임편집 조연수 명지은
기획편집 박소호 김재원 이혜미 김지은
　　　　　정혜인 김민혜 신지은 박지원
디자인 배현정

펴낸곳 (주)해피북스투유
출판등록 2016년 12월 12일 제2016-000343호
주소 서울시 성북구 종암로 63, 5층(종암동)
전화 02)336-1203
팩스 02)336-1209

© 알파타르트, 2023

ISBN 979-11-7096-054-6 (04810)
　　　　979-11-6479-257-3 (세트)